# 梁祝故事研究〔二〕

## 許端容 著

# 目次

# 第七章　梁祝故事流播現象

## 第一節　唐宋元明梁祝故事流播現象

今所知梁祝故事始於唐梁載言「義婦祝英臺與梁山伯同冢」(文獻1)的記載,惟不知主角祝英臺、梁山伯任何事蹟,只知「義婦與人同冢」,同冢之處為鄞縣,即今浙江省寧波市。更早之前,齊高帝至齊武帝時有「祝英臺故宅」,唐人李蟠說其地是常州離墨山[1],在今江蘇省宜興縣國山東南,但此「祝英臺」為何人,則不可得知,宋人史能之且疑非女子。[2]民國二十三年金壽楣《陽羨奇觀》載「唐梁載言《十道志》:"善權山南,上有石刻曰祝英臺讀書處"」,不知金氏所據為何,且資料年代相當晚,今先不予採用。至於明人徐樹丕說梁元帝《金樓子》及無名氏《會稽異聞》也載梁祝事,[3]惟二書已佚,前者有《說郛》摘本[4]及《永樂大典》輯錄本[5]二種,亦無梁祝事。

晚唐張讀《宣室志》(文獻 2)所載梁祝故事情節已鋪張為:上虞人祝英臺,女扮男裝外出求學,與會稽(今紹興)山伯同肄業;

---

[1] 唐·李蟠撰:《題善權寺石壁》,收於明·方策編:《善權寺古今文錄》卷六(北京:書目文獻出版社,1998 年,《北京圖書館珍本叢刊》本),頁723。

[2] 宋·史能之撰:《咸淳毗陵志》卷二十七(臺北:成文出版社,1983 年 3月一版,清·嘉慶二十五年刊本,《中國方志叢書》,422 冊),頁 3699。

[3] 明·徐樹丕撰:《識小錄》卷三(臺北:新興書局,1985 年),頁 435。

[4] 明·陶宗儀撰:《說郛》卷十下(臺北:迪志文化出版社,1999 年 11 月,電子版《文淵閣四庫全書》本),頁 28。

[5] 明·姚廣孝、解縉等編撰:《永樂大典》(臺北:世界書局,1962 年 2 月)。

祝回鄉後，山伯訪之，始知為女子，求聘不成，為鄮令時病死，葬鄮城西（今寧波市）。英臺適馬氏時，舟過墓所，風濤不能進。問知是山伯墓，英臺登陸號慟，地忽自裂，遂並埋而卒。晉丞相謝安表奏其墓曰：義婦冢。則此故事不止知梁祝鄉里、身份、死因，也為英臺何以是義婦做了解釋。然故事中之英臺並非預謀祭山伯墳，或意欲為山伯殉情而死，卻為同是上虞人的丞相謝安表奏，而得稱義婦，實是溢辭。但英臺確為山伯而卒，故此故事屬885B「戀人殉情」類型故事。又此故事必已盛傳於上虞（今紹興市上虞）一帶，始為上虞人謝安表奏於朝。

　　唐僖宗、昭宗（874-904）時餘杭人羅鄴〈蛺蝶〉詩(詩1)有「俗說義妻衣化狀」詩句，可推知當時民間傳說梁祝故事必有英臺殉情而死的情節，因而被稱為「義妻」，另外更有「衣化蛺蝶」情節的發展。至此，可知在唐代鄮縣（今寧波市鄮州區）、上虞（今紹興市上虞）及餘杭（今杭州餘杭區）流播的梁祝故事除885B「戀人殉情」類型之外，749A「生雖不能聚，死後不分離」類型故事已然成型。

　　及至北宋徽宗（1101-1127）時，李茂誠有《義忠王廟記》（大觀（1103-1110）年間）(文獻3)，所載故事主角鄉里、名諱，及英臺字馬氏子，山伯為鄮令時病死、葬鄮城西、晉丞相謝安表奏其墓曰義婦冢與《宣室志》無異，而主要情節單元「女扮男裝外出求學」、「婚姻受阻（相思）病死」、「新娘舟過情人墓，風濤不能進」、「新娘哭情人墓，地裂埋壁」亦相同。另外又增益「夢日貫懷受孕」、「懷胎十二月」、「新娘埋壁，新郎言官開槨」、「巨蛇護塚」、「義婦塚的由來」、「陰魂托夢助戰退敵」、「義忠神聖王的由

來」、「旱澇疫癘商旅不測，禱祝顯應」等附屬的情節單元。此則
故事的男主角山伯求婚不成，喟然嘆曰：「生當封侯，死當廟食，
區區何足論世」，而應簡文帝舉賢良，詔為鄞令，嬰疾而卒，雖然
表面上與婚姻受阻似無直接關係，但其喟然之嘆亦可視為山伯以
發奮之言自我安慰，轉移情傷之痛，故仍可視為山伯「婚姻受阻
（相思）病死」，而女主角亦非有意祭山伯墳及殉情而死，然英臺
確為哭祭山伯地裂埋璧而卒，兩人同葬，新郎言官開槨有巨蛇護
塚的神奇情節，故屬 749A「生雖不能聚，死後不分離」類型。

　　張津《乾道（1165-1173）四明圖經》卷二所載《舊記》（文獻
4），僅有「英臺少時扮男裝與山伯同學三年」情節，而張津所知當
時「義婦冢即梁山伯、祝英臺同葬之地也，在縣西十里，接待院
之後有廟存焉」（文獻 4），其所言梁祝葬地在鄞縣（今寧波）西十
里，接待院後有廟存焉。

　　南宋寧宗（1195-1224）時期，唐人詩選本《十抄詩》的註譯
本《夾註名賢十抄詩》，於羅鄴〈蛺蝶〉詩：「俗說義妻衣化狀」
長詩夾註(詩 3)所載梁祝故事，說大唐時一賢才梁山伯尋師入學
堂，途中遇唇紅齒白祝英臺，二人結義共赴孔丘堂，後來英臺夜
夢爺娘，欲先返回家鄉，邀山伯日後回返家鄉過訪。三五日後，
山伯也拜辭夫子訪祝莊，見英臺女裝千嬌萬態世無雙，為之情迷，
而生相思病灶，當時身死五魂揚，葬在越州東大路，托夢英臺到
寢堂，英臺哭祭禱祝有靈遣塚開張。果然塚堂面破裂，英臺透入
也身亡。親情隨後援衣裳，片片化為蝴蝶子，身變塵灰事可傷。
則此故事仍是「衣裳化蝶」的情節，有「女扮男裝外出求學」、「女
扮男裝者與人結拜為兄弟」、「相思病死」、「陰魂托夢」、「女子哭

祭情人墓，禱祝顯靈，塚堂面破裂，人進墓身亡」、「衣裳片片化蝴蝶子」六個情節單元，屬749A「生雖不能聚，死後不分離」類型。

南宋羅濬《寶慶（1225-1227）四明志》卷十三（文獻6）內容與張津所載相同，然羅氏對「義婦」一詞不符英臺身份，發出異議：「以同學而同葬，見《十道四蕃志》所載。舊志稱曰義婦塚，然英臺女而非婦也」。

南宋紹興（1131-1162）年間，薛季宣〈遊祝陵善權洞〉（詩2）有「萬古英臺面」、「練衣歸洞府」、「蝶舞凝山魄」詩句，極可能紹興之前，宜興已有梁祝化蝶故事的流播，其後史能之《咸淳（1265-1274）毗陵志》卷二十七（文獻7），先說「祝陵在善權山，嚴前有巨石，刻云祝英臺讀書處，號碧鮮菴」，又說「俗傳英臺本女子，幼與山伯共學，後化為蝶」，但史能之並不以然，評論「其說類誕。然考《寺記》謂齊武帝贖英臺舊產建，意必有人第，恐非女子耳」，則史氏不僅不信化蝶之說，且疑英臺恐非女子。此故事屬749A類型。毗陵在今日江蘇省常州市，據此可知梁祝故事在宋時，江蘇常州一帶已有「化蝶」的故事流行，而且祝英臺讀書處及祝陵都在善權山，即今日江蘇省宜興縣國山東南，則梁祝故事已從浙江省鄞縣（寧波市）、上虞、杭州流播至江蘇省宜興縣國山、常州市，故事類型雖屬749A「生雖不能聚，死後不分離」，但情節也從「衣化蝶」，推展至「人化蝶」。

元劉一清《錢塘遺事》卷九載嚴光大《祈請使行程記》云：「二十九日（德祐丙子三月）易車行陵州西關，就衛河登舟。午后，

過林鎮，屬河間府，有梁山伯祝英臺墓。夜宿于岸。」[6]德祐是宋恭帝年號，為西元一二七五至一二七六年，然「丙子年」已屬宋端宗景炎元（1276）年，距宋亡（1279 年）僅三年。據嚴光大所言林鎮於其時屬河間府是今日河北省河間市，則可知宋恭帝之前，梁祝故事早已流播至此，故有梁山伯祝英臺墓的存在。至此，梁祝故事不僅從浙江省鄞縣、上虞、杭州流播至江蘇省宜興縣國山，且已大大流行於河北省河間市了。

元王實甫《韓彩雲絲竹芙蓉亭》[7]，今只剩一套殘曲，劇中韓彩雲唱出「哎！你個梁山伯不采（睬）我祝英臺，羞的我快快而來」，以表衷情的苦悶心情。王實甫生平事蹟不可考，只知是大都人，約與關漢卿（約生於 1200-1216，卒於 1297-1300 年）同時，則可推知元初大都，梁、祝故事已為人所熟知。

元白樸（1226-？）有《祝英臺死嫁梁山伯》雜劇，今已佚，然據天一閣鈔本《錄鬼簿》記其題目正名為：「馬好兒不遇呂洞賓，祝英臺死嫁梁山伯」[8]，則該劇角色至少有祝英臺、梁山伯、呂洞賓、馬好兒四人，梁祝二人應是婚姻受阻殉情而死，故稱「死嫁」，馬好兒可能是梁祝婚姻的介入者，呂洞賓極可能是度化劇的度化神仙，度化對象可能是梁、祝，甚至也有馬好兒。可以確知的是該劇至少有「婚姻受阻殉情而死」及「神仙"度化"」兩個情節

6　宋・嚴光大撰：《祈請使行程記》，收於元・劉一清撰：《錢塘遺事》，見電
　　子版《文淵閣四庫全書》（臺北：迪志文化出版公司，1999 年 11 月），頁
　　9。

7　元・鍾嗣成撰：《錄鬼簿》卷上作「芙蓉亭，韓彩雲絲竹芙蓉亭」，見《續
　　修四庫全書》影印寧波天一閣博物館藏抄本，（上海：上海古籍出版社，
　　2002 年），頁 146。

8　同前註，頁 145。

單元。白氏一生寓居北方，晚年在金陵，其劇故事之所本，也許是北方所流播的故事，但亦難斷言。然而從元無名氏《風雨像生貨郎旦》雜劇第四折敘述做場說唱情形：「……也不唱韓元帥偷營劫寨，也不唱……，也不唱梁山伯，也不唱祝英臺」[9]，則可知梁祝故事在元代民間是耳熟能詳的典故了。

元世祖至元（1264-1294）年間鄒縣嶧山有「梁祝祠」，鄒縣是今日山東省濟寧鄒城市，則可說梁祝故事在當時不僅於山東鄒縣嶧山一帶大大的流行，必也是深入民間，才會有「梁祝祠」的存在。可知元世祖至元年間之前，梁祝故事已在浙江鄞縣、江蘇宜興、山東鄒縣三地流行。

元袁桷《延佑（1314-1320）四明志》卷七(文獻8)所載梁祝故事內容與南宋羅濬《寶慶四明志》相同，亦對舊志曰義婦塚有異議，其云：「然此事恍忽，以舊志有，姑存。」

另有明人鈕少雅《彙纂元譜南曲九宮正始》收錄「《祝英臺》元傳奇」三曲：〔醉落魄〕、〔傍妝臺〕、〔前腔換頭〕，是今存最早梁祝傳奇片段，僅有「女扮男裝與人〔共讀〕」的情節單元。

明黃潤玉（1389-1477）《寧波府簡要志》卷五〈鄞縣〉(文獻9)所載舊志內容與張津《乾道四明圖經》同，但云：「義婦塚，縣西十六里」與張津記：「在縣西十里」有異。又云：「後山伯為鄞令，卒，葬此。英臺道過墓下，泣拜，墓裂而殉，遂同葬焉。東晉丞相謝安奏封為『義婦塚』」，則與張讀《宣室志》內容大抵相同，但無「英臺適馬氏，舟過墓所，風濤不能進」情節，只言「道

---

9　元・無名氏撰：《風雨像生貨郎旦》，見明・臧晉叔編：《元曲選》（臺北：正文出版社，1999 年），頁 1650。

過墓下，泣拜」，英臺也無殉情之意願。情節單元有三：「女扮男裝共讀」、「女子祭情人墓，墓裂而殉，遂同葬」、「義婦塚的由來」，屬 885B 類型故事。

明正德十一（1516）年趙廷麟訪問故老傳聞而撰成《梁山伯祝英臺墓記》（文獻 10），故事細節及主角形象的描寫已有相當的進展。女主角祝英臺是濟寧九曲村人，其家鉅富，是獨生女，聰慧殊常。父親祝員外「見世之有子讀書者，往往至貴，顯要門閭，獨予無子，不貴其貴，而貴里胥之繁科，其如富何？」英臺聞父咨嘆，變笄易服，冒為子弟，出試家人、鄉鄰都不識，而懇求父親出外讀書。暮春時節帶著隨從負笈詣嶧山求學，過吳橋十里柳蔭處，遇鄒邑西居梁太公之子梁山伯，動問契合，同詣嶧山先生授業。晝則同窗，夜則同寢，三年衣不解。一日，英臺想家回鄉，過半載，山伯應英臺之請，往拜其門，始知英臺是女子，回家不一載，疾終於家，葬於吳橋迤東。其時西莊富室馬郎親迎至期，英臺苦思嘗心許山伯為婚，今日更適他姓，是異初心，悲傷至死。「少間，愁煙滿空，飛鳥哀鳴，聞者驚駭。馬郎旋車空歸。鄉黨士夫，謂其令節，從葬山伯之墓，以遂生前之願，天理人情之正也」。

此則故事有「女扮男裝者瞞過家人鄉鄰」、「女扮男裝外出求學」、「三年衣不解」、「相思病死」、「女子因情人病死而悲傷殉情致死」五個情節單元，屬 885B 類型故事，而進一步描繪祝員外角色，及其鉅富的家世，也說馬郎是西莊富室。但未言梁祝二人婚姻何以未成之因，只說二人並無父母之命媒妁之言，以致未成室家之好。而英臺殉情方式，亦異於前，此《墓記》於二〇〇三年

十月二十七日於山東微山縣馬坡鄉出土,《墓記》作者趙廷麟自述故事是「訪問故老傳聞而撰成」,而此《墓記》於山東省微山縣馬坡鄉出土,則其所言「故老」,當是指此地的故老,則知梁祝故事於明正德十一年之前已流播至山東省微山縣馬坡鄉,而故事中的英臺是山東濟寧九曲村人,此村莊在今微山縣濟寧任城區[10],山伯是鄒邑西居人士;兩人相遇處是吳橋十里柳蔭處,山伯死後葬於吳橋迤東。馬文才住西莊,其地今仍在。鄒邑西居是今微山縣馬坡馬鄉村附近[11],梁祝讀書處鄒城嶧山離此三地不到三十里。[12]

明張時徹(1504-?)《寧波府志》卷十五(文獻11),載晉安帝時山伯托夢助戰顯應而奏封義忠王,立廟祀之之事本李茂誠撰記;卷十七所載「梁山伯祝英臺墓」,內容與張津同,其對舊志稱「義婦塚」亦有異議,其云:「然英臺尚未成婦,故改今名,具載遺事」;卷二十所載梁祝故事大抵與《宣室志》相同,但多載馬氏鄉里「鄮城」,而山伯「遺命葬於鄮城西清道源」與《宣室志》「(山伯)病死,葬鄮城西」有異。另外,丞相謝安之所以奏封「義婦塚」,乃因馬氏將英臺殉情事言之官,聞於朝而成,也與《宣室志》是謝安表奏其事不同。

明朱孟震(?-1582)《浣水續談》卷一(文獻12)所載梁祝故事前半部與《宣室志》大抵相同,惟「地忽裂,祝投而死」是英臺主動投墳,與《宣室志》「地忽自裂,祝氏遂並埋焉」有異。又山

---

[10] 參吉祥撰:〈歷史原型與文化原型:對"梁祝"源發地的比較研究〉,收於宜興市政協學習和文史委員會、宜興市華夏梁祝文化研究會編:《宜興梁祝文化--論文集》(北京:方志出版社,2004年11月一版),頁160。

[11] 同前註。

[12] 同註10,頁161。

伯為鄞令三年病死,《宣室志》沒有三年之期;另外山伯「遺言死葬清道山下」、「馬氏聞其事於朝,丞相謝安請封為義婦」與張時徹《寧波府志》卷二十相同,而與《宣室志》不同。

故事後半部為《宣室志》所無,有和帝時,梁山伯「復顯靈異,效勞於國,封為義忠,有司立廟(於鄞)」、吳中婦孺稱「花蝴蝶稱梁山伯與祝英臺的由來」兩個情節單元。吳中為今日江蘇省蘇州市吳縣,則可知明神宗萬曆十(1582)年之前梁祝故事已大大流行於江蘇蘇州一帶,致使吳中婦孺俱以梁山伯祝英臺稱呼蝴蝶的情況。又朱氏載云:「近有作為傳奇者,蓋祝男服從師」,則知其時亦有梁祝傳奇戲劇的流行,惜今不可得知其內容為何?

明王升編纂《宜興縣志》(明萬曆十八(1590)年刻本)卷十〈古蹟志〉(文獻13)所載故事與宋《咸淳毗陵志》卷二十七「祝陵」條相同。

明揚州人彭大翼《山堂肆考》卷二百二十六(萬曆二十三(1595)年成書)云:「俗傳大蝶必成雙,乃梁山伯、祝英臺之魂。」(文獻14)此記載有「人死魂化蝶」的情節單元,則可知梁祝故事已流播至揚州,且推展至「人死魂化蝶」的情節。

明陸應陽《廣輿記》卷十一〈浙江寧波〉(文獻15)載義婦塚在府城西,梁祝二人少同學,梁不知其為女子;「後梁為鄞令,卒葬此,祝氏吊墓,下基裂而殉,遂同葬。謝安奏封義婦塚」,此故事的祝英臺亦無主動殉情之舉。

馮夢龍《古今小說》(初刊於明天啟(1621-1627)初年)二十八卷〈李秀卿義結黃貞女〉入話(小說1)載梁祝故事女主角祝英臺是常州義興人,自小通書好學,欲往餘杭遊學,哥嫂止之,英臺

扮男子瞞過哥嫂，摘榴花插於花臺賭誓貞潔。出門途中遇蘇州梁山伯，甚相愛重，結為兄弟，與他同館讀書，三年同食同宿。英臺衣不解帶為山伯所疑，但屢次都被英臺搪塞過去。三年後，學問成就，相別回家，約山伯二個月內來訪。奈何英臺哥哥已將英臺許配給同鄉安樂村大富之家馬氏。山伯又有事稽遲在家，過了六個月後才訪英臺，見英臺是翠袖女子，已許馬氏婚姻，回家相思成疾，死前囑咐父母葬於安樂村路口。明年，英臺出嫁至安樂村路口，忽然狂風四起，天昏地暗，輿人都不能行。梁山伯飄然而來，要英臺出轎一顧，英臺出轎來，忽一聲響亮，地下裂開丈餘，英臺從裂中跳下，眾人扯其衣服，如蟬脫一般，片片碎片化作紅黑花蝴蝶，傳說是二人精靈所化，紅者為梁山伯，黑者是祝英臺，其種到處有之，至今猶呼其名為梁山伯、祝英臺。

此故事有十三個情節單元（參第四章第二節，頁 192），故事主角英臺是常州義興人，即今日江蘇省宜興市，山伯是蘇州人，即今日江蘇省蘇州市。

馮氏另有《情史》卷十(小說 3)載梁祝故事，內容與《宣室志》大抵相同，之後又載《寧波志》：「和帝時，梁復顯靈異效勞，封為義忠，有司立廟於鄞云」故事，且加案語：「吳中有花蝴蝶，橘蠹所化，婦孺呼黃色者為梁山伯，黑色者為祝英臺。俗傳祝死後，其家就梁塚焚衣，衣於火中化成二蝶，蓋好事者為之也」(小說 3)，則馮氏知吳中梁祝故事有「橘蠹化花蝴蝶」、「黃色蝴蝶為梁山伯，黑色蝴蝶為祝英臺的由來」二個情節單元，較朱孟震《浣水續談》卷一(文獻 12)所載「吳中有花蝴蝶，婦孺俱以梁山伯祝英臺呼之」的情節，有更進一步發展「橘蠹化花蝴蝶」的情節，及黃色蝴蝶

為梁山伯，黑色蝴蝶為祝英臺的明確稱謂；而俗傳更踵益「焚衣化蝶」的情節。

馮氏是萬曆二年至南明唐王（1574-1646）時長洲人，長洲是今日江蘇省蘇州市，則馮氏所言「俗傳」的「焚衣化蝶」，當是流傳於江蘇蘇州市的故事情節；可知萬曆年間梁祝故事必已大大流通於江蘇蘇州一帶。

明陳仁錫（1581-1636）《潛確居類書》（崇禎（1628-1644）年間刻本）卷二十八(文獻16)所載梁祝故事，大抵統合《咸淳毗陵志》卷二十七「祝陵」條與《增訂廣輿記》卷三「善權洞，國山東南即祝英臺故宅也。周幽王時洞忽自開，寬廣可坐千人，中有立石高丈餘，號玉柱」[13]內容而成。但有些差異，此云：「善權洞，在常州府宜興縣國山東南，一名龍岩。周幽王二十四，洞忽自開。」案：周幽王執政只有十一年（西元前 781-771），並不存在「周幽王二十四年」。

楊守阯〈碧蘚壇〉詩(詩 4)對祝英臺女扮男裝外出求學及殉情而死頗不以為然，故言「何必男兒朋」、「苟焉殉同學，一死鴻毛輕」，而對梁祝故事採「悠悠稗官語，有無不可徵」的態度[14]。此詩有「女扮男裝外出遊學」、「婚姻受阻殉情而死」兩個情節單元，

---

[13] 明・萬曆二十八（1600）年《增訂廣輿記》，收於宜興市政協學習和文史委員會、宜興市華夏梁祝文化研究會編：《宜興梁祝文化--史料與傳說》（北京：方志出版社，2003 年 10 月一版），頁 27-31。

[14] 明・楊守阯撰：〈碧蘚壇〉，收於《荊溪外紀》，見宜興市政協學習和文史委員會、宜興市華夏梁祝文化研究會編：《宜興梁祝文化--史料與傳說》（北京：方志出版社，2003 年 10 月一版），頁 177-179。又見明・張愷撰：《常州府志續集》卷八（臺北：成文出版社，1970 年，明・正德八（1513）年刊本），頁 332-333。此未錄序言「即碧鮮庵，相傳祝英臺讀書處。」

又隱含「人化蝶」及「連理枝」兩個情節單元,屬 749A 類型故事。

　　許豈凡（明萬曆之後人）〈祝英臺碧鮮庵〉詩(詩 5)有「女扮男裝外出遊學」、「婚姻受阻殉情而死」、「衣化蛺蝶」三個情節單元,屬 749A 類型故事,又多了梁祝遊學處是「齊魯間」,結伴至「東吳」的資訊。

　　明傳奇以梁祝為題材,見諸記載者,有《牡丹記》[15]、《還魂記》,又名《英臺記》[16]、《訪友記》、《兩蝶詩》[17]、《祝英臺記》、《同窗記》、《訪友》[18]、《山伯訪友》[19],今所見有《祝英台記》、《英臺別・山伯訪英臺》,及題為《訪友記》、《同窗記》中的散齣,共有九種戲曲選本,十三齣戲,主要是「送別」、「訪友」、「英臺自嘆」三個主題:

1. 《風月錦囊》（嘉靖三十二（1553））年福建建陽書林進賢堂刊本）:《祝英台記》(明傳奇 1)。

2. 《群音類選》（萬曆二十一至二十四（1593-1596）年文會堂輯刻本）:《訪友記・山伯送別(明傳奇 2)・又賽槐陰

---

[15] 明・呂天成撰:《曲品》,收於《歷代詩史長編二輯》第六冊（臺北:中國學典館復館籌備處,1964 年 2 月初版）,頁 248。

[16] 明・祁彪佳撰:《遠山堂曲品》,收於《歷代詩史長編二輯》第六冊（臺北:中國學典館復館籌備處,鼎文書局經銷,1964 年 2 月初版）,頁 121。

[17] 明・王紫濤撰:〈兩蝶詩〉,見清・《傳奇匯考》,收於《祝英臺故事專號》,錢南揚編輯,婁子匡校纂:《祝英臺故事專號》,《民俗周刊》第九十三、四、五期合刊（原 1930 年 2 月 12 日出版）（臺北:東方文化書局,1970 年冬季復刊）,頁 77。

[18] 明・《迎神賽社禮節傳簿四十曲宮調》（明萬曆二（1574）年手抄影印本）,見中國戲曲協會、山西師範大學戲曲文物研究所編:《中華戲曲》第三輯（太原:山西人民出版社,1987 年）,頁 15、38。

[19] 同前註。

分別(明傳奇 4)・山伯訪祝(明傳奇 7)》。

3. 《滿天春》（萬曆甲辰（1604）年翰海書林李碧峰、陳我含刊本）：《英臺別・山伯訪英臺》(明傳奇 8)。

4. 《摘錦奇音》（萬曆三十九（1611）年書林敦睦堂張三懷刻本）：《同窗記・山伯千里期約》(明傳奇 9)。

5. 《堯天樂》（萬曆間（1573-1620）福建書林熊稔寰刻本）：《同窗記・河梁分袂》(明傳奇 6)。

6. 《徽池雅調》（萬曆（1573-1620）末年福建書林燕石屋主人刻本）：《同窗記（還魂記）・英伯相別回家(明傳奇 3)・山伯賽槐陰分別(明傳奇 5)》。

7. 《纏頭百練二集》（崇禎三（1630）年刻本沖和居士輯）：《同窗記・訪友》(明傳奇 10)。

8. 《時調青崑》（明末書林四知館刻本，黃儒卿彙選）：《同窗記・山伯訪友(明傳奇 11)・英臺自嘆》(明傳奇 13)。

9. 《大明天下春》：《山伯訪友》(明傳奇 12)。

　　林鋒雄〈明代梁祝戲曲散齣發論〉一文云：「明代以來，梁祝戲曲經常在民間社戲中演出的二個（送別、訪友）主要部分[20]」，如明萬曆二年手抄影本《迎神賽社禮節傳簿四十曲宮調》之「亢金龍・第五盞南蒲囑別補空戲訪友」、「星日馬・第四盞戲山伯訪友補空鞭打楚平王」[21]所載，又白岩〈寧波梁山伯廟墓與風俗調

---

[20] 林鋒雄撰：〈明代梁祝戲曲散齣發論〉，收於中國古典文學研究會主編：《古典文學》第十五集，（臺北：學生書局，2000 年 9 月），頁 409-429。

[21] 同註 18。

查〉：「在廟會期間，照例演社戲隆重祭祀，明清時代，主要上演《十八相送》和《樓臺會》等折子戲」[22]。

　　林氏以為明代以來，梁祝戲曲經常在民間社戲中演出主要是「送別」及「訪友」，而且隨著演唱之聲腔，呈現出不同的面貌與發展系統。又林氏以為《全家錦囊祝英台記》開場旦上之七言四句唱詞之後，生唱「夜行船・花底黃鸝」至「近腔・芳草池」套，均是明代中葉一些文人劇作家改動南戲的手法，[23]並非《祝英臺記》本有套曲。又斷言此劇是以旦唱及說七言四句為發展重心的民間小戲。[24]

　　另外，《群音類選》（明萬曆（二十一至二十四（1593-1596）年）文會堂本）杭州書林胡文煥諸腔卷四所收《訪友記・山伯送別》、《徽池雅調》所收《英伯相別回家》二齣內容、曲文與此劇相近。然《群音類選》本改題為《訪友記・山伯送別》，可知《祝英臺記》傳至杭州時，已改以梁山伯為劇中主要主角，全數刪去祝英臺唱段，只存生唱「夜行船序・花底黃鸝」等四支曲子，其曲牌聯套及曲辭也非完全襲自《祝英台記》。而《徽池雅調・英伯相別回家》又是以英臺為主要人物，梁山伯的唱段文說白，均被壓縮至陪襯地位。[25]可知明嘉靖年間至萬曆末年，梁祝傳奇的發展。

　　《祝英台記》系統的三齣戲，較諸以前其他故事，有細膩的描寫，其情節單元如：《祝英台記》(明傳奇 1)有：(1)「女扮男裝

---

[22] 同註 18。

[23] 林氏採用俞為民《風月錦囊》所輯〈南戲佚曲考述〉的看法，參林文，頁 415。

[24] 同註 20，頁 416。

[25] 同註 20，頁 417-418。

者佯稱母病許單衫願，衣服有七七四十九度紅絡紐，三年不脫裏衣」、(2)「女扮男裝者佯稱立地解手損了三光日月」、(3)「女扮男裝者借事物（十三項）暗喻己為紅妝，表露情愫」、(4)「女扮男裝者托言為妹定親，實則以身相許」。《訪友記・山伯送別》(明傳奇2)只有(3)（八項）相同。《英伯相別回家》(明傳奇3)少了(2)，其餘相同。

梁祝送別的傳奇，除以上《祝英台記》系統的三齣戲之外，另有《群音類選・又賽槐陰分別》(明傳奇4)，其內容與曲文，含括了《徽池雅調・山伯賽槐陰分別》(明傳奇5)，及《堯天樂・河梁分袂》(明傳奇6)二段，且都改題為《同窗記》。林氏以為此系統的三齣戲，較《祝英臺記》系統的三齣戲，少了民間小戲率真表達感情的特質，和隨物取喻的趣味性。[26]

明代山伯訪英臺戲劇現存最早的散齣，是《群音類選》所收《訪友記・山伯訪祝》(1593-1596)(明傳奇7)，其後另有《滿天春》所收《山伯訪英臺》(1604)(明傳奇8)、《摘錦奇音》所收《山伯千里期約》(1611)(明傳奇9)、《纏頭百練二集》所收《訪友》(1630)(明傳奇10)、《時調青崑》所收《山伯訪友》(明末)(明傳奇11)、《大明天下春》所收《山伯訪友》(明傳奇12)等五種戲曲。此六種散齣在情節的進展、以及唱辭、賓白，有多相似性，似乎是同一個祖本，但刊行時間、聲腔不同，卻有明顯的差異。[27]

《訪友記・山伯訪祝》(明傳奇7)故事的情節單元有十一個之多：(1)「托言為妹定親，實則以身相許」、(2)「女扮男裝者與人

---

[26] 同註20，頁422。
[27] 同註20，頁422。

結拜兄弟」、(3)「女扮男裝外出求學」、(4)「床中置書踩倒者罰銀三分，買紙予公眾用」、(5)「女扮男裝者蹲姿小解被疑為紅妝」、(6)「女扮男裝者蹲姿小解，佯稱怕厭污日月三光，以防他人識破紅妝」、(7)「埋七尺紅羅於牡丹花下賭誓，若失貞則牡丹花死紅羅朽爛」、(8)「借事物（牆角石榴、廟裡神明、青松白鶴、池內鴛鴦紅蓮、天臺採藥五項）喻己為紅妝表露情愫」、(9)「啞謎喻婚期（二八四六三七日）」、(10)「誤猜啞謎造成悲劇」、(11)「埋紅羅於牡丹花下，三年紅羅不爛牡丹色更佳」。

《山伯訪英臺》(明傳奇8)故事的情節單元有十個，其中與《訪友記‧山伯訪祝》(1)、(2)、(3)、(8)（石榴一項）、(9)、(10)、(11)七個情節單元相同，而(7)是「埋七尺紅羅於牡丹花下賭誓，失貞則羅爛花枯，若貞潔則羅鮮花茂」，略有差異。另外又有「三寸金蓮」、「丫環扮書僮與人結拜為兄弟」兩個情節單元。

《山伯千里期約》(明傳奇9)故事的情節單元有六個，與《訪友記‧山伯訪祝》之(3)、(7)、(8)（除相同的五項事物之外，多了紅蓮並蒂、關雎詩、卓文君三項，共八項）、(9)、(10)、(11)（牡丹花開稍異）相同。

《訪友》(明傳奇10)故事的情節單元有六個，與《訪友記‧山伯訪祝》之(1)、(2)、(7)、(9)、(10)相同，而(8)之情節單元素，除五項相同之外，另多出紅蓮並蒂，關雎詩二項。

《時調青崑》之《山伯訪友》(明傳奇11)故事的情節單元有五個，與《訪友記‧山伯訪祝》之(7)、(9)、(10)相同，而(8)之情節單元素除五項相同之外，另多出紅蓮並蒂、關雎詩、卓文君三項，及(11)「牡丹花開」稍異。

　　《大明天下春》之《山伯訪友》(明傳奇 12)故事的情節單元有八個，與《訪友記‧山伯訪友》之(1)、(2)、(3)、(8)（八項）、(9)、(10)相同；另有「三寸金蓮」、「埋紅羅於牡丹花下，賭誓失貞則牡丹花死羅朽爛」。

　　至於英臺自嘆與山伯婚事不成者有《時調青崑》之《英臺自嘆》(明傳奇 13)，其情節單元有七：「埋七尺紅羅於牡丹花下賭誓，若失貞則羅爛，若貞潔則羅鮮花發」、「女扮男裝外出求學」、「丫環扮書僮」、「女扮男裝者與人結拜為兄弟」、「和衣而眠」、「埋牡丹花下紅羅三年色鮮如昔」、「托言為妹定親，實則以身相許」。故事細節有些特殊，如：人心扮書僮與英臺同行，在松陰樹底遇梁兄、事久之後，便打發人心回家，寬慰父母，及英臺初生之時，爹娘夢見門前一面旗，可惜英臺不是男子，日後也不可能更進一步求取功名。

　　綜上可知嘉靖至明末的十三齣梁祝傳奇故事，大抵於福建、杭州兩處流播，故事情節有同有異，有增有減，由民間小戲的形式，漸漸發展成情感複雜糾葛的戲劇，其中散齣的形式，可能是個別的戲劇形式，而非從某個傳奇摘取的折子戲[28]。

　　明萬曆末年刊行《精選天下時尚南北徽池雅調》中有《英伯相別回家》、《山伯賽槐陰分別》書口題為《還魂記》[29]，錢南揚以為《山伯賽槐陰分別》當是《同窗記》，但因是上齣《還魂記》的《英伯相別回家》沿誤所致。而路工《梁祝故事說唱合編》所錄

---

[28] 同註 20，頁 428-429。
[29] 錢南揚輯錄：《梁祝戲劇輯存》（上海：古典文學出版社，1956 年 7 月），頁 11。

《山伯賽槐分別》註明是「《還魂記》中的一齣」。[30]今雖難以斷言二者說法何者為是，然可確知的是，明萬曆末年已有《還魂記》傳奇。又明人祁彪佳（1602-1645）所撰《遠山堂曲品》載朱少齋「《英臺》，即《還魂》」，[31]此傳奇雖佚，但亦可確知明傳奇中梁祝故事已有「還魂」的情節單元，則梁祝故事發展至此，隱然已是749A.1「生雖不能聚，死後不分離，死而復生」型故事。

　　張岱（1597-1685）《陶庵夢憶》卷十二〈孔廟檜〉[32]提及己巳（1629）年至曲阜，謁孔廟，見曲阜孔廟宮牆上有樓聳出，匾曰：「梁山伯祝英臺讀書處」，是知當時山東濟寧一帶梁祝故事已深入當地化，始有梁祝讀書處的產生。

　　明翻刻本《棠邑腔同窗記》（棠邑腔 1），共五卷，故事角色有祝英臺（祝久紅）、山伯、孔丘、馬士恒（人稱齋長）、五殿閻君。此故事祝英臺外出求學的原因與其他故事不同，她是「有神人送靴帽藍衫，叫奴家女扮男裝上衣（尼）山攻書」，老師是孔丘。山伯死後葬在吳橋北岸。新娘哭祭，被山伯陰魂顯靈，拉她一同歸陰，馬士恒當場嚇死。結果兩男一女齊至五殿閻君處告狀，最後是梁祝還陽，中了狀元，活至百歲。故事屬 749A.1「生雖不能聚，死後不分離，死而復生」類型。戴不凡疑此即是徐渭《南詞敘錄》所記的，流傳於池州、太平、徐州等地的古老而失傳餘姚腔[33]。戴

---

[30] 杏橋主人等撰：《梁祝故事說唱合編》（臺北：古亭書屋，1975 年 4 月一版），編輯大意：頁 3、本文頁 9。

[31] 同註 16。

[32] 明・張岱撰：《陶庵夢憶》卷十二，收於《四部叢刊》（臺北：漢京文化公司，2004 年 3 月），頁 10。

[33] 戴不凡撰：《小說見聞錄》（臺北：木鐸出版社，1983 年 4 月），頁 42。

氏之論若屬實，則梁祝故事必已流傳於池州、太平、徐州一帶，池州是今安徽省池州市貴池區、太平在今安徽省馬鞍山市當塗縣、徐州是今江蘇省徐州市，則梁祝故事於明已流播至此三地。

明末徐樹丕（康熙（1662-1722）年間卒）《識小錄》卷三（文獻17）所載梁祝故事類同《情史》所記《寧波志》內容，文末又云：「（山伯）廟前橘二株相抱。有花蝴蝶，橘蠹所化也，婦孺以梁祝稱之」，此段內容與《情史》所言「吳中」有「橘蠹化花蝴蝶」相同，但似乎有進一步說明橘蠹是山伯廟前相抱之橘樹所生，隱含梁、祝死後化相抱之橘樹，而橘樹所生的橘蠹，又變成花蝴蝶，是連續變形的故事。

明末鼓詞《梁山伯祝英臺結義兄弟攻書詞》（鼓詞 1），所載故事時代前推至周孔子時代，祝英臺十六歲，家住越州東大路祝家，是積德豪富人家；梁山伯十七歲，家住越州諸暨縣青墨堂；梁祝婚姻的介入者首次有了清楚的名姓，叫馬俊，住在林莊里，也是富豪人家。山伯死時「大周三年三月甲子朔越十有五日」。故事角色增益為十七人。今考越州，是隋代置所，在今浙江省紹興縣；諸暨，為秦所置，在今浙江省蕭山縣南。周代並無越州或諸暨的地名，然通俗曲藝的宣說，時地虛設或變異是常有的事。此則故事的情節及細節也有大的進展，如說英臺的描龍魚鳳繡鴛鴦本事，便有「十繡」的敷張，山伯死後，英臺祭奠，便有祭文一道。而故事情節單元便有十五個（參第四章第二節，頁 212-213），屬749A 類型故事。

綜上所言，可知明代梁祝故事已有 749A「生雖不能聚，死後不分離」及 749A.1「生雖不能聚，死後不分離，死而復生」類型

還魂的故事。情節單元已有十五個之多，且有連續變形的情節，故事角色也從梁、祝二人，增益至十七人。至於故事的流行地域有今日浙江省寧波市、杭州市、山東省鄒縣嶧山、微山縣馬坡鄉、濟寧縣曲阜、嘉祥縣、江蘇省揚州市、蘇州市、徐州市、吳縣、宜興縣國山東南、安徽省池州市貴池區、馬鞍山市當塗縣、福建省。

　　明末清初流傳於河南省西南部、湖北省北部、陝西省東北部的民歌《英臺恨》（民歌 2），共有八百多行，有〈英臺擔水〉、〈英臺辭學〉、〈英臺拜墓〉三章，明末清初，在民間流傳至今，在農村，老農作茶餘酒後的敘述。民間藝人也作為三弦書的曲藝形式配上音樂演唱。故事屬 749A 類型，有故事情節十七個（參第四章第二節，頁 215-216），從此故事可知明末清初梁祝故事在河南省西南部、湖北省北部、陝西省東北部盛行。

## 第二節　清梁祝故事流播現象

　　清初（約 1660 年左右）浙江忠和堂刻本的《梁山伯歌》（民歌 3），故事屬 749A.1「生雖不能聚，死後不分離，死而復生」類型，不僅是殉情化蝶，也有陰間告狀、閻王斷案、投胎轉世的情節。細節上也有很大的鋪張，角色有十五個，祝英臺又叫九姐、九娘，而婚姻介入者名字叫馬洪，與明末鼓詞《梁山伯祝英臺結義兄弟攻書詞》（鼓詞 1）名字是馬俊、《英臺恨》（民歌 2）名字是馬世恒不同。英臺是越州祝家莊人，山伯與之同鄉，馬洪則是東邊馬大戶的獨生子。馬洪妻投墳，他不僅掘墳起骨投江，且至東岳大帝告狀，

因而有（東岳大帝）鬼王入陰間銀安殿上斷案，閻君查生死簿、捉拿活人下地獄問罪、令牛頭馬面捉拿活人進酆都遊十八地府、令催生送子娘娘送陰魂投胎轉世再成姻緣的情節。

此故事情節單元有二十六，(1)至(17)大抵不出 749A 類型的情節單元（參第五章第一節，頁 217-218），(18)以後則有很大的變化：(18)「羅裙化蝴蝶上天臺」、(19)「新娘投墳，新郎掘墳起骨投江」、(20)「陽間新郎向東岳大帝告冤魂奪妻」、(21)「鬼王入陰司查真相，五殿閻君相迎，銀安殿上斷案」、(22)「閻君查生死簿斷案」、(23)「星斗投胎為人」、(24)「閻王怒喝捉人下地獄問罪」、(25)「閻王令牛頭馬面捉拿活人入酆都遊十八地府」、(26)「閻王令催生送子娘送陰魂投胎轉世再成姻緣」。此故事是浙江忠和堂刻本，則知是流通於浙江的梁祝故事。

清康熙十一（1672）年修《嶧山志》[34]與康熙五十四（1715）年《鄒縣志》[35]，均有「梁山伯祝英臺墓，在城西六十里，吳橋地方有碑。」的記載，其所言梁祝墓，即二〇〇三年十月二十七日微山縣馬坡鄉出土《梁山伯祝英臺墓記》處。

《清水縣志》(文獻 20)（康熙二十六（1697）年鈔本）卷二〈地理志〉墓：「祝英臺墓，在邑東八里官道南，冡碑今俱存。題詠詳〈藝文〉」；而卷十二〈藝文〉〈祝英臺〉詩；提及祝英臺是秦川女秀才，「過情人墓，禱祝顯應墓門開，投穴殉情」。清水縣是今日

---

[34] 樊存常撰：〈梁祝傳說源孔孟故里--山東濟寧〉，收於樊存常主編：《梁祝傳說源孔孟故里》（北京：文物出版社，2005 年 8 月），頁 5。

[35] 陳金文撰：〈明代曲阜孔廟緣何會有“梁祝讀書處”〉，收於樊存常主編：《梁祝傳說源孔孟故里》（北京：文物出版社，2005 年 8 月），頁 109-110。

甘肅省清水縣,則可知康熙二十六年之前,梁祝故事已流傳至甘肅省清水縣;而且深入民間,故有祝英臺墓,有文人詩詠。另外卷十一〈人物紀‧貞烈〉則載梁祝故事說:「梁祝氏,諱英臺,五代梁時人也。少有大志,學儒業;為男子飾,與里人梁山伯遊;同窗三年,伯不知其為女郎」,英臺則早已心許山伯,奈何父母已納馬氏聘。山伯聞其事;訪英臺不得憤恨而死,葬邡山之麓,英臺出嫁道經墓側,祭拜禱祝顯應,墓門忽開,英臺投墳墓復合,屬 749A 類型故事。此則故事梁、祝是清水縣人,山伯死後葬邡山,在今甘肅省天水縣西北。顯見在康熙年間梁、祝故事已流播至此,其中祝英臺的「少有大志,學儒業;為男子飾,與里人梁山伯遊」,也是首見顯現英臺獨立意志,想有作為的描繪。

清中葉(約康熙(1662-1722)年間,開始盛行的畬族敘事長歌《仙伯英台》(民歌 69)普遍流傳於浙江畬族族群。屬 749A 類型故事,情節單元共二十四(參第五章第一節,頁 222-223),則康熙年間之前浙江畬族族群已有梁祝故事的流通。

乾隆(1736-1795)間李調元編《粵風》有〈梁山伯〉一首:「古時有個梁山伯,常共英台在學堂;同學讀書同結愿,夜間同宿象牙床」(民歌 5),從此廣東歌謠可知乾隆間梁祝故事已流播至廣東一帶,且是從山伯說起,以山伯為主的故事。

乾隆己丑(1769)年,《新編金蝴蝶傳》(江蘇蘇州民間藝人抄本)(彈詞 1)故事發生在周孔子周遊列國時,孔聖賢訓學杭州開館門。梁山伯(年十七,祖居紹興府,諸暨人,爹娘同庚,望六,單生山伯,家私富足)、祝英臺(也稱九姐,年十六,越州杏花村人,家亦富足,父母生兄妹二人,哥哥已娶嫂嫂)各帶四九、人

心赴杭州求學。婚姻介入者是馬俊，梁祝殉情後，馬俊懸樑自縊，到陰府告狀，閻王令判官查簿後斷三人還陽，梁祝結成婚配，山伯考中狀元，而馬俊是再世姻緣。故事角色有十一人。故事屬749A.1「生雖不能聚，死後不分離，死而復生」類型，故事情節單元有二十五（參第五章第一節，頁 225-226），較之前故事不同的有祝英臺以草蟲及鳥禽名作喻，要山伯猜古今人事的情節鋪張。

　乾隆三十四（1769）年寫定，道光三（1823）年文會堂補刊本《新編東調大雙蝴蝶》三十回(彈詞 2)，此梁祝故事已大大擴展為三十回，人物除了故事的主要、次要角色二十人之外，另有與梁祝故事不相干的角色五十人（參第五章第一節，頁 226-227），故事與通俗章回小說的敘述描寫方式相近，有三十回回目。每回最後常有「下回書中再表」或「書中下回再言表」、「書中下回把言表」、「下回書中細表明」、「下回書中把話提」、「下回書中再細言」、「下回書中把話表」的套詞。故事亦是 749A.1 類型。但多了梁員外（御）要梁山伯（乳名官寶，十六歲）出外遊學，山伯便與瑤琴到魯國，在彭城柳家莊桃花舖招商店投宿，店主人女兒前來勾引，被山伯勸導改了邪心，才與情人結婚。其後祝英臺（十六歲，越會稽杏花村人）、春香（改名為進才）也來投宿，二人結拜為兄弟，同至孔子家，其時孔子奉周文王旨、魯君之命周遊列國，梁、祝二人與曾子、閔子騫等吟詩作對、講學論道，等候孔子回來。孔子回來一見英臺，知是女子，欲打發英臺回家，正巧祝母思念英臺患病，差家僕前往送信，英臺便轉回家。英臺回鄉時，路過胥江救起越國丞相周文之女周慶雲，又多了周慶雲為後母所害，生母亡魂顯靈向後母討命的情節。

　　英臺回家，祝母病重，至天竺山許願；祝母病癒，英臺至天竺山還願時，被馬留看上，找了風流媒婆李鳳奴說親，鳳奴、馬留相見欲成好事，為馬留亡妻百花羞陰魂白日索命，馬留跌昏。其後李鳳奴至祝家求婚，祝榮春應允。山伯回鄉時，路過杏花村訪英臺，陳松告知英臺、進才都是女子，祝母不允二人相見，山伯黯然回鄉，其後越王召為參政大夫。

　　馬留病癒欲迎娶英臺，娶親日被無名火燒死。此時山伯得相思病重，待梁父央媒人到祝家提親，山伯已懨懨一氣，媒人以梁安人病重為由，要英臺到梁家探視，英臺到時，山伯已氣絕；英臺嘆五更，哭到傷心處，也三魂六魄歸冥府。馬留陰魂告狀，閻王判陽間善人之子山伯與英臺回陽，待五十年後，二人魂遊地府，化為蝴蝶；馬留生前作惡多端，墜地獄，又打傷解差，永墜阿鼻地獄，萬劫不得翻身。梁、祝二人回陽醒來，英臺見山伯面紅害羞，先與僕人回家。山伯病癒入朝，越王欲為山伯作媒，娶國老太師千金，為山伯婉拒。越王賜山伯宮花寶燭，迎娶英臺。其後山伯朝中掛紫衣，生三子。山伯、英臺歿於寢所，葬於雲棲，墓上出現兩樣蝴蝶，土人謠言，此梁山伯、祝英臺也。

　　故事屬 749A.1 類型，情節單元三十一個（參第五章第一節，頁 229-230），較之前故事不同的有：(1)「結拜發誓，雷公電母風伯雨師為証，若負所言，下地獄酆都變畜生」、(2)「亡母救女，附身於後母身上，使其自掌嘴巴、自罵賤人」、(3)「亡夫附身姦婦勾魂，姦婦撲倒而亡」、(4)「陰魂白日索命，阻止前夫風流」、(5)「歇後語（一刀兩是段老爹、絕子絕是孫二哥、天災神是賀老爹、千江落是海二哥、馬出角是馮先生、斬頭笋是尹先生、滅口

君是尹先生、半開門是尹先生。）」、(6)「無名火塊滾進新房，冥冥之中有人扯住新郎，烈火燒身而亡」、(7)「亡者陰魂不散」、(8)「陰魂啼哭欲尋情人，誤入森羅殿，遇紅鬚判官尋求指引」、(9)「陰魂為奉養陽間父母要求判官送其回陽，判官答應上稟閻羅，視其造化」、(10)「判官告知陰魂其情人將死而入枉死城」、(11)「情人相思病死，女子亦隨之殉情而死，陰魂入鬼門關九曲彎」、(12)「生前做盡欺心事，白日青天被鬼迷，死在陰司遭報應受刑罰」、(13)「陰曹解差手拿無情棍，喝令陰魂前行」、(14)「陰魂在陰府望鄉臺看陽間家鄉，悲聲不絕」、(15)「閻羅天子奉上帝旨統轄鬼神，察生前善惡，判陰府冤魂」、(16)「生前作惡多端，死後墜地獄，又打傷解差，閻羅判永墜阿鼻地獄，萬劫不得翻身」、(17)「閻羅王令鬼判送陰魂還陽，待五十年後魂遊地府化為蝴蝶」。

乾隆四十七（1782）年鐫《梁三伯全部‧同窗琴書記‧時調演義》二十回（會文齋藏版）(南管 1)故事從「仙伯遊春」開始，仙伯字俗夫，越州諸暨縣東莊人，父母雙亡，年當弱冠，意往杭州孫卓處拜師。有張、康二位友人前來拜訪三人搓皮毯，唱歌同樂，又相約遊春。遊春時見英臺（十三歲，諸暨縣南莊人）以作牡丹花詩招婿，而摘牡丹一枝，且作牡丹詩一首；英臺自恨學淺對詩輸人而逕自離去，立志前往杭州求學。

梁、祝二人於客店相遇義結金蘭，同床同枕共讀三年。英臺與人心回鄉，仙伯攜事久相送，英臺說二人結髮一世，仙伯不解，英臺只好托言為妹提親。仙伯便以琴書為聘，英臺以啞謎約定婚期。

英臺歸鄉後，丞相保孫卓入朝，官拜翰林侍講學士，也保舉

仙伯做官，想招仙伯做親。仙伯告知老師已允婚英臺小妹，孫卓
贈黃金五十兩，准仙伯為求親之資，答應日後保舉二人入朝為官。
不料英臺回家時，祝父已應允馬俊求親，馬俊日日催親。仙伯來
訪，祝父見了仙伯，暗忖馬俊才貌共仙伯差，思量反悔已不及。
英臺男裝相見，兩人同遊花園，英臺以鴛鴦成雙暗喻情衷，仙伯
卻以石頭挾鴛鴦分飛。至英臺失肚裙為仙伯拾著，仙伯才細想英
臺是姿娘。兩人修書一封，差人送給孫卓為他們主持婚配。

　　但此時英臺已許配馬俊，仙伯只能悵然返家，相思嘆五更，
英臺得知仙伯病重，祝告天地，隨後與人心探望仙伯。其時馬俊
安排好聘，擇日便行，所幸大學士薦舉仙伯為越州知府的詔書到，
也封英臺為守禮恭人，賜黃金百兩，委孫卓為媒合婚，仙伯英臺
終得團圓，其後福壽雙全。

　　此梁祝故事是有時代可考最早的一齣喜劇，不屬梁祝類型故
事，以閩南方言抄寫，吳守禮以為「似乎是『戲班』（閩南話稱戲
子曰『戲班』）傳抄的一種備忘。別字多，錯字多，處處誤脫不能
讀，長短不齊。有時，有正文而目錄漏列，如〈仙伯行〉、〈英臺
行〉；有時，有目無文，如〈人心送〉；有時，節目和內容不相符；
加上，在流傳之中失去了兩葉，……各齣的分量，短的只有五行
－－〈打媒婆〉，（內容並無「打」的敘述，令[36]人懷疑「打」恐為
「托」的字誤），挾鴛鴦一出（齣）最長，也最精彩，〈見曾公〉
一出也頗饒韻致，只是情節上曾公這人物沒有交代清楚。由上述
各點，筆者認為：《同窗琴書記》似非完整的創作而是戲班的演出

---

[36] 原文作「今」字，當是「令」字之誤。

底本，展轉傳抄的，非文人所為閱讀的戲曲」[37]，則可知此梁祝故事是乾隆四十七年（1782）年以前流通於閩南地區南管戲班的底本。較之前故事最大的不同是梁、祝二人並無殉情情節，只有仙伯相思病重，英臺相探；在馬俊意欲擇日娶親時，已因先生孫卓的保舉為官，及時化解危機，故不屬梁祝類型故事。其他特殊的情節單元有：「借結髮一世為喻表露情愫」、「女失肚裙被識破紅妝」。

　　吳騫編著《桃溪客語》（乾隆（1736-1795）年間）（文獻 26）卷一載及清水、舒城縣及善權山均有祝英臺墓，而疑英臺墓何其多？又以為英臺是女子，何得稱陵？卷二則進一步推論：「疑祝英臺當亦爾時一重臣，死即葬宅旁，而墓或踰制，故稱曰陵」，而碧鮮庵是其平日讀書處，祝陵為其葬地，但此人與俗傳梁祝殉情故事中的祝英臺並非一人，之所以誤為一人，乃因兩人名字相同牽合所致。從此則記載可知梁祝故事不僅流行於江蘇省宜興縣、甘肅省清水縣，在乾隆（1736-1795）年間安徽省舒城縣也已盛行梁祝傳說。

　　乾隆（1736-1795）年間，瑤族《盤王大歌》手抄本，所錄流傳於湖南江華瑤族自治縣〈梁山伯〉（民歌 4），三十二行，有「女扮男裝與人共讀」、「做衣定情」、「三年同臺讀書不辨雌雄」、「〔婚姻受阻〕吞藥死」、「新娘出嫁過情人墳，陰魂開墳出迎共赴黃泉」五個情節單元，亦是 749A 類型故事。可知梁祝故事於乾隆年間已

---

[37] 吳守禮撰：《乾隆間刊「同窗琴書記」校理》（臺灣：吳守禮出版，1975年 5 月），頁 1-2。

流播至湖南省江華瑤族自治縣，而有了瑤族自己的梁祝民歌。

吳騫另有〈祝陵〉詩(詩6)一首:「處仁偉丈夫，英臺奇女子。三年共游學，所契惟書史。……春深巖碧鮮，秋晚蝶衣紫」[38]，則有「英臺與處仁共讀」、「〔人化蝶〕」兩情節單元。徐喈鳳（順治十一（1654年）舉人、十五年進士）有〈祝英臺碧蘚庵〉詩:「……化蝶更荒謬」[39]，頗不以化蝶為然，但其所聞故事必有「人化蝶」情節。

清焦循（1763-1820）《劇說》卷二(文獻27)首先提及元白樸《祝英臺死嫁梁山伯》、宋人詞名有〈祝英臺近〉，其後又引元劉一清《錢塘遺事》云:「林鎮屬河間府有梁山伯祝英臺墓」，又提及焦氏於乾隆乙卯（六十，1795）年曾見嘉祥縣明人刻石－－祝英臺墓碣文。其後文提及志書所載梁祝遺址及故事，前者類同張津(文獻4)所記，後者與明人張時徹《寧波府志》(文獻11)內容相同。焦氏又說自己家鄉「郡城北九槐子河旁有高土，俗亦呼為祝英臺墳。余入城必經此，或曰:此隋煬帝墓，謬為英臺也」，則不管此墳是隋煬帝墓或祝英臺墳，均可確定此地必流行梁祝故事，且已深入民間，致有英臺墳地的傳說，而焦氏是今日江蘇省江都縣甘泉人，生於乾隆二十八年，卒於嘉慶二十五年（1763-1820），則可說梁祝故事在乾、嘉年間必已流行此地了。

---

[38] 清・吳騫撰:〈祝陵〉，收於吳騫撰:《拜經樓詩集》卷七（上海:上海古籍出版社，2002年3月一版，《續修四庫全書》本，1454冊），頁68。

[39] 清・徐喈鳳撰:〈祝英臺碧蘚庵〉，收於《常郡八邑藝文志》(光緒十六(1890)年)，收於宜興市政協學習和文史委員會、宜興市華夏梁祝文化研究會編:《宜興梁祝文化--史料與傳說》（北京:方志出版社，2003年10月），頁257-260。

　　車錫倫編著《中國寶卷總目》，有清道光二十九（1849）年抄本《梁祝寶卷》一冊（北京市首都圖書館藏）的記載，今未見其書[40]，不知其內容為何。

　　道光（1821-1850）年間廈門手抄本《三伯英台歌》二十本（歌仔冊1），屬749A.1「生雖不能聚，死後不分離，死而復生」類型，情節單元有九十個（參第五章第一節，頁241-245）之多，是梁祝故事之冠。較之前故事不同有：(1)「英臺堂嫂三年日夜用水澆埋牡丹花盆的紅羅，而紅羅不爛，牡丹不開。」(2)英臺大膽「脫落繡羅衣，三伯看見驚半死，早知賢弟是女兒，冥日宰肯放身離」，正要與英臺好合時，仁心因安人差遣要帶英臺回鄉，此時「打門緊如箭」，三伯氣沖沖罵仁心來得不是時候，惹得仁心反唇相譏，「我娘共爾住三年，不恨自己恰呆癡。」(3)英臺回鄉，祝父母答應馬俊求婚，只能嘆五更得相思病。差遣瑞香園中採桑，等候梁官人。(4)三伯杭州讀書三年滿，「朝庭選賢去作官，滿學學生盡選出，虧的三伯守孤單」，此處不明山伯未入選的緣由。(5)三伯欲訪英臺，問先生才知英臺住處，亦頗奇怪。(6)三伯來訪，英臺男裝相迎，卻忘了換下弓鞋。三伯踏著弓鞋情挑，仁心告知婚姻已配馬俊。兩人淚眼相對，英臺拔金簪相送，三伯回送頭髮一綹。(7)三伯回家（武州）病重，寫信結在鶯哥翅下傳書到越州英臺處。(8)三伯死後陰魂至英臺家，門神叱退，三伯說明原委求情，門神始放行，三伯入英臺夢中。次日士久來報喪。(9)士久守靈，三伯

[40]　《梁祝化蝶寶卷》（蘇州市戲曲博物館藏清・咸豐七（1857）年抄本），見車錫倫編撰：《中國寶卷總目》（臺北：中央研究院中國文哲研究所籌備處，1998年6月），頁247。

夜裡顯靈，告知英臺出嫁日，青天白日要搶親，且認士久為弟，改名清和，代己孝順父母。(10)英臺出嫁日，下轎讀祭文拜墓，拔金釵打墓牌，禱祝顯靈，攝入英臺，馬俊拉住羅裙，人已不見蹤影。馬俊找人掘墓尋妻，墓門無尸身，只見一對蝴蝶飛上天，墓底有二片青石枋，一片扛去丟溪東，長了竹；一片扛去丟溪西，發了杉。杉是武州梁三伯，竹是越州祝英臺。(11)馬俊氣沖天，咬舌自盡歸陰司，山神土地帶他到森羅殿前向閻王告狀，閻王簽牌票差鬼將捉拿梁祝陰魂來問案，閻王差判官看緣簿，知「三伯天上金童兒，英臺天上是玉女，金童玉女來降世，二人夫妻有名字，馬俊燈猴神來出世，柴氏七娘伊妻兒」，馬俊向閻王求情回陽事奉七十二歲老母親，閻王讓馬俊借身還陽。(12)閻王判三伯英臺遊地獄，三伯英臺遊完十八地獄，觀音佛祖駕五彩雙雲來地獄，告知二人乃金童玉女，「玉帝面前失主意，降落凡間去出世，雙人夫妻無緣分，動破姻緣是馬俊，十八地獄爾看過，等待下次蟠桃會」，二人業滿回天庭。

　　此則故事大大宣說陽間為惡，死後陰間受刑罰，共有(50)至(70)等二十一個情節單元，又有善人、惡人輪迴由註生娘娘管理，分別領不同花卉而輪迴出生，共有(74)至(85)等十二個情節單元。從此則故事可知梁祝故事已深入流行於福建省廈門地區，敷張七言歌仔二十本。

　　廈門手抄本〔梁山伯與祝英台〕(歌仔冊2)故事不全，主要情節是梁祝殉情化蝶連續變形，屬 749A 類型故事，有十七個情節單元（參第五章第一節，頁 245），大抵與《三伯英台歌》(歌仔冊1)相同，惟有細節如「病人寫自己八字向情人討藥方治相思」之「寫

自己八字」為多出之細節，又多「鳥作人語」、「鳥以人語勸人」、「三寸褲帶做藥治相思病」三個情節單元。

　　道光（1821-1850）年間宜興人邵金彪《祝英臺小傳》(文獻29)故事主角祝英臺，小字九娘，上虞富家女，生無兄弟，才貌雙絕，父母欲為擇偶。英臺以為當外出游學，得賢士事之；因易男裝，改俏九官。遇會稽梁山伯，偕至義興善權山之碧鮮巖，築庵讀書同居同宿三年，而梁不知為女子。臨別英臺以其妹許婚，山伯因家貧遂至愆期。祝父母將英臺字馬氏子。梁為鄞令過訪祝家，知是女子，僅羅扇遮面一見，梁悔念殉情而卒，遺言葬清道山下。英臺出嫁令舟子迂道過其墓，風濤不能行，英臺泣墓，地忽開裂，墮入塋中，繡裙綺襦化蝶。謝安聞其事於朝，請封為義婦，此東晉永和時事。齊和帝時復顯靈異助戰，立廟於鄞，合祀梁、祝。俗傳大彩蝶是兩人之精魂。今稱大彩蝶尚謂祝英臺。此則屬749A.1類型故事。故事中英臺頗有主見，父母欲為擇偶，她都要外出游學得賢士始事之；又出嫁日，主動令舟子迂道過山伯墓祭拜，較之前故事有異，但亦無投墳之舉。又梁山伯之所以愆期求婚，乃因家貧，羞澀畏行，亦為其他故事所無之情節。

　　車錫倫編著《中國寶卷總目》，有清咸豐七（1857）年抄本《梁祝化蝶寶卷》（蘇州市戲曲博物館藏）的記載[41]，然今未見其書。

　　咸豐九（1854）年手抄本，廣西來賓縣石陵瑤族村寨《大路山歌》所錄七言〈梁山伯歌〉(民歌6)，有四個情節單元，屬749A類型故事，其中「〔婚姻受阻〕吞衣死」，較之前故事有異。可知

---

[41] 同註40，頁77。

咸豐九年之前，廣西來賓縣石陵瑤族已有梁祝故事流通。

　　清山西洪洞同義堂丙子（1876 或 1816）年刻本《梁山盃全本》（洪洞戲 1），今所見只是其中一齣「送友」，故事中的梁山盃是丑角，師父說他不成材，這是首見男主角是丑角的故事。祝父壽誕日，他與祝鶯台一道前去祝壽，此時鶯台已知爹娘將自己許配馬家。旦角鶯台唱一段，丑角山盃便重覆唱一段。鶯台借事物暗喻自己是紅妝，奈何山杯不開竅，終是枉然。此故事是山西洪洞同義堂刻本，洪洞是今日洪洞縣西南，則知梁祝故事也流播至山西省洪洞縣洪洞一帶。

　　同治三（1864）年《嶧山志》提到「梁祝讀書洞」、「梁祝墓」「梁祝泉」的遺址，又記載時人陳雲琴、顏崇東遊嶧山時各作〈萬壽宮梁祝像〉詩一首[42]、閻東山則有〈題梁祝洞詞并序〉（文獻 28），序中提及：「嶧山梁祠洞見於文集者不一。……又按《廣輿記》，宜興善卷洞中，亦有祝英臺讀書處」，又：「何為清道山邊，高封義忠墓，善卷洞中，亦有讀書處」（文獻 15），閻氏對嶧山梁祝洞、宜興善卷洞中祝英臺讀書處，今鄞城（今寧波）清道山邊之義忠墓三者，何者為是，只能笑問山靈，此事真否？閻氏所知梁祝故事有「女扮男裝外出求學」、「婚姻受阻殉情同墳」、「人化蝶」三

---

[42] 陳雲琴〈萬壽宮梁祝像〉：「信是榮情兩未終，閑花野草盡成空。人心到此偏酸眼，小像一雙萬壽宮。」（見《嶧山志》，收於樊存常主編：《梁祝傳說源孔孟故里》（北京：文物出版社，2005 年 8 月），頁 107。及顏崇東〈萬壽宮梁祝像〉：「江陵煙水闊，此陵白雲封。好事憑上手，無端繪治窮。青燈常照讀，黃土尚留踪。昔日相思恨，惟餘對冷松。」（見《嶧山志》，收於樊存常主編：《梁祝傳說源孔孟故里》（北京：文物出版社，2005 年 8 月），頁 107。

個情節單元，屬 749A 類型故事。

清末（約 1870 年左右）四川桂馨堂刻本鼓詞《柳蔭記》(鼓詞 2)，故事發生在周宣王時代，江南蘇州郡白沙岡祝萬，娶妻陳氏，單生一女英臺，年少愛讀書文，扮男裝試父母眼力，辭行往尼山看文章。途中柳蔭樹下遇蘇州府臥龍岡山伯與書僮四九。此則屬是 749A.1.1「生雖不能聚，死後不分離，死而復生，神仙相助」類型故事，共五十五個情節單元（參第五章第二節，頁 255-257）。與前之故事不同的有：(1)人心未陪英臺外出求學，僅在英臺返家時陪小姐花園散心，兩人就琴棋書畫、風花雪月、吟詩作對，以姐妹相稱。山伯帶四九來訪時，人心見四九生來俊俏，不似下賤樣才種下情緣。(2)婚姻介入者是馬德芳，蘇州富豪之子。新娘投墳後，馬德芳聽了憂不過，一命入幽冥，閻君殿前去告狀。(3)閻君據簿斷案，原來英臺前世趙家女，與山伯有舊情。山伯前生周氏子，暗約英臺結成親。後來兩家都失約，姻緣未成。而德芳本是馬家子，又定趙氏結成婚，卻貪戀紅花柳氏女，而棄趙氏一段情。因為兩家都失約，今世雖有緣分，但夫妻該別八年春。閻君吩咐二人不得收進枉死城。(4)馬德芳醒來是一夢，記得陰間告狀事，心願憂不過，帶家人欲挖梁姓墳。驚動雲端太白星、梨山老母，已知梁祝二人，以後一個朝中封上位，一個三邊女將軍，便起青煙紅煙結成虹，忽又起狂風嚇殺馬家一伙人，只見花棺不見人，只好作罷。(5)神仙救了梁、祝二人，神風吹到九霄雲，英臺去梨山上「日看兵書夜捧琴，能知戰策擺陣勢，千變萬化件件能」；洞賓帶回梁山伯，朝陽洞內看五經，百般武藝皆學會」。而祝家人不知其事，祭奠哭靈，人心且做祭文一張。(6)英臺在梨山雖然學

得本事，但思量父母及梁兄，跪問老母原委。老母告知山伯去處，且預言後來自有團圓日，二人都是國家棟樑臣，而賜英臺無價寶下山而去。英臺到得吳江朝陽城白虎關，進入賊人黑店百花樓，遇見劫後山伯叔父的夫人及女兒，原來山伯叔父梁金本是錢塘縣令，官清加陞上朝去，路過此地，家人被殺二十人，也殺了梁金與其子。留下夫人、小姐欲佔為妻。此刻遇見英臺，殺了店主及田文總兵，解救二女。(7)山伯在朝陽洞修練，想起往事心如刀割，辭別師傅來到路家莊前宰相女兒路鳳鳴對詩情挑，鳳鳴見山伯兩耳垂肩、雙手過膝，願與此人成婚。山伯想起英臺只允登科後再成婚。洞房花燭夜山伯挑燈夜讀，隔日上京科考，中狀元，奸臣馬力欲招為婿不成，設計相害，修本進奏差狀元北海領兵攻打北平王。山伯平蠻有功，馬力又奏一本，要山伯得勝之兵，移帶朝陽行勤女將。(8)山伯上京一年杳無音信，鳳鳴女扮男裝進京，一訪山伯，二取功名，與表兄、堂弟一道進京科考，三人中了狀元、探花、榜眼。三清王爺公主結綵樓，丟綵球打著狀元郎，招鳳鳴為駙馬。鳳鳴洞房連衣臥床，紅瑞公主心中不樂，不知原委，以詩動心，鳳鳴題詩回話「牡丹怎麼壓海棠？」(9)山伯安營吳江糧草不足，修本進京求糧，馬力又奏狀元三元可以押糧前往，此差正合鳳鳴心事。山伯見了鳳鳴狀元郎，但覺面熟，鳳鳴知曉不做聲。夜裏把琴細捧一曲，山伯聽了，以曲和之，並不知情。明日山伯與英臺交戰，彼此一觀，著了一驚。各人退後，再做商議。英臺回營告知祝爺及梁金夫人，梁夫人吩咐明日到山伯營中下書，於是一家團圓。夜裡山伯英臺對話，鳳鳴在窗外細聽，知英臺故意著急梁郎，也在窗吟詩說明原委。山伯一見狀元，著了一

驚，始知狀元是鳳鳴女。從此一夫二婦大團圓。(10)山伯班師回朝，其時奸臣馬力勾引波羅國吉力大王帶番兵入侵，殺死君王，自力為王，與番王平分江山。忠臣堯天吉私引太子逃生。山伯回京正遇波羅追太子，與英臺一路追殺賊人，扶太子登位。家人一一封了官位。山伯娶了三位夫人，四九、人心亦成婚配，所謂「路遙知馬力，四九自然見人心」。

此故事之情節單元(24)至(55)是神仙相助，英臺、山伯各立戰功，一家團圓情節。此鼓詞是清末（1870 年左右）四川桂馨堂刻本，則可知清末四川已有情節複雜 749A.1.1 類型梁祝故事的流播。

同治十三（1874）年《雙蝴蝶寶卷》(寶卷 1)故事主角是浙江紹興府諸暨縣梁山伯，十七歲，父母雙全，家財富足，得知山東孔夫子到杭州府，帶了安童四九離鄉求學，涼亭遇越州杏花村祝英臺，十六歲，家庭富足，錢過北斗，父母單生兄妹二人，哥哥已娶妻；婚姻介入者是英臺前村富豪子弟馬俊，此故事屬 749A.1「生雖不能聚，死後不分離，死而復生」類型故事，共有情節單元二十七個（參第五章第二節，頁 259-260），與前之故事不同的有(1)山伯是吞信噎死。(2)閻王斷案時吩咐判官天齊殿上查姻緣簿斷案，天齊大帝尊看了簿子知「英臺該配姓梁人，前世欠了東嶽原（願），今世夫妻若斷魂，陽壽未絕該轉世，馬俊應刻再還魂，三人合遺（宜）還陽轉」。還報閻羅天子，大王吩咐三人各各還陽，不許多言。賜三人吃一盃還陽魂湯，推下奈河津，一驚驚醒，轉為陽世。山伯棺中起身推棺而出，如同夢醒一般，英臺立在墳前等候，兩下相逢，攜手同行，回到家中，告知梁父還陽事。兩人拜了天地結成夫妻，四九人心亦成婚配。馬俊魂轉陽世，馬公夫

妻歡樂謝天神，另選別門親配兒子。(3)周朝天子開南選，廣傳天
下讀書人，英臺要山伯赴試，山伯拜別上京趕考，中了狀元，封
翰林學士出朝門，英臺是一品太夫人，兩人修道行善，玉皇大帝
賜其身貴子躍門庭，夫妻壽至百歲，觀音菩薩差仙童仙女手執旛
蓋，賜其福祿永安寧。

　　清光緒二（1876）年以前木版《圖像英臺歌》（《新刻繡像英
臺念歌》）(歌仔冊3)，故事中英臺是蘇州白沙江人，要去閭山上學
堂，在南山邊青松樹下遇梁仙伯，兩人一道到孔夫子處求學。也
是 749A.1 類型故事，共十七個情節單元（參第五章第二節，頁
261-262），較前之故事不同的有：(1)梁婆便往英臺家問藥，英臺
咬破指頭，血書給仙伯，又送汗巾置床頭蓆下草。(2)英臺出嫁時
投墳，馬家行嫁扯住衣裳，羅裙化作蝴蝶滿天飛，二人各飛去洛
陽。馬家掘墓尋妻，只見石下一對鴛鴦，飛入天堂。(3)馬家新郎
氣死陰間告狀，閻王取簿知英臺仙伯註定結成雙，便勸馬家且忍
耐，來世註你好姻緣。原來「英臺仙伯雙蝴蝶，投世降生騙世人」。

　　光緒（1875-1908）初抄本《新刻梁山伯祝英臺夫婦攻書還魂
團圓寶卷全集》(寶卷 4)，故事時代是大明年間，角色有祝光遠、
祝英臺、梁山伯、馬文才。英臺家住東京河南府玉水河邊祝家村，
有八個兄長，英臺是九千金。英臺、山伯離別十八相送前，有玉
帝令太白金星攝去山伯真魂，致使山伯不省英臺暗喻情愫的情
節。英臺哭墳，墓分兩邊，英臺將身跳在墳穴。馬郎一見魂掉了，
扯下一幅繡花裙，變成一對花蝴蝶，牡丹亭上攢花心。馬郎無奈
一頭撞，三魂魄見閻君。閻君告知因果，馬文才還魂告訴父親在
陰間所聞，原來梁、祝是天上金童、玉女，自從打破琉璃盞，罰

下凡間走三巡，一世郭華買胭脂、二世藍橋韋郎保，三世才是梁
山伯祝英臺，此寶卷英臺送山伯到藕池車，荷花開放滿池紅之前
的「梁哥哥，我想你……」便有二十段之多。此故事屬 749A.1 類
型，情節單元有十個（參第五章第二節，頁 263）。

光緒三（1877）年大鼓書《祝英臺辭學梁山伯送友》(大鼓書
1)分上下卷，故事是山伯英臺在紅羅山攻書，大伙兒輪流做飯，擔
水抱柴，英臺氣力小，全由山伯代勞；放學到錢塘江抱石砸鴛鴦，
被譏是女娘，英臺轉回鄉；要山伯猜猜「滿學堂學生十八個，內
中有個女群（裙）釵」，山伯氣急敗壞說兩家父母孕中相約，「二
家若生麒麟子，同學攻書在窗下；二家要是紅彥女，同送繡樓伴
嬌娃；一家男來一家女，結為婚姻兩親家，恁家生下朱□□，□
門不絕生下咱，講堂學生十八個，□說誰是女嬌娃」，英臺只好無
言以對。山伯相送，英臺一路借事物表露衷情，山伯要英臺不要
胡言亂講，英臺萬般無奈，送上修學表，山伯回學堂，看後才知
英臺是女娘。

光緒三（1877）年《況山伯與娘英臺》(布依戲 1)，清光緒三年，
貴州冊亨縣板壩保和班布依族第三代戲師黃公茂改編，故事本於
《梁山伯寶卷》，於同年首演。故事屬 885B 類型，有「女扮男裝
外出求學」、「人向動物訊問某人行蹤」、「（英臺）婚姻受阻殉情而
死」、「（山伯）碰情人墓碑進墓合葬」情節單元，則光緒三年貴州
冊亨縣板壩有黃公茂改編的娘英臺婚姻受阻殉情，況山伯碰英臺
墓碑進墓合葬故事的創作流通。

光緒四（1878）年《雙仙寶卷》(寶卷 2)故事先說周朝末年山
東袞州府曲阜縣降一聖人，生在石屋，臨盆之時，紅光滿天，氤

氳遍地。長大天下聞名，弟子三千，稱為孔夫子。紹興府諸暨縣梁山伯，年方十七，父母同庚，家財富足，聞孔夫子周遊列國至杭州，辭別父母，帶著安童四九去拜投讀書，遇越州城外杏花村祝家莊祝封（娶妻何氏，家財富足，米爛陳倉。生一男一女，男名祝慶，已娶媳婦）女兒祝英臺（十六歲，十分美貌）帶丫環順心扮書僮前往杭州求學。故事屬 749A.1 類型故事，情節單元四十個，從(1)至(24)與《柳蔭記》(鼓詞 2)全同（參第五章第二節，頁266），其後故事與前之故事有異：(1)山伯狀元及第，英臺做了夫人。山伯想起陰世之事，向夫人道：世間夫妻男女盡是業障，無常一到，難免輪迴之苦。先稟雙親，不願為官，上表君王准奏，二人及梁父母、祝父母六人同修。英臺生兒梁修珍，也中探花。其後梁公、祝公夫婦歸天去，長旛寶蓋來接引，同到西方安養城。(2)山伯英臺夫妻修到九十歲，灶君皇帝奏天庭。玉皇大帝心歡喜，勒令神仙來上壽，終南老人、呂洞賓、張果老、鐵拐李、湘子、曹國舅、采和、何仙姑八仙齊至。觀音大士奉玉旨下天門，善才龍女分左右，告知二人「本是仙童女，只為思凡落紅塵，苦主修行幾十載，特來度你上天門」。夫婦跨上白鶴騰雲上靈霄殿朝玉帝，上帝封贈插香童子梁山伯、執幡玉女祝英臺，永不思凡來下界。後來梁家子弟個個修道，將來也要上天庭。

　　清石史撰《仙踪記略續錄》（光緒七（1881）年）所載〈梁山伯 祝英臺〉(文獻 31)是道教神仙故事，時間是東晉寧康間，吳郡梁山伯與國山祝英臺同學三年，不知英臺是女子，結為兄弟，寢食與俱。梁為縣令，一日謂書吏曰：「此時正當天地相玄十六劫，帝君謂我誠篤，召入太室造冊，定華夷劫運。」遂卒，葬四明山

下。則山伯死因不干相思殉情，英臺哭吊殉情化蝶飛去，世有梁祝二種蝴蝶即其遺跡。晉總中書謝安，奏封義塚，仙籍封梁山伯為守義郎，封祝英臺為鍾情女，冊居第五十六大隱山福地之甄山，也屬 749A 類型故事，情節單元九個（參第五章第二節，頁 267）。

　　光緒二十五（1899）年抄本《山柏寶卷》(寶卷 3)，故事主角是宋朝浙江省紹興府諸暨縣秀才梁山柏，與越城會稽縣杏花村祝家莊祝英苔，老師則是河南程明道，坐館杭州。山柏十七歲，父母同庚五九，家財富足。英苔乳名九紅，父母在堂，單生兄妹二人，哥哥已娶妻在家，十分賢慧，掌管家事。梁祝二人所生兒子名叫冬生。山伯科考為上卿大夫，英苔做夫人，兩人修道，後來得道上天庭。屬 749A.1 類型故事，情節單元有二十七個，情節與《新編金蝴蝶傳》(彈詞 1)大抵相同，唯少《新編金蝴蝶傳》的(6)、(23)、(25)情節單元（參第五章第一節，頁 225-226）。而多出四個情節單元：「閻王令判官到東嶽大殿取姻緣簿斷案」、「夫妻前生許願未了，罰今世二人分處兩地」、「閻王令陽壽未絕者喝還陽湯回轉陽間」、「判官領陰魂出幽冥路回陽」。另有少數情節單元素不同。

　　清末（1900 年）河南刻本《新刻梁山伯祝英臺夫婦攻書還魂團圓記》(鼓詞 3)，故事主角祝英臺住東京河南府玉水河邊祝家村，父親祝公遠，母親滕氏，家財萬貫，生了八位小官人，英臺是九千金，十六歲，在花園打鞦韆散心，聽得牆外亂紛紛，說「杭州開學館，廣招天下讀書人」，打定主意扮長街賣卦人哄過雙親要外出求學，嫂嫂胡氏譏誚杭州讀書三年，「回來公公抱外孫」。英臺紅綾埋土，摘花賭誓貞潔而出門，嫂子胡氏每日滾湯泡花，夜來

火焚薰紅綾，英臺總有神助，月月紅花見滾湯越開越盛，紅綾見火焚格外鮮明。

英臺到草橋關遇胡家橋梁山伯也上杭州讀書，兩人結拜同行。先生一見便知英臺是女釵裙，讓英臺改名叫九紅。其後行迹被疑為紅妝而轉回鄉，懇請師娘做媒；山伯相送，英臺吟詩借事物喻衷情，山伯總是呆頭鵝，只好反寫女字要山伯回去問先生，而留下一隻紅繡鞋，自個兒過河，山伯回來時，她在對岸托言為妹定親。

英臺回家嘆五更思念成病，河南馬員外托媒為三子馬文才來求婚，祝員外應允。山伯來訪始知英臺是女子，不覺魂飛九霄雲，兩人對望，員外知有蹊蹺，要英臺哄他回去。英臺假說哥嫂進來，趁山伯調頭望時，取回紅繡鞋信物。山伯悵然回家，相思成疾，醫生開了世上所無藥方，求籤問卜總不靈，最後喉口斷了三寸氣，閉了雙雙二眼睛。

英臺以死要脅弔孝，祝父只好答應。山伯陰魂不肯散，見英臺來時，猛然睜開一隻眼，英臺一見掉了魂，開言就把梁兄叫：「睜開眼來為何因？」說到「莫不是捨不得妹妹薄情人！」說到山伯心上話，才閉了雙雙二眼睛。

馬家聽得英臺去弔孝，馬家員外氣沖沖，定了日期要娶親。迎親當日花轎來到胡橋鎮，山伯陰魂起陰風迷住轎夫，不知南北與東西，英臺轎內忙開口，叫聲：「伴媽開轎門，懷中三官經拿出，看甚妖魔鬼妖精！」開了轎門英臺祭山伯墳，禱祝顯靈，當下狂風陣起，天昏地暗、大雨不住，雷公電母、風伯雨師，格炸一聲如霹靂，打得墳墓兩分開，英臺咬牙跳入，馬郎一見掉了魂，扯

住半幅繡花裙，變成一對花蝴蝶，梁山伯與祝英臺生生死死結同心。此鼓詞題為《攻書還魂團圓記》，但故事僅有殉情裙化蝶情節，並無還魂團圓內容，屬 749A 類型故事，有情節單元二十七個（參第五章第二節，頁 270-271）。此則故事為光緒（1900）年間河南刻本，則可知此時河南已有梁祝故事的流行。

車錫倫編著《中國寶卷總目》，載有光緒二十八（1902）、二十九（1903）、三十二（1906）年《英臺寶卷》抄本各一冊，又有戴不凡藏光緒抄本《梁祝寶卷》一冊，今未見其書[43]。

宣統元（1909）年廈門會文堂〔梁三伯與祝英台〕（歌仔冊 4），二冊。此故事除少了梁、祝遊地獄的情節外，內容大抵與廈門手抄本《三伯英台歌》（歌仔冊 1)相同，也是 749A.1 類型，但情節單元有異，此故事情節有四十九個（參第五章第二節，頁 271-273）。

清江蘇民間藝人抄本《梁山伯祝英臺還魂團圓記》（鼓詞 4），故事從英臺山伯殉情開始，內容與上海美術書局印行石印本《繪圖梁山伯祝英臺還魂團圓記後傳》相同，當是《後傳》無誤。當時「玉皇坐在凌霄殿，耳紅面赤不安寧，吩咐一聲查善惡，早傳善神走一巡」，原來「蘇州祝家女，本是淨池月德星，該配蘇州梁山伯，山伯上界黑煞神，因為前身都失約，半路夫妻不成婚」。英臺出嫁泣墓，怨氣擾天神。玉帝聽奏傳旨，差下陷地神，眾神推開墓門，山伯望外走，英臺往內行，接親娘子扯住繡羅裙。馬家新郎德芳氣不過，一命入幽冥，閻王殿前告狀，其後故事與《柳蔭記》(鼓詞 2)大抵相同（參第五章第二節，頁 255-257），屬 749A.1.1

---

[43] 同註 40，頁 237。

類型故事,情節單元有四十三,其中三十六個與《柳蔭記》(鼓詞2)同,另有「紙人紙馬陣前殺人」與《柳蔭記》之(40)「口唸真言,手指南方,紙人紙馬成三升芝麻兵,陣前殺敵」稍異,除此之外,還有(1)「玉皇坐凌霄殿,耳紅面赤不安寧,吩咐善神凡間走一巡查善惡」、(2)「淨池月德星及黑煞星神降凡」、(3)「新娘出嫁泣墓怨氣擾天庭,玉帝差陷地神開墓門」、(4)「眾神推開墓門,陰魂往外走,新娘往內行」、(5)「人能呼風喚雨」、(6)「陰魂托夢」六個情節單元。此則故事為清江蘇民間藝人抄本,則知江蘇民間已流行梁祝鼓詞。

清末浙江寧波鳳英齋(清末書舖,約 1860 至 1910 年間)刻本,《梁山伯祝英臺回文送友》(寧波戲 1),故事是祝英臺兆見家中有壞事發生,向山伯(遇春、軍贊)道別,山伯送英臺十里路,途中英臺借事物暗喻自己是紅妝,甚至解開鈕釦,懷中露兩奶,山伯仍稱「男子奶大為丞相,女子奶大做婆娘」,英臺只好啞謎定婚期,而含淚告別。從此劇可知清末一八六〇至一九一〇年間寧波已流行梁祝主題的寧波戲劇。

清福州聚新堂藏版刻印本《梁山伯重整姻緣傳》(原題也做《新刻同窗梁山伯還魂重整姻緣傳》)(鼓詞 5),故事主角是越州梁山伯,十六歲,父母送他杭州上學堂,與女扮男裝外出求學的吳山祝九娘相遇,在山陰樹下撮土為香,結為金蘭。兩人來到杭州拜見孔聖,夫子看英臺眉目面貌如女子,聲音言語似嬌娘而未說破。其後故事大抵與前故事相同,英臺投墳殉情,羅裙為蝴蝶飛。

馬俊見報心中恨,將身纏死見閻王,殿前告狀。說越州同縣梁山伯先死強拉我妻入墓中。閻王拘提山伯、英臺殿前跪,傳判

官到七二司案前查姻緣簿，知梁祝是夫妻，三人陽壽未盡，即賜還魂。閻王斷山伯英臺合為婚，馬俊夫妻在後世，三人各吃還魂湯一盞，鬼使大喊好驚心。三人驚醒為一夢。山伯埋葬方七日，開棺魂魄轉其身。山伯英臺回家拜堂成婚，馬俊未敢再來爭。

　　三月初三開南省，廣招天下讀書人。山伯上京科考中狀元，考官王丞相，榜眼馮士元，探花陳明玉。狀元遊街，李書丞相要招為女婿，王丞相不敢私意招狀元，上殿奏聖君，君王准奏彩樓招親。太師女淑清繡球拋下狀元身，山伯不允，便差他北番買馬，一去六年。英臺在家三年沒山伯音訊，公婆已死，辭別父母，身帶一把七弦琴上京尋夫。途中險被收為山寨夫人，山寨大王因其貞烈，贈銀二十兩做為盤鈿。英臺到李丞相府問知山伯差去北番買馬，回來又罰他去幽州。英臺來到幽州城見一官人，是榜眼馮士元，此時他是山伯長官，兩人得以相見，已是九年春。

　　英臺要到京城告李丞相，正遇御史奉公退朝回，連步街頭跪訴冤情。原來李丞相冒奏君王要招狀元梁山伯為婿，被脫了朝衣去了帽，派去衡山收寶珠。山伯封為知縣，賜英臺俸米一千石。西番國王晉九曲明珠一個、夜明珠一個、汜涼酒盞一個。言說「大國有高手能穿九曲明珠過者，即拜為大國；若穿不過，拜為小邦，要獻來錦綾一千匹，黃金三千兩，連珠帶回西番去」。君王廣招天下高手，英臺一頭用一螞蟻，將白絲繫在螞蟻腳上，用油將頭放入，穿過九曲珠。君王封英臺為鎮國太夫人。李丞相收寶珠百顆，私有一半，被山伯上奏君王，皇上見奏，急拿問罪。而山伯英臺回故里，闔家團圓。

　　此故事屬 749A.1 類型，情節單元有二十五（參第五章第二節，

頁 277-278），其中(1)「前生註定梁山伯，天上降下祝九娘，在生三年同書院，死入陰司得成雙」、(2)「新娘投墳，新郎纏死閻王殿前告狀」、(3)「閻王令判官至七二司案查姻緣簿斷案」、(4)「陰魂各吃還魂湯，鬼使大喊好驚心！三人驚醒為一夢還魂」、(5)「死人埋葬七日，開棺魂魄轉其身」、(6)「夫妻本是前生定，七世修來結成雙」、(7)「綵樓拋繡球招親」、(8)「夜明珠」、(9)「綁白絲於螞蟻腳上，螞蟻頭沾油穿過九曲明珠」，九個情節單元異於前之故事。此(9)「計穿九曲珠」情節單元乃兜合 851A「對求婚者的考試」類型中「穿九曲珠」的情節單元。從此鼓詞的刻本可知在清代福州已有梁祝故事的流通。

清上海槐蔭火房書莊刻本《梁山伯與祝英台全史》(鼓詞 6)，故事先說金童玉女歸下界，夫妻三世不成婚。其後故事的前半部至梁祝殉情，羅裙化蝶，與《新刻梁山伯祝英臺夫婦攻書還魂團圓記》(鼓詞 3)情節大抵相同，內容稍異，屬 749A.1 類型故事，情節單元六十個，有三十個情節單元與《新刻梁山伯祝英臺夫婦攻書還魂團圓記》(鼓詞 3)相同，僅有部分情節單元素稍異。另外，三十個情節單元，與前之故事有異的有：(1)「金童玉女歸下界，夫妻三世不成婚」、(2)「天仙女總有神明保佑」、(3)「女扮男裝者佯稱蹲姿小解是有福之人，無福之人狗澆牆，男人信以為真蹲姿小解」、(4)「女扮男裝者欲調戲情人，驚動玉皇張帝尊（上方張玉尊）差金星李太白將男子換呆魂」、(5)「雙碑墓」、(6)「死前見兩差人，知死期將至，叫家人代穿衣裳而亡」、(7)「女子領情人紙魂牌供在高樓，早晚燒香換水」、(8)「閻王告知告狀陰魂所娶妻子乃上方天仙女不能配凡人」、(9)「金童玉女打破玻璃盞，

玉皇大帝貶罰凡間走三巡三世不成婚」、(10)「人化白鶴上天庭」、(11)「死者還陽自身坐起」、(12)「三世姻緣不成婚」、(13)「金童玉女三世歸上界上天臺」，另有陽間為惡，陰間受刑罰的情節單元有九個（參第五章第二節，頁 279），從此鼓詞刻本可知清代上海已有梁祝故事的流通。

　　清末廣州芹香閣刻本《全本梁山伯即係牡丹記南音》(木魚書1)，故事主角祝英臺是越州東大路桂林府黃岡嶺( 又叫白沙岡 )人，十六歲，描龍繡鳳盡皆能。父親祝淳源，母親姓李，哥哥英偉，娶媳丁家女。英臺見哥哥在芝蘭館學習書文，想扮男裝外出讀書，大嫂丁氏譏誚「貪圖才子結朱陳」。山伯越州諸暨巷石臺塘人，十七歲，父親梁如松早亡，母親姓簡。兩人至杭州訪名師，相遇於三叉路口花蔭下。婚姻介入者是馬有方與姜氏所生馬俊。故事屬749A.1 類型，較前之故事不同的有：(1)山伯吞信噎死，葬在城西大路旁，士久來報，英臺出嫁日要祭墳，爹媽答應說：「由女你，拜墳盡敬理應當，有恩君子需當報，不怕旁人道短長」。(2)英臺祭墳，禱祝山伯顯靈「來相見，帶我閻王殿，等我地府同君再讀幾年」，英臺從早哭到黃昏，山伯陰司魂未息，望見墳頭燭火光，將身踏上陽臺望，「大喝一聲收命鬼，墳土裂開幾尺長，四圍寂靜邪風起，頓時攝住白衣娘」，人心扯住英臺腳一雙，扯住素妝鞋一隻，扯斷娘裙帶，變成蛇仔在山岡，扯爛羅裙三兩幅，變成蝴蝶亂飛狂。(3)馬俊得知英臺投墳，吊死到陰間遞狀。閻羅差夜叉捉拿陰魂，令判官查簿看壽命短長，知三人枉死遣回陽，今世英臺配山伯，二世再許馬家郎。三人回陽，梁祝結成雙。山伯科考中狀元，丞相李惟方單生一女李玉娥，綵樓拋繡球招親，拋中狀元

郎，山伯不允婚姻，相爺施手段，君王差山伯番邦買馬。一去幾年，買齊馬數回朝，李惟方上奏山伯出差過限期，又發配邊疆。(4)英臺在家經五載，翁姑俱亡，上京尋夫。遇官員上任，跪下申訴，原來官員是山伯同期陳榜眼，指引夫妻相會。此時李相年老病亡，陳榜眼同探花楊服共奏君王，君王招山伯回京，又准山伯帶奉歸田去。從此榮華富貴納千祥，及後英臺生四子，又為官宦始名香。

故事屬749A.1類型，情節單元有三十六個（參第五章第二節，頁282-283），有(1)「賭誓若失貞潔則墮酆都地獄」、(2)「女扮男裝者佯稱有疥瘡，與人同床異被」、(3)「女扮男裝者以尿水淋牆假賴同學射尿上牆甚無禮，巧計使男子蹲姿小解，違者罰一枚高紙刢，以防他人識破紅妝」、(4)「女扮男裝者巧計蹲姿小解，違者受罰，要求先自罰，以防他人識己為紅妝」、(5)「假意詢問字義，欲于女扮男裝者肚上寫字，偵測男女」、(6)「以蕉葉為席，男人睡過青綠、女人睡過瘀色，偵測男女」、(7)「女扮男裝者夜裡偷鋪蕉葉於瓦面至天亮，使蕉葉青綠，以防他人識己為紅妝」、(8)「新娘從早到晚哭祭禱祝，陰魂見墳頭燭火，踏陽臺望見情人，顯靈喝聲收命鬼，墳開攝住新娘」、(9)「裙帶化蛇」，與前之故事有異。從此木魚書刻本可知清代廣州已有梁祝故事的流播。

清廈門會文堂《最新梁山伯祝英台新歌全集》（又名《三伯英臺遊地府歌》）（歌仔冊6），故事主角是浙江紹興府梁三伯，父梁御，字子卿，母卯氏同庚，夫妻百歲，單生一兒，十六歲，帶書僮士久（號搖琴）一道去杭州拜孔仲尼為師。遇越州杏花村單身恣娘假秀才祝英臺。英臺父親祝榮春，家財萬貫，生一兒一女，長男

已娶吳門媳。英臺十六歲，與婢梅花（或作梅香）扮男裝出門，在長亭與三伯結義。梁、祝婚姻介入者是馬俊，娶親當日天煞，房中忽然火發起，燒死馬俊新郎，梁公聽說馬俊事，便請姚公去祝家說親。當時三伯已訪過英臺，悵然斷腸回鄉，越王探知三伯知書達理，請三伯入朝封參政按察官司。隨後相思染病不醒。

祝家應允親事，但三伯病重昏迷，梁婆假稱己身得病，要英臺相見，然至梁家時三伯病重歸陰，英臺聞言也歸陰司。兩人陰魂至鬼門關，判官知三伯是善家人子兒，英臺是節義女，兩人壽數未到期，判二人回轉陽世，夫妻團圓，馬俊打傷鬼卒，又在閻君面前誣告三伯暗囑日師擇天災，以致馬俊娶親日失火死，閻君判他墜落地獄不超生，而令鬼卒彩旗金鼓送梁、祝回陽，預言五十年來壽到期，化雙蝶到陰司。

三伯英臺二人死屍回魂，梁公夫婦大歡喜。明日越君壽誕，三伯整衣冠拜聖旨，越王欲將國公太師千金女催玉配給三伯。三伯說與英臺結親儀，君王親賜完婚。後生三兒，夫妻恩愛，萬古傳名。此屬 749A.1 類型故事，情節單元二十四個（參第五章第二節，頁 285-286）。從此歌仔冊印本可知清代廈門已有梁祝故事的流播。

綜上言之，清代方志、筆記所載梁祝故事，大抵不出前代志書內容，詩人詠唱亦無新說。戲劇方面知寧波戲有山伯送英臺十里回鄉的折子戲，及洪洞戲丑角梁山盃送祝鶯台回鄉祝壽，一路重複鶯台所唱內容、布依戲改編自《梁山伯寶卷》的《況山伯與娘英臺》而已，然地方曲藝的梁祝情節則大有進展，已有 749A.1.1「生雖不能聚，死後不分離，死而復生，神仙相助」類型；也有

故事的情節單元達九十個之多。至於故事流行方域已有十二個省份，除今日浙江省寧波、江蘇宜興、山東省嶧山之外，尚有江蘇省江都縣甘泉、蘇州、浙江省、廣東省、廣州、福建省廈門、福州、閩南、安徽省舒城縣、河南省、河南省西南部、湖北省北部、陝西省東北部、上海、四川、山西省趙城縣洪洞、甘肅清水縣，還有浙江省畬族、貴州冊亨縣板壩、湖南省江華瑤自治縣、廣西來賓縣石陵瑤族，顯見漢族梁祝故事已大大流行於瑤族族群了。

## 第三節　民國以後梁祝故事流播現象

　　民國以後梁祝故事的媒介種類更為繁雜，不僅民間故事、民間歌謠、地方曲藝、戲劇、小說、電影、電視連續劇、電視綜藝節目、舞臺劇、音樂劇、卡通動畫、漫畫、音樂、舞蹈，甚至剪紙藝術及各類媒材的工藝品、郵票都以梁祝故事做為題材，其流播地域，更擴及全國各地域，今就梁祝故事流傳區域及其故事類型列表於下：

| 流　傳　區　域[44] | 類　型 | 故　事　出　處 |
|---|---|---|
| 臺灣 | 749A | 故事 100　電影 5 |
| | 不成型 | 民歌 71、72 |
| | 無情節單元 | 民歌 39 |

---

[44] 故事流傳區域大抵依原資料所註出處為依據，故有今、古地名之異；因今、古地名的行政區域劃分不同，故此表標示地名的原則，採保存古地名，而今地名除臺灣之外，則標示 2006 年中國官方劃分行政區域的縣市名稱。（《中華人民共和國行政區劃網》（截至 2006 年 8 月 31 日），http://www.xzqh.org/QUHUA/index.htm(2006 年 12 月 7 日)。

| 臺 | 臺灣一帶 | 749A | 故事 94 |
|---|---|---|---|
| | 臺北 | 749A | 京劇 10　黃梅戲 5、6　崑劇 1　音樂劇 1　小說 9　電影 9　電視連續劇 4、5　電視綜藝連續劇 1　漫畫 1 |
| | | 749A.1.1 | 歌仔冊 12 |
| | | 885B | 小說 13 |
| | | 不成型 | 歌曲 4、8、11、12　山東琴書 7　小說 16　漫畫 2 |
| | | 無情節單元 | 歌曲 3、5、6、7　小說 12　電視綜藝單元劇 1 |
| | 臺北市 | 749A | 越劇 40、41、42、43 |
| | 屏東 | 749A | 故事 147、148 |
| 灣 | 臺中 | 749A | 小說 10 |
| | | 749A.1 | 歌仔冊 15 |
| | 臺中縣石岡鄉 | 749A | 故事 109 |
| | 宜蘭縣 | 749A | 歌仔戲 5 |
| | | 749A.1 | 歌仔戲 2、3、4、6、7、8 |
| | 雲林縣 | 749A | 故事 127 |
| | 新竹 | 749A.1 | 歌仔冊 21 |
| | | 749A.1.1 | 歌仔冊 13 |
| | | 不成型 | 歌仔冊 16、17 |
| | 嘉義 | 749A.1 | 歌仔冊 10、11 |
| 北京市 | 北京市 | 749A | 山東琴書 9　京韻大鼓 1　京劇 2　小說 14　電影小說 1　漫畫 3 |
| | | 不成型 | 山東琴書 8、10　河北梆子 1　北京曲劇 2、3、4 |
| | | 無情節單元 | 京劇 4、5、6、7　北京曲劇 1 |
| | 北京地區 | 不成型 | 故事 25 |
| 河北 | 河北省 | 749A | 晉劇 3 |
| | | 749A.1 | 民歌 41 |
| | | 不成型 | 民歌 51 |
| | | 無情節單元 | 武安落子 1　評劇 4 |
| | 河北一帶 | 749A | 故事 13 |
| | 藁城耿村 | 749A | 故事 110、113 |
| | | 749A.1 | 故事 112 |

| | | 不成型 | 故事 111 |
|---|---|---|---|
| 省 | 隆堯縣 | 無情節單元 | 隆堯秧歌 1、2 |
| | 定縣 | 不成型 | 定縣秧歌劇 1 |
| 山西省 | 山西省 | 不成型 | 晉北大秧歌 1　晉北道情 1 |
| | 大同市 | 749A | 晉劇 2 |
| | 洪洞(洪洞縣) | 不成型 | 洪洞戲 1 |
| 內蒙古自治區 | 內蒙古 | 無情節單元 | 二人臺 1、2 |
| | 蒙古 | 不成型 | 東路二人臺 1 |
| 遼寧省 | 遼寧省 | 不成型 | 山東琴書 1、25、11　東北二人轉 5、9　海城喇叭戲 1 |
| | | 無情節單元 | 山東琴書 3、4　東北二人轉 4、6、7 |
| | 遼寧蓬溪一帶 | 749A | 民歌 17 |
| | 大連市 | 不成型 | 故事 98　電視連續劇 8 |
| | 瀋陽市 | 不成型 | 東北二人轉 2 |
| 吉林省 | 吉林省 | 不成型 | 拉場戲 1 |
| | | 無情節單元 | 東北二人轉 1、3　評劇 3　新城戲 1 |
| | 通化市 | 無情節單元 | 東北二人轉 8 |
| | 公主嶺市 | 749A | 故事 99 |
| | 扶餘縣 | 無情節單元 | 扶餘八角鼓 1 |
| 黑龍江省 | 黑龍江省 | 不成型 | 龍江劇 1 |
| | | 無情節單元 | 東北二人轉 10　評劇 1、2 |
| 上海市 | 上海市 | 749A | 電影 1、3　電視連續劇 2、7 |
| | | 749A.1 | 鼓詞 6　福州平話 2 |
| | | 749A.1.1 | 淮劇 2 |
| | | 不成型 | 宣卷 1　京劇 3　灘簧 1　越劇 2、3、12、13、14、15、16、17、18、19、26、34、35、36、37、39　滬劇 1、2 |
| | | 無情節單元 | 越劇 4、5、6、20、38　淮劇 3、4 |

| | | 749A | 故事 119 |
|---|---|---|---|
| | 上海一帶 | 749A.1 | 故事 6 |
| | | 749A | 民歌 52 |
| | | 749A.1.1 | 鼓詞 4 |
| | 江蘇省 | 不成型 | 錫劇 3　揚劇 2、3、5 |
| | | 無情節單元 | 叮叮腔 1、2、3、4　南京白局 1、2　淮劇 5　錫劇 1　揚劇 1、6、7、8　淮海戲 1 |
| | | 749A | 故事 51 |
| | 江蘇一帶 | 885B | 故事 22 |
| 江 | | 不成型 | 故事 40 |
| | 南京市浦口東門鎮 | 不成型 | 故事 33 |
| | 無錫太湖一帶（無錫市） | 不成型 | 故事 70 |
| | 宜興一帶（無錫市） | 749A | 故事 8、78 |
| | | 不成型 | 故事 71 |
| | | 749A | 文獻 16　民歌 45、48、49 |
| | | 885B | 故事 7、136、137　民歌 31 |
| 蘇 | 宜興（無錫市） | 不成型 | 文獻 13、22　故事 131、132、133　民歌 46、47　歌曲 9 |
| | | 無情節單元 | 文獻 26 |
| | 洪澤縣岔河鎮（淮安市） | 749A | 故事 35 |
| | 洪澤縣高潤鄉楊馬村（淮安市） | 749A | 故事 89 |
| | 洪澤縣朱垻鄉（淮安市） | 不成型 | 故事 72 |
| | 南通地區（南通市） | 不成型 | 故事 83、84 |
| 省 | 如皋市（南通市） | 749A | 故事 97 |
| | 啟東市（南通市） | 不成型 | 故事 10 |
| | 丹陽市（鎮江市） | 749A | 故事 96 |
| | 常州市 | 749A | 常州唱春 1 |
| | | 不成型 | 民歌 54、55 |
| | 常州（常州市） | 不成型 | 文獻 18 |
| | 毗陵（常州市） | 不成型 | 文獻 7 |
| | 揚州市 | 不成型 | 揚州清曲 1 |

| | 揚州 | 不成型 | 文獻 14 |
|---|---|---|---|
| | 蘇州 | 749A | 彈詞 5、7 |
| | | 749A.1 | 彈詞 1 |
| | | 不成型 | 彈詞 6、9、10　滿江紅 1 |
| | | 無情節單元 | 彈詞 8 |
| | 蘇州市金閶區 | 749A.1 | 故事 85 |
| 浙 | 浙江省 | 749A | 故事 80　越劇 25　電視連續劇 6 |
| | | 749A.1 | 民歌 3　和劇 1 |
| | | 749A.1.1 | 故事 11 |
| | | 不成型 | 故事 41、53　越劇 21、24、28、29、30、31、32　睦劇 4　西吳高腔 1　侯陽高腔 1　調腔 1 |
| | | 無情節單元 | 越劇 33　睦劇 2、3　婺劇 1 |
| | 浙江一帶 | 749A | 故事 51 |
| | | 749A.1 | 故事 6　民歌 18 |
| | | 不成型 | 故事 40 |
| | 杭州 | 749A | 故事 42　小說 11 |
| | | 不成型 | 故事 28、29、30、36、39、43、44 |
| | 杭州地區 | 不成型 | 故事 37 |
| | 杭州一帶 | 不成型 | 故事 63 |
| | 餘杭縣(杭州市) | 749A | 民歌 10 |
| | 淳安縣(杭州市) | 不成型 | 睦劇 1 |
| 江 | 寧波 | 749A | 故事 65　民歌 40 |
| | | 885B | 文獻 9、11-3 |
| | | 不成型 | 文獻 11-1、2　故事 32、34、55、56、60、118　寧波戲 1 |
| | 寧波一帶 | 749A | 故事 3、95、119 |
| | | 749A.1 | 故事 45 |
| | | 不成型 | 故事 21、57、58、59、61、77 |
| | 寧波市江東區 | 749A | 故事 106 |
| | 寧波鄞縣 | 749A | 故事 2 |
| | 鄞縣(寧波市) | 749A | 文獻 3　民歌 28、34 |
| | | 885B | 文獻 23-2　民歌 13 |
| | | 不成型 | 文獻 19、30-1、2、3、23-3、34-1、34-2　故事 66、67 |

| | | | |
|---|---|---|---|
| 省 | 鄞縣一帶（寧波市） | 不成型 | 故事 23、62 |
| | 慈溪(寧波市) | 不成型 | 故事 24 |
| | 四明(寧波市) | 不成型 | 文獻 4、6、8-1、2 |
| | 紹興一帶 | 不成型 | 故事 77 |
| | 上虞縣(紹興市) | 不成型 | 故事 105 |
| | 上虞(紹興市) | 749A | 故事 4 |
| | 上虞一帶（紹興市） | 不成型 | 故事 68 |
| | 上虞望梁村(紹興市) | 不成型 | 故事 46 |
| | 舟山地區（舟山市） | 749A | 故事 5 |
| | 蘭溪一帶（金華市） | 不成型 | 故事 27 |
| | 常山一帶（衢州市） | 不成型 | 故事 49 |
| | 浙江(畲族) | 不成型 | 民歌 69 |
| | 麗水市(畲族) | 749A.1 | 民歌 14 |
| | 景寧畲族自治縣 | 749A.1 | 故事 90 |
| | 遂昌縣（麗水市）(畲族) | 749A | 民歌 12 |
| 安徽省 | 安徽省 | 不成型 | 黃梅戲 7、10　盧劇 1、2、4、6　安徽曲劇 2　含弓戲 1　泗州戲 1 |
| | | 無情節單元 | 黃梅戲 1、8、9、11、12　盧劇 3、5、7、8　二夾弦 5　衛調花鼓戲 1　皖南花鼓戲 1、2、3、4　安徽曲劇 1　嗨子戲 1　洪山戲 1　泗州戲 2 |
| | 皖（鄂、贛、皖毗鄰地區 20 餘縣） | 749A | 民歌 16 |
| | 安慶市 | 749A.1.1 | 黃梅戲 2 |
| | 阜陽縣(阜陽市) | 無情節單元 | 淮北花鼓調 1 |
| | 阜陽縣一帶(阜陽市) | 無情節單元 | 民歌 15 |
| | 六安市舒城縣 | 885B | 故事 130 |
| | 福建省 | 不成型 | 大廣弦說唱 1　薌曲說唱 5　十番八樂 5　伬唱 1　南音 4、5　明傳奇 1、5、6、8 |
| | | 無情節單元 | 錦歌 13　大廣弦說唱 2、3　南音 3 |

| | | | |
|---|---|---|---|
| 福 | 閩南一帶 | 749A | 故事 16 |
| | 泉州 | 不成型 | 南音 2 |
| | | 無情節單元 | 盲人走唱 1、2、3　南音 1 |
| | 泉州地區 | 749A | 故事 86 |
| | 福州 | 749A.1 | 鼓詞 5　福州平話 1 |
| | | 不成型 | 閩劇 3 |
| | 廈門 | 749A | 歌仔冊 2 |
| | | 749A.1 | 歌仔冊 1、4、5、6 |
| | | 不成型 | 歌仔冊 7、8 |
| | 漳州市 | 不成型 | 錦歌 6 |
| | | 無情節單元 | 錦歌 7、11　薌曲說唱 3、4 |
| | 漳州 | 無情節單元 | 錦歌 8　薌曲說唱 2 |
| 建 | 龍海市 | 無情節單元 | 薌曲說唱 1 |
| | 龍海縣 | 不成型 | 錦歌 4 |
| | | 無情節單元 | 錦歌 5 |
| | 莆田 | 不成型 | 十番八樂 2、4 |
| | | 無情節單元 | 漁鼓 2　十番八樂 1、3 |
| | 莆田市涵江區三江口鎮後郭村 | 無情節單元 | 十番八樂 7 |
| | 莆田市涵江區三江口鎮鰲山村 | 不成型 | 十番八樂 10 |
| | | 無情節單元 | 十番八樂 6、8、9 |
| | 漳平一帶（漳平市） | 749A | 故事 87 |
| | 福安一帶畬鄉（福安市） | 749A.1 | 民歌 20 |
| 省 | 雲霄縣 | 不成型 | 錦歌 2 |
| | | 無情節單元 | 錦歌 1 |
| | 永安縣 | 749A | 故事 103 |
| | 安溪縣 | 749A | 故事 104 |
| | 和平縣 | 無情節單元 | 錦歌 10 |
| | 長泰縣 | 不成型 | 錦歌 3 |
| | | 無情節單元 | 錦歌 9 |
| | 屏南縣 | 749A.1 | 故事 102 |
| | 壽寧縣 | 749A.1 | 故事 101 |
| | 仙游關 | 無情節單元 | 漁鼓 1 |

| | | | |
|---|---|---|---|
| 江西省 | 江西省 | 749A | 贛劇 2 |
| | | 無情節單元 | 贛劇 3、5　海城喇叭戲 2　贛西採茶戲 1、2、3、4、5　袁河採茶戲 1 |
| | 南昌市 | 無情節單元 | 南昌採茶戲 1、2 |
| | 九江市 | 不成型 | 武寧採茶戲 5、7 |
| | | 無情節單元 | 武寧採茶戲 1、2、3、4、6 |
| | 牯嶺(廬山區) | 749A | 民歌 68 |
| | 萍鄉市 | 不成型 | 萍鄉採茶戲 1 |
| | | 無情節單元 | 萍鄉採茶戲 2、3 |
| | 贛州市 | 不成型 | 寧都採茶戲 1、2 |
| | | 無情節單元 | 寧都採茶戲 3、4、5 |
| | 吉安市 | 不成型 | 吉安採茶戲 2 |
| | | 無情節單元 | 吉安採茶戲 1 |
| | 撫州市 | 不成型 | 撫州採茶戲 1 |
| | 上饒市 | 不成型 | 上饒採茶戲 2 |
| | | 無情節單元 | 上饒採茶戲 1 |
| | 贛(鄂、贛、皖毗鄰地區 20 餘縣) | 749A | 民歌 16 |
| 山東省 | 山東省 | 749A | 文獻 10　故事 141　山東琴書 9 |
| | | 749A.1 | 故事 142 |
| | | 885B | 故事 139、140、146、149 |
| | | 不成型 | 故事 143、144、145　山東琴書 10、12、13、14　呂劇 1、2 |
| | | 無情節單元 | 山東琴書 15　茂腔 1 |
| | 濟寧(濟寧市) | 749A | 山東琴書 16 |
| | 嶧山(濟寧市) | 749A | 文獻 28 |
| | 兗州、鄒縣、微山一帶(濟寧市) | 749A | 故事 64 |
| 河 | 河南省 | 749A | 鼓詞 3 |
| | | 749A.1 | 鑼鼓書 1 |
| | | 749A.1.1 | 故事 11 |
| | | 885B | 五調腔 1 |
| | | 不成型 | 故事 138　民歌 37-2、3　豫劇 1　二夾弦 2、3、4 |

| | | | |
|---|---|---|---|
| 南省 | | 無情節單元 | 大調曲子 2　四股弦書 1、2、3、4 二夾弦 1 |
| | 河南省西南部 | 749A | 民歌 2 |
| | 河南一帶 | 749A | 鼓詞 8 |
| | | 不成型 | 鼓詞 7 |
| | 豫南一帶 | 不成型 | 民歌 42 |
| | | 無情節單元 | 民歌 43 |
| | 洛陽市 | 無情節單元 | 洛陽琴書 1 |
| | 駐馬店地區 | 不成型 | 河南墜子 2 |
| | 汝南縣（駐馬店市） | 749A | 故事 75 |
| | 汝南（駐馬店市） | 749A | 豫劇 2 |
| | | 885B | 故事 79 |
| | | 不成型 | 故事 73、76 |
| | 汝南一帶（駐馬店市） | 749A | 故事 74 |
| | | 885B | 故事 19 |
| | | 不成型 | 民歌 37-1 |
| | 澠池一帶（三門峽市） | 不成型 | 故事 38 |
| | 固縣一帶 | 不成型 | 民歌 36 |
| 湖北省 | 湖北省 | 不成型 | 湖北小曲 2　利川小曲 1　湖北花鼓戲 1　東路花鼓戲 1　堂戲 3 |
| | | 無情節單元 | 漁鼓 4　東路花鼓戲 2　提琴戲 1 堂戲 1、2、4 |
| | 湖北省北部 | 749A | 民歌 2 |
| | 鄂（鄂、贛、皖毗鄰地區 20 餘縣） | 749A | 民歌 16 |
| | 鄂西利川縣一帶 | 749A.1 | 湖北小曲 1 |
| | 荊州市 | 不成型 | 荊州花鼓戲 1 |
| | 武漢市 | 不成型 | 越劇 22 |
| | 漢口（武漢市） | 不成型 | 楚劇 1 |
| | 襄陽區（襄樊市） | 不成型 | 襄陽花鼓戲 2 |
| | | 無情節單元 | 襄陽花鼓戲 1、3 |
| | 陽新縣（黃石市） | 不成型 | 陽新採茶戲 2 |
| | 黃梅縣（黃岡市） | 不成型 | 黃梅採茶戲 2、3 |

| | | 無情節單元 | 黃梅採茶戲 1 |
|---|---|---|---|
| | 長陽縣土家族聚居地(宜昌市) | 749A.1 | 喪鼓曲 1 |
| | 應山縣(廣水市) | 不成型 | 楚劇 3 |
| | 伍家溝（丹江口市） | 749A | 故事 93 |
| | 沔陌一帶 | 749A | 故事 91 |
| 湖南省 | 湖南省 | 749A | 鼓詞 9、10　薌劇 1 |
| | | 749A.1 | 民歌 70 |
| | | 不成型 | 湖南花燈戲 4　劇本 1 |
| | | 無情節單元 | 湖南花燈戲 1、2、3　衡州花鼓戲 1 |
| | 長沙市 | 749A | 長沙花鼓戲 1 |
| | | 不成型 | 長沙花鼓戲 2 |
| | | 無情節單元 | 長沙花鼓戲 3、4、5、6 |
| | 邵陽市 | 無情節單元 | 邵陽花鼓戲 1 |
| | 岳陽市 | 不成型 | 岳陽花鼓戲 1、2 |
| | 邵東縣高樓寺一帶(邵陽市) | 不成型 | 故事 82 |
| | 安鄉縣(常德市) | 不成型 | 跳三鼓 2 |
| | | 無情節單元 | 跳三鼓 1 |
| | 桃源縣(常德市) | 無情節單元 | 湖南三棒鼓 2 |
| | 江永縣(永州市) | 749A | 民歌 56 |
| | 茶陵縣(株洲市) | 無情節單元 | 漁鼓 3 |
| | 古丈縣(湘西土家族苗族自治州) | 無情節單元 | 湖南三棒鼓 1 |
| | 湖南苗嶺山寨 | 749A | 民歌 19 |
| | 江華瑤族自治縣瑤族 | 749A | 民歌 4 |
| 廣東 | 廣東省 | 不成型 | 民歌 5、53　粵劇 2、16　白字戲 1、2　花朝戲 1、2 |
| | | 無情節單元 | 粵劇 17　白字戲、3　貴兒戲 1 |
| | 廣東一帶 | 749A | 故事 17 |
| | 廣東東莞（東莞市） | 749A | 故事 125 |
| | 粵西 | 無情節單元 | 民歌 77 |

| | | | |
|---|---|---|---|
| 省 | 潮州 | 不成型 | 潮州說唱 2 |
| | 廣州市 | 749A.1 | 粵劇 5 |
| | 廣州 | 749A | 木魚書 4 |
| | | 749A.1 | 木魚書 1 |
| | | 不成型 | 木魚書 2、3 |
| | 廣東海陸豐一帶 | 749A.1 | 故事 54 |
| 廣西壯族自治區 | 廣西(壯族) | 749A.1.1 | 壯劇 1 |
| | 東蘭、巴馬、田陽、馬山、都安等縣(壯族) | 749A | 故事 18 |
| | 壯族地區 | 749A.1 | 民歌 21 |
| | | 不成型 | 故事 81 |
| | 馬山縣(壯族) | 749A | 民歌 8 |
| | 賀縣瑤族村寨 | 749A.1 | 民歌 59 |
| | 來賓縣石陵瑤族村寨(瑤族) | 749A | 民歌 6 |
| | 金秀瑤族自治縣 | 749A | 民歌 58 |
| | 富川瑤族自治縣 | 749A | 民歌 22 |
| | 富川瑤山一帶(瑤族) | 不成型 | 故事 31 |
| | 布努瑤族地區(廣西大瑤山) | 749A | 民歌 60 |
| | 廣西桂北各縣 | 749A | 彩調劇 1 |
| | 大瑤山(瑤族) | 無情節單元 | 民歌 61、62 |
| | 柳州(苗族) | 不成型 | 故事 47、48 |
| | 融水苗族自治縣香粉鄉雨卜村九象新寨 | 749A.1 | 故事 9 |
| | 羅城仫佬族自治縣 | 749A | 民歌 23 |
| | 廣西一帶 | 不成型 | 故事 69 |
| | 玉林一帶 | 749A | 故事 88 |
| | 富川、鍾山一帶 | 749A.1.1 | 竹板歌 2 |
| 海南省 | 海南省 | 不成型 | 瓊劇 1 |
| | 重慶市 | 不成型 | 四川清音 4　川劇 2、8 |

| | | | |
|---|---|---|---|
| 重慶市 | 黔江縣兩河區龍田鄉(黔江區)(土家族) | 749A.1 | 民歌 24 |
| | 合州(合川區) | 885B | 故事 115 |
| | 酆都地區 | 749A | 故事 15 |
| 四川省 | 四川省 | 749A | 川劇 3、12 |
| | | 749A.1 | 鼓詞 2　四川花鼓 1 |
| | | 不成型 | 四川清音 1　四川花鼓 4、5　四川連廂 1　川劇 1、7、9　四川曲劇 1、2、3、5、7、18、21、23 |
| | | 無情節單元 | 四川花鼓 2、3、6　川劇 4、5、6、13　四川曲劇 4、6、8、9、10、11、12、13、14、15、16、17、19、20、22、24　四川燈戲 1、2 |
| | 四川一帶 | 749A | 民歌 17 |
| | 廣元一帶(廣元市) | 不成型 | 民歌 30 |
| | 瀘州(瀘州市) | 無情節單元 | 四川清音 3 |
| 貴州省 | 貴州省(布依族) | 885B | 布依戲 1 |
| | 貴州羅甸縣布依族地區 | 749A | 故事 14 |
| | 貴州望謨、羅甸(布依族) | 749A | 故事 108 |
| | 貴州苗嶺山寨(苗族) | 749A | 民歌 19 |
| 雲南省 | 雲南省 | 不成型 | 民歌 74 |
| | 麗江(麗江市) | 不成型 | 民歌 44 |
| | (白族) | 不成型 | 民歌 25 |
| | 雲南大理(白族)自治州 | 749A | 民歌 26 |
| 陝西省 | 陝西省 | 不成型 | 陝南花鼓 1　二人臺 3 |
| | 陝西省東北部 | 749A | 民歌 2 |
| 甘肅省 | 武威市 | 無情節單元 | 涼州賢孝 1、2 |
| | 酒泉市 | 無情節單元 | 寶卷 10 |
| | 清水(清水縣) | 749A | 文獻 20-2 |
| | | 885B | 文獻 24 |
| | | 不成型 | 文獻 20-3 |

| | | | |
|---|---|---|---|
| 青海省 | 青海祈連阿來鄉 | 749A | 民歌 35 |
| 寧夏回族自治區 | 寧夏 | 749A | 越劇 27 |
| | | 無情節單元 | 寧夏小曲 7　曲子戲 1 |
| | 銀川市 | 不成型 | 寧夏小曲 6 |
| | 西吉縣(固原市) | 無情節單元 | 寧夏小曲 1 |
| | 涇源縣(固原市) | 不成型 | 寧夏小曲 2 |
| | 隆德縣(固原市) | 無情節單元 | 民歌 11 |
| | 海原縣(中衛市) | 無情節單元 | 寧夏小曲 3 |
| | 惠農縣（石嘴山市） | 不成型 | 民歌 9 |
| | 鹽池縣(吳忠市) | 不成型 | 寧夏小曲 4 |
| | 鹽縣 | 不成型 | 民歌 71 |
| | 德縣 | 不成型 | 寧夏小曲 5 |
| 新疆維吾爾族自治區 | 新疆 | 不成型 | 新疆曲子劇 1 |
| 香港特別行政區 | 香港 | 749A | 電影 4、6　電視連續劇 3 |
| | | 885B | 電影 8 |
| 其他[45] | （水族） | 不成型 | 民歌 27、57 |
| | （瑤族） | 不成型 | 民歌 65 |
| | | 無情節單元 | 民歌 63、64、66、67 |
| | 江南地區 | 749A | 民歌 29 |
| | 長江以北地區 | 不成型 | 故事 52 |

---

[45]　不能確定故事流傳地點者列入其他。

如上表所列，今所見梁祝故事流傳區域有臺灣、北京市、河北省、山西省、內蒙古自治區、遼寧省、吉林省、黑龍江省、上海市、江蘇省、浙江省、安徽省、福建省、江西省、山東省、河南省、湖北省、湖南省、廣東省、廣西壯族自治區、海南省、重慶市、四川省、貴州省、雲南省、陝西省、甘肅省、青海省、寧夏回族自治區、新疆維吾爾族自治區、香港特別行政區[46]，除西藏自治區、澳門特別行政區之外，中國共有 22 省、4 自治區、3 直轄市、1 特別行政區，均有梁祝故事的流傳，而澳門郵政局也發行《傳說與神話(六)－－梁山伯與祝英臺》郵票[47]，則幾乎可說全中國都有梁祝故事的蹤跡。

　　從上表也可見梁祝故事流傳至某地，不只是民間故事、民歌的傳播，也常融入地方曲藝、戲曲當中成為創作的題材，如：安徽省有黃梅戲、盧劇、安徽曲劇、含弓戲、泗州戲、二夾弦、衛調花鼓戲、皖南花鼓戲、淮北花鼓戲、安徽曲劇、嗨子戲、洪山戲；又如：福建省有大廣弦說唱、薌曲說唱、十番八樂、伬唱、南音、錦歌、盲人走唱、歌仔冊、福建平話、鼓詞、漁鼓、明傳奇、閩劇。又如：廣東省有粵劇、白字戲、花朝戲、貴兒戲、潮州說唱、木魚書等，都是梁祝故事深入當地而「在地化」的情況。

　　又從上表也可知各地梁祝故事除了民間故事、民歌及地方戲

---

46　中國所列行政區域，依中國官方規定劃分為 23 省、5 自治區、4 直轄市、2 特別行政區，共 34 一級行政區。《中華人民共和國行政區劃網》(截至 2006 年 8 月 31 日) http://www.xzqh.org/QUHUA/index.htm(2006 年 12 月 7 日)。

47　方耀成撰：〈梁祝化蝶戀郵花〉，http://www.cnjy.com.cn/20021204/ca199799.htm(2006 年 11 月 25 日)。

劇、地方曲藝是各地本土的梁祝故事之外,也常見外地流播進入的曲藝、戲劇,尤其大都市是各地曲藝、戲劇對外流播,建立表演舞臺的最佳定點,如:臺北有京劇 10、黃梅調 5、6、越劇 40、41、42、43、山東琴書 7 的舞臺表演,也有臺北戲劇學者結合臺灣、大陸各類創作人才及音樂、舞臺劇創作菁英自創的崑劇 1、音樂劇 1 的盛大演出,此齣崑劇《梁山伯與祝英臺》也到桃園、臺中、高雄各地巡迴表演,又推展到上海、杭州、廣州演出,而音樂劇 1《梁祝》除在臺北多次演出,及與臺灣藝術大學合作演出做為五十週年慶的活動之外,也巡迴臺中、臺南各地。又如:上海市在一九二○年即有嵊縣的小歌班(越劇的前身)進入升平舞臺上演由《十八相送》、〈樓臺會〉為基礎,改編的連臺本戲《梁山伯》[48],其後越劇《梁祝》在上海市大大的流行,不止舞臺表演,也有唱片出版品,如越劇 2-6、8-10、12-23、35-39。又有紙品印刷的發行,如:越劇 7《梁山伯與祝英臺》在上海多次出版;另有鼓詞 6《梁山伯與祝英臺全史》除在清代有上海槐蔭火房書莊刻本之外,又改名在上海椿蔭書莊、上海閘北協成書局印行。又有福州平話 2《雙蝴蝶》,是上海益新書局出版的石印本。又有灘簧 1《梁山伯與祝英臺》,是上海閘北中公益仁和翔書莊印行的木刻本。又有廣播電臺錄音,如:京劇 3,是言慧珠所唱《梁山伯與祝英臺》的唱段〈我這裡凝秋水將兄來望〉。

---

[48] 蔡豐明撰:〈上海:梁祝文化走向現代的橋梁〉,宜興市政學習和文史委員會、宜興市華夏梁祝文化研究會編,收於:《宜興梁祝文化--論文集》(北京:方志出版社,2004 年 11 月一版),頁 111。

　　另外，電影 1《梁祝痛史》，是一九二六年上海天一影片公司出品；電影 3《梁山伯與祝英臺》，是一九五四年上海電影製片廠出品的彩色越劇電影，而電視連續劇 7《梁山伯與祝英臺》是老演員及年輕演員兩組演員主演，由中國唱片上海公司出版發行 DVD 光牒。

　　而臺北市也有電視連續劇 4《七世夫妻之梁山伯與祝英臺》、5《少年梁祝》及電視綜藝單元劇 1《住左邊住右邊之幸福小套房－－幸福黃梅調》、電視綜藝連續劇 1《絕代雙椒－－〔梁山伯與祝英臺〕》都是以黃梅調《梁祝》電影為背景或主軸的電視節目。臺北市也有梁祝故事紙品出版的小說 9、12、13、16 及漫畫 1、2。又有流行歌曲 3-8、11、12，也是梁祝故事抒情的詠唱。

　　各地區流傳的梁祝類型亦有不同，如臺灣有 749A、749A.1、749A.1.1、885B 四類型梁祝故事，另外不成類型的梁祝故事，如：山東琴書 7、小說 16、電影 9、漫畫 2，其中山東琴書 7《梁山伯與祝英臺・十八相送》是臺北曲藝團創團十週年公演的節目，由山東濟南市曲藝團演員姚忠賢、楊珀演出。小說 16《梁山伯沒死……之後》，則是一反梁祝殉情故事，而從山伯沒死之後開始寫起。電影 9 與漫畫 2《蝴蝶夢－－梁山伯與祝英臺》，是臺灣中影公司投資，由臺灣新資訊科技事業股份有限公司結合蘇州上海兩地的專業動畫公司參與製作，並與上海美術電影製片廠聯合發行的數位動畫與卡通漫畫，前者由臺灣演員劉若英（祝英臺）、蕭亞軒（梁山伯）、吳宗憲（馬文才）擔任配音，中國音樂家陳鋼配樂，臺灣中影事業公司全權負責國際與臺灣發行，後者由臺北時報文

化出版企業股份有限公司同步發行[49]。而歌曲 4、8、11、12 都是以梁祝故事為主題，強調化蝶的悲劇美感或愛情永恆象徵的抒情文本。

至於歌曲 3、5、6、7 及電視綜藝單元劇 1，則僅以梁祝故事為背景而曼衍的文本，重點並不在梁祝故事殉情情節，所以無具體的情節單元。小說 12〈梁〉、〈祝〉，是小說家李馮小說集《梁祝》中的兩篇短篇小說，該兩篇小說是借用梁山伯與祝英臺形象而自我發展的「後現代顛覆」、「戲仿」、「反諷」文本[50]，也無情節單元。

至於各地故事常見不屬於梁祝故事類型及無情節單元者，有時是早期未成類型的文本，如：文獻 4 宋張津《乾道四明圖經》所載〈義婦冢〉故事，僅有「義婦冢」與「女子扮男裝與人共讀」兩個情節單元。有時是因所見資料不全或節錄文本，有時是因故事重點已由梁祝殉情轉移，如：流傳於北京地區的故事 25〈梁祝出世〉，主要情節在梁山伯、祝英臺出世前後，兩家父親孕中訂親，約定若同生男孩，則一道上學堂讀書，若是女孩，則一個針絲筐做活，若是一男一女，則讓他倆結為夫妻。結果祝家生女而悔婚，詭言自己生了男孩，女扮男裝一道上學堂，因此引出一段千古流傳的"梁祝"愛情故事，算是梁祝故事的楔子。有時則是地方曲藝、地方戲劇的折子唱段或折子戲所致，如：江西省除贛劇 2、民歌 16、68，屬 749A 故事類型之外，有武寧採茶戲 5、7、萍鄉採

---

[49] 〈《梁祝》製作發行經驗分享〉http://www.daso.com.tw/epaper/public-paper/2005-04/news03.htm（2005 年 7 月 11 日）。

[50] 參李馮撰：《梁祝・李馮小說集》（臺北：情報文化科技股份有限公司，2003年 3 月 20 日），頁 109–125。

茶戲1、寧都採茶戲1、2、吉安採茶戲2、撫州採茶戲2，上饒採茶戲2，均是不成類型唱段，而贛劇3、5、海城喇叭戲2、贛西採茶戲1、2、3、4、5、袁河採茶戲1、南昌採茶戲1、2、武寧採茶戲1、2、3、4、6、萍鄉採茶戲2、3、寧都採茶戲3、4、5、吉安採茶戲1、上饒採茶戲1，則只是部分唱段，均無情節單元。

　　從今日所見資料，可知梁祝故事傳播的方式，首先是說故事的人口頭講述，其後有書面的方志或文人筆記記載，或石刻碑誌，或詩、詞、小說的創作，同時也有民間歌謠的傳唱，次之則有地方曲藝的宣說或演唱，同時擴展至民間小戲或舞臺代言的表演，接著通俗或文人作家進行小說書寫，再至影像，如：電影、電視拍攝、播放，同時也有聲音如：廣播劇、協奏曲、流行歌曲、電影插曲，或者舞蹈、舞臺劇的創作表演；又有漫畫、卡通動畫電影，甚至是剪紙藝術及郵票的發行，直至今日所有影像、音樂、歌曲、舞蹈、舞臺劇都能製成 CD 或 VCD、DVD 光牒或 KTV 伴唱帶，傳至每個家庭音響、錄放影機、光碟機，甚至電腦上播放，則其傳播的層面，可謂無遠弗屆。只要播放一次，梁祝故事便被重新說出。但也因 VCD、DVD、CD、KTV 等光牒、伴唱帶媒介的出現，改變故事流播的方式，也相對地改變創作的環境，從所見資訊性媒介的梁祝故事來看，大抵都不改 885B「戀人殉情」或749A「生雖不能聚，死後不分離」兩類型的基本架構，大抵緊扣住主要情節(1)女扮男裝外出求學、(2)戀人婚姻受阻而殉情，其中的差異，只在媒介特色的發展而已，對故事本身敘述的發展，可說是微乎其微，因而可說媒介的改變，致使梁祝故事只是一再地複製，而無新的創意，似乎也形成梁祝故事創作的終結狀態。

　　惟一仍可以較自由或開放性創作的媒介，恐怕非民間故事、民間歌謠莫屬，但現代生活形態已大大異於長久以來的農耕生活，所有方便流通資訊的媒介，也已大大改變人們接受資訊的方式，因此若說梁祝民間故事、民間歌謠仍然能夠持續蓬勃的創新發達，恐怕亦屬妄想。但相對而言，梁祝故事也因著媒材與主題內容的異化、顛覆，及挾著龐大文化產業全面傾銷的強力效應，較諸於歷代各類地域性梁祝故事的有限傳播，恐怕反而成為今日梁祝故事創作的最大資產與強項。

# 第八章 梁祝故事創作現象（一）

　　梁祝故事網絡是集體創作的成果，非一時一地一人所成，不管是依循舊有故事，或翻新聲另創新說，或採不同媒介，相異的表現方式，不斷有新的說故事的人，或是不識字的農民、或是擅說故事鋪張事理的說書人，或是隨機搬演的民間小戲，或是出口成章的民間歌謠，或是手裁而成的剪紙能手，或是民間藝人隨口搆成的地方曲藝，也有文人為通俗大眾所敷衍的通俗小說，或製成舞台搬演的戲劇，或為文人述說的文人故事，甚或假借梁祝之名而自行創作不相干的玄想，更有繪畫能手畫成的漫畫、卡通動畫，或編成劇本拍電影、電視連續劇、電視綜藝節目、舞台劇、音樂劇的導演，甚或是寫成協奏曲或各式樂器的作曲家及彈奏的音樂家，也有編成舞劇的編舞者及跳出舞蹈的舞者，都是梁祝故事不同身份的創作者。

## 第一節　梁祝民間故事創作現象

　　本是虛妄不實的傳說故事，變成有血有肉活靈活現實存情境。因者創作者的不同，因者創作媒介的相異，變化出多彩多姿的梁祝故事網絡。從「義婦祝英台與梁山伯同塚」（文獻 1）十一字的簡單情節，發展至 885B「戀人殉情」類型故事，其後又有 749A「生雖不能聚，死後不分離」、749A.1「生雖不能聚，死後不分離，死而復生」、749A.1.1「生雖不能聚，死後不分離，死而復生，神

仙相助」類型故事；也有不屬梁祝故事類型，而從山伯或英台發展，不表殉情故事的創作。其中民間故事創作者因為可以不分時地即興口頭講述，最能逞其妄想誇誕的本事，而且每每都能展現講述者個人的獨特風格，屬於梁祝四種類型的民間故事於第二章故事結構已論述，以下專就不屬於梁祝類型故事析論。

有俠女配清官的故事，如：〈清官俠女骨同穴〉(故事24)，明朝寧波府鄞縣縣官梁山伯，為官清廉，秉公辦案，為民除害，人稱賽包公、梁青天。三年任滿之時，皇帝要升調他往別處上任，當地百姓跪求梁大人留任，山伯上奏章不願升遷，皇帝同意後，山伯仍留鄞縣。原先山伯來鄞上任時，妻早亡故，膝下無子。百姓勸他再娶，但他以鄞縣百姓敬他若父母，何必續弦娶妻而拒絕，一心為百姓辦事，接連三任，當了九年知縣。最後一年，年老體弱，受風寒而病亡，百姓選中胡橋鎮為之造墳，挖地時，發現下有一穴墳，石碑刻有文字：南北朝陳國有一位俠女祝英台，生前劫富濟貧，專殺貪官污吏。後遭馬文才父子的毒手。

原來馬文才是貪官馬太守之子，從小習武。祝英台曾三次上門盜銀，救濟貧民。第三次中了馬文才埋伏被捕。馬賊本是花花公子，欲對英台強行非禮，英台一腳踢中馬賊要害，馬文才口吐鮮血，一命嗚呼。馬太守大怒，令兵丁將英台亂刀分屍，棄屍野外。百姓為之收屍做墳安葬，墓碑以紅漆記其名字。日久深埋地下，此時挖出，當地百姓便將梁山伯與千年前的祝英台合葬，墳前豎碑，用紅漆寫英台名，表示她是為人民流血而死的女俠，梁山伯名字用黑漆寫，表示他是與包龍圖一般的清官。又為梁山伯造梁山伯廟，作為紀念。

又有忠臣陰配烈女，如：〈祝英臺陰配梁山伯〉(故事 23)，梁山伯是諸暨人，家境貧困，好學、孝親，被地方官舉薦為“孝廉”，官放鄞縣縣令。姚江淹水成災，梁縣令積勞成疾，知道自己死期將至，告假回家省親，省親回來在邵家渡口倒地不起而卒。農民沒認出是縣令，掘坑埋了，夜裡山伯托夢，農民蓋了香火堂。二十年後，孫恩作亂，朝廷派將軍帶兵平亂，屢戰不勝。將軍夜夢白袍小將，打著“梁”字旗號，口稱“本縣令前來協助將軍”，將軍驚醒，只見軍校來報，說孫恩一伙被一白袍將軍率兵趕下海去了，將軍查遍縣志，知東晉有梁縣令名山伯。將軍上奏，敕封為義忠王，造梁聖君廟。想要為梁山伯婚配，出榜招尋對象，上虞百姓推薦街頭賣藝，貌美藝高，仗義疏財的祝英台，她因對抗太守之子馬文才搶親而慘遭毒手，於是忠臣配烈女合葬陰配。前者說山伯是清官，英台是俠女，兩人異代同穴；後者說山伯是忠臣，死後仍帶陰兵效勞朝廷，英台則是街頭賣藝，貌美仗義烈女形象。

另有烈女陰配忠臣，故事傳至杭州書院，學生來自東南西北，全國各地，共三百六十名，老師出題寫「梁山伯與祝英台文章」，於是有了現在各地不同的梁祝故事，各地也造了墓和讀書處，時間久了，後人弄不清楚，都說梁山伯祝英台是他們那裏人。如：〈千萬陰兵助康王〉(故事 59)，宋末康王趙構逃難到鄞縣，金兵隨後追到，康王躲進城西清山道古墓旁，忽然天昏地暗，陰風呼呼，泥沙滾滾，半路上殺出一支隊伍，撐著“梁”字旗號，為首的是個文質彬彬的後生，士卒個個青面獠牙、紅眼綠頭髮、胡鬚丈七八，擊退金兵；陰魂顯靈自表是百年前鄞縣縣令梁山伯，康王封為義

忠王，而重修山伯墓，挖土時掘到一塊"欽封烈女英台之墓"，
而將之與山伯陰配合葬。梁祝陰配時傳到杭州城裏一個大書院，
這書院有三百六十名弟子，來自東南西北，全國各地，先生出題
"梁山伯與祝英台"，弟子們寫的三百六十篇文章，篇篇不同，
以後流傳到各地，就成為現在各種不同的梁祝故事，各地的人們
由此建造了很多墓和讀書處，時間一長，後人弄不清了，都說梁
山伯祝英台是他們那裏人。真是巧妙的設想。

也有愛民縣官梁山伯與祝英台陰配合葬，如：〈梁縣令治水〉
(故事 56)，梁山伯是鄞縣縣令治水殉職，百姓將他與上虞同窗老友
祝英台陰配合葬；又如：〈開倉分糧濟百姓〉(故事 55)，梁山伯是
寧波縣官，勤政愛民，當時三年天災，百姓沒飯吃，山伯私開糧
倉濟民，被皇帝斬了，百姓將他與未出嫁而死的祝英台合葬陰配。
更有特殊故事〈大俠與清官〉(故事 50)，祝英台是個美男子，武藝
高強，愛打抱不平、殺富濟貧，扮女裝去行刺惡霸馬文才，誤中
機關被擒。馬文才見他生得漂亮，向他逼婚。他當眾朝著馬文撒
尿，羞辱色鬼。馬文才大怒，令家丁用亂刀將他碎屍萬段，棄之
荒野。百姓將他葬在英年早逝的清官（鄞縣縣令）梁山伯墓旁，
與婚配無關。這會兒說故事的人把英台的女性形象顛覆成為男
性，算是惟一的特例。

又有山伯或山伯英台陰魂合力退敵的故事，如：〈席草計〉(故
事 58)南宋鎮守浙東的大將張俊領兵保駕，抵抗金兵，吃了敗仗，
夜宿梁山伯夢，山伯托夢獻席草計策而退敵。又如：〈托夢助陣退
倭寇〉(故事 60)，梁祝殉情後，祝父不允二人同葬。明代倭寇時常
侵犯明州（寧波），朝廷派白總兵帶兵一萬剿滅倭寇。白總兵是個

膽小鬼，準備先撤九十里，等倭寇退走後再回兵駐紮。夜夢闖進一個白面書生，重打他一個耳光，斥責他臨陣退卻，說明日五更，你得率兵進明州佈防，否則你這半邊臉將會爛光。

白總兵不敢違拗，隔日領兵作戰，在抵敵不住時，有一支軍隊前來助戰殺敵，原來是昨晚打他耳光的人，及一名女將，兩人頭上顯出兩盞黃燈，上寫"祝"字與"梁"字。其後為了紀念他們，將兩人的墓遷攏合葬，墓旁蓋了梁山伯廟，供二人神像，就在今日寧波西門外，寧波人有句俗話："若要夫妻同到老，梁山伯廟到一到。"此刻梁祝死後成為陰將，帶領陰兵助戰殺敵。又如：〈蝴蝶墓與蝴蝶碑〉(故事67)，寧波的蝴蝶墓與蝴蝶碑是一墓雙碑。明末倭寇進犯寧波，知府領兵抵抗，吃了敗仗，夜夢梁姓知縣助戰殺敵。隔日，倭寇果然敗退了。其後便造了義忠王廟，又找了上虞祝家莊的貞節烈女祝英台合葬一處，留下"晉封英台義婦塚"與"敕封晉梁聖君山伯之墓"兩墓碑。這也是忠臣配烈女的故事。

也有縣令梁山伯生前或死後助人的故事，如：〈梁山伯墓的傳說〉(故事66)，縣令梁山伯救了一個翻落河裏的小姑娘，後來他自己也生病死了，老百姓為了報答他的恩德，便把他葬在鄞縣高橋邵家渡的寶地，因為這裡的姚江上有九條龍，專門為百姓做好事，乾旱時及時下雨供水，使農作物收成好，有船夫曾見九條龍向乍山方向飛去。這是結合地方風物的幻想故事。

又如：〈梁縣令托夢治蟲〉(故事57)，明代寧波鄞縣西鄉高橋太平村的治蟲大王，夜夢東晉鄮城（今寧波鄞縣）縣官梁山伯告知治蟲藥方，成為今日當地百姓常到山伯墓旁挖墓土治蟲的習

俗。又如：〈梁山伯墓〉(故事 107)，說將梁山伯墓土放在灶頭能防治蟑螂、螞蟻；撒在房內可保佑闔家平安；撒在蠶房，可佑蠶花利市；撒在青年夫婦床下，可佑夫妻和睦，白頭到老。又如：〈梁山伯廟〉(故事 114)，說山伯廟在梁祝臥室放置新繡弓鞋供英台穿。婦女摸英台神足，可治足痛病。又如：〈梁山伯廟〉(故事 116)，據說年輕姑娘拿祝英台房中毛巾揩臉，可永保青春美麗；拿梳子梳頭髮可萬事順利，夫妻和睦。也有牛瘟拜求梁山伯，牛瘟便好了，以上四則故事是梁祝風俗傳說的故事。

又如：〈梁祝墓借碗〉(故事 140)，民間傳說若有什麼難事，到梁祝墓祠一祭拜，就會得到圓滿的解決。馬坡村有一位馬孝子，家中貧困，結婚時沒有喝喜酒的碗，他便到梁祝墓祈禱能借到碗，隔日果如其願，墓前出現很多碗，他用畢後歸還原處，第二天碗消失不見。後來他生兒子、弟弟結婚，都到梁祝墓禱祝，願望均能實現。

又如：〈梁山伯指點缸鴨狗〉(故事 61)寧波城隍廟裏有個擺攤賣紅棗湯和酒釀圓子的人，名叫江阿狗，心地善良，孝敬父母，可惜一家人總是不得溫飽，有天夜裏有位書生托夢，指點他發財的生意，命書僮請他吃碗豬油湯團。江阿狗醒來後，悟出此人指點他要賣豬油湯團，便開了一家豬油湯團店，果然生意興隆。苦思如何做一個新奇的招牌，決定到梁山伯廟去拜拜，不想一進廟門便見梁山伯神像，就是托夢的書生，果然夜裏又夢，山伯來指引他的店名，山伯用手一指，出現一口水缸、一隻鴨子、一隻狗。這缸、鴨、狗不就是我的名字？於是便掛上"缸鴨狗湯團店"招牌，從此寧波"缸鴨狗湯團店"就出了名，如今且馳名國內外。

此兩則故事是山伯死後也能顯靈幫助孝子的故事，說故事者用意也許在於點化聽故事的人得孝順才有善報嘞！

也有山伯、英台原是天上金童玉女或童男童女、侍童侍女而投胎下凡的故事，如：〈三世不團圓〉(故事105)，原來山伯、英台是玉皇大帝左右的金童玉女。天長日久，兩人眉來目去，動了凡心，趁著玉帝打瞌睡時，悄悄下凡去。其實玉帝打瞌睡是假的，故意讓他們三世不得團圓，第一世是孟姜女與范杞良剛剛拜過堂，杞良就被官府拉去造長城，等孟姜女找到長城邊，范杞良已命歸黃泉。第二世是白娘子與許仙，被法海和尚硬拆散，白娘子被鎮進雷峰塔。第三世是梁山伯、祝英台，弄得一場空歡喜，像夢一般。這故事開起玉皇大帝的玩笑了，說祂既心存不良，假裝瞌睡，設計金童玉女，又心胸狹窄，竟要他倆下凡苦愁三世，不得團圓，弄得一場空歡喜，如夢一般。此故事兜合888C*「孟姜女」、411「白蛇傳」兩個類型故事。

又如：〈蘭橋斷〉(故事111)，傳說王母娘娘在一年三月三，擺蟠桃會，宴請各路神仙，叫童男魏奎彥、童女蘭瑞蓮敬酒端菜。兩人眉來眼去，被王母娘娘喊了一聲。兩人嚇得一哆嗦，把盤碗打了。王母娘娘叫天兵天將把二人打下凡；一在南，一在北，永世不成姻緣。蘭瑞蓮被打下凡後，尋了個婆家，不久男人就死了，整天受婆婆氣。一天正到井台打水，遇赴京趕考的魏奎彥要水喝，兩人一見鍾情，相約私奔，在蘭橋等候。不想魏奎彥在客店看書，忘了約定的時辰，跑去橋上時，已不見瑞蓮影子，只看到一雙繡花鞋，原來瑞蓮依時到橋上等魏奎彥，直到月亮都偏西了，還不見人影，心想准是人家跟自己說瞎話，要回去又怕婆婆知道，便

跳河死了。魏奎彥見是瑞蓮繡鞋，准是人家等不上俺，說俺騙了她，覺得沒臉見人就跳河了，想到自己怎能對得起人家，也撲通一聲跳了河。下一輩兒他轉成了梁山伯，蘭瑞蓮轉成了祝英台。這會兒被批判的則是王母娘娘，見了童男、童女眉來眼去，便叫天兵天將打下凡塵，永世不成婚。

又如：〈梁祝下凡國山縣〉(故事133)梁山伯與祝英台是西天王母的侍童侍女，朝夕相處。王母娘娘睡夢中翻身，兩腳一伸，踢碎三千年才打造成可治百病的琉璃燈，怪罪侍童侍女，說有人見到兩人去天河邊幽會，罰二人下凡為民，行俠仗義，教化百姓，愛不成婚，情動天地，二十六年再回天堂結案。又傳喚托塔天王李靖，詢問凡間何處最為仁義？李靖說義興出了周處、周玘父子，建有義興郡，民風樸實，是個禮儀之鄉。王母又問可有山鄉？李靖答有個國山縣，有山有水，其中有個善卷洞，是虞舜禪讓時善卷隱居的地方。附近有祝家莊和梁家莊，山清水秀。王母便令二人降生人間。

李靖用捆仙繩將他倆捆住，拎到天河盡頭遇太白金星。太白金星見二人模樣，似乎少了點文膽藝肝，要給他們脫胎換骨。李靖說：老仙自便。於是太白金星便分別向他倆心、肝、腦門處吹了三口仙處，二人昏睡過去。又提醒李靖拋二人於半空之中，飄然落下，侍女到義興郡國山縣祝家莊投胎，侍童至梁家莊轉世。二人下凡後，一是山村才女，一是民間學子，結下同窗之情，行俠鄉里，文武全才，真情相愛，感天動地，這便是後話了。這故事仍是西天王母娘娘自己踢碎琉璃燈，卻翻舊帳說，有人見侍童侍女天河邊幽會，而叫李靖拎著二人降生人間，故事又多了太白

金星半途給他倆脫胎換骨，給了文膽藝肝，增添文藝氣息。

　　也有解釋何以山伯英台是天上仙童玉女的故事，如〈澗河潭殉情〉（故事22），晉朝時有個女子，名叫祝英台，家住離張渚七、八里路的祝家莊，就是現今的祝陵村。她老子叫祝公淵，家裏銅錢多得勿得了，是戶大財主。他連養八胎都是丫頭，老公婆兩個急煞了，那時光女兒不能繼承家當。到快要養第九胎時，公婆就商量，不管生了兒子或女兒，都騙人家講"養了伲伲（兒子）了"。結果生下個丫頭，便同小學兒子養。到了七、八歲了，請私塾先生到家裏來教，讓村上要念書的小佬也一同念書。前村有個梁山伯，也在祝家念書，與祝英台坐一台子。梁山伯念書聰明，到了十幾歲，要趕考了。英台心裡也有數，就叫山伯自己去考。中了秀才，回來看望英台。英台當面同山伯講自己是個女兒身，因要繼承家當，等我娘老子百年之後，我們再結成夫妻。

　　英台、山伯私約姻緣之後，時間一長，旁人也看出苗頭來了。離祝家村十來里路，有個馬家村，有個馬太守的兒子馬文才，一曉得祝英台原來是個女娘家，便要老子托媒去說親，祝員外一來見馬文才老子是大官，有財有勢；二來也不怕人家告發女兒扮男裝是犯法的事，就滿口答應了。英台、山伯無計可施，兩人雖勿同生，寧願同死，來生再結夫妻，便緊抱著往澗河潭一跳殉情了。祝公淵與馬太守都是要面子的人，馬太守出主意，造言梁山伯和祝英台原來是天上的仙童玉女，犯了天條，玉皇大帝罰他們要七世勿團圓，這次還是頭一次勿團圓吶。這故事顯見人世現實樣態，既要錢勢，又要面子，編起謊言詆騙世人，可是講述者為何以梁祝哀史總以七世姻緣結局做一合理的解釋。

也有英台、山伯出生的故事，如：〈養了伢伲了〉(故事 131)，
東晉時期，義興郡國山縣善卷山南有個祝家莊，祝公遠是國山縣
的首富，連生了八個兒子都夭折了，一天夜裏，祝夫人蔣氏夢見
送子觀音持淨瓶，口中唸唸有詞，瓶中飛出一隻鳳凰，在室內繞
了一圈，息在她的肚皮上，低頭要啄她的肉。隔天到碧鮮庵拜菩
薩。後來生下女兒英台。但因有「祝家人氏的家產傳男不傳女」
的族規，便將英台從出生那天起扮男裝，宣稱是生了兒子。

又如：〈梁山伯出生〉(故事 132)，東吳末年國山縣西北方的山
腳下有一個梁家莊，梁天佑員外年過四十仍無子息，便到碧鮮庵
燒香許願，求送子觀音保佑。有一天梁夫人葛氏在村前河埠頭淘
米洗菜後，回家路上遇上一個賣魚婆子，問她買不買小魚，她說
沒有錢。魚婆子說沒錢不要緊，給點飯或米都可以。葛氏給她八
碗米，還將淘米燒箕給了魚婆子。原來這魚婆子是觀音菩薩變的，
特來試驗她的心誠不誠。葛氏回家後肚子一天一天大起來，但到
了十二月仍未分娩。一天傍晚，葛氏突然發現國山碑上空烏雲密
佈，從山上長出一棵參天的大柏樹，旁邊又長出一棵併頭的毛竹，
慢慢靠攏，並發出五顏六色的光彩，後來杉樹與毛竹合在一起，
化作一道白光飛走了。這天夜裏，葛氏生下懷胎十三個月的梁山
伯。以上兩則都是梁祝出生的神奇故事。

又如：〈梁祝出世〉(故事 25)，從前有兩個在北京府下當差的
兩個友人，一姓梁，一姓祝，妻子都懷有身孕，便約定若都生男
孩，就一堂讀書，若生女孩，就一個針絲筐做活，若生一男一女，
就結為夫妻。後來祝家生了女兒，也佯稱生男。十三年後梁父找
祝父商量，讓二子上山讀書學藝，祝父只好將女兒扮男裝與梁山

伯一起上山學藝讀書，而引出一段千古流留的"梁祝"愛情故事。

又如：〈梁山伯吃蛋留風俗〉（故事 77），梁母一天夜裡，睡意朦朧間，見一隻花蝶進房入幃，而受孕；三十八歲那年生了梁山伯，取名山（三）伯（八）。山伯從小只與女孩結伴，愛採花捉蝶。八歲上學堂，讀了兩年書，只認得一個丁字。後來一位身穿皂色道服的老者見著山伯，道：「怪哉，奇人也」，又說：「此子鼻如懸膽，天庭飽滿，地角方圓，日後不作朝中棟樑，也作一方父母官」，沉吟一會，又云：「不過，觀其氣色呆滯，有氣無色，七竅阻塞了六竅，只開了一路花竅，成了嬉花戀蝶之人，只要塞住這個花竅，開其六竅，則能神專心安。」又說認得「丁」字，便是成人了。於是便開了七姓人家的「百草珍珠」藥方治病，這七姓百草珍珠藥方實則是七姓鵝蛋；山伯服下之後，果然是七竅全開，成為名列前矛的英挺才子。此兩則故事，前者說孕中訂親悔婚；後者說梁母夢蝶受孕，致使山伯只開花竅，得吃百草珍珠鵝蛋治病，是說故事的人結合風俗習慣編造的奇想故事。

也有說明祝英台為何要外出求學的故事，如：〈祝英台夢遊善卷洞〉（故事 40），英台是浙江上虞縣人，何以會去義興（宜興）碧鮮庵讀書，原來晉永和年間，浙江上虞縣祝家莊的大富商，家集萬資，買了個"員外"頭銜，人稱祝員外，五十歲年紀，夫人倪氏生過九個女兒，但前八個都夭折了。第九女兒叫九娘，字英台，從小當作男孩打扮，改叫九官。祝員外時常出外經商，告訴英台說義興在太湖西岸，最好玩的是離縣城四、五十里的螺岩山，山中有石室，又名善卷洞，傳說東海龍女經常在那裏彈琴，英台聽得如痴如醉，夜裏夢見自己來到螺岩石，見大蝴蝶起舞，再定睛

一看，大蝴蝶不見，是一位少年書生，手持燈籠，周圍一群彩蝶。自己跟著書生走，漸漸身後也圍了一群彩蝶。不一會，兩處彩蝶竟連成一條彩帶。突然一隻頭上隱顯出篆體“馬”字的癩蛤蟆，追逐一隻大彩蝶。瞬息大彩蝶不見了，癩蛤蟆卻向英台撲來。英台不小心滾下石階，書生扶住英台，兩人逃到溪河中花舟，花舟無櫓無槳，竟自行了。

　　兩人出了水洞，英台問書生高姓大名，書生用手指蘸水寫了“家住禹王歸天處，獨木頭上刀分水。出字分半人合素，碧鮮庵中讀聖書”。寫罷告別。不想英台一回頭，癩蛤蟆就跳上英台胸口，嚇得英台大叫救命而喊醒同房伴宿的丫環銀心，才知是南柯一夢。兩人猜夢中四句謁語，第一句是會稽，第二句是梁，第三句是山伯，第四句“碧鮮庵中讀聖書”。銀心不知那裏有沒有碧鮮庵。英台明天問父親，祝員外說碧鮮庵在善卷洞的後院，塑有善卷神像，去年招收學生成學館了。英台機靈地說亡母夢中叫她扮男裝去碧鮮庵讀書。員外信以為真，便去碧鮮庵蓋了祝英台讀書的紅色小樓和祝英台閣，英台在此讀書，真的訪著梁姓書生，名處仁，字山伯，與夢中一模一樣。兩人一見如故，結成金蘭，同宿同住，英台說及夢境，山伯說也做同樣的夢，只是遇著的是女千金。此故事似乎要強調梁祝同做一夢，本是宿世夫妻姻緣心有靈犀的神奇情節。

　　又如：〈續詩遇山伯〉(故事 39)，鄞縣書生梁山伯往杭州求學路上，見河埠頭有位漂亮姑娘在漂洗衣裳，脫口吟道：「柳蔭一對鵝，追逐飛下河，白羽浮綠水」，洗來姑娘“噗哧”一笑，接著吟道：「無屎莫來屙！」說完，轉身跑回村莊去了。山伯心中十分惱

火，追到姑娘家中評理。問她何以嘲笑？姑娘一本正經說：「我明明講的是"紅掌撥青波"」。姑娘父親說她讀的不錯啊！山伯只好作罷。老伯留他吃飯，兩人談話時，出來一個俊美少年，原來是女扮男裝的姑娘，連父親都不認得。這洗衣姑娘是上虞村祝公遠的女兒祝英台。此刻英台要與山伯一道去杭城求學。祝父只好答應兩人同行。這故事是結合駱賓王七歲時作品〈詠鵝〉詩[1]的梁祝故事。

　　也有英台要外出求學，嫂子譏誚是求男子，而英台賭誓貞潔的故事，如：〈焦骨牡丹女兒心〉(故事 29)，上虞祝家莊祝英台要女扮男裝去杭城求學，嫂嫂說她分明去找野男人。英台說院中牡丹花，若越鮮豔則女兒在外潔白無瑕，若失潔則牡丹枯萎凋謝。英台出門後，嫂嫂燒滾水澆花，花反而越長越旺；又將牡丹連根拔起，放在炭火烤炙，再將燒焦的牡丹枝條插入土裏，第三年燒焦的牡丹又生根發芽，一棵變兩棵，開出兩朵又紅又大的牡丹花。英台三年求學期滿回來，向嫂嫂說自己貞潔，所以牡丹越開越鮮豔。嫂嫂羞得抬不起頭。臨死前還咬牙切齒說：我生前弄不死你，死後也要與你作對。死後變成一條尖嘴鑽心蟲，專門鑽牡丹花蕊。然而她碰到燒焦的焦骨牡丹，不但鑽不進，反而越鑽越死，你說怪不怪？又如：〈英台發誓栽月季〉(故事 30)，是嫂嫂先用洗臉洗腳水澆花不死，便煮沸滾水澆花，英台回家時親手栽的月季花已凋謝，英台撫摸枯枝，夜間又生嫩芽，見風就長，重又花開如初。

---

[1]　駱賓王〈詠鵝〉(時年七歲)：「鵝鵝鵝，曲頸向天歌，白毛浮綠水，紅掌撥青波」，收於駱賓王撰：《駱丞集》卷四（臺北：新文豐出版公司，1985年，《叢書集成新編》本，59 冊），頁 74。

又如：〈顯示貞潔月月紅〉(故事 31)，也是嫂嫂用熱水潑月月紅，誰知天神相助，月月紅越開越紅。英台嫂嫂又生一計，第三年冬天，英台求學將近期滿，嫂嫂托人帶了小孩所需的衣物、背袋交給英台，也被英台巧妙地騙過梁山伯，所以，後來少女都喜歡種月月紅，以示自己的貞潔，一直傳到現在。又如：〈紅絹為證〉(故事 32)，賭誓之物是埋地三尺紅絹，阿嫂每日用洗碗水、汰腳湯潑埋紅絹的地方。結果埋紅絹的地方長出一株花，阿嫂用滾湯開水往花泡落，但越卻越泡越鮮，三年紅絹取出，依舊嶄新。又如：〈米湯澆花花更紅〉(故事 33)，九紅埋七尺紅綾在月季花下，賭誓貞潔，嫂子每天用熱米湯澆花，但三年後紅綾與月季花一樣紅彤彤的。

又如：〈一隻繡花鞋〉(故事 34)，嫂嫂將英台給的一隻紅繡鞋日曬雨淋，又放到污泥裏爛，陰溝中泡，鞋子不但沒有褪色，反而更加鮮豔。待得三年過去，英台杭州讀書回來，取出另一隻繡鞋一看，一雙鞋子依然如昔。又如：〈從前百日紅花沒有現在的深紅〉(故事 122)，嫂嫂譏誚英台去時擔書囊，轉時擔孩兒，又擔搖籃，英台便以百日紅賭誓貞潔。嫂子用沸水灌百日紅，花反見鮮紅，所以百日紅從那時起，就變成深紅色了。以上七個故事都是姑嫂間微妙情結的反應，益以或地方風物如焦骨牡丹、百日紅的特產，或純粹神奇的臆想，如嫂子以洗臉、洗腳水、以沸水澆花，而英台手撫枯枝，竟然一夜間又生嫩芽，見風就長，重又開花，也有紅絹、繡花鞋滾過燙過或日曬雨淋，鮮豔如常；或姑嫂鬥法情節，如：嫂子托人送小孩所需衣物、背袋交給英台，仍被英台巧妙辯說騙過山伯的情節。

也有梁祝求學時的趣事，如：〈襪套的來歷〉（故事 83），英台與山伯同床而睡，英台總是等到山伯睡熟時才和衣而睡。一天，山伯故意假寐裝著發出鼾聲，想探察英台到底在做什麼。祝英台悄悄脫下男靴，一層一層地脫下襪套，露出細皮嫩肉的小腳，山伯偷看後；問了英台，英台佯稱小時打赤腳染上濕氣，經常腳痛，得多穿幾雙腳套。後來山伯腳痛也穿上腳套，果真不痛了。據說，襪套就是這樣傳下來的。又如：〈萬松書院〉（故事 20），相傳當年書院老師知道祝英台是女的，生怕梁、祝兩人夜晚共枕壞了風氣，便在床中央放了一碗水（也有說放了一柄劍），說是要試試兩人的睡相。三年過去了，這碗水卻從未翻過。而毓秀閣相傳是梁山伯和祝英台一起讀書的地方，今日書房內以東陽木雕塑梁、祝同窗共讀的塑像。這是講述者結合穿襪套治腳濕氣及當地風物毓秀閣、梁祝塑像傳說的故事。

又如：〈師母巧編竹牆隔梁祝〉（故事 36），西湖書館老夫子一眼看出英台與書僮都是女扮男裝，便與妻子商量對策，議定用蘭溪竹子編織一堵六尺長、半尺寬的竹牆，中間糊上一層薄紙，架在梁、祝睡床中間。而且訂下規矩，誰先碰壞，要予懲罰，絕不姑息。據說在這之後，民間的睡床上，才有竹子編織的竹牆。時至今日，在有些農村還能見到。又如：〈紙糊帳〉（故事 37），英台上學的第一天，就被看出是個女子，她向長輩叩頭行禮時是左腳上前，與男子左腳上前不同，當時師母不露聲色。但英台"男裝遮不住女兒身"，早就有位同學懷疑英台是女子，問山伯與她同床而睡，應知男女。於是山伯夜裏睡不著，故意伸手過去想摸英台身子。英台向師母告狀，師母便在梁、祝床上立了一道紙糊帳。

英台故意用手戳破紙糊帳，又向師母告狀，山伯因與英台情深義重，便承認要代為受罰。而且從此不再懷疑英台是女子。這是說述者解說床中置紙糊竹牆、紙糊帳及男女叩頭左右腳上前不同習俗的故事。

也有梁、祝二人求學同行或山伯送英台回鄉時經過的景點故事，如：〈鴛鴦河〉(故事 69)，話說梁祝二人求學時，曾遊過廣西大林山書童鎮前的小河，後來便稱為鴛鴦河。又如：〈曹橋結拜〉(故事 73)，西晉建興年間，汝南郡南六十里祝家莊的祝九紅（號英台），女扮男裝，化名九弟，出外求學，在草橋涼亭遇梁山伯，兩人結拜金蘭，同往紅羅山書院攻讀，後來草河上的草橋，演釋為莊名曹橋，橋上坡涼亭稱為"結拜亭"，流傳至今。又如：〈井留雙照〉(故事 63)，話說杭城草橋門外的一口古井，因山伯、英台曾雙雙在此照過身影，杭城父老就叫它為"雙照井"，民間傳說，井水中常常隱現出一對青年男女的身影，就是梁山伯與祝英台，後來，這裏蓋了一座海潮寺，就成為"海潮八景"之一。每年正月初三，男女老少來寺燒香，都要到雙照井照一照，都說老年夫妻照一照，會越活越年輕；青年男女照一照，會夫妻和睦，白頭到老。因此杭城民間流傳："若要夫妻同到老，雙照井中照一照"的諺語。以上是梁祝景點的兜合傳說的故事。

又如：〈嶧山梁祝讀書洞〉(故事 143)，相傳嶧山與郭山原是兩個湖泊，當地人稱為姐妹湖。有一年，二郎擔山路過魯南，扁擔壞了，兩座大山掉進了姐妹湖，便形成了今日的兄弟山。嶧山上沒有花草樹木、飛禽鳥獸，當地居民生活陷入困頓。過了幾年，八仙結伴雲遊，路過嶧山，看它光禿禿的沒一點生氣。張果老便

提議大家施展本領，裝飾裝飾。張果老用手一指，出現了仙人棚，藍采和在花籃裏抓一把種子撒向四面八方，瞬間花木滿山，香氣撲鼻；韓湘子吹神笛，招來飛禽走獸；何仙姑頭上摘下一朵絹做的蓮花，往嶧山東面一扔，立現菡萏盛開的蓮池；曹國舅用象牙笏板對嶧山指了幾指，馬上出現幾座廟宇；鐵柺李用柺杖點了幾點，點出了許多泉和洞；漢鐘離用八角扇扇了幾扇，扇出了幾條登山盤道；呂洞賓說：前些日子，太上老君告訴他，已預算八仙游嶧山，各展神能裝飾嶧山。往後必有妖精興風作浪，要他把寶劍置於山西南巨石上，作為日後斬妖之用，待百年之後再取回。七仙隨著呂洞賓到了山的西南，果見巨石聳立，呂洞賓取下寶劍放在巨石之上，瞬間寶劍"嗖"一聲，消失不見。

　　過了九十九年，到了第一百年，嶧山來了個妖精，有時變成美女，勾引身強力壯的小伙子，吃他們的肉，喝他們的血，有時化成老太婆到人家家裏幫忙，吃人家的孩子。有一天，梁山伯與女扮男裝的祝英台上嶧山來游玩，見到仙人棚，決定住下來，兩人進了洞中洞，發現掛在牆上的一把劍，刻有"呂洞賓"三字，知是龍泉劍，也就是斬妖劍，見劍鞘中有絹綢寫幾行字要二人斬妖，為民除害，且囑咐滅妖前，勿離此洞。妖精在山上游蕩，發現二人在洞中洞，準備飽餐一頓，被掛在牆上的寶劍喝止，便伏在洞口等待時機。過了十天，妖精餓極了，忍不住就變成要飯的老太婆，梁祝二人不敢出洞門，只從縫裏遞給她兩張烙餅。次日，妖精變成一個採藥的女子，又用草繩變成的毒蛇，放在腿上，哭喊起來。山伯聞聲跑出來救人，把毒蛇打死，卻是一根彎曲的草繩，人卻被妖精抓住。英台趕緊躍上石桌，取下牆上斬妖劍，寶

劍出鞘斬了妖精。英台忙去救護山伯，兩人回頭要尋劍，不僅寶劍沒有了，連洞中洞也消失不見，後來當地人為了紀念山伯英台除妖，便將這洞稱做 "梁祝讀書洞" 或 "梁祝除妖洞"。這故事可是講述者結合「二郎擔山」風土神話與神仙奇事異能、除妖降魔情節，熱鬧非凡的梁祝故事。

又如：〈十八灣的來歷〉(故事 70)，話說英台回鄉時，一路暗喻自己是女子，但山伯卻老實得像隻呆頭鵝。兩人走到無錫的西大湖邊，英台說："梁兄，送君千里終有一別，這裏是蘇州與宜興的中間了，讓我們在這裏分手吧"。但兩人終是不捨，便在此地轉起彎來，彎了十八彎以後，梁祝才流著眼淚道別，當地百姓便稱為 "十八灣"。又如：〈 "斷橋" 隔斷梁祝情〉(故事 145)，沿嶂山元明路登至巍峨穿雲的小陡盤，前走十步，往西一拐，有一小橋。原是精工築製的玲瓏無名小橋，自從梁山伯、祝英台在此分手，小橋斷裂後，就有了「斷橋」的名字。原來梁、祝嶂山求學三年期滿遊觀山景，英台一路借事物表情衷，甚至說「我要娶你為妻」，山伯氣憤，你我同為男子，怎麼說 "娶我為妻" 之語。兩人正好來到小橋前，英台還說「你真不依，我去天堂」。山伯說：「瘋了瘋了！別談了，裂！」眼前小橋當即斷裂。英台飛身一跨，跳到橋的南端，徑自下山了。山伯回去問老師，才知英台是位女子，但是，一切都晚了。以上也是兜合「十八灣」、「斷橋」風物的梁祝故事。

也有故事特別說明英台不斷地表露情意，何以山伯總是傻得 "擀面杖吹火一竅不通"，如：〈梁山伯為什麼傻〉(故事 98)梁山伯和祝英台同學三年，臨分手，英台打比方，意思是說 "我是個

女的，願意和你做夫妻"。山伯可不是傻子，透精透靈的，可他就偏不懂英台的話裏有話，把英台氣死了，連咱們也跟著上火。那咋回事呢？原來英台、山伯是玉皇大帝座前的金童玉女。一天，玉帝在寶座上看天書，看著打起呼嚕來了，嘴丫子淌了一堆吃喇子，兩人忍不住對看一眼都偷偷地笑了。玉帝到底是玉帝，睡覺也留著一隻眼睛，見金童玉女對面笑，可氣壞了，將兩人打入人間受難。

金童投生在貧苦的老梁家，玉女投生在祝家莊有錢的老祝家。兩人同學三年，情投意合，山伯不知英台是個女的。分別後，到了家，忽拉一下子全醒了，悔斷了三根腸子，一病不起，死了。原來山伯和英台一到人間，玉帝就傳旨給當地的土地爺，叫祂好好折磨他倆。當兩人路上相遇，插草為香拜乾兄弟那陣，土地爺就把山伯的魂兒給扣在香爐底下。等他回到家，才又把魂兒還給他，好叫他吃後悔藥，活活把人折磨死。這說故事的人，一面說故事，一面忽不住現身向受眾說及英台氣死山伯呆頭傻勁，說「連咱們也跟著上火」，又問觀眾說：「那咋回事呢？」問完後徑自回答，「原來……」如此。特見講述者與聽者的互動氣氛。這故事特別解釋山伯為什麼傻，也是玉帝惹的禍，不能忍受金童女的竊笑，將他倆打下人間受苦，又叫土地爺好好折磨，把山伯魂兒扣在香爐底下，人呆了，難怪總是不解風情，等到婚姻不成時，才把魂兒還他，叫他吃後悔藥，悔斷三根腸子，病死啦！

也有山伯知英台是女子，去訪英台或訪英台後知英台已允他人婚事的故事，如：〈梁祝的故事〉(故事 82)，英台回鄉，山伯從師母處知英台是女子，臨別為九妹定婚是托辭，急忙告別老師，

一路追趕，遇山雞、斑鳩、燕子都說沒看見，山伯一氣拿麻外衣丟山雞，山雞羽毛變成麻色；抓地上的沙土往斑鳩身上撒，斑鳩羽毛變灰色；撿石頭丟燕子，從此燕子不敢在野外築窩，搬到人們屋裏的樑上來。只有孔雀告知時間、去處，山伯脫下身上穿的花袍披在孔雀身上，孔雀起來後面還拖著長長的一節，便有了美麗的羽毛和長長的尾巴。

山伯整整走了兩天，不見祝英台的影子，為了走得更快一些，就折了一根竹子，拄著走。到了英台家將竹子杆插在門前的土裏，過了一個多月，長出嫩芽，竹子顏色變成黑色。人們把這種黑色的竹子用來做胡琴。這以後，大家聽到胡琴上的母弦發出的音像"梁"字音，子弦發出的音像"祝"字音，現在，大家還在說，胡琴一開始是唱的「梁祝之音」。

又如：〈三句壯族俗語的由來〉(故事 81)，山伯訪祝得知已許配馬家，痛苦出走他鄉，英台知道後，也憤然離家，出門尋找山伯。一路上遇見鵝、山羊都無禮以待，英台便抓住鵝的脖子，鵝一慌，用力一掙，就把脖子拉長了，而羊被英台抓住角，用力一甩就變了形；只有鴛鴦好心的告知山伯去向，英台送牠壯錦衣裙，所以壯族民間有三句俗語："鵝頸長長，得意揚揚"、"羊角扭扭，心地不好"、"鴛鴦好心，披彩戴金"。這是兜合動物特色及「黑竹胡琴」地方風物而成的奇想故事。

也有因為英台的一句氣話毀了姻緣的故事，如：〈一句氣話毀姻緣〉(故事41)祝父謊稱病重，騙回英台。英台心裏不痛快，回答父親問她在杭州交了幾個朋友時，說"梁山伯！"員外一聽，吃了一驚，在學校讀書都是男的，女兒卻交了"兩三百"個朋友。

這還了得，往後這兩三百男人都來求親，那還搞得靈清。他怕日後惹是非，便將英台許配給財富勢大馬太守的兒子馬文才。直到山伯來訪，祝員外才知自己弄錯了，但也毀了一段好姻緣。這是講述者同情梁祝遭遇，又忍不住開"同音字"造成誤解的玩笑故事。

也有梁祝殉情後，英台化身白衣菩薩等故事，如:〈白衣閣的傳說〉(故事74)汝南北馬鄉村北頭的梁山伯與朱英台墓前，有一座白衣閣，供養著白衣菩薩，傳說白衣菩薩便是朱英台的化身。原來，朱英台撲墓殉情後，墓中飛出兩隻蝴蝶，一隻雪白，是朱英台，一隻全黃，是山伯。而朱英台死時一身白孝，死後又化白蝴蝶，便為她修一座白衣閣，供奉朱英台的化身白衣菩薩。據說白衣閣裏有娃娃山，新婚男女青年總要到白衣閣裏拴娃娃，以求生個胖小子。這是講述者附會當地白衣菩薩、白衣閣求子的風俗景物的故事。

又如:〈死不瞑目〉(故事44)梁山伯害了相思病死了，父母因為惱怒英台勾了兒子的魂去，所以將給祝家報喪的事兒丟到腦後。但山伯總想等英台來看上一眼，所以死後還是一隻眼睛睜，一隻眼睛閉。梁員外用手指狠撤兒子的睜眼，也始終沒閉上。後來想起山伯臨終囑咐，才到祝家報喪。英台素縞孝服吊孝，哭得柔腸寸斷，山伯的睜目還是不閉，後來英台問說梁兄是惦記著我英台九妹?山伯被說中心事，才"嗯"地長嘆一口氣，緩緩閉上眼睛。

又如:〈祝英台化蠶〉(故事112)祝英台出嫁時，路過梁山伯墳，從花轎裏跳出來一頭碰死墳前，那座墳裂了一條縫，祝英台、梁

山伯變成兩隻蝴蝶飛遠了。馬文瑞當場氣死陰魂到閻王爺那告狀。閻王說梁祝有三代的姻緣。馬文瑞說我有三媒六証，閻王怕馬家有錢有勢，這官司難斷，就把這官司推給了牛頭馬面。牛頭馬面也覺為難，就決定讓英台挑，這樣誰也不得罪。英台挑了山伯，兩人回陽間過日子。馬文瑞趁著山伯出遠門，就到梁家找祝英台。英台見馬文瑞又找來了，便往外跑。馬文瑞在後頭追。英台就變隻鳥飛到天上去，馬也在地上打個滾變隻老鷹追。英台快被追上了，就落地打個滾變隻小老鼠就跑，馬又變條青蛇追。老鼠跑到一戶養蠶人家就溜進門縫去了，變隻蠶與別的蠶一塊吃桑葉。馬就變蒼蠅也飛進屋裏。屋裏老婆兒見隻蒼蠅飛進來，拿起蠅拍，把蒼蠅打死了。

山伯回家找不到老婆，一路找，一路打聽到老婆兒家。老婆兒說：「祝英台變了隻蠶，馬文瑞變了蒼蠅叫我打死了。」山伯找了半天，不知那隻蠶是英台變的，心想蠶愛吃桑葉，我就變棵老桑樹吧。說著，山伯就在這地方變了棵桑樹，祝英台為了和梁山伯在一起，就整天爬到桑樹上吃葉吐絲。講述者連翩隨想精彩絕倫的連續變形故事，主角成了祝馬的強弱形式角色追逐，英台最後只能化蠶，而隨後找來的山伯也只好癡情地變棵老桑樹，果真英台就整天爬到桑樹上吃葉吐絲，也算是另類結合形式。

又如：〈清官明斷結秦晉〉(故事 47)梁、祝、馬三家葬了自家兒女的頭一年清明節，三家都來墳上掛青，一碰面，三家爭吵起來，爭吵聲音驚動了微服巡訪的清官韋大人。他上前過問後，說三天後升堂。連夜韋公便弄清了三家曲折事情。夜裏倒在陰陽枕上睡了，魂魄游到太上老君宮裏。太上老君送韋公一張帖子，上

頭寫道：「只有把人先搶救，大案解決小案清。」又揮揮手說：「去吧！三魂未到陰陽日，自有珍珠養其身。」韋公夢魂醒來，馬上傳召三家來聽判。他對三家人說：「梁山伯、祝英台、馬廠是假死，他們氣息未斷絕，馬上挖墳開棺。」等開棺揭門板蓋時，突然升騰紫氣，霧中三隻蝴蝶升天而去，頓時香氣撲鼻。搬開棺材，有一洞口，韋公進洞見洞中有大小石床各一，大床上梁祝相抱而臥，馬廠仰臥在小石床上。韋公拿參湯灌下，三人肚子一陣咕咕響，此時紫霧裏三隻蝴蝶閃入頭竅。三人還陽，仍上堂相告。韋公只得求助陰陽枕。隔天一早，升堂判決：英台站在灘頭洗頭髮，馬、梁站在岸兩邊，頭髮漂給哪邊就配誰。馬廠抽得北岸，今天吹的是南風。但到中午時刻，一陣大風致，拍擊北岸石壁，反摧南岸，南風變北風。韋公馬上下令，英台解開頭髮，結果頭髮漂向南岸，山伯兩手摟懷中。馬廠認輸，上馬奔馳而去，後來離開柳州，上了峨嵋山學佛，後來當了住持。

　　這是廣西苗族讀過私塾漢文經典的韋公，所講夾敘夾唱的苗語故事，一九八六年二月過竹採錄於融水縣香粉鄉雨村九象新寨，故事與韋公所講過竹採錄的〈三蝶奇緣〉後面附記故事相同，惟此處（周靜書主編：《梁祝文化大觀・故事歌謠卷》（頁 193-195）選編）記述較為詳細，及主角包公斷案變成韋公斷案有異，今因未見原始資料記載，故不知其中原委。但韋公或包公均是故事中清官的角色而已，對故事情節並無甚影響。

　　又如：〈祝英台疆場建奇功〉(故事 48)梁山伯與祝英台再生之後喜結良緣，一時轟動了柳州城。兩公婆恩恩愛愛，過了一年。朝庭開科大考，山伯帶書僮四九上京趕考。高中狀元，當朝權臣

韓宰相想招為女婿，被山伯拒絕，一氣之下，設計奏請皇上派山伯為三軍統帥，領兵三萬，前往邊關遼陽剿敵。結果被圍困在遼陽城中。英台在家三年不見山伯音訊，請准家公家婆，收拾行裝再扮男裝上路。到了京城知悉原委，也考中狀元，韓宰相又來招親。英台為救山伯，便答應娶了韓常珠，再告知原委，常珠聽了很同情英台，便出主意，兩人拜見皇后，說要揭皇榜，領兵救遼陽城。韓宰相見女兒女婿揭了皇榜，只好配上精兵猛將，點起十萬大軍，出征遼陽。常珠從小熟讀兵書，還練得一手好功夫。兩人大獲全勝砍了匈奴王腦袋。山伯一家團圓，又娶了常珠，衣錦還鄉。二女各生子女，傳了梁家、韓家香火。這也是韋公所說，過竹所採故事，是〈三蝶情緣〉故事的最終結局。此兩者故事均見韋公結合通俗小說中女狀元、包公斷案類型所敷張而成的故事，苗族色彩淡薄，大抵類同漢族梁祝故事的講述。

又如：〈梁祝還魂團圓記〉（故事 53）傳說會稽（今浙江紹興）梁山伯與上虞祝英台，生前是同窗好友，因鄞縣（今寧波鄞縣）廊頭馬太守之子馬文才搶婚，二人死後陰魂不散，被梨山老母救去，還魂復活。梨山老母教兩人熟讀兵法，練習武考。學成之後，老母令二人下山為國效力。此時正是金兵侵略南宋之際，皇上令山伯掛帥，英台為先鋒，領兵三十萬前後，在鄞縣高橋首戰金兵，是史上著名的"高橋大戰"。捷報傳至朝廷，宰相聽到在高橋一帶殺死很多胡人，就將高橋叫胡橋。後來很長一段時間，大家把高橋稱為胡橋，現在又改稱高橋了。金兵敗退，皇上為兩人慶功犒賞，又親自主婚辦喜事，兩人團圓，白頭到老。這是兜合神仙救人還魂習武報效國家的故事，又比附為「高橋大戰」的歷史事

實。

　　也有梁祝婚姻不成，山伯外地做官，英台憂鬱病死的故事，如：〈祝家莊和望梁村的傳說〉(故事68)從上虞縣的百官乘車向北，行車小時，可到莊景，莊景是歷史上祝家莊的所在地。傳說祝英台是上虞曹娥江東岸莊景人，距今已有一千多年了。她女扮男裝外出求學，讀書地點在會稽。她有一個同窗好友名叫梁山伯。讀滿三年，各自回家。祝員外要把她許配給馬太守之子馬文才。英台不願意，藉口上百官東嶽廟進香，於七月十五日到望梁村去看望山伯。這"望梁村"就是因為英台來看望山伯而命名的，現在仍叫"望梁"。

　　剛巧山伯不在家，因而沒有會面。山伯回家後，得知英台來訪，便去回訪；途中經過一個村子，聽說英台是個女的，更是喜出望外，恨不得自己的腿生得長些，以便立刻趕到祝家與英台見面。這個村子因而稱作"腳長村"，現在叫"腳丈"。山伯到祝家求婚時，祝員外已在七天前把女兒的終身許配給"腳丈"村後面的馬呑山庫旁的馬文才。據說山伯求婚不成，發憤讀書，中了進士，到外地做官去了。而祝英台卻憂鬱成病，未出嫁便死了。死後，葬在祝家渡。這是故事講述者解說梁祝哀史繁衍而來的望梁村、腳長村的典故。

　　又如：〈梁祝終身不娶嫁〉(故事46)東晉末年浙江上虞縣莊家埠（又名莊景，位於曹娥江北），當時名叫祝家莊。有祝員外幼女叫祝英台，與同學梁山伯同桌攻書，形影不離，相敬相愛，英台則有心於山伯。三年以後英台被父催歸，別時曾約山伯一七、二八、三六、四九來祝家莊相訪，意思是一個月後，而山伯解成一

個七，二個八，三個六，四個九，則四十九天，誤期半月有餘。
此時，英台已由父作主，許配給馬呿（曹娥江南，馬呿水庫附近）
太守之子馬文才。英台抗婚不成，曾多次渡江（此渡口因祝英台
曾渡，稱之為祝家渡）去梁村村口望梁，最後一次留信梁家而回。
信上說及「弟多次來梁村望兄（此村因而稱“望梁”，至今亦
然）」。

　　山伯回家後，便持書訪祝，至鄰林，問及老翁，知一妙齡少
女常來望梁，究其面客，知是英台。此時山伯始知英台是女子，
恨不得腳長一些，早些趕去訪祝（此村就稱“腳長村”，後口誤
成“甲大”）。山伯到祝家訪友，被祝翁拒絕，碰壁回家。而三日
前，馬家逼嫁，便剪髮出走，更不知其在何處為尼。山伯歸後，
發憤攻讀，考中進士，放鄞縣令，終身不娶。他為官清正，鄞縣
大治。死後，鄞民感其恩德，在鄞西安葬，立廟，春秋二祭。這
故事是戎樂山口述流行於上虞望梁村的故事，與上一則梁愛花等
人口述的〈祝家莊和望梁村的傳說〉，同是上虞一帶的故事，仍是
曹娥江邊莊景祝家莊女子祝英台到梁村看望梁山伯推衍出的腳長
村的典故。

　　又如：〈花轎鎖門之傳說〉（故事129）據說昔日花轎門無鎖，新
娘可以出入，自祝事發生後，轎門便加上鎖，到男家周堂時由新
郎開啟。又如：〈死人嘴上為啥要蓋書〉（故事91），湖北沔陽地方
有在死人嘴上蓋一本書的習俗，特別是生肺病，民間稱這種病為
火病，又稱為相思病，在病人快要落氣時，就拿一本書放在他旁
邊，待病人一斷氣，就用書把他的嘴蓋上。傳說這個習俗與梁山
伯、祝英台的故事有關。山伯知英台許配給馬員外的公子，回家

便病倒了，經常吐血，快死之前囑咐家人要埋在從祝家通往梁、馬兩家的三岔口。如果她念結拜之情，路過這裏就下轎拜幾拜。我白讀了聖人書，無臉見孔夫子的神像，無臉見天地、眾鄉親。我死後，在我臉上蓋一本書。

　　英台出嫁時，到三岔路口，從轎內撲向山伯墓，墓裂開，英台朝墳內一路，隨行人拉住一塊裙子角，花裙角隨即變成一對好看的花娥子，飛向梁家。這對娥子，有人說是梁祝兩人變的，有人說是從梁山伯口中飛出來的，而且停到誰身上，誰就會得上火病。所以，後來不管哪家死了人，不管什麼病死的，都要蓋上一本書，免得從死人口裏飛出蛾子來傷人。而且，從此以後，民間嫁女兒、娶媳婦從娘家屋裏一進轎內，轎夫就把轎門鎖上，再將娘、婆兩家的族號用紅紙寫成封條把轎門封好。抬到婆家，進了大門，才能啟封條和開鎖。此兩則故事，前者是講述者說及花轎鎖門的緣由，與祝英台跳墳有關，為了新娘乘花轎到得新郎家門的保證，為花轎上起鎖來了，這仍是習俗比附梁祝故事的例子。後者也是民間嫁娶，鎖上轎民，且封上娘、婆家族號的紅紙，保証抬到婆家，進了大門，才算大功告成；另外又增益比附民間火病（相思病）得蓋上一本書，免得死人口裏飛出蛾子來傷人的習俗於梁山伯身上。

　　也有梁祝二人婚姻雖然受阻，但無殉情情節，而是喜劇收場的故事。如：〈夫妻恩愛白頭吟〉(故事 21)寧波有句老話："若要夫妻同到老，梁山伯廟到一到"，這句話源出於梁山伯祝英台情重義深，結成夫妻白頭到老的故事。話說梁山伯與祝英台同在杭州讀書三年，兩心相印。學業完成，英台暗喻已為紅妝，而且將

真實身份向山伯表明，把終身相托，要山伯托媒求親。但山伯厚道有餘，不敢直截了當應允。英台回家後，知祝員外已收了馬太守聘禮，把英台許配了馬文才。英台寧死不從，進行絕食抗爭。英台有八位哥哥，其中老三英文，最是神機妙算，想到計謀幫助英台。英台出嫁日向祝員外提三個條件，一要祭奠墳墓造石高橋的梁兄，二要白衣素服，三要祭奠時，馬家人要遠離，由我八位兄長陪祭。馬文才因英台以死要脅，所以勉強答應。英台祭墳時天昏地暗、風雨大作，閃電雷霹，英台被風吹倒地，隨後不見蹤跡，祝家老大說：剛才一道閃電，墳墓裂開，妹妹跌入墳中。馬文才回家病倒一個多月，此時傳出英台殉情消息，馬家因而作罷。

　　實際上這是祝英文設下的計策，要山伯假裝相思病死，立下遺囑在高橋墩造墳，叫英台祭奠，並計算好八月初氣候炎熱必有雷陣雨大作，假造的墳後有一個藏身地洞，英台跳進洞裏藏身。後來梁祝二人連夜出逃，在寧波西鄉九龍墟一個小村鎮上，隱居埋名。山伯開館教學，英台偏席織布，夫妻相敬相愛，白頭偕老，一直活到八十多歲，造福鄉里，死後村民為之造廟塑像，定期供祭。這故事的編造者一定是無法忍受梁祝悲劇化蝶的結局，而另行創作英台有個神機妙算的兄長，幫忙設計墳後的藏身地洞，且算計八月初必有雷雨大作，致使山伯可假死藏身墳洞，英台也假意祭奠投墳，實則兩人私奔到九龍墟隱姓埋名，造福鄉里，死後又為村民造廟塑像供祭。這故事既顛覆故事的結局，卻又在各個關節處巧妙安排，為英台投墳風雨大作，墓開人進墓的神奇事蹟，做一合理的解讀。

　　另外，不關殉情事，純是梁祝二人的奇聞，如：〈梁祝鬧五寶〉

(故事144)嶧山槐松嶺東側，隱仙洞右有元朝至元年間建的梁祝祠，殿內有梁山伯、祝英台漢白玉雕像。據說是雲道真人將其弟子梁山伯、祝英台點化而成的鳳彩神靈形象。梁祝二人在嶧山學藝，從師雲道真人。真人常常出游，把學宮之事交代二人照料。另位三位，弟子不太守本分，成天鬧著早早成仙，終歸正果。一日，真人又出外，梁、祝二人在師傅臥室內見到五個淨光溜圓，賽似金團小小胖娃娃，蹦蹦跳跳，追隨玩耍。梁祝二人悄悄用金線銀線捆上他們的腿或胳膊。第二天跟蹤尋線找到嶧山東南偏五里許，有五條大黃土深溝，發現每一溝裏埋著一條金線銀像，當下挖掘出一個塞似金團的胖娃娃，其餘四棵全都跑了。拿回道宮，真人煎煮人參娃娃，熬了七天七夜，三位大師兄回來聞香而強行開鍋搶喝，陡然間三人便不見了。真人回來後把洗鍋碗的水煎熬煮沸成半盆一飲而盡，接著也不見了。這是典型梁祝故事在地化的例子，梁祝故事加上嶧山尋找人參娃娃的傳說，又增益雲真這人是梁祝師父，喝人參湯可成仙歸正果的道教神仙信仰；及解釋梁祝祠殿內梁祝漢白玉雕像緣由的故事。

　　還有，故事主角是山伯、英台，但身份卻非兩個讀書的學子，如：〈蠶繭粘住蚤子草〉(故事84)祝員外有個千金小姐，叫九妹，貌似嫦娥。她與家中小伙計梁山伯相戀。一次兩人幽會時被家奴發現，稟告了員外。祝員外派人將山伯綑綁丟入東洋大海的小船上，任其飄流。又將女兒關在四壁不通風的磨坊。山伯的小船擱淺在荒島上，正巧遇上觀音大士路過，掐指一算，知是金童玉女二星宿有難，手輕輕一指，山伯便飄揚到祝英台身旁。又被惡奴發現，員外派人將山伯活埋了，山伯的墳上長出一顆蚤子草。

祝九妹也茶不思飯不想，活活餓死，變成一顆雪白無瑕的蠶繭。觀音大士因九妹有春蠶做繭情絲方盡的氣慨，就封她為"蠶娘娘"。因此，養蠶人家在蠶兒做繭前，總要燒香祭奠，尤其是留做種的蠶繭，總喜歡將其甩在蚤子草上。繭一碰上蚤子草，就粘牢掉不來了，據說這是祝九妹喜歡梁山伯的緣故。這是講述者歧出梁祝故事類型，另行創作的現代故事，說英台被關在不通風的磨房，山伯被棄置飄流的小船，頗有一點西方童話故事的意趣，但其後仍是結合春蠶化繭，情絲綿纏的情節，說英台化蠶娘娘，碰到山伯墳上長出的蚤子草，使黏牢掉不下來，真是情愛糾纏黏膩的典範了。

另有虛構人物衍化成有血有肉，既可憐又可笑的馬文才在英台殉情後所發生的故事，如：〈沙沙蟲的來歷〉(故事 99)，祝英台投墳，馬文才慌忙去拽，把英台羅裙扯下兩小條，一條是白的，一條是紅的。墳頭飛出一對很大的花蝴蝶。馬文才又嫉妒又眼氣，哈喇子淌出多老長，把那紅白兩布條兒往腰一纏，撒丫子就追，邊追邊喊：「仨仨仨，咱們仨……」，結果活活累死了。人死了還不死心，又變成一隻沙沙蟲。那紅白兩個布條兒變成兩隻翅膀，白裏透紅的。從這以後，沙沙蟲總是死皮賴臉地跟在兩隻蝴蝶身後，人家飛到哪兒，牠就跟到哪兒，直門兒瞎攪和，嘴裏還「咱們仨，咱們仨」地叫。多少年過去了，牠還是「沙沙沙」地叫著。人們就把這種蟲叫"沙沙蟲"。

又如：〈蝴蝶不採馬蘭花〉(故事 113)蝴蝶百花都採，就是不採馬蘭花。據說這與梁山伯祝英台死後變成蝴蝶有關。馬文瑞自祝英台碰死化成蝴蝶，就得了相思病，臨死前，想到自己若死後變

成一朵花，等著蝴蝶來採花時，便可將祝英台抱在懷裏。因此便囑咐家人將他埋在梁祝墓邊。馬文瑞死後，墳墓上長出一棵馬蘭花，挺好看。很多蝴蝶飛來了，祝英台對蝴蝶們說：這是馬文瑞變的。蝴蝶們一聽又嗡地飛走了。就這樣，天下的蝴蝶百花都採，就是不採馬蘭花，馬文瑞真是值得同情的癡心漢。

又如：〈馬俊告狀〉(故事 54)傳說祝英台祭梁山伯墓，投墳殉情，馬俊（馬文才）氣死陰間向閻王告狀。閻王命判官查《總簿》（生死簿）。原來祝英台是梁山伯的妻子。馬俊的妻子是南山嶺頂的柴七娘。那柴七娘長得很醜陋，又矮又胖，發起脾氣來沒人敵得住，是個潑婦。閻王令小鬼給他們吃了還魂藥，各自回陽間過日子，梁祝結婚，生兒育女，白頭到老。

又如：〈蠅蟻狗會反魂說〉(故事 123)馬俊見山伯拉英台入墳，咬舌自盡，到陰府告狀。閻王斷英台山伯是天注姻緣，不能改易，又見他們三人壽數未滿，賜吃返魂湯，及輪到馬俊吃後，剩餘的全傾地上，給蠅、蟻、狗吃，以致後人沒有返魂湯可吃。現在的蠅、蟻、狗死後，放在地上，會返魂起來，就是他們祖宗曾吃過返魂湯的緣故。此兩則故事，都是馬俊陰間告官事件，前者可憐的他最後得到的是南山嶺頂醜陋矮胖的潑婦；後者的馬俊則滿懷壞心眼，自己喝了返魂湯，倒掉梁祝的份，致使後人也沒有還魂湯可吃；而倒在地上的返魂湯給蠅、蟻、狗吃了，所以現在的蠅、蟻、狗死後，放在地上，會返魂起來，真是驚心。說故事的人結合梁祝馬故事與民間蠅、蟻、狗復活的傳說成為這一趣味又恐怖的故事。

馬文才也有相當逗趣的傳說，如：〈馬文才變公豬〉(故事 90)，

祝英台投墳，馬文才氣得生病而死，到陰間告狀，閻王判山伯做公婆。對馬文才說，有七個美女，任你挑選。馬文才一看口水直流。閻王問，你愛哪個？我個個都愛。閻王發火了說：你七個美女個個都要？好，我放你十字街頭做公豬，個個母豬都和你相好！現在，景寧英川一帶的人，往往把趕公豬叫做"馬文才"。

又如：〈和尚踢煞報曉雞〉(故事49)，和尚不吃葷，自然不會飼養家禽。可是，從前的寺院裏，都喜愛抓隻公雞養養，養大了好讓公雞替他們報曉。當時，還沒有鬧鐘，這倒是個好辦法。據說以後和尚師父見到了報曉的公雞反而生氣，從此不再養雞，這根子就出在馬太守之子馬文才的身上。南北朝陳國馬太守的兒子馬文才，是個貪色的花花公子，自恃有些武藝，欲對女俠祝英台強行非禮，被祝飛起一腳，踢中要害，口吐鮮血，一命嗚呼。馬文才跟判官下殿去，到一個地方，只見站滿了很多漂亮的年輕女子，判官示意馬文才挑選一個。馬文才卻一個個都喜愛。請求閻王多給幾個漂亮的女子，閻王答應說：要實現這個願望，不能重做人，轉回世間要做公豬，不知你樂意不樂意？馬文才連說可以可以。

馬文才變了豬，長大後是一隻身強力壯的大公豬，碰巧養在專門趕公豬為職業的豬倌官。馬文才高興煞，表示斷四條腿也心甘情願。誰知樂極生悲。豬倌第一次趕著牠出門，路過一座石頭山，天雨路滑，馬文才想入非非，一眨眼，只聽得慘叫，大公豬滾下山去，四條腿跌斷了兩對。豬倌一氣，牙一咬一刀把它宰了。馬文才見到閻王，說做公豬不好，一年到頭腳不停留太辛苦，日日夜夜爬山過嶺太危險，我再也不幹。閻王說：你要清閑安全，

這回轉世就變隻公雞吧！馬文才憶起原先家裏養的雞，一天到晚在園子裏戲戲逛逛，有人餵食蠻樂胃，便同意了。

誰知牠一回世間，就被寺院裏的和尚看中了。從此在深山老林一座寬敞的古寺院內生活，倒是清淨悠閑，平平安安。可是，和尚廟只養一隻報曉公雞，走到東，步到西，都是孤單隻影，發覺自己上當了，很懊悔，不禁嘆惜起來。從此每天報曉改變了腔調，高叫：「苦死我，三世沒老婆。」和尚一聽氣煞了，「連你這畜牲也嘲諷我和尚頭上來了。」一氣之下，飛起一腳，雞跌落懸崖摔死了。以上兩則是說故事的人為好色馬文才形象所說的轉世成公豬、公雞的故事；前者故事是解釋景寧英川一帶的人，把趕公豬叫做趕 "馬文才" 稱謂的由來；後者則諷刺好色馬氏轉世成公豬，仍是色急攻心，跌下山去，一命嗚呼；又再次到閻王處去討價還價，這次再轉世成清閑安全的公雞，哪曉得轉世到深山老林的古寺院，太過孤單隻影，叫了「苦死我，三世沒老婆。」又惹惱了和尚，飛起一腳，又跌死懸崖了。顯見創作者巧智與奇趣。

又如：〈馬文才變馬郎魚〉(故事 89)，蘇北洪澤湖有一種特別的魚，魚身圓鼓鼓、胖乎乎；魚眼紅啾啾、滴溜溜；魚肚裏烏黑黑，魚的性子特別急燥，一捕上岸就活活顛撞而死，當地漁民都稱它為 "馬郎魚"。民間傳說它是馬文才變的哩！原來祝父貪圖財勢，要將祝英台許配給馬太守之子馬文才，這馬文才呆頭呆腦，肚無點墨。英台堅決不答應。馬文才一聽，親自趕到祝家莊與英台評理，英台見這胖墩墩的花花公子，一派胡言亂語，說：我與梁兄同窗共讀三載，他日夜勤奮攻讀，滿腹經綸，不知喝了多少墨水？哪像你亂言亂語，胸無點墨。馬文才一聽，心想，唉！原

來如此，急忙回答說：說起喝墨水，那還不容易！把英台書桌擺的一缸墨水，咕嘟咕嘟地喝個精光。後來山伯病死，英台出嫁時祭拜投墳。馬文才騎著馬站在胡橋上，氣得從馬上滾了下來，掉進洪澤湖裏，活活地淹死，變成“馬郎魚”。洪澤湖的“馬郎魚”，長得活脫脫像馬文才，身體圓滾滾，眼睛氣得血血紅，剖開魚肚皮，裏面烏黑黑，還有一層魚膜，那是馬文才要超過梁山伯的才學，喝墨水留下的痕跡。漁民們都知道這種“馬郎魚”，呆頭呆腦，性子急躁，在湖裏喜歡拱土堆，那是他想鑽進梁山伯的墓裏去把祝英台拉出來，就把土堆當作梁山伯的墳墓了。

又如：〈馬郎港的成因〉(故事 72)，也是圓滾滾，眼睛氣得血紅的馬郎魚喜歡拱土堆。牠朝著老子山那邊拱，它日拱夜拱，都拱不出祝英台，都將洪澤湖邊的老子山拱出了一個港口，因為這是馬郎魚拱的，洪澤湖漁民就叫這個港口為“馬郎港”。據說這就是現在的馬郎港。以上兩則流傳於洪澤湖故事，都是說故事者附會洪澤湖馬郎魚，「魚身圓鼓鼓、胖乎乎，魚眼紅啾啾、滴溜溜，魚肚裏烏黑黑」的樣相；可以想見，故事始作俑者的創造者，必是先見著馬郎魚的圓滾肥胖，肚裏烏黑，眼睛血紅的形象，與喜拱土堆的癖好，而編造出來的故事。而其他接受又加以口傳故事的人，更加油添醋地詮釋，馬郎魚肚皮內何以漆黑如墨，編起英台譏諷他胸無點墨，而果真毫無頭腦的他，竟拿起英台書桌上的一缸墨水，咕嘟咕嘟地喝個精光的諧趣畫面。也要解讀馬郎魚喜拱土堆，是馬氏誤將土堆當成梁山伯墓的緣故。

又如：〈馬文才塑像的傳說〉(故事 65)，在一般寺廟的前殿內，都有一尊沙老元帥，據說沙元帥是管門將軍。可寧波的梁山伯廟

卻沒有沙老元帥，而只有馬文才的塑像，巧的是沙老元帥的臉是紅的，馬文才塑像的臉也是紅的。馬文才的臉本來是白的，為啥變成紅的呢？原來是山伯相思病死。馬文才迎娶祝英台的那一天，心裏高興，喝了許多老酒，喝得面紅耳赤醉醺醺的。迎親船路過高橋（即以前的胡橋）時，風雨大作，船不能前行。英台發現梁山伯墓，死拚活撞地要去祭拜。馬文才也拉不住她，正要抓住她時，突然"轟隆隆"一聲響雷，墳墓裂開，英台跳了進去。接著竄出兩條大蛇來，一條是白的，一條是青的。後人說那白蛇是祝英台，青蛇是梁山伯。經過這一驚嚇，馬文才的酒醉被嚇醒了，但他的紅臉就再也沒有變過來。後來，人們建山伯廟時，就塑了一個紅臉的馬文才像，叫他代替沙老元帥管廟門，讓後人知道，像馬文才這號人，只配管廟門，這也是對他的一種懲罰吧！這個故事顯然講述者認為梁山伯廟殿內的管門將軍必是馬文才才合理，所以創造出英台投墳後，馬文才被梁山伯墓竄出的兩條白、青顏色大蛇嚇得酒醒，但紅臉卻再也沒有變過來，所以人們建山伯廟時，就塑一個紅臉的馬文才像，叫他代替沙老元帥管廟門，因為像馬文才這號人物，只配管廟門，這也是對他的懲罰。

　　又有英台譏諷馬氏是蠢才的故事，如：〈英台落難〉（故事43），英台、山伯同在鳳凰山紫陽書院讀書，是形影不離的異姓兄弟。書院裏有錢、馬、楊三個書生，家居杭城，仗著父母有錢有勢，不好好念書，遊蕩閒逛，還自封為才子，到處舞文弄墨，看不起外地來的同學，罵他們是書呆子、土包子。英台年少氣盛，不免背後挖苦幾句。三個蠢書生聽了懷恨在心，伺機報復。清明節英台身體不適，山伯一人進城買紙筆。三人來到書房邀英台西湖遊

春賞景，聯對作戲。英台婉拒，三人用激將法，說祝賢弟大概膽小，不敢應戰。英台便捨命奉陪。錢書生以年長自居，先吟「手上扇，扇風風出扇，扇動風出」，英台答：「腳下車，車水水隨車，車轉水流」。馬書生也不示弱說：「四書五經，全憑文章滿腹，才氣橫溢，他日金榜題名。」英台隨口諷刺道：「金銀珠寶，全憑趨炎附勢，才疏學淺，他日名落孫山。」楊書生咬牙切齒地說：「一二三，三書生文才冠全縣」，英台以牙還牙道：「四五六，六畜牲臭氣污滿城」。三書生氣得臉如豬肝，英台回頭想想，今天在西湖上，只她一人，何況是女兒身，如果他們一時氣惱，惡作劇起來，自己要吃眼前虧了，便用調虎離山計說：「今日小弟作東，到南屏山酒家叫些酒菜助興！」三人在雷峰塔靠岸，興沖沖上岸沽酒買茶去啦。英台趕忙也上了岸，直向赤山埠而去。

　　山伯杭城回來，不見英台，一問知英台去處，怕英台年少氣盛，一人吃虧，急忙到清波門船埠，不見遊船，又追到雷峰塔，只見三書生喝得醉醺醺，人事不知，又上岸往赤山埠方向一路尋去。心想英台總愛到南山煙霞嶺下水樂洞去。到了那裏，果然見到英台在洞中打瞌睡。英台醒來見了山伯，兩行熱淚噗嗖嗖地落下來，山伯安慰說：這些小人，你又何必去得罪他們。他倆坐在水樂洞裏談談說說，英台才又高興起來，後來，杭城父老便在水樂洞塑造了梁山伯、祝英台的坐像，紀念英台落難水樂洞這段故事。這是講述故事逞其才氣，又解讀水樂洞梁祝坐像來由的故事。

　　另有英台丫環口出妙言，惹得英台失魂落魄找佳句的故事，如：〈英台月夜聯佳句〉(故事 27)英台俊俏又聰明伶俐，與丫環在花園內嬉戲，忽然一隻貓從腳邊竄過，跳上屋頂，“妙嗚”、“妙

嗚"地望著他們叫。丫環看了，隨口說"小姐你看這屋上貓，風
吹貓，毛動貓不動"。結果英台幾日都為聯佳句而發呆，直到十
五日，月亮掛在天上，她瞧見在樹上棲息鷹的影子正好映在她的
面前，嚇了一路，想起"樹上鷹，月照鷹，影動鷹不動"的佳句，
才一片歡樂。這可是陶侃英台才氣不如丫環，卻又不服輸的故事。

　　綜而言之，就故事的角度而言，所見梁祝民間故事共一百四十
八種，除了 749A、749A.1、749A.1.1、885B 四種類型的豐富變化
之外，即便是不成類型的梁祝民間故事，也都展現相當可觀的奇
趣幻想。相對於於也是線性敘述的方志、碑誌及文人筆記所載故
事的創作者採取謹慎徵信的態度而言，可謂是自由開放的極致。

## 第二節　梁祝民歌創作現象

　　所見梁祝民歌七十四種，則不出 749A、749A.1、885B 三種類
型故事，除漢族之外，還有瑤族、畬族、苗族、壯族、瑤族、仫
佬族、土家族、白族、水族的民歌。民歌的形式，長短不一。長
的歌謠大抵是完整歌唱梁祝故事，短的歌謠則取片段吟詠；也有
各地的歌謠，如：《十二月花名唱梁祝》（民歌 10、31）、《梁祝十二
月花名》（民歌 28、29）、《十二月好唱祝英台》（民歌 30）、《梁山伯唱
春調》（民歌 32）、《梁山伯與祝英台（春調）》（民歌 52）、《祝英台四
季歌》（民歌 35），或《挖花調梁祝》（民歌 34），或《順口溜梁祝》（民
歌 40），《唱祝陵》（民歌 45）、或《梁祝哀史》（民歌 48），雖是短調，
卻也完整敘述梁祝殉情故事。

　　又有《花牌梁祝（山歌調）》（民歌 50），是寧波地區舊時玩花

牌時，每抓一張花牌，就要唱四句民歌（一副花牌共 136 張），現存一套《梁山伯與祝英台》花牌民歌，先說「天上金童玉女身，玉帝駕前二童人，經常嬉笑動凡心，罰落紅塵做凡人。投胎地上慈溪城，西門外頭祝家村，百萬豪富員外門，子孫昌祥過光陰。閨閣千金人人愛，三字取名祝英台，英台本是玉女身，過目不忘多聰明。娥女品貌無批評，琴棋書畫熟五經，一心留學杭州城，父母雙親勿答應。」四句一段落，今僅見節錄前四句，不知下文。<sup>2</sup> 此花牌梁祝歌謠的創作文本，顯見梁祝故事不止動人心弦，沁入民間，且已深化成為生活中的娛樂活動了。又有雜曲《三十六蟲名》(雜曲 3)：「二月杏花滿樹開，蜜蜂開起茶館來，梁山伯相幫倒開水，坐柜姐姐祝英台」，則梁山伯與祝英台恰似司馬相如與卓文君愛情形象的三十六蟲其中之一、二，真是趣味橫生的創作文本。

也有特別強調姑嫂情結，極盡誇誕驚悚能事的歌謠，如：〈牡丹祝英台〉(民歌 47)，仙女下凡投胎在祝陵村，名叫祝英台。祝員外本有八個男孩，生下閨女叫九妹。九妹扮面相先生瞞過父親，要求爹爹准他出門求學三長載，這樁事一傳聞，八個嫂嫂把舌頭伸出來，還有七嘴八舌好像陣頭豁閃大雨來。說是「冒充相公是出把戲，到家來要抱小寶貝」，英台自比牡丹賭誓貞潔，說嫂嫂日日在花根澆滾水，牡丹花枯便不回來；嫂嫂說「如若牡丹澆不死，我們都變成啞巴口不開。」英台出門三年，十五個嫂嫂天天在牡丹根上澆滾水，哪曉得牡丹越澆越茂盛，花兒大得像向日葵。三年過去，英台回家來，十五個嫂嫂跪下來，朝牡丹磕幾個頭，喉

---

<sup>2</sup> 陳勤建主編：《東方的羅密歐與朱麗葉－－梁祝口頭遺產文化空間》（哈爾濱：黑龍江人民出版社，2005 年 9 月），頁 10。

嚏一癢舌頭馬上掉下來。哎呀！這個創作文本，真是麻辣驚悚，頗有黑色喜劇的駭人效果。

　　至於長歌則是拉長篇幅，細細描摩梁、祝兩人情事及曲折的遭遇，今可見的有：(1)《英台恨》(民歌 2)，915 句，流傳於河南省西南部、湖北省北部、陝西省東北部，屬 749A 類型（人化蝶及轉世）。(2)《梁山伯歌》(民歌 3)，1265 句，所見版本是清初約一六六○年左右浙江忠和堂刻本，則當是清初流傳於浙江一帶的歌謠，屬 749A 類型（人化蝶及轉世）。(3)《梁祝山歌》(民歌 16)，1594 句，流傳於鄂、贛、皖毗鄰地區二十餘縣，屬 749A 類型（人化蝶及轉世）。(4)《柳蔭記》(民歌 17)，630 句，流傳於四川、遼寧蓬溪一帶，屬 749A 類型（人化蝶及轉世）。(5)《梁山伯與祝英台》(民歌 18)，698 句，流傳於浙江一帶，屬 749A.1 類型（殉情同墓及死而復生）。(6)《苗嶺梁祝歌》(民歌 19)，1234 句，流傳於湖南、貴州苗嶺山寨，屬 749A 類型（人化龍化竹化彩虹）。(7)《畲族傳統故事歌》(民歌 20)，532 句，流傳於福建省福安一帶畲鄉，屬 749A.1 類型（人化石杉竹及死而復生）。(8)《壯族梁山伯與祝英台》(民歌 21)，862 句，流傳於廣西壯族地區，屬 749A.1 類型（衣裳碎片化蝶及人化石及死而復生）。(9)《瑤族英台傳》(民歌 22)，418 句，流傳於廣西富川瑤族自治縣，屬 749A 類型（人化蝶）。(10)瑤族女書唱詞《祝英台》(民歌 56)，374 句七言詩，全文一韻到底，流傳於湖南省南部江永縣瑤寨大地白水村，屬 749A 類型（人化鴛鴦）。(11)《仫佬族梁山伯與祝英台》(民歌 23)，200 句，流傳於廣西羅城仫佬族自治縣，屬 749A 類型（人化鴛鴦）。(12)《土家族梁山伯與祝英台》(民歌 24)，450 句，流傳於四川黔江縣兩河區龍田

鄉，屬 749A.1 類型（投墳殉情及閻王斷案）。(13)《白族山伯英台》（民歌 26），752 句，流傳於雲南大理白族自治區洱源地區，屬 749A 類型（人化石獅子化楊柳化鴛鴦）。(14)《道情 梁山伯與祝英台》（長篇吳歌）（民歌 49），1086 句，屬 749A 類型（頭巾化蝶（人化蝶）及袖化蝶（人化蝶））。

749A 類型故事(1)、(2)有人化蝶暨轉世情節，(3)、(4)、(9)有人化蝶情節，(13)有頭巾化蝶（人化蝶）、袖化蝶（人化蝶）情節，(10)、(11)人化鴛鴦情節，(6)有人化龍，龍化竹，竹化青煙，青煙化彩虹連續的變形情節，(12)有人化石獅子，石獅子化楊柳，楊柳化鴛鴦連續的變形情節。而 749A.1 類型故事，(5)有殉情同墓及死而復生情節，(11)有投墳殉情及閻王斷案情節，(7)有人化石及石化杉、竹及死而復生情節，(8)有衣衫碎片化蝶及人化石及死而復生情節。

民間歌謠與民間故事同是線性敘述，但因為是歌唱的形式，聲音必然拉長，情緒、節奏自然也跟著鬆散，而且常常不厭重複地複述同質性的情節單元或故事細節，所以故事節奏相對地也較拖沓冗長，如：流傳於鄂、贛、皖地區二十餘縣的《梁祝山歌》（民歌 16），共 1594 句，分為序歌、(1)十繡、(2)定計、(3)戲父、(4)辭家、(5)結拜、(6)十讀、(7)辭學、(8)十道、(9)小別、(10)回樓、(11)婚變、(12)十想、(13)訪友、(14)重逢、(15)十嘆、(16)十杯酒、(17)十愛、(18)十勸、(19)十怨、(20)十送、(21)十愁、(22)十二月想思、(23)點藥、(24)下書、(25)十悔、(26)十望兒、(27)十哭、(28)化蝶、尾曲。其中(1)、(21)是英台十繡、十愁，(12)、(18)、(19)、(20)英台十想、十勸、十怨、十送山伯，(16)是英台十勸山

伯酒，(17)是山伯十愛、十二想思、十悔英台，(6)、(15)是山伯、英台十讀、重逢十嘆，(8)山伯送英台，(23)梁母到祝英台家點藥十種，(26)、(27)梁母十望兒、十哭。

另外，《梁山伯歌》(民歌 3)也有嘆五更、十嘆、十唱、十送、十書、十哭、十想山伯及《畬族傳統故事歌》(民歌 20)，532 句，也有十送，及《壯族梁山伯與祝英台》(民歌 21)有山伯十八相送英台及《道情 梁山伯與祝英台》(長篇吳歌)(民歌 49)祝公遠死了女兒，有十不該，及《白族山伯英台》(民歌 26)有宗師教人打花拳十種的唱辭。聽眾得要水磨工夫，或有空閒時間慢慢聽人娓娓唱來。

至於世上所無治相思病的藥方的妄想能力，也是不遑多讓的。其中仍以《梁祝山歌》(民歌 16)最為精彩：

> 要那東海老龍鱗。取得老龍鱗一片，
> 外加一斤重人參。天河舀水煎湯茗。
> 二味藥名寫得清：要那鳳凰羽毛翎。
> 取得鳳凰毛一兩，外加北斗星一盆，
> 爐前煎藥要小心。三味藥名寫得清：
> 要那九天麒麟心。取得麒麟心一具，
> 外加六月雪一斤，雪水煎湯去病根。
> 四味藥名寫得清：要那仙鶴大眼睛。
> 取得仙鶴眼一對，外加兩夜月一輪，
> 犀牛望月月光明。五味藥名寫得清。
> 要那鰲魚腰最靈，取得鰲魚腰一個，
> 外加龍宮土一寸，故出丸藥救殘生。

六味藥名寫得清：要天炎天瓦上冰。

取得炎天冰一兩，外加月宮桂一根，

丹桂煎水可怡情。七味藥名寫得清：

要那鳥蟲小眼睛。取得鳥蟲眼一對，

外加螞蝗骨一斤，研成碎粉和水吞。

八味藥名酒要清：要那靈芝草救人。

取得靈芝草一兩，外加孔雀翅一斤，

用它煎湯藥最靈。九葉藥名寫得清，

要那千年酒要純。取得千年酒一罐，

外加萬年薑一斤，用它浸酒慢慢吞。

十味藥名寫得清：要那仙女背上筋。

取得仙女筋一兩，外加王母桃一林，

桃枝煎水洗哥心。再點藥方寫不來，

附味藥名哥去猜："竹林窩內一女子，

台字下面巧安排，除非此人親自來。"

從此可見歌謠細細磨、慢慢唱的工法了。

另有當代流行歌曲十三種，均是以梁祝故事為基礎的音樂，但大抵無故事的敘述，純是抒情作品。

## 第三節　梁祝戲劇創作現象

梁祝戲劇的創作大抵是梁祝故事不出 749A、749A.1、749A.1.1、885B 類型，但戲劇是舞台代言表演，與民間故事是線

性的口頭講述有很大的不同，此時梁祝不止是虛構的人物，而是有了唱辭、賓白、科介，實實在在的血肉之身，他們的遭遇，是實實在在實體的愛恨悲喜。在時空有限的舞台上搬演，必然集中焦點於某事、某情境的蘊釀與發展，期能在短暫有限的時空造成高潮，引起觀眾的共鳴，而非跨大時空的維度，搬演繁多分歧情節的故事。

　　今見最早的戲劇是元白樸的《祝英臺死嫁梁山伯》[3]，然其劇本已佚，不知詳情如何，只知角色有梁山伯、祝英臺、馬好兒、呂洞賓四人。而今存元南戲《祝英台》(元戲文 1)三曲是梁祝故事中"訪友"的情節，一〔醉落魄〕是英台心聲，二〔傍妝台〕是山伯此刻知英台是女扮男裝的嬌媚女子，不覺得情醉心痴，三〔前腔換頭〕是英台解說不是故意要相瞞的唱辭，則可知此戲劇曲文全然聚焦於梁祝二人的心思情感，故事情節的發展恐非重點。及至今可見的傳奇散齣，共有九種戲曲選本，十三齣戲，不管是民間小戲的形式，或已演變成情感複雜糾葛的戲劇，均是「送別」、「訪友」、「英臺自嘆」的主題。此十三齣傳奇散齣有唱辭、賓白、科介，角色有生、旦、貼、丑、外，最多達十一人。

　　其中《新刊全家錦囊祝英台記》(明傳奇 1)、《訪友記・山伯送別》(明傳奇 2)、《同窗記・英伯相別回家》(明傳奇 3)、《訪友記・又賽槐陰分別》(明傳奇 4)、《還魂記・山伯賽槐陰分別》(明傳奇 5)、《同窗記・河梁分袂》(明傳奇 6)僅有生、旦兩個角色。《訪友記・山伯訪祝》(明傳奇 7)除梁、祝之外，另有丑角事久、貼心婢女人心、

---

[3]　元・鍾嗣成撰：《重校錄鬼簿》（臺北：鼎文書局，1974 年 2 月初版），頁107。

祝員外、祝家家僕、牧童、祝九娘之嫂嫂、梅香、媒人，共十人。
《英臺別‧山伯訪英臺》(明傳奇 8)，比《訪友記‧山伯訪祝》(明傳奇 7)少梅香一人，多家僮一人。《同窗記‧山伯千里期約》(明傳奇 9)，比《訪友記‧山伯訪祝》(明傳奇 7)多安童一人。《同窗記‧訪友》(明傳奇 10)有生、旦、貼三人。《同窗記‧山伯訪友》(明傳奇 11)有生、丑、事久、人心。《山伯訪友》(明傳奇 12)有生、旦、事久、人心。《同窗記‧英臺自嘆》(明傳奇 13)有英台、梁兄、祝父母、人心、事久。

《訪友記‧山伯訪祝》(明傳奇 7)的情節單元多達十一個，且有山伯、英台擲骰子飲酒，丑角事久與貼心婢女人心對話嬉鬧(《英臺別‧山伯訪英臺》(明傳奇 8)也有)，雖不關故事主軸發展，但也為戲劇增添歡樂的情境。另外，明代民間廟會演出，不僅有《訪友》、《山伯訪友》，也有《十八相送》及《樓台會》折子戲。[4]

及至民國以來，有梁祝戲碼的劇種計有拉場戲、呂劇、洪洞戲、定縣秧歌劇、京劇、崑曲吹腔、高腔、寧波戲、餘姚灘簧、越劇、紹興文戲、晉劇、江淮劇、閩劇、閩腔、侗戲、豫劇、贛劇、贛戲、淮劇、睦劇、莆仙戲、川劇、秦腔、楚劇、黃梅戲、瓊劇、錫劇、揚劇、河北梆子、滬劇、滇戲、粵劇、崑劇、歌仔戲、廣播歌仔戲、彩調劇、淮陸豐戲、白字戲、布依戲、青海平弦戲、婺劇、新疆曲子劇、壯劇、海城喇叭戲、武安落子、長沙花鼓戲、湖北花鼓戲、邵陽花鼓戲、衡州花鼓戲、岳陽花鼓戲、襄陽花鼓戲、荊州花鼓戲、四川花鼓戲、東路花鼓戲、衛調花鼓

---

[4] 白岩撰：〈寧波梁山伯廟墓與風俗調查〉，收於周靜書主編：《梁祝文化大觀‧學術論文卷》（北京：中華書局，2000 年 10 月），頁 303。

戲、皖南花鼓戲、五調腔、廬劇、蓊劇、二夾弦、北京曲劇、湖南花燈戲、陽新採茶戲、黃梅採茶戲、武寧採茶戲、萍鄉採茶戲、贛西採茶戲、寧都採茶戲、吉安採茶戲、撫州採茶戲、袁河採茶戲、上饒採茶戲、武寧採茶戲、南昌採茶戲、貴兒戲、花朝戲、茂腔、評劇、龍江劇、晉北大秧歌、晉北道情、提琴戲、堂戲、四川曲劇、四川燈戲、新城戲、隆堯秧歌、曲劇、嗨子戲、曲子戲、洪山戲、含弓戲、泗州戲、淮海戲、音樂劇、故事劇。

　　其中很多是地方的民間小戲，今所見大抵都是折子唱段，也有故事完整的戲劇，以越劇、粵劇、黃梅戲、川戲、歌仔戲所見戲碼較多，大抵不出 749A、749A.1、749A.1.1 類型故事。折子戲也常有趣味的情節，如英台與嫂子之間的微妙姑嫂情節，展現二女潑辣性格；或丑角士久逗趣行徑，甚至有山伯是個傻哥，而以丑角角色出現的戲。如：《東樓會》（又名《姑嫂打賭》）（楚劇 1），故事是祝英台與嫂子顏氏女的對唱，姑嫂關係對立，心結頗深。英台在東樓繡鴛鴦，顏氏上樓挑釁，英台不起身相迎，顏氏看英台繡雙花鞋墊，顏氏冷笑且取下自己的針線比較，英台口稱顏氏為賤婆。顏氏女對英台要到杭州讀書文，譏誚她說「到下年叫你的大哥去接外甥」，於是姑嫂打賭，英台埋紅綾七寸於牡丹花下賭誓貞潔，顏氏問若杭州失了身？英唱「我與賤婆做佣人。我若是杭州身心穩？」顏唱「頭頂香盤接你門」。姑嫂過招，激烈異常。

　　民間小戲或戲劇演出在限定的時空表演中，有時為了增添故事的可看性、趣味性，除了主角生、旦之外，增益丑角的諧趣表演，藉以炒熱戲劇的熱鬧氛圍，是常有的安排。梁祝殉情故事的戲劇演出中，從明傳奇已見山伯的書僮事久是一個丑角，他與山

伯或人心粗魯、輕浮逗趣的表演，往往為梁祝故事帶來歡樂的氣息。而在後代的民間小戲也有逕將總是點不通傻氣的梁山伯改為丑角，與英台二人有趣地演出各種故事，如：《梁山伯訪友》（楚劇2），山伯帶四九訪友。梁山伯與四九一路說說唱唱，四九耍盡嘴皮，問路時也粗魯出口「問你那個忘八蛋的路」，回答者也「這個忘八蛋問路，好亦無禮」。到了祝家莊，安人只准英台女梳妝，捲帘相見，不可隔帘答話，快快一會，以保在杭州攻書貞節二字，恐員外回府。英台只好叫人心「請梁相公大堂之上，二堂一會，三堂答話，書房待茶」。英台、山伯兩人會見，四九一旁說耍話，又與人心胡扯瞎掰。直到山伯知英台配了馬家秀才，口吐紅光轉回家，叫四九，快把馬帶。〔英唱〕「叫聲四九慢些行，人心許配你為婚。」〔九唱〕「倒把九相公費了心，你把人心配小人。為人心，吃不得，一個半碗，二個半碗，三個半碗，四個半碗，五個半碗，六個半碗，七個半碗，八個半碗，九個半碗，十個半碗；十個半碗，九個半碗，八個半碗，七個半碗，六個半碗，五個半碗，四個半碗，三個半碗，二個半碗，一個半碗。〔白〕哈哈！大相公吐的麼事？」見這四九丑角耍寶行徑，真是讓觀者憂喜參半。

另有《訪友》（崑曲吹腔1），本是悲劇而變成玩笑戲，不以梁、祝為主角，反以四九、人心為主角，如：丑角四九問祝九相公府在那裏，〔內云〕「前面白照牆就是」，四九也自己在那兒哩哩啦啦地說了一堆，最後說「吓唷，有一只尿鼈拉吞，且去照照看。」〔內云〕「偷尿吃」。四九又說「呸，混帳，王八蛋，我大相公是看看尿啥個成色，想買轉去澆花樹格，阿是我會偷尿吃？真真豈有此理嘛。……」又如：四九問「倷認得是落搭格大相公？」貼旦人

心答：「你么，就是三十六老官。」丑問：「何謂三十六老官？」貼白：「四九可不是三十六麼？」又有四九情挑人心情節，如：貼白：「哪個要你跪？」〔丑〕「我來替傺跪。〔跪介〕我俚兩家頭拜堂哉。」貼白：「呀嗤！」〔丑唱〕（干板）「花對花，柳對柳，破糞箕相對歪苕帚。今日拜一拜，來年養個小四九。」

　　又如：《訪友》(高腔1)，是山伯帶四九訪英台情節，四九也是丑角，與人心對話搶盡風頭。（旦白）人心捲起帘來，請梁相公書院裏相見。（小白）曉得。渾濁不分鱔共鯉，水清方見兩般魚。（丑白）好丫頭，我們爺兒們，大遠的來咧，難道雞兒、鵝兒、肉兒拿來我們吃不得？怎麼給我們兩盤子鹹魚吃。（小白）兩般魚嘞，過來。請你們相公書院裡相見。（丑白）哎呀！好一個臟丫頭，那兒見不得，怎麼叫我們豬圈裡相見。四九一路瞎扯，又偷喝山伯酒，惹得山伯「狗才」罵聲連連，人心也一路答腔，惹得山伯、英台兩人跪了。丑角四九又說「你瞧他們倆「坐在上頭，到（倒）像土地爺、土地奶奶。咱們倆跪在這兒，到（倒）像一對鬼頭燋竿兒。他們倆蛟龍相鬥，咱們倆魚鱉遭殃。他們倆好姻緣，不得成就，咱們倆，惡姻緣、先拜高堂。來！來！咱倆打下賭，我要先起去，我就是你漢子。」另有婺劇高腔《山伯訪友》(婺劇高腔1)，源出傳奇《同窗記》，也是小丑、花旦戲與小生、正旦戲結合的喜劇，既寫梁、祝之情，也表四九、銀心之愛，前者台詞表演含蓄，後者語言、表演直率，兩相對比鮮明，符合人物身份。雖是梁祝故事的小戲，實則是以四九、銀心愛情為主的喜鬧劇[5]。

---

5　中國戲曲志編輯委員會、中國戲曲志浙江卷戲曲編劇委員會編：《中國戲曲志·浙江卷》（北京：中國 ISBN 中心，1997 年 12 月），頁 145-146。

又如：浙江淳安縣《山伯訪友》(睦劇 1)，山伯歸鄉，與四九一路往祝家敘情訪友、引親回家，因為丑角四九與之問答，也惹得山伯有些可笑形象，如：山伯白：「非為別事，今天是三六九日，（梁山伯有個習慣，出門定要選在逢三、六、九的日子）」，又如：山伯白：「四九問路要小心。」（下場）四九白：「相公不必掛在心。我這個相公，是個二百五，連這三條大路都不會走。待我走走看，左腳走左邊，右腳走右邊，身子走中間。走走走！啊呀！走不過去的，還是去問問看。對得對。」幕後（白）「對你娘的屁，三根眉毛兩根稀，不做賊就想吃雞。昨天王母家裏沒見一只黃母雞，好在王公子不在家，假若王公子在家裏，把你拿到八字衙門裏去，四十個板子，八十個夾子，你白屁股打成紅屁股，紅屁股打成鳥屁股，鳥屁股打出血來，這還是個小事，上司文書一到"乒唧"一槍，六斤四兩滾冬瓜，煙筒杆裏燒死你。」四九（白）「呸！劈哩啪啦放狗屁。我四九相貌醜，問路都問不到。不錯，到書箱裏將相公的衣帽拿來穿戴起來，打扮一下再問問看。帽子衣服都拿來了，待我穿戴起來。這樣也不曉得好看不好看。對！到書箱內去找相公那個蓮花高照，拿來照照看。嗯，不錯！待我再去問問看。大的大棺，小的小棺。」

又如：山伯(白)「奴才！你將相公的衣帽穿戴起來，做什麼？」四九（白）「相公，你不曉得。這衣帽不穿戴起來，我問路都問不到。他們講我三根眉毛兩根稀，講我偷了王公子家中的雞，拖到八字衙門屁股打出血來，最後"乒唧"一槍，六斤四兩滾冬瓜。煙筒杆裏燒死你。都是罵你！」山伯（白）「都是罵你！」又四九與銀心對話，也是相當粗俗，如四九（白）「哎呀，"滴嗒"一聲

響，門還是不開。不錯，待我撞撞看（撞門進去，一見是銀心）啊！是你？」銀心（白）「死你！初一朝死你，七月半死你，年三十夜死你，一年到頭都死你。」又如：四九（白）「相公，我這手有雞爪瘋的毛病。」山伯（白）「銀心，去拿刀來，把四九的手砍下來。」四九（白）「銀心姐姐，不要去拿，我自己打兩下就會好的。(打手)一二三四五、金木水火土，叫你文就文，叫你武就武，相公給我兩百錢去賭一賭。山伯(白)「賭你個屁！」……山伯(白)「吃你娘個屁！」連山伯都屁話連篇了。

　　東北地方戲曲二人轉形式的拉場戲《梁山伯相思》(拉場戲 2)，由一旦一丑邊演邊舞，邊唱演出，語言樸實生動，舞蹈爽朗、歡快。故事是由男（唱）一段梁山伯懶讀書經，思念祝九紅的《思五更》之後，男（白）「唱了一段帽子《思五更》。」一女問：「《思五更》是怎麼回事？」男（白）「說的是梁山伯思念祝英台，半夜三更睡不著覺，一直折騰到公雞啼鳴兒東方發白。」女又說：「那是真想啊！」男（白）「那可不，梁山伯和祝英台人家倆是啥感情。」女又問：「啥感情？」男（白）「那真是肺出血，胃穿孔，倆獸醫抬個驢—」，女（白）「怎麼講？」男（白）「沒個治了！」女（白）「感情真好。」這是一對男女唱詠山伯想思英台的逗趣演出，並無代言形態表演。

　　而《拉君》(拉場戲 3)中的山伯直接便是丑角了，此齣是民間秧歌小帽中發展成為的一齣小戲，戲中的梁祝已非才子佳人的形象，已像是小牛倌和村姑在野甸子遊玩[6]，故事從梁山伯和祝英台

---

6　《拉君》(拉場戲3)，收於周靜書主編：《梁祝文化大觀·戲劇影視卷》(北京：中華書局，1999 年 12 月一版)，頁 693。

高山讀書三載，業已滿徒。先生知他倆是金童玉女轉世，生得靈俐俊俏。若叫他們明明白白下山，恐怕祝英台失落貞節，玉帝知道，吃罪不起。想了法子，叫山伯扮書僮，英台扮書生，下山回家。先生要山伯在硯台上寫下名字，先生把硯台扣下，假說「你看你頭髮上是啥？」將山伯頭巾取下，吹一口氣，梁（說）「師傅放個屁兒，我迷乎一陣兒！」從此山伯更是大傻哥，開始一路胡混了，他唱道：「胡混胡混真胡混兒，光念《四書》不識字兒，上學打五板兒，下學打五棍兒，巴**嗒**巴**嗒**掉眼睞兒，撅醬杆兒扎籠子兒，養活窩蘭兒百靈子兒。」（說）「我梁山伯，跟兄弟祝英台高山讀書三載，今日師傅命我下山回家，也不知我兄弟送我，還是我送我兄弟？待我把兄弟喚出來再做道理。兄弟哪裏，快來！（祝英台上）」。

　　英台忽聽傻哥，急忙前來見。「傻哥喚我何事？」梁祝互問幹啥去了？梁（說）「上河溝玩去來的」、「我摸泥鰍來的。」祝（說）「傻哥，你叫我幹啥？」梁（說）「師傅打發咱倆下山，不知道你送我，還是我送你？」祝（說）「你送我。」梁（說）「你送我。」祝（說）「你送我。」梁（說）「我送你？問問師傅去！」祝（說）「我問去！」梁（說）「有我顯著你了，我問去。」兩人胡纏瞎纏一陣，只為了到底誰送誰？先生（搭架子）說：「你兄弟小，你送他。」回來後，祝（說）「師傅給我檳榔荷包一個，花汗巾一條，不給你。」梁又問師傅去了。梁（說）「跟我兄弟下山，給他寶貝？不給我寶貝嗎？」先生（搭架子）說：「給你寶貝，給你個蕎麵餅，咬個大窟窿，套在大脖梗；給你黃瓜種，肚子吃的光光登登。餓了吃蕎麵餅，渴了吃黃瓜種，吃飽了就不餓，睡著了就不醒。吃

飽了就回家，上了年紀，老了就死，買個大樟箱，死了往裏裝，遠遠抬，深深埋，別讓他蹦出來！」

天啊！回來後，英台一問，他又說：「要來一大幫，不老小的。」又重複一次先生所說的話。於是祝又問下山幾天日期？梁又問回說：「下山十八個月，回來十八個月。」祝（說）「沒有玩的時間，再去多要幾天。」又問先生說：「三年沒有玩的時間。」先生說：「給你三個月。」又回問「三個月太少，沒有玩的時間！」先生火了「給你三天，去吧！再回來把腿給你打折！」梁便大叫「哎呀！兄弟不好玩了，老師生氣了，三年變三天，去一天，回來一天，中間玩一天。」哎呀！真是胡扯不清的傻大個兒。

總算一路下山了。途中祝英台又唱(1)公麒麟、母麒麟、(2)繡鞋、綾羅、(3)英台女裙釵、(4)好石榴有心摘個給傻哥用，怕你吃著還來偷、(5)摘個毛桃給傻哥用、(6)小狗單咬後面女扮男裝、(7)蓋新房，花紅小轎娶娥皇，將奴抬到你家去，拜花堂，過上三年并二載，與你生個小兒郎，從我懷就往你懷送，管你叫爹管你叫娘、(8)有心摘個打瓜給傻瓜字，怕你吃完不回家、(9)山伯哥好比轆轤把，九妹好比那條繩，桑木扁擔柏木桶，千提萬提提不醒，有朝一日提醒你，你家多個女花容、(10)磕頭拜佛，保佑英台女嬌娥，保佑他爹是我公公，保佑他媽是我婆婆、(11)公鵝、母鵝。但梁的回應都是，（唱）「一進廟門把頭磕，上面坐著武大郎哥，保佑他爹是扔蹦，保佑他媽是個母駱駝。叩個頭來忙站起，拍手打掌笑呵呵。」（說）「九弟呀！我把你罵了。」英台只能徒呼負負。來到河邊要雇船，祝叫梁去，梁（說）「咋說呀？」又胡扯一段，到了八拜為交的地方，臨分別各往祝家寨、梁家寨時，

英台再唱「我是你疊床捂被人。」梁都說「行啦，你也不送我，我也不送你，將軍不下馬，各奔各前程。咱兩個老牛肉再燴（會）！小白菜再間（見）！陰雨天夾障子，濕（失）培（陪）了。」此劇的創作者也真是笑壞我們這些觀眾了。演出者成為搞笑專家，離梁祝悲劇真是遠了。

　　年代較早的山西洪洞同義堂刻本（丙子（1876 或 1816）年）《梁山盃全本・送友》(洪洞戲 1)，是丑角梁山盃因祝父壽誕之日，要與旦角祝鶯台一道祝壽，丑角一上場，唱一段「日頭出來掛紅牌，師父見我從南來。我見師父作個揖，師父說我不成才。有朝一日成才料，不做高官做秀才。不做秀才捉黎拐，不捉黎拐頂鍋蓋。」旦角祝鶯台一上場，便唱「日頭山來霧靄靄，對對夫妻下學來。」此時鶯台已知自己許配馬家，旦（唱）「上學台來下學台，師父門前兩株槐。一株槐，兩株槐，青枝綠葉長上來。一株照著梁山盃，一株照著祝鶯台。撇的一株沒嚇照，照著奴家紅繡鞋。紅繡鞋，花繡鞋，恨爹爹吃了馬家酒，恨母親受了馬家財。爹吃酒，娘受財，把一朵鮮花賣出門外。」（白：梁哥嚇）「大睜兩眼懈不開」，哎呀！梁山盃也是傻哥一個，也跟著重唱一遍，（白：賢弟嘮）「大睜兩眼你解不開。」

　　其後鶯台(1)以兩盞燈，明燈好比老師父，昏燈好比二學生、(2)有心摘瓜給山盃吃，吃著甜頭連根拔、(3)有心摘個石榴給山盃吃，吃著甜頭連根拔、(4)墳裏頭有死人，你（山盃）比死人死十分、(5)相公背個花老婆、(6)木匠與奴家做嫁妝，把奴家娶到你家鄉，與你生個小兒郎。你懷內轉到我懷內，我懷內轉到你身上，叫你叫聲爹，叫我聲娘、(7)公鵝只在前頭走，母鵝隨後緊跟

著。夜夜宿到草窠內，公鵝母鵝總攣著」等事物暗喻自己的心思情愫，而傻哥山盃，竟也重複唱一遍，只在唱(7)「公鵝母鵝總攣著」改為「公鵝母鵝各顧各」不同，最後只能旦（白）「總攣著」，丑（白）「各顧各！」而作罷，兩人（唱）弟兄兩人往前走，台願來到伯父家。另外，戲中另有兩處對話，(1)山盃在廣生奶奶廟十七八大閨女學花媳婦，鶯台說我跟你去，山盃只說你還不拿廣生奶奶衣裳送回。(2)星星草，草星星，你爹到是俺公公。仍是鶯台表露真情的譬喻。

《梁山伯下山》（豫劇 1），梁山伯也是丑角，祝英台是小旦男裝。故事與其他不同的地方是，祝英台女扮男裝與梁山伯同窗讀書。一日山伯回鄉探母，邀請英台同行。途中，英台借事物暗喻己為紅妝，願以身相許。奈何山伯仍是傻哥，不解其意。最後只能各自回家。梁山伯一上場，便（唱）「（快板）閒暇無事上廟堂，進了廟堂聽砲響，有錢的買砲放，無錢的也聽響，溜噗哧連聲響。（坐下）（詩）識字不識字，頭戴四楞子，進了城隍廟，就是暗差使。（白）我生梁山伯，只因家父有書到來，命我歸郡探母，我想我一人行動有些孤單，不免將師弟喚出，作一攪拌之人。就是這般主意，一言未盡。師弟走來！（祝英台上）」英台忽聽師哥喚，問知山伯要歸郡探母，想叫她作一攪伴之人。兩人沒有盤費，向師母告借。便爭了起來，誰先去。祝（白）「大讓小。」梁（白）「哎，這個－－」祝（白）「張嘴給你一個螞蚱吃。」英台也一道搞笑瞎擾。借得「二百錢、三張油烙饃」。山伯也去向師娘告借，師娘給了三個糠窩窩，三個小麻錢。山伯不滿意回去。要師弟給點油烙饃。英台要他背住書箱，才可得吃。兩人收拾後下山，梁

（唱）「日頭出來紫暖暖」，祝（唱）「對對夫妻下學來。」梁（白）「去胡吧，對對學生下學來，你說對對夫妻下學來。」祝便說：「好一個學生下學來。」後來祝（唱）「（連板二八）隨後緊跟我祝英台。上學台來下學台，老師傅門前一棵槐。一棵槐來兩棵槐，青枝綠葉長上來。一枝罩的你梁山伯，那一枝罩的我祝英台。剩下一枝沒啥罩，罩著我奴紅繡鞋。紅繡鞋，花繡鞋，爹爹吃酒娘愛財。老爹爹吃了馬家酒，老母親愛了馬家財。爹吃酒來娘愛財，才把咱夫妻分將開，一朵朵鮮花推出門外，我的師哥呀！」

祝又（唱）「你大睜兩眼解不開，你總算一個憨呆呆。」梁竟也跟著重唱一遍「上學台來下學台」，只在最後改為「我的師弟呀！」其後，祝唱一段，山伯便重複唱一段，只有英台唱「我與你生個小兒郎」，山伯唱「我與你生個黃鼠狼」之異。英台糾正之後，他再唱下去時，竟然重複唱「抱到你懷叫句爹，抱到我懷叫句娘。」連自己是男是女都糊了。其後又正常重複唱英台的唱辭，英台要摘瓜給他吃，叫師哥呀！山伯則也重唱「我有心拿個叫你吃，師弟呀！」哎！總算正常了。除了唱辭，兩人又一路對話。祝（白）「星星草，草星星，您爹是俺老公公。」梁（白）「您娘都是俺婆子哩，你就這罵我哩。」祝（白）「誰罵你哩？坐這歇吧。師哥，這是一棵啥草？」梁（白）「七七芽。」祝（白）「七七芽，芽七七，小倆口去拜天地。」梁（白）「拜天地，你光罵我哩。」

就這樣，一路說耍話，到了白衣奶奶廟，祝英台改女裝進廟。梁摸著進廟，向白衣奶奶求個花媳婦。祝問梁要大的？要小的？梁（白）「我叫侍候俺娘咧，要大哩。」祝（白）「廟門外邊有個七八十的，叫跟你走吧！」山伯不要，給個小的，廟門外邊還有

個兩三月的，山伯也不要。要不大不小的。祝說，外邊有個十七、八的，跟你走吧。山伯出廟去，祝英台迅速躲在廟外石頭上。祝（白）「師兄，老奶奶說叫我跟你走哩，走，咱走吧。」梁大怒，「這孩兒，誰叫你穿老奶奶的衣裳跟我罵玩哩，趕快脫了。」後來英台又說山伯比墳裏死人死十分，又唱石榴有心摘個給你吃，山伯也重唱。祝唱「你身後背個花老婆」，山伯又重唱。祝唱「頭裏公鵝呱呱叫，後邊母鵝叫咯（哥）咯（哥）」，還是枉然。到了河邊，山伯背英台過河。山伯說我今把你背過河，為的可是油烙饃。祝（白）「師哥！這是上你家的路，那是上俺家的路，誰回來的早，誰等誰。梁只說了「又叫他哄我一回。」仍是充滿歡樂、逗趣的即興小戲。

《梁山盃探朋》（洪洞戲 2），英台在房中等待梁哥來訪，丑角梁山盃到祝家後院見後院內坐下一個女姣蓮，好生面善，走上前，拿禮見，你是誰家女姣蓮？旦（唱）不問我來先問你，你是何人到這邊？丑（唱）「我的名諱梁山盃，探望賢弟到這邊。」原來英台山盃從小是指腹為婚，後來祝父生女後悔，不想將她嫁給父早死的山盃。她（唱）「你伯父伯母把親串，撇下奴家在家緣。你的父在朝為官宦，我的父在朝做大官。三六九，王登殿，他二老班房把話言。若還生下是男子，後來同學把書觀。若還哪家是女子，你家女，我家男，後來一家結姻緣。瞞怨梁伯父死的早，撇你母子受飢寒。心中只把爹娘怨，不該悶你好姻緣。」丑一聽怒火冲天，要告官去。英台給他三百銀子，要他「擇良辰把奴搬。」山盃拿了銀子辭別賢弟回家轉，唱說「回府下我若有好何歹，我母還叫你照管」，若我死故了，賢弟與我燒紙錢，淚汪汪哭到梁府前。

此齣丑角梁山盃並無搞笑逗趣情節，與故事主題是婚姻的悲劇有關。

綜而言之，山伯之所以有丑角形象的產生，主要是梁祝故事造成悲劇的原因，常與山伯生性老實，不解風情，完全不能知曉英台暗喻、明喻的情愫的呆書生有關，因而地方小戲便從山伯是傻哥，所以不解風情的角度上發展。

然而 749A、749A.1、749A.1.1 類型的戲劇故事，山伯均是忠厚老實的讀書士子，英台是聰慧堅貞的女子，女扮男裝外出求學。其中流通最廣的，當是越劇梁祝，今見 749A 類「生雖不能聚，死後不分離」化蝶情節的越劇文本共四十三筆，除劇本外，很多是錄音帶、VCD 光牒、甚至也有卡拉 OK 伴唱帶、越劇旦角經典唱段的 CD 光牒，當然大部分是折子戲，或名段薈萃，這與越劇《梁山伯與祝英台》曾於一九五三年由上海電影製片廠拍成彩色影片，一九五四年在日內瓦國際會議中放映，同年又獲第八屆國際電影節音樂片獎、第九屆愛丁堡國際電影節映出獎，發行到加拿大、香港等十四個國家和地區，有極大關係。

越劇《梁祝》的前身是浙江嵊縣“落地唱書”時期，藝人們根據流傳於嵊縣的民間傳說編成《十八相送》、《樓台會》等小曲，到處演唱，受到歡迎，尤其是《十八相送》成為人們喜聞樂見的曲目。說的是山伯從杭州城里送英台十八里路，英台一路上打了十八個比喻以身相托，又送到“十八里長亭”，故稱“十八相送”。一九〇六年後，“落地唱書”演變成“小歌班”（越劇早稱），將《十八相送》原本是山伯、英台每人兩句輪唱，修改成四句輪唱，又將十八比喻改為喜鵲、樵夫、牡丹花、龍爪花、牛郎

織女、白桃、石榴、牛、鵝、豬、狗、蝴蝶、船、井、觀音堂、和尚尼姑、繡花鞋、小九妹。由於當時男班演的都是"路頭戲"（幕表戲）；沒規定唱詞，全憑演員到台上即興創唱，所以比喻各不相同。[7]

　　《十八相送》、《樓台會》在浙江城鄉上表演達十年之久，一九一七年小歌班進入上海後，為適應大城市觀眾需要，擴大上演劇目，便向傳書、唱本、寶卷要戲。當時王永春與白玉梅找來寶卷本《梁山伯祝英台》和唱本《梁山伯祝英台夫婦攻書還魂團圓記》，在小戲《十八相送》、《樓台會》基礎上，各目考慮自飾角色戲路、安排場次。商定全劇情節，形成上中下三本的《梁山伯祝英台》(越劇 1)，於一九一九年三月十五日在上海第一戲院上演。梁祝當時演出四十場場目為：遊園思讀、喬裝卜卦、三嫂進讒、立誓埋綾、山伯別父、草橋結拜、夜宿換魂、梁祝拜師、設牆共床、英台受罰、同窗共讀、遊園露紅、收信思梁、英台抗婚、十八相送、三嫂施計、驗綾挖目、梁祝夢會、文才嫖院、祝馬廟遇、遣媒說親、英台驚婚、山伯魂歸、山伯思祝、拜師下山、回憶十八、山伯觀景、父女相抗、樓台相會、送兄盟誓、病回思祝、英台贈物、山伯臨終、四九報喪、英台哭靈、文才迎親、禱墓碰碑、地府陰審、文才還魂、娶親團圓。[8]

　　此齣故事的梁山伯、祝英台是天上金童玉女投胎，原來天上

---

[7]　丁一、孫世基撰：〈越劇《梁祝》的由來與發展〉，收於周靜書主編：《梁祝文化大觀·學術論文卷》（北京：中華書局，2000 年 10 月一版），頁 726-727。

[8]　同前註，頁 727-728。

金童玉女動凡心,在蟠桃會上打破琉璃杯,被王母貶罰轉世人間。與其他故事不同者:(1)英台出外求學時與三嫂賭誓,回來與三嫂驗綾挖目。(2)山伯夢中被天上太白金星用"醐心酒"迷住心竅,攝去真魂,換進痴魂,致使山伯成一呆秀才,不識同床三載是女娘,錯失良緣。(3)英台投墳,馬文才拉住英台衣裙而隨入。(4)十殿閻王審案。(5)馬文才註定姻緣對象是蘭花院的老相好李鳳奴,閻王令小鬼趕他還陽成婚。(6)山伯、英台回歸天庭。

又有《梁山伯祝英台》續集(越劇 1)是梁、祝死後,玉帝命呂純陽、梨山老母下山,分別救活二人帶上仙山收為門徒,授其武藝。山伯習得一身武藝後,在大比之年奉師之命下山武試。路過山東,遇燒香拜佛的路鳳鳴,被其美貌所傾倒,竟賣身路府為僕,而與鳳鳴私定終身。考期將近,山伯赴京趕考。在武校場比武,獨占魁首,欽點武狀元。時值遼兵進犯中原,奉旨征遼,奈何勢弱,為蓄兵圍困。梨山老母知山伯有難,派英台下山救梁。英台於途遇女扮男裝尋夫的路鳳鳴,兩人以姐妹相稱,共赴邊關,合力助梁。後大敗遼兵,梁得班師回朝,皇封定國公,奉旨與祝、路完婚,大團圓。

一九五四年,華東越劇實驗劇團編劇徐進改編了《梁山伯與祝英台》,上海越劇院及越劇工作者又對《梁祝》作了加工修改,劇本刪去了「死而復生,神仙相助」情節,而由「化蝶」象徵梁祝的再生。一九五三年由袁雪芬、范瑞娟主演的彩色戲曲電影《梁山伯與祝英台》[9],也是 749A 類型「化蝶」情節。

---

[9] 同註 7,頁 731。

　　所見川劇共十三種，有《柳蔭記》(川劇 3)屬 749A 類型、《柳蔭記全本》(川劇 11)屬 749A.1.1 類型，其餘為折子戲、唱段。《柳蔭記》(川劇 3)是一九五四年，西南觀摩演出代表團在北京參加會演的節目之一，是新編小組修改本，共十場。第十場是「祭墳化鳥」及第五場「說媒許親」與其他梁祝故事不同。此劇中媒婆邱嫂的道白是一段極佳的順口溜，把一個心狠口甜，憑她那一張嘴，死人都要說得跟我走的婆娘，表現得活靈活現，連馬家的威風、排場，馬太守的派頭也都清楚刻劃出來了，極盡誇誕本事。原來川劇《柳蔭記》有「英台罵媒」一場，此劇刪去。其實英台潑辣罵媒的唱詞，是極具特色的：

> 捉馬賊，高聲罵，千刀砍，萬刀殺，
> 憑白的，想做啥，黃泉路上結冤家。
> 你管姑娘嫁不嫁，不該請媒來作伐。
> 姑娘好比鳳凰駕，你好比林中小烏鴉。
> 烏鴉敢配鳳凰駕？鳳凰展趐要把你嚇煞。
> 你比頑石算得一個啥，姑娘好比玉無瑕。
> 你好比毛鐵欠錘打，我好比百鍊之鋼。
> 我好比明月照天下，螢火光那敢與我們爭光霞。
> 任你馬家勢耀有多大，是猛虎要拔腮邊牙！
> 要想成親休要吧，賊呀賊！除非是除非是鐵樹開花。
> 把“烏鴉”和“鳳凰”對比，把“頑石”和“玉”對比，
> 把“毛鐵”和“鋼”對比，把“螢火光”和“明月”對比，結果是“想要成親”“除非是鐵樹開花”。

喔呀！冰媒賊！恨冰媒高聲罵，背時婆娘遭天殺。

去東家，去西家，又說東家茶好吃，我說西家酒生花。

茶好吃，酒生花，穿魂倒廟你到我家。

雙親逕前你說些啥，花言巧語哄爹媽。

又說馬賊家財大，又說馬賊有發達，

又說馬賊人俊雅，又說他父戴烏紗。

既然看上馬家的勢大，

就該將你的姐兒妹子收拾收拾打扮打扮，一個一個嫁給他。

在生不與你說話，死後把你三魂拿。

拿著你拋刀山，油鍋炸、磨子推、鋸子拉，

打你在奈何橋下變烏鴉。烏鴉嘴兒，每日呱呱呱。

變烏龜背八卦，頸子像絲瓜。

你旁廊被火化，死在橋底下，丟在墳灘灘。

罵得又咽喉啞，管叫你豬扯狗拉。

　　真是痛快淋漓，可把英台、山伯不能成婚的一股怨氣、怒氣全部傾洩而出。另有單折本《英台罵媒》(川劇 2)，英台的罵功也不遑多讓，完全展露川娃子的慓悍潑辣。《柳蔭記全本》(川劇 11)，是臥龍橋文明書社木刻本，所收劇目並非同一版次，內容亦有缺漏，當是《俗文學叢刊》將中央研究院歷史語言研究所藏本匯編而成[10]，今先依其編錄而視為一種。劇目有（上冊）：「柳蔭結拜」、「英台辭館」、「山伯送行」、「英台歸家」、「罵媒」、「山伯訪友」、「求藥方」。（下冊）：「英台下山」、「百花樓」、「英台打樓」、「封

---

[10] 編撰者為方鄒怡。

官團圓」,是 749A.1.1「生雖不能聚,死後不分離,死而復生,神仙相助」類型。其中「罵媒」一段,英台也是提起氣來罵「提起馬郎高聲罵,罵聲馬郎遭天殺,背時的,倒灶的,千刀兒子砍,萬刀兒子殺,平白地,你想做咪……」。至於殉情後梨山老母救上仙山學兵法,下山後,剿殺奸賊更是乾淨俐落,甚至情勢使然而落草為寇,自立為王了。最後與山伯交戰見面,歸順庭朝封為節義夫人,也算是巾幗英雄了。

今見上海市大通書社印本《新刊淮戲大王路鳳鳴觀花－－梁山伯五集》(淮劇2),也屬 749A.1.1「生雖不能聚,死後不分離,死而復生,神仙相助」類型故事,雖未見前四集,然從此本山伯說及前情,與女扮男裝英台杭州攻書三年整,後來婚姻不成,回家得了想思病,一命斷了根,純陽大仙將下凡,死後帶到大山根,故列於此類型,此齣《梁山伯五集》以路鳳鳴遇下山山伯開始,山伯記得師父預言「路家莊有路鳳鳴,五百年前訂婚」,果然來到路家堂樓上聽樓上女子吟詩作對,他回應也對了話,丫環來請上樓相見,路鳳鳴見這眉清目秀「兩耳垂肩,手長過膝」的俊美男子,將來必定保朝廷,越看相公越好看而動了春心,願成夫婦。山伯只答應會過,才能與鳳鳴洞房花燭,吃過酒菜,當下上路科考,得了狀元,因不允奸人馬定方為女求婚,而被陷領兵征北海。鳳鳴女想思山伯,女扮男裝進京趕考,此齣劇情只言鳳鳴女與表兄陳鳳章二人到京城而止。

黃梅戲,舊稱黃梅調。源於湖北黃梅一帶的採茶歌,清道光前後在湖北、安徽、江西等地形成並流行。黃梅戲梁祝劇目有《下天台》、《柳蔭記》、《上天台》、《三世緣》,今見《柳蔭記》、《上天

臺》(黃梅戲 2)，《三世緣》是梁祝殉情後，修道學仙，建功立業，姻緣圓滿。[11]《下天台》內容為梁山伯、祝英台出世，《柳蔭記》是山伯、英台柳蔭結拜，上杭城孔阜先生處讀書；英台回鄉，山伯相送，《上天台》是山伯訪友，婚姻不成相思病死，英台祭墳，禱祝顯應，墓裂三尺口，英台鑽墳。馬文才找人掘墓，蝴蝶雙雙飛往天庭，屍首不曾朽壞，馬文才要用桐油、乾柴焚燒屍首，要他倆化骨揚灰。此時披髮祖師、梨山老母到，天昏地暗，日月無光。火燒不著。待得天氣明朗，屍首不見。原來二人是凌霄之上金童、玉女臨凡，梁祝孽緣已盡，帶你二人到仙山學道為止。此齣戲屬 749A.1.1 類型故事，其中四九仍是低俗瞎扯的丑角形象，也有英台以「用地大紙一張，寫天大字」的說辭來對「棗子五寸長」聰慧情節。此顯然是兜合 875B.5「巧姑娘以難制難」類型故事。該類型故事是「姑娘反制對方所出的難題，給對方出了完成其難題必須先解決的難題」，這故事的英台也有民間故事中常見巧姑娘的急智。

　　《梁山伯與祝英台》(黃梅戲 3)，故事也屬 749A 類型，這故事男主角，是「山溝裏走出我梁山伯」，與其他故事有異。黃梅調音樂劇《梁山伯與祝英台》(黃梅戲 5)，故事由成為夫妻的銀心、四九兩人一段搞笑對話開始，後來兩人比賽誰能記憶清楚梁祝殉情開始。故事屬 749A「投墳」類型。

　　所見粵劇共十七種，除《裙邊蝶》(粵劇 5)及《梁山伯與祝英台》( VCD )（梁耀安、陳韻紅主唱）(粵劇 6)、《梁山伯與祝英臺》

（VCD）（丁凡、麥玉清主演）(粵劇7)三種，前者屬749A.1類型，而後二者是749A類型之外，其他都是折子戲或唱段。

粵曲研究社印行《裙邊蝶》二卷(粵劇5)，是「人壽年班著名猛劇」，此劇較其他故事不同的是多了馬文才始亂終棄的女友陳小娥，她與馬文才侄女馬毛毛結識，兩人猶如姊妹一般。陳小娥母是陳賈氏兩人相依為命，家計艱難。馬文才是大商家馬百萬兒子，終日遊手好閒，不事職業，與家僕馬榮福四處冶玩。遇馬毛毛、陳小娥，勾引小娥，立誓成為夫妻，若半途拋棄，「保佑我掛臘鴨死」，但來馬文才拋棄陳小娥，她憂憤而死。故事中的梁、祝也是婚姻受阻，山伯相思病死，魂魄不知自己已死，便往祝家，見翠珍探訪梁相公回來，告知英台說山伯「傷心過度，藥石難瘳，今天死去了」，山伯陰魂才知自己已死，而急急出門。後來英台投墳殉情，馬文才吊頸死，於是梁、祝、馬、陳四陰魂到陰府向閻王告狀，閻王斷梁山伯、祝英台有夙世姻緣，馬文才與陳小娥既以成婚，必須和好，再續夫妻，而打發他們四魂還陽團圓。梁、祝二人還陽爆墳開棺坐墳頭，只見士久與翠珍二人哭到淚竭聲嘶。來一家團圓，翠珍與士久二人也成婚配。

另有折子戲《英台祭奠》(粵劇14)，也屬749A.1類型，較前故事不同之處是土神爺向梁山伯陰魂說「英台祝氏，可是你未婚嬌娥？他創（撞）死在墳頭，十分淒楚。」山伯聽說，珠淚滂陀（沱）。「土神爺煩引我，山前看過。（介滾花）又只見他死在墳堂。」

閩劇《裙邊蝶》（上、下卷）（節選）(閩劇1)是一九二六年駱錦卿、李公健編寫，此劇本根據天一電影拍攝的《梁祝哀史》和

彈詞《大雙蝴蝶》等改編而成。此劇也屬 749A.1 類型，與粵劇《裙邊蝶》(粵劇5)情節大抵相同。

乾隆四十七（1782）年刊本南管《梁三伯全部·同窗琴書記·時調演義》二十回(南管1)，是齣喜劇，不屬梁、祝殉情故事類型。與前故事不同有：英臺以作牡丹詩招婿，但在仙伯摘牡丹一枝作牡丹詩一首時，英臺卻又因對詩輸人，自恨學淺而逕自離去，卻也因此立志前往杭州求學而展開劇情。兩人同往杭州讀書，相遇於客店而義結金蘭，同床共枕共讀三年。英臺與人心回鄉，仙伯攜四九相送，英臺以「二人結髮一世」暗喻衷情，仙伯不解，只好托言為妹提親。仙伯以琴書為聘，英臺啞謎約定婚期。英臺回鄉後，老師孫卓被保舉入朝，官拜翰林學士，仙伯也被保舉做官，且欲招仙伯做親。仙伯告知已允英臺小妹婚姻，孫卓金資仙伯求親，答應日後保舉二人入朝。

英臺回鄉被要求與馬俊成婚，馬俊日日催親。仙伯來訪，祝父見仙伯才貌比馬俊好，思量反悔已不及。英臺男裝相見，兩人同遊花園，英臺再以鴛鴦成雙暗喻衷情，仙伯卻以石捺鴛鴦分飛，得至英臺失肚裙，為仙伯拾著，才細想英臺是姿娘，兩人修書送給孫卓，希望他為他們主持婚配。但此時仙伯也只能悵然返家，相思嘆五更。後來英臺得知仙伯病重，祝告天地，隨後與人心探望仙伯。其時馬俊安排好聘，擇日便行，所幸大學士薦舉仙伯為越州知府的詔書到，也封英臺為守禮恭人，孫卓為媒合婚，兩人終得團圓，其後福壽雙全。這故事是有時代可考最早的一齣梁祝喜劇。

流行於貴州、廣西、湖南侗族地區的傳統劇《山伯英台》(侗

戲 1)，故事屬 749A 類型，但多了(1)先生罰弟子們「一顆棗子五寸長」，而英台巧對「找像地一樣大的白紙一張，寫出一個像天一樣大的字」、(2)山伯說：小四九一雙賊眼，看見你為弟，一雙大乳房」，英台辨稱「男子漢乳房大」，山伯接唱「早登皇榜」；英台唱「婦道家乳房大」，山伯唱「早配才郎」、(3)山伯回家前日，梁母夜夢白虎坐中堂惡兆，(4)山伯死前「只見王大仙站眼前，王大仙你不必把金鞭打下。我山伯今日願回天堂」，又有「東邊看到西邊轉，又似見老爹爹站在眼前，老爹爹你不要把兒來喚，你孩兒到今朝願歸陰曹」、(5)英台聽四九報喪，要陪山伯把陰府進，當下用頭撞柱自殺，唱道「閻王跟前打轉身」，四九、銀心見狀，忙搶上攔住而未成、(6)梁山伯鬼魂來墳台等候英台相會，自唱：「人死似得夢，好似塘中雪。思想還陽轉，好比水中月。啊呀呀，我，梁山伯鬼魂是也」、(7)英台投墳，馬文才氣昏過去。醒來後發瘋，撲來撲去地空抱了三次，要與英台拜堂成親，最後跌倒在地，也命喪黃泉、(8)三十三天天上天，烏雲裏面出太白星君，「雲頭觀看梁山伯、祝英台，本是牛郎織女星下凡，他們在世不能成婚，我帶上天，一個打在河東，一個打在河西。那邊山伯英台來了。山伯、英台，你二人願回天堂？」二人同白，願回天堂。仙人便道，好！隨我來。你往那邊去，她往這邊去。一朵祥雲起，騰雲上西天的情節。

　　此戲的編撰者結合 875B.5「巧姑娘以難制難」類型故事，用「找像地一樣大的白紙一張，寫出一個像天一樣大的字」，來巧對先生「罰一顆棗子五寸長」的難題。另外，山伯夜夢白虎坐中堂惡兆、死前見王大仙東邊用金鞭打，西邊又見爹爹來喚兒、三十

三天天上天有太白星君雲頭觀看梁祝二人，又問二人意願是否回庭，最後帶他們騰雲回西天的神能，均是道教神仙、地獄的觀念產物。至於(6)梁山伯鬼魂來墳台等候英台相會，自唱：「人死似得夢，好似塘中雪。思想還陽轉，好比水中月。啊呀呀，我，梁山伯鬼魂是也」，別處不見，是此劇所獨創。

所見歌仔戲共十八種[12]，大抵是 749A 及 749A.1 類型，少數是單折或殘本。749A 類型中《梁山伯與祝英台》(歌仔戲 10)是「羅裙片化蝶」、「人化蝶上天界」、「金童玉女上天界」，《山伯英台》(歌仔戲 15)是「鬼魂立雲端」，《山伯英台》(歌仔戲 12)山伯是氣結而死，兩人殉情「黃泉結成雙」。比較特殊的情節是「褲帶煎水治相思」(歌仔戲 10)，或「褲頭三寸絲繩燒灰治相思藥方」(歌仔戲 16)、「新娘伴稱陰魂纏身肚痛得祭墳消災」(歌仔戲 10、12)，另有山伯英台遊園，英台見四幅古畫，有昭君與漢元帝、木蘭、范蠡、文君與相如暗喻情愫情節(歌仔戲 17)。更令人驚豔的情節是「女扮男裝者獻乳或露三寸金蓮或示絲綢肚圍以表情愫」(歌仔戲 10、12)。

《前生今生蝴蝶夢》(歌仔戲 13)是「化成天星照人間」、「牛郎織女歸仙鄉」故事，是梁祝二人彩衣蝶舞於夢中邂逅定情，山伯唱著「前世繡成相思帶，詩文伴我會裙釵」，所謂「仙侶奇緣付寢寐，銀河鵲橋已搭起，共渡雲端自有期」，原來是梁、祝兩人同做一夢，知二人有夙世姻緣，會到杭州共讀。英台的春夢被仁心叫醒後，故事開始：英台要到杭州讀書，祝父因想攀龍附鳳，要求

---

[12] 另有林美清撰：《梁祝故事及其文學研究》(臺北：國立臺灣大學中國文學研究所碩士論文，1982 年)，頁 104，提及《梁山伯與祝英台》柳青、王金櫻主唱，共四卷，新黎明唱片公司錄製，今未見此筆資料，不知內容。

英台與吏部尚書公子馬文才共讀而應允。梁、祝、仁心、士久、馬文才全在臨風亭相遇。

在學堂中，馬文才惡行惡狀，忤逆老師。劇中運用今日流行語，如 LKK（年老）、SPP（俗氣），甚至稱老師是老猴，又有一學子謝賓郎，是個娘娘腔的同性戀者，老對馬文才慇勤示愛，還玩起新郎新娘搭花轎的遊戲，其他學子玩的是現代的電子機。劇中又透過馬文才等角色說及「官官相護，權貴交結」、「一個便當好幾百元」、「包工程、官商勾結」等對當代意有所指的政治話語。山伯最後被馬文才派人重打成疾而亡；同時英台父以死要脅英台出嫁，英台以咬舌自盡反制。士久前來報喪，英台出嫁時到臨風亭哭墓。終場蝶舞再現，二人在幻境對唱，山伯唱說「前世你我多磨難，化作天星造人間，牛郎織女遙相盼，一年一會解苦寒。」英台纏綿唱道：「情不自禁墜愛河，夢中依戀梁兄哥，竟是前生註定好，不枉你我受苦勞」。最後蝶舞舞群合唱（仙鄉歲月）：「天涯歲月無芬芳，陰間陽世兩心同，彩蝶伴君重入夢，迎來朝朝滿天紅，真情摯愛無始終，梁祝芳魂已遠揚，佳偶永遠心相映，幻入彩蝶舞影中，舞影中」，則英台、山伯受盡苦勞，化做天星照人間，牛郎織女歸仙鄉。

749A.1 類型有《山伯英台》(歌仔戲 2、3、4、6、7、8)六種，另有歌仔戲 5 雖是殘本，沒有「死而復生」情節，推其全本，應與歌仔戲 2、3、4、6、7、8 同一系統，今先置於 749A.1 類型中。此七種歌仔戲是現存臺灣早期歌仔戲傳抄本，時間上是從日治時期到臺灣光復初期的傳抄本及當代宜蘭本地歌仔的口述本。其中也有「褲帶或褲頭三寸煎水治相思」、「新娘伴稱陰魂纏身肚痛得祭

墳除煞」、英台借喻古畫典故暗喻情愫的情節，另有「飛鳥（鸚哥）傳書」、「鳥解人語」、「鳥作人語」、「鳥叫人名」的情節，而驚人的「獻乳示愛」也不少。另有「左手脈熱右手脈無」(歌仔戲2)、「報喪者得灌水消災」(歌仔戲8)、「人死後為神」(歌仔戲3)、「婦人入廟點香祈求王公（人死後為神）保佑，王公返家預告其子為愛相思而死」(歌仔戲3)、新郎被新娘伴稱除煞或以死要脅而「新娘祭墳，新郎派人買戲禮豬頭祭品」(歌仔戲 2、3、4、7)、「太白神仙下凡以仙丹救人，百日滿再回生」(歌仔戲6)、「太白金仙領玉旨駕彩雲在天上，令土地照顧結義女子，至有人以尿水滾水潑紅羅牡丹，而紅羅未爛、牡丹青翠」(歌仔戲5)、「死者死前金童玉女盤請叫人名，天兵天將滿屋叫人名」(歌仔戲 5)、馬文才請媒人向英台下聘時，有「打破茶盤、茶杯，預兆婚姻不成」(歌仔戲 5)情節，亦為其他故事所無。

　　至於「死而復生」的情節，大抵是梁祝殉情「化蝶」。又「墓出二片青石，一片丟東，一片丟西（溪尾(歌仔戲 7)）一生竹（祝英台），一生杉（梁三伯），杉竹相連」，連續的變形(歌仔戲2、4、5)，或「墓中掘出二塊青石碑，一丟東，一丟西」(歌仔戲6)、「墓中出二塊青石板」(歌仔戲8)，又有「神仙下凡受苦業滿玉帝收返再做神仙」(歌仔戲3)[13]。因而有新娘投墳，新郎咬舌自盡，閻君殿前告狀」(歌仔戲2、3、4、6、8)，也有新郎氣死者(歌仔戲7)。最後便是閻王斷案，有些故事是「閻王令簿官查陰魂簿（或陰陽簿）斷案」，「閻王賜陰魂喝魂水回陽」，「馬圳喝下魂水後，故意將梁、

---

[13] 案：此情節單元與其後梁祝入陰府，閻王斷案似有矛盾，唯此齣歌仔戲後部殘缺，不知其最後結局為何。

祝魂水潑地」、「閻王再賜梁、祝魂水回陽」(歌仔戲 3、4)，其後也有山伯邀英台「遊地獄」到第一地獄，看到陽間壞人陰間上刀山、落油鼎、落亡山，或不得出世的情節(歌仔戲 2)。也有「馬文才知姻緣註定髮妻（杭州七娘七歲(歌仔戲 2)）醜陋，持石打傷」的殘忍情節(歌仔戲 3)。這是兜合 930A「命中注定的妻子」類型，此類型故事是「青年人占預知其妻年歲仍小，且知在何處，青年見其女家庭卑微，想置之死地。過了多年，此人娶妻，其妻原是幼年被他傷害的人」，今歌仔戲 2 馬文才知其緣定髮妻，歌仔戲 3 馬文才知道其註定髮妻之後，嫌其醜陋，持石打傷，當屬 930A 類型無疑。

另有故事是馬圳「陰魂在陰間遊蕩，從大路邊，過三板橋，到城隍廟、冷水坑、大山墩、三角埔、北勢湖、四川、星泉，七日到鬼門關」，「鬼卒斥責自盡之亡魂自行前來陰府」，「陰魂向鬼卒哭訴奪妻冤情」。「鬼卒帶陰魂閻王前告狀」，閻王說「三伯英台現正在十殿內」。鬼卒便出主意，到十殿去告三伯掠英台，於是馬圳「遊十殿地府」，看盡善惡報應，到得「十殿轉輪閻王前告狀」，「十殿閻王令判官開大簿查姻緣斷案」，三伯配英台，馬圳註定姻婚娶杭州七娘。馬圳要知七娘美醜，閻王說七娘三歲，「面仔貓貓紅目墩」，馬圳捨不得美貌英台，要求閻王將註定姻緣之醜妻換美婦。閻王火大，令鬼卒帶馬圳到望鄉台，看了七娘，又看見自己屍首在大廳。鬼卒勸馬圳不要再與三伯爭英台。馬圳答應。閻王斷三個壽命未盡的「陰魂喝回湯水還魂」，馬圳吃完本碗，故餘弄倒其餘回湯水，閻王本欲判他下酆都萬萬年，馬圳跪地哀求，閻王判他少壽元二紀年（二十四年）。

　　三伯邀馬圳一道回陽去，馬圳一路與三伯抱怨「貓母共我換英台」。三伯、英台還陽，士久在南山看見墓前有人來，知是三伯與英台，一道回家結成婚配，仁心士久也成親。馬圳回陽入廳，見自己屍首未埋，「投屍回陽」。向馬母說閻王判他娶七娘，馬母說可派人打死七娘娶別人。馬圳果真到杭州柴府外，見七娘在鳥籃中，手提石頭砸下去，幸得柴母聽見七娘哭聲，從裏面走出來。保住七娘一命。馬圳回家騙母親七娘已死。馬母聽得笑呵呵，又差媒婆為馬圳做媒。媒人王婆竟為馬圳找到七娘為妻。結婚後，馬圳見新娘「頭壳一空（洞）紅枝陂」，問起何故，七娘說不知何人打她，馬圳「聽著面帶紅」，承認是自己犯下罪行。七娘原諒他，兩人和樂過日子。而三伯赴京趕考中狀元，奸人李相欲招為女婿，為三伯所拒，便寫信通蕃，要蕃王進犯中國，捉走狀元。信由安童帶至蕃王處，其後劇本殘缺(歌仔戲6)。這也兜合 930A「命中注定的妻子」類型故事。

　　也有故事是新娘投墳，馬圳氣死，「托夢給母親，要馬母做狀文給他到陰府告狀」。馬圳死後，小鬼告知他是枉死魂，得至枉死城安身，其後馬圳閻王前告狀，「閻王出火占差小鬼令三伯、英台陰魂對質」，又「調土地問案」，後「令簿官查簿斷案」，知「三伯英台結駕鴦」、「馬圳之妻柴七娘」。閻王又令小鬼到（望鄉）台看見母親，又見「一個掃帚精，便是柴七娘」。馬圳不滿美婦換醜妻，向閻王撒野，「情願剃頭做和尚」，閻王要馬圳看簿，七娘便是你妻兒，別無選擇，又「賜陽壽未盡的三人（還魂）丹回陽」。

　　馬圳回陽，看見母親哭訴要「走入深山做和尚」，馬母勸告姻緣天定，馬圳被罵回轉心意。三伯英台回陽結婚團圓，仁心也與

士久成婚配。日後三伯中狀元，奸臣李立丞相欲為女兒李林清招為女婿。三伯不允，被李立奏本發落征東蕃。蕃王叫三伯生標緻，欲招為婿，三伯仍是不答應，被蕃王圍困。又說英台在家生一男兒，取名梁成。神仙教他學習武藝，十五歲盡識兵器，得知蕃隨時入侵中國，拆了金榜，領雄兵十萬攻打金城，蕃王驚疑梁成來救三伯，便獻三伯及奇物金寶投降。父子相認，聖上封萬對侯，賜返鄉里武州，一家團圓(歌仔戲 7)。此故事也有馬文才知命中注定妻子的情節，但無傷害其妻的舉動。

也有故事是馬圯到第一殿秦廣王告狀，路上遇山伯[14]，向山伯嗆聲，兩陰魂一道去閻王殿前找公斷。「閻王令文判查陰陽簿斷案」，知馬圯妻子是杭州柴七娘。文判啟稟閻王，原來梁、祝二人是凌霄寶殿玉陰大帝面前的金童玉女。當年玉陰大帝正月初九要做壽誕，令金童玉女打掃凌霄寶殿，兩人在寶殿談情說愛，打破琉璃瓶，玉陰大帝大怒，降旨將兩人斬仙台斬死，太白金星求情，死罪可免，活罪難逃，貶罰凡間做七世無緣夫妻，到梁祝是第七世。

當時要降凡轉世時，經過南天門，遇到五鬼星，玉女看到五鬼星心想天庭怎麼有這麼可怕長相的人，一時失笑。五鬼星誤以為玉女愛上他，也偷偷落凡塵轉世來搶親，而五鬼婆見五鬼星下凡，也隨後轉世為柴七娘，而馬圯、柴七娘正是「天庭宿世姻緣」，金童、玉女，正是山伯、英台，在天庭就有愛意，正是一對姻緣，

---

[14] 案：《山伯英台》(陳旺欉藏本)與《本地歌仔山伯英台》(陳旺欉口述本)結構大抵相同，對話、唱詞略異。此段「馬圯遇山伯」是口述本內容，藏本則只馬圯告狀，閻王差小鬼調山伯、英台對質。

而且四人壽命均未終了，可賜他們回魂團圓。[15]於是閻王令武判取回魂水讓他們三人回陽。馬圳喝了一半，故意將其餘回魂水潑地，閻王火大判馬圳壽命減一齒年（十二年）。文判大大斥責了馬圳，馬圳延著臉講價要少減年壽，又問柴七娘美醜，文判說該是你的就是你的，該不是你毋通想，馬圳才作罷。[16]三人「借石回陽」，閻王判案終結後，問眾鬼卒，「有事否？（無事）收起鬼門關，兩旁退下。」英台、山伯回陽結婚團圓，仁心、士久也配姻緣（歌仔戲8）。此故事也有馬圳知其緣定妻子是杭州柴七娘；而這柴七娘原是五鬼婆，馬圳是五鬼星，當時金童玉女貶凡時遇五鬼星，玉女看見他，心想天庭怎麼有這麼可怕長相的人而失笑，五鬼星以為玉女愛上他，而下凡搶親，五鬼婆也因此追隨下凡轉世。

此齣歌仔戲的對白極多反映當代的生活背景或地名者，如：「番仔反（原住民之亂）」（口述本，頁 51）、「人講唐山客對半削就很多，你這三分之一削」（口述本，頁 56）、「剩下己布（日文：小費）（口述本，頁 56）、「麻拉里仔症（瘧疾）」（口述本，頁 63）、「沒做刑事，無嘛做偵探，嘸麻日本時代防衛團還是總丁看有影否？」（口述本，頁 64）、「士久：呀要身份證也免？瑞香：毋免呢。士久：要戶口簿？瑞香：嘸曨毋免。士久：攏姆免手，入場卷毋免手」（口述本，頁 65）、「水道水（自來水）一磅幾個錢」（口述本，頁 75）、「警察仔（藏本，頁 463 作日本仔）抓去」（口述本，頁 100）、「番仔刣啊（宜蘭俚語意為真是的）」（口述本，頁 101）、

---

[15] 此文判說明四人因緣一段為口述本所有，藏本只言四人緣配及壽命未終，而無金童、玉女、五鬼星、五鬼婆一段因緣。

[16] 文判與馬圳對話一段，藏本無。

「敢朝鮮婆，日本婆？」、「臺灣人，那常常講去日本婆去」(口述本，頁 132)。地名如：「芭樂林（今頭城鎮白雅里）」、「福成隔壁就是芭樂林」(口述本，頁 49)、「鼻仔頭（今冬山鄉得安村）尚凸，叭哩沙（今三星鄉舊地名）尚縮啦」(口述本，頁 51)、「州仔尾（礁溪鄉地名）」(口述本，頁 54)、「宜蘭街」(口述本，頁 64)、「北投山帽」(口述本，頁 65)、「先生在住佇平溪」(藏本，頁 463)。所反映的是臺灣宜蘭日據時代的生活痕跡，有瘧疾、日本防衛團、臺灣人、番仔反（原住民之亂）、唐山客，及當時當地的地名資訊。

電視歌仔戲《山伯英台》(歌仔戲 16)及廣播歌仔戲《三伯英台回陽》(歌仔戲 18)均是折子戲，其中《三伯英台回陽》(歌仔戲 18)作詞是張新銳，作曲陳秋霖，故事從太白神仙說起，三伯英台是金童玉女投胎轉世，兩人婚姻受阻殉情，三伯南山活捉英台，馬圳陰司抗告，閻王天子賜二人回陽，然而屍身已經臭爛，無屍可投，太白神仙奉玉皇旨意，到南山指示二人借石投屍。太白神仙先到南山溪壇，唱著「太白神仙南山來，二塊青石分東西，溪東發杉梁山伯，溪西發竹祝英台。」又於石題詩「人生爭討結重仇，一見無常萬事休，到今雙蝶隨風舞，輕薄散魂如水流，有緣魂歸無處投，溪東溪西作釣鉤，青石伺候歸來日，三伯英台投石頭」，讓雙人觀見，便知借石投屍還陽。待得英台、三伯由小鬼送到陰陽山交界處，與鬼哥拜別，便來南山尋己屍身。只見青石墓碑分東西，上題詩句，太白仙告知二人今日回陽日，果然投石還魂，二人回至梁家，與梁母、士久相見，英台允仁心與士久做妻兒，要士久到越州報喜，祝母不信回陽一事，要仁心到梁家一探究竟，

再寫信告知。英台寫言派鶯哥傳書到祝家，祝母見信再飛鳥傳書，全憑英台自作主張完婚。此則故事也為傳統歌仔戲「梁祝化蝶」，卻又在墓中出現二青石的情節，做合理的解釋，原來梁祝屍身已爛，所以得借屍還魂。

還有柳青、王金櫻主唱的《梁山伯與祝英台》四卷，新黎明唱片公司錄製[17]。另外根據光復前後的歌仔戲藝人鄭鳳表示，光復初期臺灣南部知名大戲班日光歌舞團曾演出《山伯英台‧後傳》是老鼠編劇，敷衍梁、祝二人還魂後生下梁槌、梁成，但因山伯懷疑英台不貞，一對冤家反目成仇，準備大動干戈，最後一刻被天神收回天庭，重列仙班[18]，這可是惟一梁祝反目的故事。

五十年代初河北省文聯主編的《河北文藝叢書》中，也有根據舊評劇及舊秧歌改編的評劇《梁山伯與祝英台》刪去"化蝶"一場，改以英台以剪刀刺入喉中而死殉情[19]，祝父懊悔不已。另有贛劇《梁祝姻緣》也以英台剪刀刺喉而殉情作結[20]，此種自殺方式頗為慘烈驚怖。而一九五〇年上海廣益書局，民眾書局聯全發行的《梁祝哀史》改為英台「向石碑一頭撞去」、「氣絕身亡」，其祝父也覺悟自己葬送了女兒的幸福，「就使你和梁相公的陰魂相伴一處去吧」作結[21]。

---

[17] 林美清撰：《梁祝故事及其文學研究》（臺北：國立臺灣大學中國文學研究所碩士論文，1982 年 6 月），頁 104 之註 5。

[18] 謝筱玫撰：〈歌仔戲《山伯英台》的情節發展〉，收於《臺灣戲專學刊》第六期，（2003 年 2 月），頁 3 之註 3、16、17。

[19] 莫高撰：〈《梁祝》研究大觀〉，收於周靜書主編：《梁祝文化大觀‧學術論文卷》（北京：中華書局，2000 年 10 月一版），頁 522。

[20] 同前註，頁 525。

[21] 同註 19，頁 524。

　　一九八八年底，香港「春天舞台」製作粵語版舞台劇本，以梁山伯愛上男裝祝英台的同志角度演繹，是以陳鋼、何占豪《梁祝》小提琴協奏曲為音樂主題表現歌舞劇。[22]

　　《梁祝》(音樂劇 1)在臺北市國家戲劇院演出，首先由蒼老容顏的馬文才回溯數十年前江南，他與祝英台、梁山伯三人間的悲戀故事。馬文才與梁、祝同學，馬文才識破英台是紅妝，找媒婆邱嫂提親，媒婆邱嫂形象與川劇中媒婆邱嫂形象相同，祝父應允婚事，造成山伯相思病死，英台投墳悲劇，故事屬 749A 類型。

　　今人樊存常、李文彬創作的《隔帘會》(故事劇 1)，是 885B 戀人殉情故事，劇中利用放羊娃水娃、收羊女錯妮兩人在舞台一旁演出接吻、自由談愛來反襯二人的情愛悲劇。

　　整體而言，梁祝戲劇的故事，歧出情節不多，主要是因舞台表演與出口成說或成章的民間故事、民間歌謠媒介不同，所以創作的自由度便相對減低。除南管《梁三伯全部·同窗琴書記·時調演義》(南管 1)是齣沒有殉情情節的喜劇之外，大抵以 749A、749A.1、749A.1.1 類型為主軸，尤其是 749A 類型最多。主要原因當是戲劇代言演出有時間、空間及角色的限制，不宜生出太多的枝節情節，破壞舞台聚焦的高潮，而且在同一時地不能重複觀看（拍成電影或製影帶、DVD、VCD 等光碟者除外），因此故事的編排與推進極少倒敘，容或有倒敘手法，使用次數必然不多，以免影響觀者的理解能力。就所見資料，僅有二○○二年十一月三十

---

[22]　王友輝撰：〈雨中「梁祝」，搭建共同記憶〉，收於《表演藝術》（2003 年 1 月），頁 34-37。

日演出的黃梅調音樂劇《梁山伯與祝英台》(黃梅戲 5)，由成為夫妻的銀心、四九比賽記憶開始，及二〇〇三年九月十一至十四日演出的音樂劇《梁祝》(音樂劇 1)，由白髮蒼蒼的馬文才回憶數十年前與梁山伯、祝英台兩人間的悲戀情仇開始，此二齣僅於最先序幕時以倒敘手法表現，其餘部份均以時間序列線性演出。其餘折子戲或唱段，主要仍是擷取其中精華片段演出，而非新的創作文本。

# 第九章　梁祝故事創作現象（二）

## 第一節　梁祝曲藝創作現象

今所見梁祝地方曲藝種類繁多，計有五十三種：鼓詞、大鼓書、彈詞、福州平話、木魚書、寶卷、宣卷、四川清音、河南墜子、大調曲子、高腔、清曲、揚州清曲、淮北花鼓戲、蓮花落、豫東琴書、山東琴書、洛陽琴書、錦歌、歌仔冊、湖北小曲、三弦書、竹板歌、潮州說唱、喪鼓曲、鑼鼓書、湖南三棒鼓、跳三鼓、漁鼓、扶餘八角鼓、京韻大鼓、陝南花鼓、花鼓、盲人走唱、大廣弦說唱、薌曲說唱、十番八樂、伬唱、南音、涼州賢孝、四股弦書、常州唱春、叮叮腔、南京白局、滿江紅、利州小曲、四川連廂、寧夏小曲、東北二人轉。大抵是說說唱唱的折子唱段，也有鋪張敷衍成長篇大部的故事，如：鼓詞、彈詞、福州平話、木魚書、寶卷，其中清乾隆三十四年寫定的彈詞《新編東調大雙蝴蝶》(彈詞 2)有三十回之多，而梁松林編撰的歌仔冊《三伯英臺新歌》(歌仔冊 12)也有五十五本的連齣創作。

大抵而言，講唱藝術除了折子唱段是取其精彩或受人歡迎的唱段演出之外，若是全本講唱文學如鼓詞、彈詞、福州平話、木魚書、寶卷、歌仔冊，雖然與戲劇一樣常是線性的舞臺表演，但因演出方式與戲劇代言形式，得在同一時空下注重角色聚焦、製造故事高潮的表現模式不同；通常是可連續數日說唱同一劇目，因此彈詞《新編東調大雙蝴蝶》(彈詞 2)發展成三十回，每一回都

有回目，且常有如章回小說般的套詞，如：「下回書中再表」、或
「書中下回再言表」、「書中下回把言表」、「下回書中細表明」、「下
回書中把話提」、「下回書中再細言」、「下回書中把話表」。這種「下
回再表」的模式有如今日流行的電視連續劇，每一集成一單位，
得在每一集中製成一個小高潮、小懸疑，吊足觀眾的胃口，誘引
觀眾下回再來聽講，但因是長時間連續說唱一個大故事，故不急
於在每一集中急急推進情節，所以便大大擴張編製，將歧出的人
物及情節納入故事，如：山伯往魯國求學途中，投宿招商店，便
歧出店主人女兒前來勾引，又為山伯勸導改了邪心，而與舊情人
結婚的情節。又如：英台、山伯到孔子家，孔子周遊列國去了，
他們二人與曾子、閔子騫等吟書作對、講學論道，等候孔子回來。
又如：孔子回來知英台是女子，打發她回家，正巧家僕為祝母送
信給英台，一道接英台回家，路上救起越國丞相之女，又多了此
女為後母所害，以致生母亡魂顯靈討命的情節。又如：馬留在天
竺山遇祝英台，找媒婆說親，又多了風流媒婆與馬留要成好事，
被馬留亡妻陰魂白日索命，馬留跌昏的情節。另外，《新編金蝴蝶
傳》(彈詞 1)及《山柏寶卷》(寶卷 3)都多出祝英台以草蟲及鳥禽名
作喻，讓山伯猜古今人事，便可帶領觀眾既聽且看，又努力猜想
了半天時光。

又如：臺北歌仔冊編輯者於昭和十一、十二（1936、1937）年
間編輯的《三伯英臺新歌》(歌仔冊 12)，便以各自小主題編串成五
十五冊的長篇梁祝故事，每一冊或兩冊集中一個主題極力宣說鋪
演，當這一主題的高潮結束後，便又預告下期重點情節及出版日
期，製造懸念，欲使接受者在既期盼又等待的焦慮心態下，如期

地購買，參與發送者並幫助完成創作者的創作工程。

　　又講唱藝術因為有說有唱，可以隔斷觀眾厭煩重複情事的感覺，常常有同質性情節單元再三重複敷張的狀況，如：英台「借事物暗喻己為紅妝，表露情愫」、或「防人識破己為紅妝」、或「被疑為紅妝」，或山伯求藥治相思的「世上所無藥方」（參情節單元素表）的情節單元可達十種，甚至更多的情況，此點與戲劇及民歌梁祝故事相同，對英台不斷暗喻自己是紅妝，表露衷情的心思，及害怕被人識破紅妝而不斷想方設法地出奇計，或巧言辯解女性行徑的聰慧行徑，一說再說一唱再唱，都能引起觀眾或聽眾極大的參與感與認同性，甚至產生緊張英台的處境，又懊惱呆秀才山伯的老實笨拙，而對山伯相思病危所求藥方，又是世上所無的心藥，一件、兩件，到十件，簡直牽繫觀眾或聽眾心之同悲、同苦的心弦到達極點。

　　又如：清道光（1821-1850）年間廈門手抄本歌仔冊《三伯英台歌》(歌仔冊 1)便有二十回，特別宣說三伯英台遊地獄的細節，便一再重複「陽間為惡，死後陰間受刑罰」同性質的情節單元二十一次，而「註生娘娘令善、惡人領不同花卉輪迴出生」的情節單元也有十二個。這種慢慢唱、細細表的水磨功夫於民間故事或電影或卡通動畫、或漫畫等注重緊湊節奏媒介的梁祝故事是比較少見的。

　　今見鼓詞十一種，屬 749A 類型的有四：《梁山伯祝英臺結義兄弟攻書詞》(鼓詞 1)化蝶、《新刻梁山伯祝英台夫婦攻書還魂團圓記》(鼓詞 3)繡花裙化花蝴蝶、《祝九紅撲墓》(鼓詞 10)梁祝化蝶、馬文才化馬苓草，是日後蝴蝶不落馬苓草的由來、《祝英台》(鼓詞

7)梁、祝、馬化三石，投石於水，化為三鴛鴦，其中二鴛鴦相依遊行，一鴛鴦追隨於後，是連續變形。屬 749A.1 類型的有三：《梁山伯重整姻緣傳》(鼓詞 5)羅裙化蝶、閻王斷案、《梁山伯與祝英台全史》(鼓詞 6)繡花裙碎片化蝶、(墓中出)化鶴飛上天庭、閻王斷案。其中前者有英台「螞蟻頭上用油，腳繫白絲，點香薰蟻，智穿九曲珠」的聰慧表現，此處以香燻蟻，與〈馬文才與梁祝雙狀元〉(故事 101)故事中是以蜂蜜置於九曲珠洞口為誘因不同，另有《祝梁緣》(福州平話 1)與此情節相同，而《畬族傳統故事歌》(民歌 20)只說英台穿九曲龍珠，可惜並未明言用了何種計策。是此四則故事兜合851A₁「對求婚者的考試」類型中「穿九曲珠」的情節單元，但此類型是皇帝對求娶公主者出難題，與英台是狀元夫人角色不同，而且與才智英台女為國王解決蕃王所出難題也有異。

《梁山伯與祝英台全史》(鼓詞 6)故事則有驚人豔情的情節，山伯造訪英台後知英台是裙釵女，竟然扯住羅裙，兩手伸入紅袴內，英台堅拒，始未得逞。屬 749A.1.1 類型有二：《柳蔭記》(鼓詞 2)、《梁山伯祝英台還魂團圓記》(鼓詞 4)後者有墓中出青煙、紅煙，兩者結成一條虹的連續變形，是日後「虹的起源」。

所見彈詞有十一種，《新編金蝴蝶傳》(彈詞 1)、《新編東調大雙蝴蝶》(彈詞 2)均屬 749A.1 閻王斷案，死而復生情節，而後者在山伯訪英台，未見英台一面。回家後設館教書，越王聞其名，令大夫孫炎，召入朝中，賜參政之職。然回家想起英台，懨懨得病。而馬留夜夢身入水被老漁翁網住，提出水晶宮，送上清秋路，醒來全身疼痛，在娶英台當日，被一團火塊滾進新房燒死。山伯此時相思病重，梁父央媒人向英台求婚，祝父應允；媒人佯稱梁安

人病重，要求英台見上一面，待英台到梁家，山伯已三魂渺渺，六魄臨空，氣絕身亡。英台哭到傷心處，咬緊牙關跌一跌，也隨入冥府。山伯相思病死後，陰魂不散，哭哭啼啼要見英台，誤入鬼門關，見著紅鬚判官，求判官送他還陽事奉父母，判官念他善人之子，送至枉死城中，等待閻王發落。英台也一路尋訪山伯，哭進鬼門關，卻遇見披枷戴杻的死囚馬留（大求），馬大求前來糾纏，被解差用無情棍喝令前行，最終三人在閻羅天子面前爭訟，閻王斷「生前作惡多端，死後應墜地獄」，不想馬郎「大鬧陰司，閻王再判馬郎又打傷解差，罪上加罪，永墜阿鼻地獄，萬劫不得翻身」。梁祝二人誤入陰司，恐洩漏機關，不必到案，令鬼判送他倆「還陽，待等五十年後，二人魂遊地府，化為蝴蝶。」山伯英台還陽，如醉方醒，如夢初覺，英台回家拜見雙親。山伯病體痊癒，越王千秋壽誕，山伯入朝朝賀，越王欲為國老太師崔呈秀千金招親，山伯不允，越王也不勉強，賜他宮花寶燭，迎娶祝氏成親。後來山伯英台歿於寢所，葬於雲樓，墓上出兩樣蝴蝶，土人謠言，此梁山伯祝英台也。

　　《新編金蝴蝶傳》(彈詞 1)是乾隆己丑（1769）年江蘇蘇州民間藝人抄本，《新編東調大雙蝴蝶》(彈詞 2)則是杏橋主人編著於乾隆三十四（1769）年，道光三（1823）年文會堂補刊本；此二彈詞均是蘇州彈詞藝人的說唱底本，彈詞藝人為吸引觀眾的長期參與觀賞，往往刻意將故事內容加長篇幅，鋪排精彩場面，更歧出許多奇異的情節，而此二彈詞屬於代言體彈詞，更兼有戲劇表演的效果，其中說白是劇中人物的獨白，如前者，英台出場先是說：( 白 )「奴家祝氏，小字英台，乃越州杏花村人氏」，又有講唱者代為表

白的部份，後者便有很多運用得當的表白，加強觀眾與說唱者的
互涉交流。[1]而後者是大編製的彈唱故事，共有三十回，其回目：

| | | |
|---|---|---|
| 第一回 | 員外欣然命山伯 | 書生含淚別雙親 |
| 第二回 | 二美人嬉耍鞦韆 | 祝英台焚香立誓 |
| 第三回 | 祝英台改粧遊學 | 小春香更名進才 |
| 第四回 | 柳素英春心放蕩 | 俏紅顏勾引梁生 |
| 第五回 | 小書生不忘天理 | 風流女頓改邪心 |
| 第六回 | 小春香燈前戲謔 | 祝英台黑夜愁貧 |
| 第七回 | 張九頭氣冲牛斗 | 祝英台雨阻涼亭 |
| 第八回 | 山伯棄車投宿店 | 院君染病想英台 |
| 第九回 | 魯王出廓迎夫子 | 陳松奉命喚英台 |
| 第十回 | 梁山伯依依十送 | 祝英台耿耿傷心 |
| 第十一回 | 含悲周氏遭凌辱 | 幼女思娘欲斷魂 |
| 第十二回 | 慶雲投入江兒水 | 英台風阻太湖梢 |
| 第十三回 | 老妖嬈胸懷惡計 | 趙老二談論新聞 |
| 第十四回 | 周慶雲再尋自盡 | 老妖嬈嘔血噴唇 |
| 第十五回 | 大士前英台許願 | 老蒼頭奉命朝山 |
| 第十六回 | 重重地獄天連水 | 花花世界白雲菴 |
| 第十七回 | 李鳳奴街前賣俏 | 馬大郎問柳尋花 |
| 第十八回 | 貪色馬大思鸞鳳 | 英台錯配臭皮囊 |
| 第十九回 | 花老將沿街取樂 | 李鳳奴面許同衾 |

[1] 叢亞婷撰：〈彈詞、寶卷中的梁祝故事〉，收於周靜書主編：《梁祝文化大觀‧學術論文卷》（北京：中華書局，2000 年 10 月一版），頁 442-443。

第二十回　　英台含笑稱慚愧　　慶雲彈指論三奇

第二十一回　望英台機關敗露　　小春香拒絕梁生

第二十二回　梁山伯榮宗耀祖　　馬大郎作惡到頭

第二十三回　孫老兒勸人行善　　李弗清尋訪鳳奴

第二十四回　梁山伯書齋染病　　姚光祖議論婚姻

第二十五回　騙姚公子卿設計　　哄英台面見梁生

第二十六回　病懨懨梁生落魄　　哭啼啼祝氏離魂

第二十七回　喚瑤琴春香痛哭　　小書童夢裏風流

第二十八回　梁生悞入森羅殿　　英台哭進鬼門關

第二十九回　枉死城悲聲不絕　　馬大郎大鬧陰司

第三十回　　祝榮春巧言令色　　梁山伯欽賜完姻

　　全然是章回小說形式。另有《梁山伯與祝英台（彈詞開篇）》
（彈詞 3）、《梁祝題材開篇》（彈詞 5）均屬 749A 類型，其餘均為折子
或唱段。

　　今見福州平話二種，《祝梁緣》（福州平話 1）與《雙蝴蝶》（福州
平話 2），均屬 749A.1 類型，前者祝英台殉情，「羅裙尾變作蝴蝶飛」，
前生註定梁山伯，天上降下祝九郎，在生三年同書院，死入陰司
得成雙，英台新死鬼魂「借問小鬼何方所」，小鬼答說「此間梁墓
是陰靈」，馬俊心中怨恨山伯奪妻，吊死見閻君告狀。「閻王令判
官至七十二司案前查姻緣簿斷案」，知梁祝今世姻緣，馬俊夫妻在
後世，「斷三陽壽未盡者還魂，各吃還魂湯一盞，鬼使大喊好驚人，
三人驚醒如一夢，幽幽七魄轉還魂，山伯埋葬方七日，開棺魂復
復活身，山伯英台回家去」，兩人結婚夫妻恩愛如魚水。三月初三

開南省，廣招天下讀書人，三伯赴東京趕考，中狀元，遊街時為李太師千金女淑清拋中繡球，太師要招親，為山伯所拒，便差山伯北番買馬，一去六年春。

當時山伯一去三載不回音，梁家父母雙亡，英台埋了公婆，拜別父母，身邊一面七弦琴到東京尋夫。路過山林險為押寨夫人，寨主見她貞節烈女，送她出寨門，臨行贈銀一十兩。英台來到東京已是七年春，得知山伯北番買馬回來，又罰他去幽州，又匆匆來到幽州。見一官人馮士元是山伯同榜榜眼，夫妻見面，英台又至東京告李偉丞相，在街頭遇禦史秦公跪地告狀，秦公查明原委上奏君王，山伯得以冤，封為知縣。當時西番以穿九曲明珠難題要脅，若穿不得拜為小邦，英台要山伯進奏君王，只消三日便完成。英台把香點起，白絲繫在螞蟻腳上，用油在頭放入穿過九曲珠，英台封為鎮國太夫人，與山伯同回鄉。此梁祝故事也與《梁山伯重整姻緣傳》(鼓詞5)相同兜合851A「對求婚者的考試」①「穿九曲珠難題」類型。

《雙蝴蝶》(福州平話2)內容及情節大抵與清乾隆三十四(1769)年寫定，道光三(1823)年文會堂補刊本之《新編東調大雙蝴蝶》二十回(彈詞2)相同，當是前者據後者編撰而成，偶有不同處，如：後者故事中英台回鄉是因夫子周遊列國回來知英台是女子，正要打發英台動身，正巧祝母生病，僕人陳松來接英台回鄉；而前者是孔子細看祝九娘，梨花粉面非男子，並不說破，留下梁祝二人在孔府。「孔聖愛他品端正，用心傳授各經書」，於是有了英台沐浴後尚未扣衣，露胸前兩乳，山伯疑為紅妝，英台巧說「麻衣風鑑兄不聞，男人乳高為宰相，女人乳大作夫人，為人不知麻衣相，

枉讀詩書在學堂」，大大譏笑山伯一番的情節。此時祝母生病，員外寫家書令陳松去曲阜投遞，接英台回鄉。

又如：後者故事英台姑嫂心結頗深，英台遊學前是哥哥錦雲也攔阻，英台「庭前折楊柳枝供英台，埋紅帕於蕉樹下賭誓，若失貞則柳枯、紅帕褪色，若貞潔則春枝綠葉柳花開、紅帕丹紅」，不想嫂嫂「日日將梳頭湯水倒於樹下」。待英台回家開起紅帕一看，依舊丹紅，不過點汙一點，乃露胸前兩乳之故。嫂嫂此時才暗中稱讚姑是女中丈夫，外出三年毫不染，光彩祝家好門楣。而前者僅是英台哥哥錦雲、嫂嫂林氏勸她別去讀書，英台「折楊柳供蓮台賭誓」，而無埋紅帕蕉樹下的情節，也無其他後文。又如：後者故事富戶馬俊（字天球）為人浮蕩，性好風流，逼死髮妻百花羞及其母，弄出兩條人命，幸得馬俊之姐為相府二夫人，說通各衙門關節，才得無事，又馬俊在天竺寺見英台十分貌美托風流媒婆李鳳奴說親，與前者大抵相同，但前者多了馬留（字天球）與李鳳奴欲成好時，百花羞陰魂白日索命，馬留跌了一跤，昏迷不醒，而後者僅表馬、李一段苟合情事，並無前妻亡魂索命情節。

又前者故事馬留於迎娶日為無名火燒死，而後者是英台投墳，馬俊撞墓門死至森羅殿告狀。其後二者均有梁、祝二人陰府相見，一道在望鄉台見陽間家鄉、父母悲聲不絕。但後者閻君斷今生梁、祝，後世馬、祝姻緣，原來二人是金童玉女降凡夙世姻緣，且預告梁祝還陽五十年後化蝶，馬俊也還陽，心知天緣註定而作罷離去，歸家後行善事，娶妻生子樂天年。英台還魂告知陰府許多事，祝家命人開棺，「片時現出兩屍骸，面目如生無損壞，輕輕移放在墓埕，果然片刻齊甦醒」，其後結婚配，春香與瑤琴亦

成夫婦。梁、祝夫妻壽到七十齡,一朝化作大蚨蝶,雙雙飛舞上天庭。而前者則是梁、祝「還陽五十年後魂遊地府化為蝴蝶」,而馬留「生前作惡多端,死後墜地獄,又打傷解差,閻王判永墜阿鼻地獄,萬劫不得翻身」,梁、祝還魂結婚,其後山伯入朝賀越王千秋壽誕,越王欲為國老太師招婿,山伯不允,越王亦不勉強,賜梁、祝二人成親。兩人壽終正寢,死後墓上出兩樣蝴蝶,土人謠言,此梁山伯祝英台也。

今見木魚書六種,《全本梁山伯即係牡丹記南音》(木魚書1)、《正字梁山伯祝英台全本》上下卷(木魚書5)、《全本姻緣記歌》(木魚書6)屬749A.1類型,《正字》本上卷卷端題《重訂梁山伯牡丹記南音》,且於目次之後寫「此書較訂與別本不同」,今比較《全本》與《正字》本之內容稍異,但結構大抵相同,雖不敢斷言,民國四年新鋟的《正字》本是依照清末廣州芹香閣刻本《全本》重訂,但大概也是依類似的本子重訂而成。今比較兩者目次稍異,《全本》目次為:

| | | | | |
|---|---|---|---|---|
| 上卷 | 英台繡花 | 英台改扮 | 結拜金蘭 | 學規嚴禁 |
| | 弟兄講別 | 十送英台 | 英台回鄉 | 五憶窗朋 |
| | 馬家行聘 | 五羨梁兄 | 山伯訪友 | 英台贈銀 |
| | 英台分別 | | | |
| 下卷 | 山伯染病 | 梁婆問親 | 得接覆書 | 英台哭兄 |
| | 馬俊迎親 | 英台祭奠 | 馬俊告狀 | 閻王審判 |
| | 還陽配合 | 彩樓招贅 | 山伯買馬 | 騆所逢夫 |
| | 榮歸團圓 | | | |

　　而《正字》本上卷「弟兄講別」作「弟兄囑別」，另外多出「山伯問卜」、「牧童到話」、「士久問路」；下卷「英台哭兄」作「英台問覡」，多出「遊十王殿」、「勾魂相會」、「壇場分別」。

　　《全本》故事較前不同者有「英台佯稱有疥瘡與山伯同床異被，另外有「蕉葉為席，男人睡過青綠，女人睡過瘀色，偵測男女」、「女扮男裝者夜裏偷鋪蕉葉於瓦面到天亮，使蕉葉青綠以防他人識己為紅妝」的情節單元。山伯英台分別，士久怕主人染病，唱南音，說有一帖好藥方「一要千年狗尾草，二要番塔頂鬥狗屎乾，三要神仙渠指甲，四要八十婆婆奶汁渠嘗，五要萬丈深潭龍脊骨，六要雷公腦上漿，七要老虎額頭三點汗，八要千年飛禽老鴉王，九要海上千年魚兒屎，十要番貓骨炒湯」。後來山伯吞信噎死，馬俊迎親，英台要臨墳祭奠三杯酒，爹媽爽快答應：「由女你，拜墳盡敬理應當，有恩君子須當報，不怕旁人道短長！」英台祭奠時，「從朝哭到晚黃昏，誰想山伯陰司魂未息，望見墳前燭火光，將身踏上陽台望，原來係我舊同窗，大喝一聲收命鬼，墳土裂開幾尺長。四圍寂靜邪風起，登時涉住白衣娘」，人心扯住「素粧鞋一隻，變成孤雁叫淒涼」，扯斷「裙帶，變成蛇仔在山岡」、阻攔「羅裙三兩幅，變成蝴蝶亂飛狂」。又說「你本採花蝴蝶就係祝氏羅裳」。

　　英台被涉入墳台，馬俊偷偷吊死在芸窗，陰魂到陰司遞狀，閻羅審判問三魂緣由，英台只說本是祭奠梁郎表寸心，誰知土裂將奴涉，地府茫茫似共結群，顯見英台並無意投墳殉情。閻王斷「今世英台許配梁山伯，再遲二世正許馬家郎」，還陽後山伯、英台成親，又有山伯赴北京城科考，中狀元，丞相李惟方為女玉娥

綵樓拋繡球招親，拋著山伯狀元郎，山伯不允，被李相奏君王，差往番邦買俊馬一萬。英台翁姑俱亡，前往尋夫途中遇官員申訴，此官員是山伯同榜陳榜眼，夫妻相見。其時李丞相沾寒病歸亡。山伯同榜探花楊上奏君王，為山伯申冤。山伯宣召回京，其後夫妻帶俸歸田，及後英台生四子，又為官宦姓名香。

《正字》本情節單元大抵同於《全本》，惟多「占卦預知命運」、「英台夜夢閻王勾魂，落陰司酆都山，閻王審訊問願與梁山伯、馬俊何者結為婚配」、「巫覡落陰尋人」、「巫覡落陰遊十殿」、「一殿秦廣王、二殿楚江王、三殿宋帝閻羅、四殿五官玉帝、五殿黑閻羅、六殿卞城王、七殿泰山王、八殿平政閻君、九殿都市閻王、十殿轉輪王」、「閻王允許巫覡（陳三舍）入東嶽酆都院覓鬼魂」、「文曲星掌陰間修文閣」、「勾魂相會」、「土地公公指引落陰者（祝英台）回陽路」、「鬼頭風吹落陰者（祝英台）回陽」等情節單元，更見英台的癡情，也側面窺見民間「落陰」尋覓陰魂的習俗。

《全本姻緣記歌》（木魚書 6），山伯「吞衫哽死」，英台「出嫁時佯稱小解，下轎哭祭情人墳，向山神土地禱祝顯應，墓開人進墓殉情」、「裙尾變蝴蝶」，馬俊「掘墓尋妻」、「墓中出二石」，一石擲一邊坡。馬俊氣死陰間告狀，判官翻開生死婚姻簿，簿中註明「五百年後配馬俊，五百年後配妃梁，馬俊姻緣亦無錯，押回天牢候年號，頓禁五百年數足，轉世翻陽配祝娘」，閻王告知梁祝前世天地註定小登科完大登科。

今見寶卷十種，其中《雙蝴蝶寶卷》（寶卷 1）、《雙仙寶卷》（寶卷 2）、《山柏寶卷》（寶卷 3）、《新刻梁山伯祝英台夫婦攻書還魂團圓寶卷全集》（寶卷 4）《梁山伯寶卷》（寶卷 5）、《訪友》（寶卷 6）、《英

苔寶卷》(寶卷 7)、《英台卷》(寶卷 8)八種均屬 749A.1 類型故事。寶卷原是明、清兩代秘密宗教團體用來宣講教義的講唱文體,後來民間也漸漸用來講故事或單純作為娛樂的節目。因此寶卷常於宣說之前,有一段禮佛話語,如《雙蝴蝶寶卷》(寶卷 1):

| | |
|---|---|
| 蝴蝶寶卷初展開 | 諸佛聖眾座蓮臺 |
| 奉勸在堂諸大眾 | 定心端坐即如來 |
| 既是有心來念佛 | 彌陀佛號大眾稱 |
| 理直要念三千佛 | 值堂護法紀(記)分明 |
| 勿好佛前說長短 | 悮(誤)了當壇念佛人 |
| 一人說話已(一)人聽 | 少念彌陀數千聲 |
| 一人缺十聲[2]十缺百 | 百人共缺數千聲 |
| 搖車宕裡又你說 | 兒子媳婦呌你稱 |
| 到此怴(天)學成勿得 | 洗心滌耳要虔成(誠) |
| 善男信女同聲和 | 誠心念佛要同聲 |

又如《雙仙寶卷》(寶卷 2):

| | |
|---|---|
| 日日休閒過, | 青春不再來。 |
| 為人不念佛, | 寶山空手回。 |
| 念佛離苦海, | 聽卷出輪迴。 |
| 祈福消災障, | 急速早修為。 |
| 遠望青山節節高, | 西湖裏面浪滔滔。 |
| 有人參透如來意, | 不成天聖也逍遙。 |

---

[2] 案:「聲」字應為衍文,原文應作「一人缺十十缺百」。

也有較為簡短的儀式者，如：「玉爐再炷好香焚，端嚴淨坐聽宣文」（寶卷3），又如：「英祝寶卷初展開，諸佛菩薩降臨來。善男信女虔誠聽，福壽綿綿永消災」（寶卷5），又如：「英苔寶卷初先開，諸佛菩薩送福來。在堂大眾增福壽，一年四季免淡（災）悔。佛堂源（原）是修行地，誠心念佛把香焚，不宜閑言併閑語，且宣周朝一段情」（寶卷7），也有直接講唱寶卷內容者，如《訪友》（寶卷6）。

《雙蝴蝶寶卷》（寶卷1），英台投墳，馬俊懸樑自盡，陰間告狀，閻羅大王令判官至天齊殿請天齊大帝尊查姻緣簿斷案。原來梁、祝「前世欠東嶽願，今世夫妻若斷魂，陽壽未盡當轉世回陽夫妻團圓」。三人陽壽未盡，喝還陽魂湯後，鬼卒送至幽冥三界，推下奈河津，一驚驚醒，轉為陽世，山伯靈性進材中，推開棺木，挨身而出，如夢一般，英台立在墳前等候，兩下相逢，不勝歡喜。梁祝結成夫妻，山伯考上狀元，英台一品太夫人。夫妻二人多行善，玉皇大帝知其行善念佛。觀音菩薩知梁祝闔家大小行善，差仙童仙女執幡寶蓋，賜其福祿永安寧。

《英苔寶卷》（寶卷7）也是「前世欠了東嶽原（願），今世夫妻成婚」。又《山柏寶卷》（寶卷3），是閻王令判官至東嶽大殿取姻緣簿，而知梁、祝前生多許願，東嶽殿中欠願心，欠下願心未曾了，罰他夫妻兩處分。英苔甦醒還魂轉，山柏屍靈土內存，山柏回陽間，用力捎開棺，將身走出立墳上；與英苔相見，細說一番，回轉宗門。馬俊也還陽出棺，乒乓一響立起身，回家另娶別家親。此故事是宋朝開科取士，廣招天下讀書人，山柏秀才中狀元，英台是夫人，生子名叫冬生，山柏夫婦修道，後來得道上天庭。

　　《雙仙寶卷》(寶卷2)，也是「閻王令判官至天齊殿查姻緣」，知梁、祝二人「前生欠了東嶽願，今世夫妻苦斷魂，陽壽未絕當轉世回陽夫妻團圓」、二人「原神入魄推棺而出，還陽轉世如同一夢」，馬俊棺中還魂轉，聽見棺外人聲，忙叫爺娘開棺復活。

　　《訪友》(寶卷6)，則是新娘（英臺）哭祭，山伯陰魂未散，扣死新娘，化為蝴蝶在墳墩。新郎撞死歸陰來到第一殿楚江大王案下告狀，閻王問了三魂緣由，即備表文一道，奏與上天，玉皇見了表文就敕令太白金星即到媒星宮姻緣簿上看祝英臺應配何人，原來梁祝是宿世姻緣，二人本是觀音門前一對蝴蝶動了凡心，故派紅塵。三人陽壽未盡，判定還魂回陽。金星得命下天門，帶領天神天將軍，六甲神將施法力，棺木提起上邊存，金星放下靈丹藥，陰司靈魂送還生，山伯英臺還陽轉，馬俊靈魂在幽冥。馬俊陰魂喫了還陽湯，入魄如夢覺醒，叫道母親馬員外，夫妻二人放膽前來撬開棺木蓋。後來馬俊又討牛氏身，如魚似水過光陰。

　　山伯英臺、仁心四九結成親。周朝天下招賢納士，山伯才高學廣，保舉考試中狀元，英臺做夫人。生子梁棟柱，後來也登科第，三代狀元天下聞。山伯思想當初之恩，榮華富貴多是徒然，不如修行辦道，免得地獄之苦。悟道修行成果，觀音度上紫竹林，仍舊座前雙蝴蝶，永勿輪迴去托生。馬俊聞得山伯夫妻修行，成其正果，要修行辦道，後來也到天宮清華自在觀音面前一對花蝴蝶。此寶卷最後「奉勸在堂大眾聽……修行一本訪友卷，傳留宣與諸位聽」，仍不忘宣說修行義。

　　《梁山伯寶卷》(寶卷5)，故事的宣說另有巧思。周文王登基以來，風調雨順，國泰民安，提表一人。這是說話本色。寧波府

祝家村人氏,姓祝名公遠,家有百萬巨富,娶妻滕氏,同庚四十有五,疊生八子,不幸七子夭亡,單留長子傳頂,喜他早入黌門。且今在京求職,我且不表,這又是說話套語。七夕之期,夫妻二人到後花園喝酒談心,驚動牛郎織女星,動凡性渡銀河。太白星君上奏玉皇大帝,牛郎織女動凡心渡銀河,違凡天規,玉皇大帝貶罰牛郎織女,下凡三世無緣結合,期滿原歸仙班。牛郎投胎梁家去,織女投在祝家門。

另外,此寶卷與前之故事不同的有:(1)「東方彩雲分五色」、(2)「人死前見祖先來了」、(3)「埋(三尺)紅綾於栢樹下,禱祝過往日遊神賭誓,若失貞則紅綾化爛,百年老樹永不萌芽,若貞潔則栢樹千枝萬葉,紅綾更鮮明」、(4)「用滾湯水淋老樹,老樹萌芽更盛;用火燒紅綾,紅綾似黃金色鮮明」、(5)「下凡織女禱祝過往遊神,遊神上奏天庭,如其所願」、(6)「孔丘夜夢牛郎織女入列七十二門徒,隔日午時果然應兆」、(7)「孔丘知弟子乃牛郎織女下凡,以防他人知織女是女扮男裝,而應允織女與牛郎同床,但床中置紙箱為界」、(8)「下凡織女、牽牛星欲互表衷情,為值日神明察見,上奏天庭,上帝令太白星君失牽牛星魄,使其從此不動情」、(9)「新娘投墳,新郎嚇得跌破頭顱而之」、(10)「閻君令真日鬼送陰魂出酆都城還陽」、(11)「閻君判本命有災星,原要受百日罪者,因娶妻投墳嚇死而消平」、(12)「貶罰人間牛郎織女星,死後化蚨(蝶)上天庭」。

還有馬文才是馬翰林第三子,才學廣而名聲遠近聞。故事最後雙蝶上天庭,文才還魂告知父親原委,馬父差人掘墳,不見山伯葬體,也無英台形,「重又石土將墳蓋,回家與兒另對親,再說

祝府老員外，得悉此時氣也平，夫妻看破世間事，從此二人去修行。再表梁家情由事，白髮蒼蒼年老人，得悉此事稱奇事，等時看破世間情，常將金銀窮人救，吃來念佛過光陰，後來皆上西天路，山伯寶卷已完成」，仍見勸說世人修道行善話語。

《英台卷》抄本(寶卷 8)結局與一般故事有異，是化子盜墳，救活了梁祝，也無黎山老母搭救，或英台掛帥等情節。

今見歌仔冊二十九種，大抵是 749A.1、749A.1.1 類型。其中749A.1 類型者，今見最早的清道光（1821-1850）年廈門手抄本《三伯英台歌》(歌仔冊1)，有二十本：(1)三伯英台、(2)結義入學、(3)遊花園、(4)入丹亭、(5)謝牡丹、(6)英台想思、(7)三伯探英台、(8)三伯回家、(9)鶯哥咬書、(10)士久報、(11)士久守靈、(12)馬俊羔親、(13)馬俊落陰、(14)馬俊回陽、(15)三伯英台遊地獄、(16)酆都城、(17)遊西獄、(18)遊南獄、(19)遊北獄、(20)望鄉台枉死城。共有九十個情節單元，是梁祝故事之冠。

此故事(1)英台大膽「脫落繡羅衣，三伯看見驚半死，早知賢弟是女兒，冥日宰肯放身離」，正要與英台好合時，仁心因安人差遣要帶英台回鄉，此時「打門緊如箭」，三伯氣沖沖罵仁心來得不是時候，惹得仁心反唇相譏，「我娘共爾住三年，不恨自己恰呆癡」。(2)英台差遣丫環園中採桑，等候梁官人。(3)朝庭選賢去作官，滿學學生盡選出，虧的三伯守孤單的情節，均未說明何以山伯未入選的緣由。(4)三伯不知英台住處，得問先生，此事亦頗奇怪。(5)三伯訪祝，英台男裝相迎，忘了換下弓鞋，為山伯踏著情挑，仁心告知婚姻已配馬俊。兩人相對淚眼，英台贈金簪，三伯回送頭髮一絡。(6)鶯哥傳書或鶯哥作人語、解人語、叫人名。(7)

三伯死後陰魂至英台，門神叱退，三伯說明原委求情，門神放行，三伯入英台夢中。次日士久來報喪。(8)士久守靈，三伯夜裡顯靈，告知英台出嫁日，青天白日要搶親，且認士久為弟，改名清和，代己孝順父母。(9)馬俊掘墓尋妻，墓門無屍身，只見一對蝴蝶飛上天，墓底有二片青石枋，一片扛去丟溪東，長了竹；一片扛去丟溪西，發了杉。杉是武州梁三伯，竹是越州祝英台。(10)三伯天上金童兒，英台天上是玉女，「金童玉女來降世，二人夫妻有名字，馬俊燈猴神來出世，柴氏七娘伊妻兒」。(11)三伯、英台遊十八地獄，見陽間為惡，死後陰間受刑罰的慘狀，又知註生娘娘管理善人、惡人分別領不同花卉輪迴轉世等情節，大抵是今見所有歌仔冊、歌仔戲文本所常有，也是最早見的文本。其中有二十一個情節單元(50)至(70)（參第五章第一節，頁 243-244）是陽間為惡，死後陰間受刑罰報應，又有十二個情節單元(74)至(85)（同上，頁243）是註生娘娘令善惡人領不同花卉輪迴出生。

　　廈門手抄本〔梁山伯與祝英台〕(歌仔冊 2)今見故事不全，只知是殉情化蝶連續變形，屬 749A 類型故事，有異於其前故事者「病人寫自己八字向情人討藥方治相思」、「三寸褲帶做藥治相思病」兩個情節單元。

　　清一八七六年以前木版《圖像英臺歌》(歌仔冊 3)，是 749A.1類型故事，較前之故事有異者：(1)梁婆問藥，英臺咬破指頭，血書給仙伯，又送汗巾置床頭蓆下草、(2)羅裙化作蝴蝶滿天飛，二人各飛去洛陽。墓中只見石下一對鴛鴦，飛入天堂、(3)英臺仙伯雙蝴蝶，投世降生騙世人。

　　〔梁山伯與祝英台〕(歌仔冊 4)、《增廣梁山伯祝英臺新歌全傳》

(歌仔冊 5)均屬 749A.1 類型，故事與《三伯英台歌》(歌仔冊 1)大抵類同，較前故事之異者：(1)「得相思病者左手尺脈灼熱，右手脈理全無」、(2)「(士久)燒香禱告三伯托夢去驚嚇英台」、(3)「閻君判燈猴精領火牌回陽做馬王」、(4)陰府金、銀、奈何三橋，分別由梁長老、李道人、施典型三人掌管」。

　　《最新梁山伯祝英台新歌全集》(歌仔冊 6)也屬 749A.1 類型，其中「天煞日娶親，天神下降，忽然房中起火燒死新郎」、「情人相思病死，女子亦殉情歸陰」情節異於前之故事。馬俊向閻王告狀，說三伯暗囑日師擇天災，害他娶親受天災。閻王見姻緣冊上明記梁祝是夫妻，「五十年來壽到期，能化雙蝶到陰司」，而令鬼卒彩旗送二人回陽。判馬俊打差逆旨膽如天，墜落地獄不超生。七月七日越君壽誕期，三伯整衣冠拜聖旨，越王欲為國公太師千金催玉招親，三伯說有英臺聘，越王亦不強求，賜他與英臺完婚。夫妻團圓恩愛無比，後生三兒，萬古千秋人傳名。故事結束之後，又云：「借問此歌何人編，南安輔國禾火先」，則此歌仔冊編者是「南安輔國禾火先」，所編故事與其他歌仔冊、歌仔戲結局不同。

　　〔梁三伯與祝英台〕(歌仔冊 10)編輯者是基隆宋文和，於昭和七（1932）年至昭和十（1935）年間由嘉義捷發漢書部發行，今見資料不全，僅有(1)《願罰紙筆乎梁哥歌》、(2)《英臺獻計歌》、(3)《三伯英臺遊西湖》、(4)《英臺自嘆歌》、(5)《馬俊定聘歌》、(6)《安童買菜歌》、(7)《英臺送哥歌》、(8)《三伯想思歌》、(9)《士久別人新歌》、(10)《衷情三伯歸天歌》、(11)《三伯出山歌》、(12)《三伯出山糊靈厝歌》、(13)《三伯題聖托夢英臺歌》[3]十三本，

---

[3]　案：此十三本歌冊，(3)、(6)、(8)、(10)均無標明宋文和編唱，但因內

從(11)本開始便說：「列位有榮（空）來參考，聽歌心肝恰賣嘈（不會煩），不才含萬（愚笨）人口好，小名叫做宋文和，帶（住）在基隆個所在（地方），念歌周遊通全臺。」文末云：「近來歌界無濟汗（界限），有數百種在中間。」

　　又(9)文末云：「都是捷發託我罩（做），只本（這本）文和閣再抄，……因為捷發呌我做，編歌號做宋文和。」又(8)本開始：「……編罩（做）四句念能通，……朋友大家萬請走（暫且別走），聽好煞買返恁兜（家），返去念歌解心悶，無煩無惱倒青春（更青春），卜買又閣真省本，六本賣恁一角銀，維新文明個進步，各項整頓真正蘇，小弟專門編歌簿，出門交倍朋友徒，恁乎我按那是好，卜愛歌仔免京（驚）無，三伯顯聖隨時做，我先通知朋友哥，不免閣筆三日內，著有三伯叫英臺，有榮（閒）恁閣聽看覓（你們聽看看），問斷今日我有來。」又(13)文末云：「嘉義捷發叫我做，今日卜甲恁交倍（與你們交朋友），只斬（這本）到者（到此）來叉煞，卜編野閣真大拖（還有一大堆），若有希望即尋我，不才專部（全部）塊（在）編歌。」又(5)文末云：「歌仔不通淌滲番（隨便翻印），代志（事情）即來化年亂（那麼亂），英皆（應該）人有出版權，也有著作個權利，各人咱著安知枝，乎人瓊破有代志，不通甲人插々如。」可知宋文和是個歌仔仙編唱三伯英台故事全臺周遊唸歌，唸完歌當場又販售捷發漢書部印行的歌仔冊。

　　這些歌仔是多次完成，一次編唱一本，各本編纂時間相隔不長，如：(6)本文中提到「不免閣筆三日內」。又因為是連續編唱，

容連續、年代相近及發行書局都是嘉義捷發漢書部，今先視為同一系統故事。

所以各本文前、文末常有接續上下文的歌詞及預告下集內容、主題的廣告詞。而且市面上常有其他翻印，或篡改宋文和唱本的狀況，如：今見(12)《三伯出山糊靈厝歌》，新竹竹林書局出版的版本均改去文前「編歌個人宋文和」成「句豆扣去真有和」，文末亦篡改部份詞句。又如(13)《三伯顯聖托夢英臺歌》，新竹竹林出版社的版本均改去文前「姓宋文和是不才」成「卜對顯聖焄英台」，文末「嘉義捷發叫我做」改為「竹林書局叫我做」。

另外，宋文和自稱「維新文明個進步」(12)「這集歌仔移新沛（維新派），移新（維新）文明個注材（題材），句豆（句子）是用現時代，朋友恁看著能知，著合時世大要謹（緊），各項文明櫭移新（都維新），合著現代個方面，不是小弟格氣人，又閣全部用漢字，無字和文甲半糸（絲）」，可見宋文和編唱歌仔與時俱進，融合他在昭和年間生活的時代背景、事物，又特別聲明不用日文編唱，而是「漢文和句足成奇，漢文能廣（講）日本話」(13)。因此在文中有「這座洋樓別人無」、「西洋遊歷即返來」、「有去外國小行踏」(12)、「穿西米老（日語：西裝）恰正經」、「愛輕看穿西齒答（日語：托鞋）」、「手夯一枚斯塊欺（日語：枴杖）」、「海葛仔（日語：西裝頭）賴（梳）恰工夫」、「電話」、「運轉車」、「火車」、「武州個車頭」(13)的內容。

此故事屬 749A.1 類型，情節單元與前之歌仔冊大抵相同，惟「神明保護英台（節義女子）使三伯迷目不知英台（八字重女子）之示愛」、「三伯死前見天兵天將滿屋內，王母、金童玉女來迎親」、「地理師因月老告知梁、祝夙緣而預知二人死後回生」情節有異，且(6)《安童買菜歌》為三伯訪英台，祝母要安童買菜，加上仁心

因士久要來請他順道買花粉、胭脂，所發生安童上街買菜及與仁心對話的有趣情節，已是脫離梁祝主題而歧出安童、仁心為主角的段落，為前之故事所未見。

〔梁三伯與祝英台〕(歌仔冊 11)，編輯者是臺北戴三奇，於昭和八（1933）年至昭和十（1935）年間由嘉義玉珍漢書部發行，今見資料不全，僅有(1)《三伯英台看花燈歌》、(2)《三伯英臺賞百花歌》、(3)《英台想思歌》、(4)《新編流行三伯探英臺歌》、(5)《三伯英臺離別新歌》、(6)《英台埋喪祭靈歌》、(7)《英台拜墓歌》、(8)《三伯英臺馬俊陰司對案歌》、(9)《山伯回陽結親歌》、(10)、(11)《新編流行三伯和番歌》（上本、下本），其中(3)、(4)、(5)、(6)、(7)、(8)六本恐非戴三奇所做，但因情節連續、年代相近、發行書局都是嘉義玉珍漢書部，今先視為同一系統故事。

在第(1)本開始便說：「編歌個名廣照實（說實話），大家聽我來廣（說）起，我即無說不知機，不知小弟省（什）名姓，小弟姓戴名三奇，小弟店（住）在臺北州，因為賣藥出來留，一來交培正朋友（交朋友），二來念歌恰清休，小弟住所我有定，店治（住在）臺北蓬萊町，番号門頂也有訂，貳百十五倒手平（左手邊），三集別人也有印，句豆（句子）無咱即巧神，那好一本卜送恁，下即就是塊獻乳，句豆好呆在人炳（句子好壞看人玩），念著只歌心能清，別人那有甲伊坪，歌名即印看花燈，不信通好甲伊比，意四（思）無咱卻甘甜，歌仔在人塊炳變（隨人變化），七字一句平平平，話屎不免廣箱罪（說太多），說起英台個問題，三集恰早著有做，無嫌朋友即來提，這斬（段）就是罰紙筆，那卜四集等後日。」文末云：「三即編甲者切斷，四集續落看花園，只斬（段）

哥（歌）仔卻去勸（拿去放），心色念塊歸下方（有趣念了整晚），
……小听代家先明品（等會兒大家先講明），句豆咱着听乎真（句
子得聽清楚），サヨナラ大家請，念久實在真無聲，出門專望恁相
痛（你相疼惜），後期着等到新正（新年）。著作者　臺北　戴三
奇　昭和十年一月廿四日印刷、昭和十年一月廿九日發行」。

　　又(2)文前云：「朋友兄弟即年多（這麼多），小弟閣來咱本街，
四集英臺專工做，印好卜甲恁交倍（交朋友），歌仔好呆三不等（好
壞不同），句豆（句子）分去足成清，那愛大家提去用，原帶（住）
臺北蓬萊町。小弟帶治（住在）臺北市，小姓匕戴名三奇，歌仔
恁听下（會）入耳，句豆（句子）卻去成甘甜，三集別人也有印，
句豆無咱卻即真，…別人三集提來比，歌句無咱即年（這麼）平。」
文末云：「只漸今抄到者（這）斷，……一集今抄到一漸，……後
集念匕（馬上）閣再印，……卜纏六集等後擺（下次），印好念匕
提出來，那提去念不通改，三集四集憑頭排，一集歌仔者（要）
新做。……歌手戴三奇」，又(9)文前云：「卜（要）改這本是回陽，
被人拜託孤不終（不得已），句豆遂句著仲用，三伯英台回故鄉，
只本小弟編甲（又）改，改歌個名報恁知，豎著臺北個所在，只
（這）歌三奇做出來。」文末云：「這本那是卻去印；就是畜類不
是人，…歌書轉用白話字，一本塊賣二鮮錢，アリガト真刀謝（真
多謝），只斬（段）歌仔門到者，勞煩大家塊者豎（在這裏站），卜
返大家萬萬（慢慢）行。」

　　又(10)文前：「三奇編歌發行人，……小弟編乎玉珍印，三伯
和番成（真）苦憐，這是東晉個故代（的故事），就是三伯甲英臺。
朋友恁看那是愛，後集征番隨（馬上）出來。小弟門編有七本，英

臺節義失青春，三伯和番煞被困，可比恰甲（以前）王昭君。姓戴三奇我自己，……這是漢晉個故事，問好四百二十年，故事出著在東晉，馬俊五鬼來扶身，歌屎問好到者盡，三國盡尾個原因。」文末云：「只塹歌仔真罕有，這是漢朝個因由，文官征蕃即夭壽，梁成即來報冤仇。」

可知住在臺北蓬萊町二百十五號左手邊的歌手戴三奇是個江湖賣藥藝人，因賣藥而四處唱唸歌仔，群眾則整晚站立聽他一面唸歌，一面賣藥，也印有歌仔冊，聽眾若聽入耳，也可當場購買，他且叮囑「那提去念不通（要）改」(2)，又說編唱歌仔的本事人人不同，自許自己改編的歌仔比別人甘甜，歡迎「別人三集提來比，歌句無咱即年平（這麼齊）」(2)，意即別人也編印第三集歌仔冊，但歌句不如他的好。他又明說「卜（要）改這本是回陽，被人拜託孤不終（不得已），句豆遂句著仲用，……只本小弟編甲（又）改，改歌個名報恁知，豎著（住在）臺北個所在，只（這）歌三奇做出來」(9)，又自稱「三奇編歌發行人，……小弟編乎玉珍印」(10)，則他是既編且改前人歌仔冊的歌手，四處賣藥唸歌兼賣歌仔冊，改編的作品由嘉義玉珍漢書部印刷發行。當然在文前、文末也多提及前文與預告下集，甚至有「小弟們編有七本」廣告詞。

玉珍漢書部印行不知名編者的梁、祝故事本子，前後也有前情提要及下集內容的預告詞，但不及戴三奇的強大宣傳與高音貝嗆聲同行的話語。如(3)文末云：「此本今甲者扯擺，下集三伯探英臺，瑞香花園塊等待，等候三伯亦未來，下集就是三伯探，句豆卻了真塹岩，不是甲恁廣渢滲，歌仔著愛會酸濫」，又如(5)文末云：「下集野閣恰趣味，順煞通知朋友伊，念歌算能加識字，又

閣不免拜先生，下集已經印好好，拜託列位朋友哥，那卜贊成著相報，有閑相招來迢迢」、(6)文末云：「只本野恰有趣味，朋友未看不知機，有影英臺真節義，大家看著欣羨伊」、(7)文末云：「只漸歌仔真心色（有趣），大家買看有利益，就是馬俊告三伯，閻君判斷即明白，這本歌仔到者扯，陰間對案評情理，閻王批判那歡喜，馬俊為某來身死，陰司對案是下本，朋友卜買趁一拵，馬俊受氣真怨恨，卜去陰間見閻君」、(8)「只本歌仔上界新，下本梁祝卜（要）成親，情深意切說難盡，順煞通知朋友恁」，相對於戴三奇，宋文和歌手編者的態度是低調許多。

　　玉珍漢書部發行的〔梁三伯與祝英台〕(歌仔冊 11)，故事屬749A.1 類型，故事也有「神明保護節義女子，使人迷目不知女扮男裝者之示愛」、馬俊看姻緣註定之柴七娘「猿頭貓鼠耳」，「持石敲打其妻，欲置死地，其後仍得娶七娘為妻」、「天星隆凡投胎遇五鬼精糾纏一起轉世」等情節，另外有三伯中狀元被奸相所害和番，被禁十五年，得其子梁成相救，梁成是天上武曲星降凡，太白金星要度梁成，一陣風吹入洞中，習得武藝十八般，太白金星告知他日會與南番公主金枝結親義，此女學得仙法識天機。梁成下山拆榜文領兵十萬征番，與番邦公主交戰，太白金星駕雲到，雲間說及二人姻緣，公主假意敗回頭，番王請三伯去勸降，父子相認，且為公主招親。梁成娶了公主，帶了番王降書回朝。封為萬侯，三伯官拜尚書。一家福祿正團圓。此故事兜合馬俊娶妻 930A「命中註定的妻子」類型。此故事雖有「神仙相助」情節，但主角是梁成，而非三伯、英台，故不屬 749A.1.1 類型。

　　《三伯英臺新歌》(歌仔冊 12)五十五冊，編輯者是臺北梁松林，

於昭和十一年（1936）年昭和十二（1937）年間由臺北周協隆書局
發行。每本歌仔冊後面附有提要：

> 拐僥倖錢卜閣續　　也做二本嘆烟花　　一集編甲七集煞　　著
> 是明朝節孝歌
> 英臺出世編奉賣　　我門編到賞百花　　這擺下斬卜閣做　　四
> 十集即到回
> 我那閣再編英臺　　提來打評即下知　　我編三伯遊上界　　出
> 身險被越王剖
> 狀元仲了做按君　　領旨山西去出巡　　結局歌著五十本　　喜
> 怒哀樂通有分

　　從「結局歌著五十本」，可知梁氏原來預計編成五十本，後來
才又接續成為五十五本，此五十五本歌仔冊的內容為：(1)、(2)
《特編英臺出世新歌》、(3)、(4)《特編英臺留學新歌》、(5)《特
編英臺三伯元霄夜做燈謎新歌》、(6)《特編馬俊留學新歌》、(7)
《特編英臺三伯遊西湖賞百花新歌》（上）、(8)《特編英臺三伯遊
西湖賞百花新歌》（中）、(9)《特編英臺三伯遊西湖賞百花新歌》
（下）、(10)《特編人心別士九新歌》、(11)《特編三伯觀密書新歌》、
(12)《特編馬家央媒人新歌》、(13)、(14)《特編馬家央媒人求親新
歌》、(15)《特編大頭禮仔杭洲尋英臺新歌》、(16)《特編英臺掘紅
綾作證新歌》、(17)《特編王氏祝家送定新歌》（上）、(18)《特編
王氏祝家送定新歌》（中）、(19)《特編王氏祝家送定新歌》（下）、
(20)《特編大舌萬仔倖大餅新歌》、(21)《特編英臺思想新歌》（上）、
(22)《特編英臺思想新歌》（下）、(23)《特編霧先祝家看症頭新歌》、

(24)、(25)《特編三伯越洲訪友》、(26)《特編三伯英臺對詩達旦新歌》、(27)《特編士久別人心新歌》、(28)《特編三伯回家想思新歌》、(29)《特編三伯夢中求親新歌》、(30)《特編梁三伯當初嘆新歌》、(31)《特編三伯想思九仔越洲送書新歌》、(32)《特編三伯想思士久帶書回故鄉新歌》、(33)《特編三伯思想老祖下凡賜金丹新歌》、(34)《特編三伯歸天新歌》、(35)《特編三伯歸天備靈位新歌》、(36)《特編英台武洲埋喪新歌》、(37)《特編三伯顯聖渡英台昇天新歌》、(38)《特編三伯遊天庭新歌》、(39)《特編馬圳歸天當殿配親新歌》、(40)《特編馬圳回魂瓊花村求親新歌》、(41)《特編梁三伯回魂新歌》、(42)《特編孫氏母女回故鄉新歌》、(43)《馬俊瓊花村完婚新歌》、(44)《特編馬圳完婚食員相爭新歌》、(45)《特編馬俊娶七娘新歌》、(46)《三伯祝家娶親新歌》、(47)《特編三伯英台洞房夜吟新歌》、(48)《特編士久得妻新歌》、(49)《特編三伯別妻新歌》、(50)《特編三伯奪魁新歌》、(51)《特編三伯掛帥平匈奴新歌》、(52)《特編萬敵刀斬黑裏虎新歌》、(53)《特編匈奴王禦駕親征新歌》、(54)《特編英英公主選附馬新歌》、(55)《特編三伯奏凱新歌》。真是煌煌巨著。

　　梁松林自許所編梁祝故事與他人不同，出版提要中說：「我那閣再編英臺，提來打評即下知（拿來比較才知道），我編三伯遊上界，出身險被越王刣，狀元仲（中）了做按君，領旨山西去出巡」，又第(29)本文末云：「下集隨時卜（要）出版，接對仙人賜金丹。仙人金丹賜三伯，我偏無去遊地獄，三人天庭去對則，玉帝判即下明白。三伯上界來出世，地府省敢判斷伊，著遊天庭即有理，一集一集真希奇。五十外集即下（會）透，專倩松林編甲抄，協

隆印著腳倉後（後面），那卜讚成來因兜（他家）。」

　　又第(37)本文前云：「這集著是三十七，上界即判因下直（上界判案才能清楚），只集三伯卜（要）顯聖，卜度英臺上天庭，無彩（可惜）馬坬計賢用，玉帝來判即下（會）明」，文末又提及預告：「下集馬坬也無命，去遊天庭真好聽。下集三伯遊天庭，對恁社會說代先，卜念所在著清淨，專講天將甲天兵。只甏松林新發明，版權賣過周天生，文句甲人真有評，五月協隆即發行。下集卜念看所在，著帶（要在）廳堂即英皆（應該），內中專是說上界，這甏（段）親象封神台。」又第(38)本文末云：「卜念只集著細二，不比平常下歌詩。講起天兵甲天將」，梁氏認為梁、祝二人是天上玉童、碧女，馬坬是五鬼轉世，斷三人姻緣曲直的人應該是玉帝，而不應是閻王，所以改編梁、祝、馬三人遊天庭，由玉帝斷案，而且提醒購買歌仔冊的人回家唸歌時，得鄭重其事，要在清淨的廳堂才合適，因為內容全是上界封神台的故事。

　　梁氏也對自己的梁祝故事深具信心，在各本的開始與結束處，常有宣示性的說辭，如第一本文末云：「這集英臺卜發行，發賣店主周天生，歌仔那有三食穿，五路都來鬥讚成，聽著通人都希望，內中文句做真通，作詞名姓我煞廣（順便說），著是三伯因親同（與三伯同姓）。」（1 末），又如：「發明這集新英臺，作詞松林省（誰）不知，下集續因塊結拜，一甏（段）一甏照頭排，英臺見著梁三伯，結拜無人即得力，恁若愛唱歌仔曲，買去認真學伊熟，結做兄弟拜夫子，後來做陣去讀書，壹甏壹甏照次事（次序），專是松林伊作詞，松林作詞歌恰通，印刷臺北星文堂，發行住所亦煞廣（順便講），注文不即有塊摸（訂貨才有住址）。天生

新歌乜項有，別人甲伊永無株，住家臺北下奎府，逐集編去真工夫。」(2 末)。

又：「作詞松林親名字，全台通人都識伊，不信歌仔提來比，伊個文句恰兜機」(8 末)、「下集三伯觀蜜書，內中做去真巡事（順利），實著成實虛成虛，全部配落頂下港（全省），協隆天生塊發行，新歌閣編即（很）多項，獨倩松林一個人，伊倩松林塊作筆，理由不即透下直，卜是別人真難得，虛著是虛實著實」(10 末)、「松林作詞上選手」(11 末)、「我編下（的）歌不敢緊（快），緊筆句豆（句子）分袂真（分不清）」(12 末)、「愈恰（是）下集愈好聽，……文句全部松林作，有分喜怒共哀樂」(14 末)、「近來編歌三不等，三伯我做遊天庭，一人一款提來評，即知腹內省恰明。協隆發賣歌仔冊，版權正是天生個。伊算小賣無權價，那是欠用即來提。作詞松林親名字，近來多歲恰失時，帶著臺北龍山寺，五圍四散都識伊」(15 末)。

又：「松林作詞即來廣（講），別人編無即年（這樣）通」(16 末)、「松林下歌四句正，後集野有恰好聽」(19 末)、「松林作詞恰希罕，卜留名聲在世間」(21 末)、「松林編歌傳世上，三伯甲伊乎姓梁，文句甲人無親象，念著加佩恰烈場（加倍熱場）」(22 末)、「那講歌仔下鏨剳，編甲奉嫌就不達，天生專倩松林做，無人編甲即年齊（編得這樣整齊）(23 末)、「協隆天生下店號，真有開化本敢落（敢投資），專倩松林編原稿，做即順事別人無，松林作詞阿甌印，印即分明鉛字新，欠用即來無要緊（沒關係），因無計較靴年真（他不計較太認真）」(30 末)、「這集排著三十一，甲透野著歸月日（到結尾還要幾個月），松林著塊作編輯，小人下編即年

實（誰會編得這麼實），發行店號印便便，玉芳頭家名伯仟，天生下歌即敢典，專倩松林一個編。」（31 末）「專賣歌仔甲古冊，天生協隆下頭家，伊真有顧交關客，作詞孤孤倩一個。天生有甲伊特約，松林英臺做連續，買去即看恰斟足（勘酌），五十外集即結局。」（32 末）。

又：「後集卜（要）編三十四，忠孝節義好歌詩……發行天生親名字，作詞專倩松林伊，別人下歌提來比，好呆評看就便知」（33 末）、「店號印甲現現現，協隆天生倩人編，松林腹內真賢變，一集一集乙直綠」（34 末）、「這鼇到者共恁講，後集英臺卜埋喪，辦做乾埔下形粧（扮男裝），內中意賜（思）是真通。無通不敢印住所，松林作詞袂戶途（不會糊塗），協隆發行歌仔簿，拜託烈位鬮（各位共同）招呼」（35 末）、「那卜註文恁即去（若想購買再去買），協隆天生專賣書，歌仔下做即巡事（順利），松林親身塊作詞」（36 末）、「恁即屏頭念看覓（你們從頭念看看），歌仔好呆即下（才會）知」（39 末）、「歌那無評不知影，下集娶嫁真好聽，歌仔有好也有呆，好呆著評即下知，那問發行下店內」（42 末）、「這集編到四十三，頂本（上一本）編到四十二，送定花全下女兒，恰截即廈（會）合人意，歌仔不敢箱（太）延遲。歌仔愛著有分捌，送定刁工編恰截（故意編到這裏為止）。這集娶嫁做真撤，乎（讓）人聽著即下熱（才會熱烈投入）」（43 前）「這鼇乎恁念看覓（段你們念看看），下集三伯娶英臺，內中意賜（思）袂箱呆（不差），松木作詞通人知，協隆歌仔專新色，小人敢參伊抵敵，松林校正甲（兼）作曲，印甲明明共白白。卜論歌仔下（的）活版，著 星文堂黃阿辷，失頭做了袂反辨（工作不會差錯），迅速袂共過

期間（不會延期）」(45末)、「頂集抄到靴放斷（這裏為止），連續
小人編即長（編得這樣長），頭腦真有賢打算，逐本做去真光全。
歌編這款真飽腹，乎（讓）人看了下（會）過目，榮（閒）話今
卜放旦掞，閣來皆編四十六。……有人嫌諓愛恰緊，箱緊意賜（思）
分袂真，即對這鏨（段）代先印（先印），……不是作詞無開化，
箱緊（太快）編是無好歌」(46前)、「乎乎歌仔提來評，廣告會社
印恰明」(46末)。

　　又：「有人聽甲袂作失（不工作），希望歌好句豆（句子）實，
歌好多人塊（在）希望，也是句豆做下（會）通」(47前)、「文句
做好恰對重，無分平仄免快詳，近來松林成勉強，專門做乎（給）
周協隆。大成活版成好認，印著真明鉛字新，人客愛緊伊就緊，
外交招呼成認真」(49末)、「這鏨（段）到者且截斷，廣甲什足（講
到十足）話真長。松林著是編輯人，做交天生伊本身，協隆歌仔
有記認，文句一擺一擺新」(50末)、「這集著是五十一，無人通做
年實」(51前)、「這鏨（段）到者卜宿困（此不休息），編歌平仄
愛著分，見陣今著等後本，萬敵領旨先出軍。歌是松林親身做，
那無簡存即年賢（否則那有這麼厲害），天生出版印塊賣，卜透野
著閣三回（到結束還要三回）」(51末)、「逐本挑明即袂呩，這集
著是五十三，小人編甲即齊斬，頭集連續做到今。歌仔那有七字
正，秤彩來念（隨便念）都好聽」(53前)。

　　梁松林對自己慢工出細活，既能虛寫又能實說（「虛著是虛實
則實(10末)）、文句一擺（次）一擺新、又能自創文句（「文句甲
（與）人無親象，念著加佩恰烈場（加倍熱場）」(22末)），協隆
書局專請他一人編撰歌冊，一編就是五十冊，也頗得意在歌仔冊

本文前後，不忘自負地向購買者喊話：「那愛恁即來注文（訂購）」（28 末）、「那卜註文恁即去（想購買才去）」（36 末）、「欠用即來無要緊（沒關係）」（30 末）、「買去即看恰尌足（尌酌）」（32 末）、「別人下（的）歌提來比，好呆評看就便知（好壞當場便知道）」（33 末）、「內中意賜（思）是真通，無通不敢印住所，松林作詞袂戶途（不會糊塗）」（35 末）、「恁即屏頭念看覓（你們從頭念看看），歌仔好呆即下（才會）知」（39 末）、「近來編歌三不等，三伯我做遊天庭，一人一款提來評，即知腹內省恰（誰較）明」（15 末）、「松林下歌四句正，後集野有恰好聽」（19 末）、「松林腹內真賢變，一集一集乙（一）直緣（延長）」（34 末）。

當然也不忘記向購買者熱烈喊話，懇請熱烈捧場。希望他們若是愛唱歌仔曲，買去認真學唱。除了特別強調梁祝故事全部由他一人獨立完成外，也特別保證歌仔冊的品質，說作品若是不佳必然不敢明標周協隆書局的店號與住所，而且強力推薦他們合作的夥伴—印刷廠是快速，又「阿甌印刷逐字明」（6 末）、「印著真明鉛字新，人客愛緊伊就緊，外交招呼成認真」（49 末），銷售管道也暢通，全臺均售。

另外，梁松林偶有作字猜，讓人猜猜發行歌仔冊的人名「這句通知恁正人，查某嫁著無頭厎，王爺統領肩甲汆，這個人名因發行。查某嫁著無頭夫，王爺統領肩甲浮」（17 末）、「不知天生下字姓，我是原卜折字平，一字用字下字體，門五下筆無恰加，土字拖尾別位夏，內面添嘴十一個」（19 末）、「這甎到者卜且騰，發行店著永樂町，作詞卜閣恰英倖，店主姓名做字平。姬昌一代過一代，商朝手裡傳落來，姓蘇公媽同一內，省乇字姓恁敢知。二橫

著人頭殼頂，牛字一狹添廈平，終這三字提來用，店主姓名明明明」(48 末)，也有店號做字謎的「不知這歌省發行，報恁店號倒一宮，做人我是極英倖，店號卜來折字平。店號不是做名姓，著折下開即袂纏，三個力字扣相鄭，一個抱柱著身邊。這字恁著看伊精，落筆先寫交耳平，正平反文勸面頂，反文腳隙添一生」(18 末)，有時也以自己的名字作字猜，還有戲說：「大概烈位敢猜有，字我恰淺就真須，不通笑我假古博，我一世人愛娛樂，那問只歌省人作，正是木公過雙本」(17 末)。

　　至於同行侵權翻印的行為，他也深不以為然地嗆聲：「免廣英台計賢用，留學編到只螯程，後集野閣恰齊整，續落元宵放花燈，烟花捷發扣去印，文句無換免風神，各人作詞有記認，烟花松林編輯人，共扣去印呆民望，無通才調編恰通，發行住所我煞廣，臺北書局周玉芳，作詞臺北梁松林，歌仔做甲奉（做得讓人）感心，負擔這續下責任，內中意賜（思）野真深」(4 末)、「只集到即卜發賣，欠用恁即□裁倍，下集作詞野塊做，卜續西湖賞百花，我編下歌四句明，頂灰下平分有清，共扣去印無路用，人著作詞了工情，終人版權扣去用，喜款不是塊才情，那愛歌仔提來評，勝過玉珍甲瑞成，作詞松林著是我，印刷阿匼帶萬華，天生發行消真大，暫匕都有新款歌，玉芳書局亦有賣，臺北稻江太平街，歌仔專是松林做，文句比刀切恰齊」(5 末)。

　　又：「扣人版權免方神，永遠目地奉看輕。這款句豆即通品，頂仄下平分有真。協成印刷有信用，發賣玉珍甲協隆，天生歌仔上多種，發行配乎小賣商。天生倩我塊作筆，趕甲有冥共無日，松林校正兼編輯，內中文句做真實」(13 末)、「松林歌編界多款，

協隆天生下版權，共扣去印省下願，不通復版共偷番」（27 末）」。大大地斥責翻印者，連文句都沒修改，直接付印，不僅沒有才氣，更是「永遠目地奉看輕（令人看輕）」（13 末），又明指「續落元宵放花燈，烟花捷發扣去印，文句無換免風神，各人作詞有記認，烟花松林編輯人，共扣去印呆民望（壞名聲）」（4 末），所說的是嘉義捷發書局。文中也提及不怕同行歌仔來評比，自信「勝過玉珍甲（與）瑞成」，玉珍是嘉義、瑞成是臺中印刷歌仔冊的同行。

另外梁松林編唱的歌仔冊與宋文和一樣也有意突顯新時代的生活與文明，如花七娘出嫁坐疕仔轎，英臺則是坐車，「現部維新下（的）世界，用自動車娶英台」（46 本），半夜「聽見時鐘打一點」，第四十七本文末直接宣說「這罌按下講別層，歌無新編袂對辨，罌剳無通不敢安，英臺出世著烈國，專穿古早下衣服，無通京了奉便卜，坐疕仔轎真臭族，這集換款無同樣，四十三集娶七娘，娶嫁那編相親象，人買去念袂烈場，七娘編坐疕仔轎，英臺坐車也是著，二集昂款下奉笑，換訪現代恰袂詔，終文明國扣來況，坐自動車野恰通，二集昂款下奉講，即換剪髮穿洋裝，我況現代下時拵，即有神社去結婚，隆協天生印這本，內面意賜做真文」。

梁松林與宋文和、戴三奇是梁祝故事極少數知道人名的編輯者，比較來說梁松林應是專職的編輯者，除此編撰《三伯英臺新歌》五十五本之外，另有二十種改編的唱本，在興新出版社《三國志曹操獻寶刀》書背的廣告詞：「今般敝書社特聘臺省馳名編作臺灣通俗歌選人艋舺梁松林先生，特選編作名歌百數十種，連續出版如左……」，其中三種是《英台二十四送哥》、《人心送四九

歌》、《三伯遊西湖》三本。[4]林良哲於〈由落地掃到歌仔戲〉一文提及梁松林，是當時著名的歌仔戲編劇，除了編寫歌仔冊外，並在唱片公司編寫歌仔戲、勸世歌及相褒劇本，還客串擔任歌手演唱，[5]與宋文和是「家住基隆念歌周遊通全臺」( 11 本前 )，戴文奇是家住臺北蓬萊町「四處賣藥念歌的」歌手身份不盡相同。

梁松林所編故事屬 749A.1.1 類型，也有「因土地神護持而日夜燒茶滾水潑牡丹不死，潑尿水綾羅無損」、「太白金星上奏玉帝，凡間清節義，其嫂相害，玉皇上帝令太白金星護持，太白金星出丹池令土地照該女子」、「神明託夢指點先生，新來學生是天生神明出去得認真教導」、「借詩喻春情」、「女扮男者出示三寸金蓮示愛」、「女扮男裝者獻乳示愛」、「神明迷目，致不知同窗為女扮男裝者」、「神明保護致節義女子示愛不成」、「女子弔孝，禱祝顯應，灼火變青色，又變紅色，陰魂攝女子魂魄同歸天庭」的情節單元。

另外與前之故事不同的是，馬圳得知英台投墳後，便叫一聲，願「下陰間去輸贏」，說了幾句話後暈了過去，家人趕快上街找醫生。其時三伯、英台兩人齊至「上界封神台，找玉帝評理。經過南天門時，遭雷部護法大天君阻擋；阻擋不住，稟過李天王，當時太白金星便出聲說姻緣」、「英台是天上碧女，三伯是玉童，十八年前，酒醉失落聚仙旗，貶凡受苦十八年」，其後「遇見八大護法天君、哪吒三太子、降魔大元帥」。又到「廣明殿內看天書」，「廣

4　陳兆南撰：〈臺灣歌仔敘錄〉，收於《逢甲中文學報》2 期（1988 年 7 月），頁 52 註 17。
5　林良哲撰：〈《由落地掃到歌仔戲》--日治日期歌仔戲發展過程初探〉，收於《宜蘭文獻雜誌》38 期（1999 年 8 月），頁 35。

明殿中四大天師排兩邊」，殿後是「聚寶堂」，有「七十二地煞」死在「萬仙陣」，又有「降魔幡」、「斬妖臺」；兩人遊過「東西南北四天門」，見識了「王母蟠桃園」、「仙桃三千年結果，六或九千年成熟」、「魔家四天王」、「混元金傘」、「封神台」、「金角大仙」、「太陰星君」、「太陽星君」、「開路神」、「值年神將」、「值月太歲」、「值日神將」、「值時太歲」、「金光聖母」、「水德星君」、「招財使者」、「二郎神」、「彩雲仙子」、「東南西北方使者」、「靈霄殿」、「文武曲星」、「王魔」、「四聖元帥」，說當時「王母以法力種仙桃於蓬萊島」，由「笑面童子看守」，「齊天大聖偷吃長生不老仙桃，仙童、七依仙女稟知王母」，「齊天大聖又偷喝仙酒，吃仙丹，大鬧天宮，殺退天兵天將」，「老君上奏玉帝，齊天大聖偷八卦爐仙丹，玉帝大怒」，最後由「西天佛祖降伏齊天大聖，嵌在太行山中」。

梁祝二人至玉帝前，雙腳跪地奏說：「五鬼凡塵轉世為馬圳，奪人親事不應該」，於是「玉帝便差值日功曹駕彩雲帶馬圳魂魄，上天庭靈霄寶殿斷案」，原來「碧女下凡投胎時，路過南天門，遇五鬼，笑其醜；五鬼誤以為碧女示愛，隨之下凡投胎追求」。玉帝告知五鬼（馬圳）之妻是梅花鄉的花七娘，她是「採藥童女轉世」，警告馬圳若逆玉旨，得用捆仙索縛於通天寶柱浸毒水河，馬圳只好答應。「玉帝便差神將帶三人（梁、祝、馬）出丹池，過北天門經碧霞院回陽」。

其時凡間三伯已死七日，「南華老祖變成和尚下凡」，「口唸真言咒語，步罡踏鬥，施法水救三伯回魂」，同時也救活了英台。兩人回魂結為夫妻，「洞房花燭夜吟詩達旦」，後來科期近，三伯想上京都求功名，與英台、母親商量後，帶著與人心新婚的士九一

道同行，路過黑風山，猛虎攔路，被五浪海島煉氣士清淨洞法摩祖師的弟子朱萬敵相救，朱萬敵練過硬軟功夫，「仙家法寶逐項有」，奉師令下山打虎救人，且一路隨行，保護三伯上京城，後來朱、梁、士九三人結拜為兄弟。三伯高中越國狀元，馬圳密函給在越國為大夫的王蜜，計害三伯前往征伐匈奴，君王令三伯為平蠻元帥，朱萬敵是開路先鋒，士九為運糧官，領武藝高強二十萬兵攻打青龍山。

匈奴英英公主身邊四女婢是「金刀聖母徒弟，曾上仙山學仙法」，親自帶兵征戰，「祭出攝魂鈴，致人落馬」，又「祭一支遮魂針，瞬間天昏地暗，狂風大作，飛沙走石，令人不辨東西」、「祭仙人帕，致人落馬」，朱萬敵上前迎敵，陣前公主與萬敵見對方英俊貌美，彼此有好感，英英公主且「陣前招親」，萬敵不允，兩軍交戰，公主「唸咒語成烏天暗地，雷直搗」，萬敵也「用仙術，將烏天暗地打雷變成炎天赤日」。公主又用「日月仙人帕使煙霧沖上數十丈，且金光燦爛成清光」，萬敵則祭起「陰陽乾坤袋，出二道紅光，將煙霧吸成白灰墜地」，公主再祭起「七粒金光沙」，萬敵祭出「飛鉢相鬥，致金光沙墜地變石頭」。公主又祭「空中仙人網，陣上得萬人」，萬敵祭出「八卦乾坤鏡」，使「仙人網敗陣墜落」。公主想起下山前師父叮嚀，若有敵不過的敵人，可用攝魂玲，而且告知她與萬敵之「宿世姻緣」，當下便用「攝魂鈴攝萬敵心魂」，致萬敵落馬被縛回營；萬敵也想起下山時，法摩祖師提及姻緣之事。便答應成為駙馬，其時番王也因「金光聖母下凡，來信說明宿世姻緣」而應允婚事，從此兩國交好，年年進貢。三伯班師回朝，取出降書、貢禮，越王大喜。後知是王蜜通番來犯，滿門抄

斬，馬圳也驚嚇而自盡。三伯封為文武忠孝王，萬敵是英武忠勇王，士九是英烈侯，英台、公主為王妃。

　　一九五三年一月二十五日新竹竹林書局翻印周協隆書店發行，梁松林編輯的《三伯英臺新歌》，改名為《三伯英台歌集》(歌仔冊 13)，也是五十五冊，分甲、乙、丙、丁、戊、五集。今見該歌仔冊出版日期另有一九五三年十一月十二日初版、一九六〇年十月八日再版、一九六〇年一月二十日三版、一九六〇年四月二十五日三版、一九六一年五月十日三版一九八七年二月一版、一九八九年六月九版、一九九〇年八月九版、一九九五年四月幾種，另外，華南書局於一九五五年出版的《梁三伯與祝英台》(下)(《臺灣通俗歌選集 ( 第三集 )、《特選通俗民謠集》)，除刪去文末店名、編者資料及預告或廣告詞或修改文字之外，與梁松林《三伯英臺新歌》三十七冊至五十三冊前五行 ( 以下殘缺 ) 相同。一九五三年離一九三六、一九三七年梁松林編輯發行歌仔冊的時間已隔十六、七年，梁氏的作品仍為同行翻印，顯見作品受歡迎的程度，也見到他斥責翻印同行的言語，並非無的放矢。

　　竹林書局翻印的歌仔冊也是刪除或修改前言或後語，有時篇名也稍作改變，因此此五十五冊的分合與及行數與梁本五十五冊稍有變異，但內容、情節基本上是相同的。此故事竹林書局在一九八七年仍印刷發行，至今尚可購得。

　　〔梁三伯與祝英台〕(歌仔冊 7)，有特殊情節單元「死者死前見金童玉女招行，王母差人迎接，天頂神將迎隨，神兵神將滿房內，而他人未見」。今日尚可見歌仔冊精彩段落的演唱，如《山伯英台遊西湖》(歌仔冊 18)，吳天羅是編導，由吳鳳珠、張秀琴主唱。

另見塗順從採集蔡添登七字歌仔彈唱〈梁三伯與祝英台的故事〉(歌仔冊 19)，中有〈糊靈厝〉、〈四九報死〉、〈英台埋葬祭靈〉段落。

　　廣東語《梁仙伯祝英台歌》全六本(歌仔冊 21)，今日最早版本是嘉義黃淡於昭和十一（1936）年發行，僅存二至四集。其後有新竹竹林書局一九八六年三月第六版至今日仍可購得。此故事是 749A.1 類型，也是「衣衫碎片化蝴蝶」、「掘墓尋妻，殉情男女化白石一對，白石皮上書：「無緣不見郎，兩位仙人歸天去，他是註定結鴛鴦，奴家行嫁對此過，梁兄攝我別處藏，因由在先讀書日，梁兄同我共學堂，日裡三餐共飲食，夜裡同房共一床，仙伯為我思想死，捉去奴家別處藏」、閻王斷案回陽，「公差引路轉還鄉，仙伯墳墓南山上，打開棺材見三光，仙伯英台齊々起，兩人歡喜轉家堂。」兩人結婚後，仙伯赴北京科考，最有趣的情節是細說科考「三月初九開場考，各省才子數萬人，宰相王爺來主考，九重提督把朝門，三聲火砲連聲響，就把封條掛朝門，頭場二場又覆考，三場考取各州人，三千秀才再取過，別取高才三百人，取暸解元並會元，取了進士並翰林，還有三個高才者，不是那個是才人，三個卷子般々好，不知那個頭名人，此刻竟是「卷子放落金盤內，君王祝告天地神，當空祝告眾天地，狀元要取那個人，眾位神明要靈鑑，日月三光作証明，將把金箸來挾起，狀元就是姓梁人。」

　　其後也有首相李惟方為女招親，仙伯不允，而被奏往北蕃買馬。仙伯去了五年，李相又奏一本「說住久必定起禍端，唐王便火速調仙伯回朝，又敕賜仙伯轉回鄉，夫妻團圓。然而明年科期到，英台想扮男裝赴京科考，雙親聽了細思想，媳婦也是文學深，

而應允，這次唐朝君王又是三個才人，不知如何選擇誰為狀元，仍是「祝告天地神明鑑別何者為狀元」的同質性情節，英台又為高臣相招為女婿，英台心生一計脫身，要求三朝帶高桂英轉家庭，洞房花燭夜佯稱發願不能同床。待得回梁家，仙伯坐享齊人之福。後來英台生一子，年登十六中狀元。桂英連々生男子，榜眼探花共同般。念唱者「唱完一本梁仙伯，萬古流傳到如今。有人說假有人真，我也不敢作證明，閒暇拿來看生趣，煩惱講來解愁心」，也是唸唱歌仔娛樂解愁，故事真假也就不用計較了。

《梁山伯與祝英台》(清曲 1)是書人書明鏵所編故事，屬 749A陰魂化蝶類型，山伯也是相思病死，而英台是「新娘哭祭撞碑，芳魂一縷入了墓」，山伯在「棺內顯了魂，兩道幽魂飄飄蕩蕩，化作蝴蝶，凌空飛騰。」梁（唱）：〔梳妝台〕梁山伯雲間來引路，祝（唱）：祝英台展趐隨後跟；梁（唱）：我與你，生在人間難團聚，祝（唱）：從今後，朝朝暮暮不離分！此故事有「死人棺內顯靈」、「死後幽靈化蝶」情節單元。

《梁山伯與祝英台》(潮州說唱 1)，故事屬 749A.1 類型，梁、祝婚姻受阻，山伯相思病重，「吩咐鸚哥放出籠，封書縛在趐下中」，送信到越州討藥治相思。鸚哥飛到越州岩桂樹，「吼叫英台二三聲，英台聽見心頭驚，不知啥人叫我名」，走到門窗望，樹上鸚哥叫英台，英台看書心頭酸，寫有一藥方，內中已知梁兄十有九分死，葬放越州官路還。墳欲坐東面向西，註定記號乞我知，果然山伯「形容消瘦藥治，茶飯沒食紛迷迷，空腹尅過七日死，三魂七魄落陰間」，英台祭墳禱祝顯應墓開，陰魂迷人，人進墳，變做雙蝶飛上天。

　　馬俊咬舌身死見閻王告狀，閻王持鐵牌寫英台、山伯名字，令鬼卒捉拿問案，鬼差到枉死宮叱聲二人來，「山伯英台心著驚，不知為自啥罪名，懇求鬼哥赦放吾，持銀來謝爾恩情」，巡牢獄卒不敢放，掠二人見閻王。其後閻王吩咐判官查婚簿，斷今世山伯英台結婚姻，馬俊後世正結親。三人乞求放回陽間奉父母，「閻王聽說亦憐伊，三人年紀俱少年，查著陽壽尚未滿，放伊回陽歸返回。」馬俊投魂活起來，拋棄屍骸現人形，慌忙去報爹媽曉，判官簿內註分明，查看七娘是我婦。「山伯英台同回來，二人相牽出墳眉，果然世間有陰府」，回家說乞爹娘知，兩人結成婚配，婚後山伯赴科考期，考中狀元。其後也是奸相相害至北番買馬，又到幽州作城工，英台也前去尋夫，途中遇賊人、山寨賊王，都能無事。今見故事情節至此。其後結果為何，不得而知。[6]

　　今見客家民間曲藝竹板歌有兩種：廣東玉華縣採錄之《梁山伯與祝英台》(竹板歌 1)，全長十四節，屬 749A.1 類型，山伯相思病死，新娘披麻帶孝墳前哭，山伯「立即變鬼就還陽，擁抱英台墓中藏」，兩人「化蝶飛天堂」，馬家派人挖墳堂，「棺中一對小石白如霜，白石面上字兩行 "無緣不見郎，至囑馬俊莫思量"」，馬俊害命見閻王，求閻君判分詳。閻王斷梁祝姻緣天定，還陽成夫婦，馬俊祝娘後世成雙結鴛鴦，三人唔該死，閻王殿上放還陽。

　　山伯婚後上京趕考中狀元，丞相李惟芳要招親，山伯不允，被奏上往北番買馬二萬，不覺廢時五年長，李惟芳又奏皇帝，山

6　周靜書主編：《梁祝文化大觀‧故事歌謠卷》（北京：中華書局，1999 年12 月），頁 395-427。據路工先生提供抄本編，但在後面以「……」，不知原抄本原狀如何？

伯買馬有回唐，應是蓄意謀反亂朝綱，皇帝便派山伯由州守邊防，不准狀元回故里。英台翁姑命之，上街三弦買一把，彈唱討食到京邦，流浪街坊，遇昔日同窗陳生相助，帶她到由州見梁郎，兩人相見，山伯哭得真淒涼，躺在地上盡打滾，手拍心肝喊痛腸，哭到鼻頭有氣上，英台救醒夫郎，勸解夫君切莫哭，總今有日轉家鄉，正來超渡謝爹娘。」李惟芳「害人到底有好死，七孔來血命喪之」，滿朝文武寫表送呈皇帝，救出山伯狀元郎，脫罪加官做丞相，日後英台生五子，五子登科姓名揚。

《客家人梁山伯與祝英台》（竹板歌 2），屬 749A.1.1 類型，梁、祝共席中間分界隔一牆，犯規者「一罰三斤蚊子骨，二罰紙錢灰十缸，三罰鳳凰鳥百隻，四罰虎皮一千張。」這可是所有越界受罰之物中最刁難、俏皮的一種。後來兩人婚姻受阻，山伯相思病重，梁母到祝家求婚，英台以昨夜神仙交藥方十件，寫在貼身衣衫相贈，不想藥方化作陰司票，山伯看得跌落地中央，一命哀哉見閻王。山伯死後，陰魂心不死，夜裏來到祝家園，「神壇社廟門神放陰魂進房，入夢會英台」。因為「下凡金童（山伯）人間殉情，玉女（英台）嘆息，驚動天上眾神明上奏玉皇」，「玉皇令眾仙下凡，托人凡骨轉天庭，風雨雷神、招魂、攝影兩童子齊領命，至南山守時辰」，待馬家娶親日，英台女出嫁到南山，下轎拜墳哭祭，禱祝顯靈，「梁墳開大裂，看見棺材三尺深，英台即刻鑽落去，攝入墓中藏好身，衣衫扯破成蝴蝶，山伯英臺上天庭，招魂、攝魄立左右，太白金星半天庭，脫胎換骨先下界，風雲雷雨下凡塵。立即黑風並猛雨，飛砂走石響雷霆，眾位神仙同下界，脫哩凡屍作仙人。點化英台梁山伯，兩人得道上天庭，滿山眾神來相送」。

　　馬家來看只見棺材不見人，「鋤出棺材打開蓋，有對白石色色新」。新郎馬再生懸樑自盡陰司告狀，「陰魂至陰司第一殿，懇請把門小鬼通傳。」閻王接了狀紙，查看陰陽簿，「馬生正係不法人，英台係配梁山伯」，馬生聽得哀哀哭，因馬氏前生修好心，「閻王減你一等罪，枉死城中受苦刑」，山伯英台還陽成婚，原來「山伯英台是玉帝貶謫下凡的金童玉女」。梁祝回家侍父母，結成姻緣，其時文武科考到，府縣山伯考第一，明年上京大科考。山伯考取狀元，探花名字劉天亮，「原來是前世馬再星」，馬生「前世恩怨未了，今世再報前仇」。當時番賊擾國，君王派狀元掛帥，探花做副將運糧官。劉天亮將鹽潑地上，又將軍糧丟入七都海，「牛頭馬面來查海，查見運糧毒心人，浪費五穀真有罪，拋散鹽油罪唔輕，轉去閻王殿上奏，善惡簿中記分明。」

　　山伯無糧出征，坐困山上；「觀音下凡撒蓮水於山中，山林長芋頭，每顆有九十斤重」，兵士們吃得笑吟吟，一日零八日後吃光芋頭；「觀音又拿路邊草子一撒山，三日成麥，每條麥串成斤」，吃了五十日，又絕了糧；「觀音再揀竹米撒山中，成穀麥在山林」，將士又有糧食，山伯看見笑吟吟；同時君王再發十萬軍隊來解圍，終於勝戰回朝，上奏君王副將運糧填海，劉天亮押出朝門斬身。山伯回朝拜見駙馬爺，覺得面熟，原來他是英台女，當年三伯一去三載無音訊，英台聽梁母話，「女扮男裝進京城訪夫君」，知新科狀元領兵征番。此時正值大科年，英台也考得狀元，君王招為駙馬；洞房花燭夜不入洞房，答應待明年八月等再成婚，公主勉強答應。此刻，英臺山伯一家團圓，公主也同意兩女共嫁一夫，

面奏皇帝，封誥英台女狀元，從此夫妻狀元天下聞，生子亦登金
榜，五條金帶掛朝廷。

　　此故事兜合 884A₁「女駙馬」類型，丁乃通《中國民間故事》
所編 884A₁ 型號，是「A Girl Disguised as a Man Marries the Princess
（一個姑娘化裝成男人和公主結婚，或女駙馬）」，英台女扮男裝
科考中狀元，又被公主招為駙馬，符合「女駙馬」類型。

　　今所見東北二人轉梁祝故事有十二種，有樓臺會、梁祝下山、
梁祝五更、十八里相送、倒捲帘、思五更等主題的段子，都是不
屬梁祝類型故事。據張徐、金寶忱〈東北二人轉中的梁祝戲〉[7]一
文言「東北流傳的梁祝故事是當年大批"闖關東"者從關內各地
帶來的。明末清初，因戰爭、荒亂，大批遊牧民族進入關內，關
內各省大批配軍遣東北；清末明初到"九一八"之前由於東北開
禁，關內水旱災情和軍閥混戰，迫使大批農民推車擔擔、背井離
鄉的來到東北開荒斬草。……他們從個省來到東北，帶來了自己
原有的風俗習慣、生產方式，同時也帶來了人們喜聞樂見的民間
文化。突出的有雲南和鳳陽的花鼓，河北的什不閑，北京的蓮花
落、打蓮廂等。這些藝術形式和東北滿族舞蹈－－大秧歌相結合，
在經歷了約二百年來的時間裏，先紮根後流行，以幾個不同而又
相近的演唱形式為基礎，由藝人之間的交流，逐漸演化成及一的
二人轉形式。作為民間故事的《梁山伯與祝英台》，是隨著最早的
"闖關東"者流入的，但以二人轉形式出在在關東則是本世紀初
的事」。則知二十世紀初關東已有東北二人轉《梁山伯與祝英台》

---

[7]　張徐、金寶忱撰：〈東北二人轉中的梁祝戲〉，收於周靜書主編：《梁祝文
　　化大觀·學術論文卷》（北京：中華書局，2001 年 10 月一版），頁 544-552。

的流行。

又據《安東縣志》和安樂縣第五區雙山村農民藝人王教平說：他十二三歲時，每年春秋兩孝都有河間府的農民戲班來此演戲，一班十幾個人，只有四五個人是扮角的，演唱時有簡單的化妝，一旦一醜節目有《梁山伯與祝英台》等，樂器有底鼓、小鑼、銅釵子、打蓮花落的竹板，板頭很慢，調子比老許戲還慢。老藝人回憶開始唱梁祝的段子比較簡單，能唱全本的藝人很少。初期流傳《十八里相送》、《樓臺會》兩個段子，後來又發展了《草橋結拜》、《書館友情》、《祝父托媒》、《山伯有病》、《九紅哭嫁》、《哭墳》等段。到了一九六二年後，二人轉創作者在傳統段子基礎上改編，重新演出梁祝戲，並錄音、灌唱片[8]。

二人轉的演出分一人、二人、三人或多人等形式，一人演出的為單出頭，三人以上的為多人轉或拉場戲，但大都是兩人上場，扮成一旦一醜（大型戲團的生角，在二人轉裏也由醜扮。小旦小丑，所謂"二小戲"）。旦角又叫做"上裝"或"包頭的"，丑角又叫做"下裝"。梁山伯在二人轉裏，由丑角扮演。他和祝英台同學三年，同硯共宿，就看不出來英台是個女性。在《十八里相送》中，不管英台如何點撥，他硬是不懂。叫觀眾覺得傻得氣人、傻得可愛。二人轉梁祝的丑角扮演，遵循"筆中求巧，醜中求美，追求高尚的趣味"美學原則。

二人轉梁祝故事在唱詞、小帽、說口、扮相唱詞、舞蹈都展現健康、風趣、樂觀的喜劇特性。如：二人轉本是東北農村農民

---

8　同前註，頁545。

的藝術－－嘮的是莊稼嗑兒，唱的是莊稼調兒，演的是莊稼事兒，奔的是莊稼院兒，梁祝故事顯是悲劇但到了二人轉便 "關東化" 了， "農民化" 了，把有些細節變成了喜劇情節。如二人轉梁祝開場時有一種唱法說英台用計，扮成算命先生騙過其父；還有一種扮年輕書生騙過其父，都是幾句唱詞，便把東北民間江湖上算命先生和青年書生的形象演得活靈活現。

又如：小帽是二人轉正文之前加演的小段子，類似說書前的書帽或相聲墊話。目的一為壓場，二為引出正戲。正如老鄉中所說的： "小帽，小帽，聽戲的外撈兒。" 小帽基本上都是民歌，但得是合乎小地調要求的民歌，得 "生動活潑，引人入勝。" 在東北人轉梁祝中，常用的是《思五更》、《梁山伯五更》、《九紅下山》等。小帽伴隨著三場舞蹈，活潑歡快、火爆，通俗易懂。在這種氣氛中，悲也不悲了。又如：說口是二人轉演唱時自始自終由藝人自由加入的自白。有的與內容有關，有的無關。作用是演員借此休息換氣且能調節氣氛，增強喜劇效果，吸引觀眾。說口分平口和哨口兩種，平口有固定的成套成段的詞句，有眼有板，但不用竹板伴奏；哨口，沒有板，只講說口，一問一答，隨機應變，如同說相聲、猜謎、耍怪、樂子。例如：《十八里相送》(東北二人轉 12) 的說口：

> 男：唱了一段小帽《思五更》。
> 女：《思五更》是怎麼回事？
> 男：說的是梁山伯思念祝英台，半夜三更不著覺，一直折
> 　　騰到公雞啼鳴兒東方發白。

女：那是真想啊！

男：那可不，梁山伯和祝英台人家倆是啥感情。

女：啥感情？

男：那真是肺出血胃穿孔、倆獸醫抬個驢——

女：怎麼講？

男：沒個治了。

女：感情真好。咱們倆今天就唱唱梁山伯和祝英台的故事。

男：不行。

女：怎麼的呢？

男：這段故事特長，從草橋結拜到相會樓臺，沒有一天半宿唱不下來。

女：那怎麼辦呢？

男：咱們倆掐頭去尾……

女：不唱當間兒。

男：那就沒了。咱們是掐頭去尾，唱當間兒，就是十八里相送這最精彩的一段兒。

女：好，那咱們——

合：唱起來啊！

說口既起到介紹、說明作用，又逗樂子，讓觀眾開懷大笑，增添喜劇氣氛。

又如：二人轉演員扮相比較簡單，講究的是面目表情上，喜怒、悲、歡、愁，五副扮相恰到好處，表演真實，如："草橋結拜"中山伯、英台的笑臉，先從眼中來；英台在拒婚上，哭臉從

鼻中來；山伯思念九紅時的愁臉，先從眉宇間表現出來。所有的
臉上戲，都集中表現在眼神上，通過眼神把人物的心理活動和內
在情感細緻地表現出來。在《十八里相送》中的觀井、過橋、打
狗等情節扮相上，英台一舉一動都看出溫柔多情、又羞口難開的
樣子，透過觸景生情、借物托喻，襯托出聰明伶俐的英台來。而
山伯扮相則顯癡迷不解，有些書呆子氣，是個忠厚老誠、傻裏傻
氣的書生形象。又：英台說要打箱、杠櫃、打雙人床，幾乎直說
自己是女的，而山伯卻說英台想媳婦了，並利用扮相表演得滑稽
逗人，簡直是東北農民兄弟間的逗樂了。

　　又如：「二人轉是一種載歌載舞的表現藝術。"轉"字本身就
是根據其舞蹈和節奏上的表現特點而得名的。旦角為主舞者，丑
角是伴舞者。只有配合好，倆人才能舞得協調一致[9]……就梁祝的
舞蹈表演來說，是一種是純舞蹈場面，一種是結合劇情、人物的
舞蹈場面。兩種舞蹈又有男女之別。如開始的小帽中的"三場舞"
裏，旦按鬢邊，醜須正冠；旦提繡花鞋，醜須提靴子；旦臥魚兒，
醜須劈叉；旦跑圓場，醜須走矮子步……。戲中的舞蹈動作，都
是從生活出發，結合劇情、人物表演。如梁祝下山過山礫子，用
的是"卷席筒"動作代表攀樹過崖，走蜿蜒道，用的是"擺步"，
表示道路崎嶇、狹窄。過橋時，腿腳邊得直，兩個胳膊外張保持
平衡，真像走板橋的樣子。在梁祝戲中，舞蹈多用跳、走、翻、
扭、錯、轉、扇、抖、耍等十種動作。兩人舞起來，生動活潑、
協調一致，或前或後、時快時慢、過來過去，處處表現出多樣的

---

[9]　同註 7，頁 549。

平衡和對稱。」二人轉梁祝，整個劇體現出爽朗、歡快、喜慶的藝術風格。

## 第二節　梁祝小説、電影、漫畫、電視連續劇、電視綜藝節目及單元劇創作現象

　　今見梁祝小說有十四種，有 885B、749A、749A.1 類型。其中 749A 類型的有〈李秀卿義結黃貞女〉入話〔梁山伯與祝英台〕(小說1)山伯陰魂顯靈作人語，邀英台下橋一顧，英台投墳，衣服碎片化蝶，傳說二人精靈所化，紅者為梁山伯，黑者為祝英台，其種到處有之，至今猶呼其名為梁山伯、祝英台。《情史》引《寧波志》之〔梁山伯與祝英台〕(小說2)，英台投墳而死，馬氏聞其事于朝，丞相謝安請為義婦。和帝時，梁復顯靈異效勞，封為義忠，有司立廟於鄞。《梁山伯與祝英台》(小說6)，山伯也是「相思病死」，而且「死不瞑目，得至英台弔孝時說中心事才合攏雙目」，新娘哭祭情人墓，忽然黑雲四布，電光雷雨，英台「人身都不沾任何雨點」，書「祝英台之墓」的「石碑自立」，英台大叫「梁兄，請開門，小妹來了」，忽然新墳正面，現出兩扇門大的地洞，英台起身往地洞一躍，兩邊洞門外的土，自己又埋蓋起來，銀心抱住杏黃裙子角，想要回船報與員外安人知道，這黃裙子角竟然變成五彩輝煌黃色底子的大蝴蝶，撲在一叢草上，接著慢慢飛揚，飛入樹枝，一點不見了。後來墓邊又飛起兩隻大蝴蝶，飛來飛去越來越高，飛遊蒼松松枝，忽然不見。這是民國初年鴛鴦蝴蝶派作家張恨水於一九五四年的創作，仍不出人化蝴蝶 749A 類型故事。

　　《梁山伯與祝英台》(小說 7)，是女作家趙清閣創作的故事，仍不脫 749A 人化蝶類型。吳育珊改寫的《祝英台與梁山伯》(小說10)是馬員外答應英台祭墳，但要轎夫一路千萬別停，還要特意地繞過梁山伯的墳，盡快抵達馬家。結果山伯陰魂起狂風致出嫁隊伍迷了方向，等暴風過後，前面竟然是梁山伯的墳，大家嚇得四處竄逃，英台從花轎中奔出，脫掉鳳冠霞披，露出了一身素衣白服。墓碑刻的是「梁山伯祝英台之墓」，英台禱祝顯應山伯墓裂了大縫，英台奔入墳，一陣飛沙走石，墓又合，只剩一小截白衣袖，銀心、四九合力拉扯，衣袖扯破成兩片，風一吹，吹往天際變成雙飛的彩蝶。

　　顧志坤書寫三十萬字的小說《梁山伯與祝英臺》(小說 11)，也是 749A 義婦塚類型故事，但小說添了很多歧出細節，如：1. 山伯與英台到杭州孔好古先生求學，小師妹孔文芩愛上女扮男裝的祝英台，後來知道英台是女子，失望至極，最後出家。當年三人與銀心、四九一道在西湖遊玩，在湖心亭酒家喝酒談心，便有了「女兒紅（酒）的由來」。又萬松書院後面有玉龍潭，小說中也趁機細說了「玉龍潭的由來」、「南海觀音滴淨水瓶於玉龍潭，潭底小黑龍變玉龍與仙女成婚」、「玉龍潭水洗澡可驅邪逐災」、「玉龍潭水治疥瘡」的傳說故事。

　　2. 小說中的山伯對扮男裝的英台也時有微妙情愫，惚恍之間也以為英台眼睛水靈靈，特別的大，黑森森的眼睫毛特別長，本該是一雙女子的眼睛（第二章，四五葉），甚至對英臺說「我夢見你是個女的。」英臺佯辯「你想老婆想瘋了，總把人家當女的。」

梁山伯便提出質疑：(1)褲子上有紅，只有女子才見紅，你說是鼻血，(2)雙耳洞，你說是莊子裏演觀音菩薩，(3)大胸脯，英台笑說「『女子胸大多子女，男子胸大大官做』，我還要去做大官呢！」如此便又轉了話題。

　　3. 婚姻介入者馬文才也被詳細介紹，從小說起，他是餘姚首富馬霸的十八歲兒子，「生得白白淨淨，文文雅雅，十足是一個白麵書生的模樣。當年在餘姚城裏讀書之時，也曾引來了幾數蜂圍蝶追，鬧出了許多風流豔事。馬文才自幼由一奶娘扶養，這奶娘原是建康城王尚書之女，王尚書得罪了太后，滿門抄斬，她流落至此，馬霸收為馬文才的奶娘，後來又強暴了她，她便懸樑自盡。又說馬文才被奶娘養育的白白胖胖，還使他懂得許多做人的道理，但後來馬文才與外面接觸多了，漸漸染上惡習。十五歲以後，吃喝嫖賭，又仗著叔叔在朝為官，竟十分藐視法度，到處強姦搶奪有姿色的女子。因此聽到上虞縣祝家莊的祝英臺生得如花似玉，遠近聞名，便找媒人說親（第二章六九至七一葉），而造成梁、祝的悲劇。小說中也寫及馬文才姦殺女子的事件，事件發生的同時梁、祝等人也在附近遊玩。

　　4. 英臺的嫂嫂胡氏也頗搶鏡頭，山伯訪時，胡氏帶山伯偷偷見英臺，還在英臺母親滕氏面前幫腔說山伯還是一位孝子呢（第四章），也不忘描寫她與李媒婆鬥嘴，伶俐幹練的道行，但終究沒幫上梁祝的忙，後來銀心上弔而死，四九也瘋了（第六章、第七章），山伯相思病重，朝庭來函召他做官也是枉然，後來終於病亡，囑咐葬於胡橋鎮清道山下，墳前右邊立下了黑字書寫的「鄞縣梁

山伯處仁先生之墓」，左邊紅字書寫得「會稽祝英臺信齋先生之墓」兩碑。英臺新嫁時過清道山哭祭，突然烏雲蔽日，狂風暴雨，梁墳豁開一縫，棺槨開啟，山伯面目如生，安然睡著，忽然山伯慢慢地睜開眼來，正在向她微笑便身子一縱撲往山伯懷裏。不遠處已成女尼的孔文芩嘆息一聲，朝山間行歌而去。（第七章）5. 時謝安從上虞東山復出，在朝為相，聞鄉女祝英臺之悲烈故事，當即表其墓曰：「義婦塚」（第七章）。這小說大抵是文人所創作的通俗小說的形式，故事不離梁祝 749A 類型，然對各種離奇的情節多做合理的解釋，少了光怪陸離民間通俗故事的豔麗眩然神奇的生動本色。

林江雲《魂縈蝴蝶情》(小說 14)，也屬 749A 化蝶類型，有些附屬情節如：1. 山伯一出場便以猜中謎語「青石板，白銅釘，打花鼓，甩流星」是「青天，辰星，響雷，龍光閃」，來表現山伯是文曲星下凡般的聰慧，而英台因立志如男兒一般飽讀詩書，祝公遠為她請來上虞城的陳老先生來家中教學，老學究第一堂課，從「從父、從夫、從子，婦德、婦容、婦功」開始說起，英台聽得兩隻耳朵脹塞，頭髮皮麻紮，與之辯論，惹得先生理缺詞窮、緘口無言。她又說起「先生吃肉」的笑話故事，先生出難題要想吃肉的學生得說出一句辭，辭中有方位、五行，並用「干支」填空。甲生先說「東方腳一摸，吃肉頂活絡」、乙生說「南方丙丁火，吃肉揀頂大」，丙生說「西方己庚金，吃肉挑頂精」，丁生說「北方壬癸水，吃肉要兩塊」，有人先吃肉，有人吃大塊肉，有人吃瘦精肉，有人吃兩塊，這下把肉吃光。先生只好端起鍋來，呼呼地吃

著冷氣，將湯水往嘴上湊去。學生們齊說先生還沒說過。先生無奈道：「先生命頂苦，喝點鹹肉滷」，原來這故事是先生聰明反被聰明誤，自己鑽進自諾的圈套中，難怪著就只能喝點肉汁湯了，因為按東、南、西、北、中的方位，以及木、火、金、水、土之五行排序而言，因先生要後講，恰排在「中」與「土」的位置上。先生說的「苦」為「土」的諧音，而這個「中」與「畜」的讀音一樣，若稍一閃失，就是「畜牲命頂苦」了。陳先生知英台明明是「擺嘲和尚罵賊禿」，說他是個燥烤飯桶，只好請員外另請高明。祝公遠沒有辦法，也只能答應英台到杭州城裏讀書。

2. 山伯趕往杭城萬松書院途中，路過百官鎮曹娥江畔，便提起「曹娥江由來」、「靈孝廟由來」的故事。3. 梁祝二人結拜為兄弟，要到杭城四明學館讀書，路上住客店，招牌上「應夢棧莊」，中堂掛著「人在夢中遊」、「夢在人間現」對子。兩人各「做一夢預見未來」，山伯是夢中見一隻七彩蝶撲在他肩上，連呼救救我，後面一隻黑蜘蛛緊逼而至，他將蛛網撕破，黑蜘蛛望風而逃；英台則夢見觀音活佛持柳枝條，滴淨瓶甘露於英台臉上。突然發現街上人們用疑愕的眼光打量她，原來，自己的打扮是上紮學士巾，下穿紅羅裙，正在不知所措間，竄出一隻大黃狗咬住腳上繡花鞋，驚駭地嚇醒。後來又過錢塘江，見到江水濤濤，說起「王母娘娘以金釵劃開銀河，牛郎織女分隔兩岸」，「牛郎織女七夕鵲橋會」的傳說。4. 山伯見英台有耳環痕好似女孩，英台辯說廟會扮觀音，山伯又說起「觀世音在出家之前是個男兒真身，得道成佛後才變為女菩薩的，在南海普陀的佛頂山上，就塑著天下惟一的男身觀音佛像」的典故。

5.山伯見英台耳環痕、夏天穿長衣衫褲、和衣而眠、沒有男子的喉結，又聞到青春玉女的暗香，知曉英台是女子，心中決意與她假戲真做，保護她成就學業。另有不同的細節如：(1)馬文才也是四明學館在冊學子，但仗著家中財勢，在學中胡混，又偷溜到妓院風流，夜裏日來書院雙門已閉，爬牆腳狗洞進入，又見粉嘟嘟瓜子臉、柳眉杏眼、嫩膚纖腰、鮮靈十指像小蔥，天生是個大美人，決計要討英台當老婆，回家要馬母找媒人去說親。祝公遠允婚，托言祝母有病召回英台。後來山伯訪英台知她已字馬文才，含淚眼對含淚眼，傷心人看傷心人。當時馬文才大模大樣走進來，祝公遠見他吊兒郎當，言行出粗俗，心中懊悔，但他莫可奈何。其後出任會稽郡鄞縣縣令，馬文才前來搶親，錯搶了銀心所扮的新娘，途中銀心見路上有衙役擋道，便趁機跳將出來大罵馬文才。馬文才一夥兒落荒而逃。(2)師母見英台一手好針線活、走路輕盈纖纖蓮步，早猜到英台是喬裝求學的假小子，而比英台大一歲胸口、臀部漸見豐腴的銀心先回家去，免得為人拆穿女扮男裝的真相。在此多見文人撰寫小說的鋪敘手法。

6.梁山伯因公殉職，死時咆嘯九龍墟立即風平浪靜，便傳起縣令梁老爺的忠魂能避災降妖，逢凶化吉的說法。晉孝武帝敕封山伯為「義忠王」，據說帶梁墓泥土放灶坑上可避蛇蟲百腳之邪；撒在床頭床尾，能保夫妻恩愛如初、相敬如賓，百年好合。7.「英台投墳新郎見陰陽生死牌位（梁山伯之神位、小妹祝英台之神位）而氣瘋」。此長篇鉅著的梁祝故事，仍不出 749A 義婦塚類型模式，且以文人作家觀點，常為神奇情節做入情入理的詮釋，這幾乎是文人作家撰寫梁祝哀史的通則。

749A.1 類型的小說有二：《梁山伯祝英台》又名《哀情小說梁山伯》(小說 5)，書面旁題《祝英台弔孝》，此小說十四回，不撰作者姓名，內頁首題《愛情小說全集》，不載出版年月，上海振圜小說社印行，十四回目錄之後有四幀人物繡像人物，回目如下：

| | | |
|---|---|---|
| 第一回 | 蟠桃會金童下凡 | 祝家莊玉女出世 |
| 第二回 | 祝英台女扮男裝 | 梁山伯初會佳人 |
| 第三回 | 訂蘭譜梁祝結義 | 從師尊二賢攻書 |
| 第四回 | 遊花園暗露機關 | 求師母潛通消息 |
| 第五回 | 意綿綿兩心牽連 | 情娓娓一身著魔 |
| 第六回 | 梁山伯依依十送 | 祝英台長亭分別 |
| 第七回 | 試紅綾碧玉無瑕 | 得異夢情難圓月 |
| 第八回 | 馬員外為子求婚 | 梁山伯二次訪友 |
| 第九回 | 祝員外堂上留賓 | 梁山伯書房敘舊 |
| 第十回 | 怨新婚難違父命 | 談往事意思纏綿 |
| 第十一回 | 贈銀兩曲盡殷勤 | 染想思回歸故宅 |
| 第十二回 | 鍾情子魂歸陰府 | 英台女弔孝梁門 |
| 第十三回 | 真傷心靈前痛哭 | 擇吉日馬府迎親 |
| 第十四回 | 裂墳墓金童顯聖 | 還陽世夫婦團圓 |

每回後有「且聽下回分解」、「且看下回分解」、「欲知如何，下回分解」的套辭，回中有詩、有詞，是章回小說形式，然其故事與清上海槐蔭火房書莊刻本《梁山伯與祝英台全史》(鼓詞 6)，情節單元比較少，但主要的情節相同，如：(1)「金童玉女打破琉璃寶蓋，玉皇怒貶凡塵三世不成夫婦」，鼓詞 6 相同。(2)「女扮男

裝者欲吐真情，驚動玉皇天尊，令太白金星下凡攝男子真魂，換呆魂上身」，鼓詞6作「女扮男裝者欲調戲情人，驚動玉皇張帝尊（上方張玉尊）差金星李太白將男子換呆魂」、(3)「死前見兩美人前來，知死期將至，叫家人代穿衣衫而之」，鼓詞6「兩美人」作「兩差人」，此「兩美人」當是「兩差人」形誤所致。(4)「陰魂顯靈興起陰風飛沙走石，阻擋女友出嫁陣容前行」、「新娘拜墳雷電不止炸開墓人進墓」，鼓詞6多了「禱祝顯靈，天昏地暗、狂風驟雨，雷公電母風伯雨師」等細節。

(5)「半幅花裙變一對花蚨蝶」、「新娘投墳新郎撞墳而死至森羅殿告狀」、「閻王告知告狀陰魂所娶妻子乃天上仙姬不能配凡人」、「掘墓尋人」、「人化白鶴沖天而去」、「死者還生自身坐起」情節與鼓詞6相同。另外馬文才是河南馬員外第三子，生得人品出眾，滿腹文章，必要擇一才貌兼全的佳人，方肯成婚的形象，與鼓詞6一表人才生得好，滿腹文章不必表，惟無「必要擇一才貌兼全佳人，方肯成婚」的堅持。又此章回小說故事時空是東周列國越國，而鼓詞6未表時代，只說「東京河南府、玉水河邊祝家村……」。由此可知此十四回章回小說梁祝故事大抵從鼓詞6改編而來，主要故事結構不變，惟情節單元少了許多，但也有添加的情節。這是通俗文學常見互涉正文的例子。

《七世夫妻‧二世夫妻梁山伯祝英台》(小說 9)，此梁祝故事是七世夫妻的第二世，相傳「某年七月七日玉帝於鬥牛宮中宴群仙，金童失手打碎琉璃盞，玉女在旁嗤笑，玉帝令太白金星將金童玉女貶凡受折磨，只有夫妻之名，不成連理」，兩人依依不捨，

太白金星「預言金童玉女下凡，將來自有升天之日，現在不必悲傷，二星聞言，只得分往投生」，一世是孟姜赴水自盡，陰魂與杞梁相會，「雙雙攜手上天，朝見玉帝，南極仙翁求情回歸本位，玉帝不允；令南極仙翁帶二人到西池侍奉王母」。自此金童玉女同在西池度著快樂光陰，相安無事。

一天是三月初三，王母娘娘壽誕在瑤池款宴群仙。席間，命金童玉女奏霓裳之曲，以助酒興，金童領旨，與玉女同聲歌唱。歌罷，群仙笑道，金童玉女下凡一世，尚能不昧本性，今日所奏之曲，頗有仙氣。但王母卻道，觀他「二人俗緣未脫，復二人願意下凡否？金童玉女笑而不言，王母知其心意，而令二仙下凡投胎十八年後再升天堂，玉女往河南祝家投胎，金童到河東梁府託生」。因此東晉時代河南瀫水河旁祝家村祝英台與胡橋鎮上梁山伯便開一齣婚姻受阻殉情的哀情故事，其他三世是唐朝德宗郭華郎與王月英滿四世是宋朝真宗王十朋與錢玉蓮，五世是明朝成化商琳與秦雪梅，六世是明朝宣德韋燕春與賈玉珍，七世是明朝崇禎李奎元與劉瑞蓮。李奎元與劉瑞蓮夫妻團圓，同享高壽，死後同升天堂，復歸本位，從此金童玉女在天上享那神仙之樂。

《七世夫妻·二世夫妻梁山伯與祝英台》(小說 9)是一九九四年文國書局編輯部編輯的小說，實則應是從《梁山伯祝英台》(小說 5)改編而來，情節大抵相同，細節也改變不多，如(1)《梁山伯祝英台》(小說 5)「山伯死前見兩美人前來，知死期將至叫家人代穿衣服」，此小說將「兩美人」改為「四美人」，其中「美」字當是「差」字形誤，均是鼓詞 6「差人」「差」字誤形之沿用。(2)

馬文才的形象與小說 5 相同，也是人品出眾，滿腹文章，因發誓要擇一位才貌兼全的佳人，方願結婚，聽說祝府千金，由杭州讀書回來，又有沈魚落雁之容，閉月羞花之貌，連忙請媒人求親。馬文才還陽後，哎呀一聲，坐了起來告訴地府冥王斷案原委，眾人無不搖頭吐舌，馬家父子回家，後來馬文才又央媒人找到美貌小姐，從此過那快活光陰。也都大抵無異。細節上有較大差異的是山伯因瞥見英台兩乳甚大而起疑，便在夜間寫了"喬扮"二字直接詢問九紅，與小說 5、鼓詞 6 都僅以假意詢問某字字義，與偵測男女不同。

885B 類型的小說有：陳峻菁所撰《梁山伯祝英台》(小說 13)，故事結合史實人物，採武俠小說寫作方式，時間是東晉太和三（368）年的早春，從上虞縣白馬湖上油綠色畫舫，站立的三人，祝公遠「是為青衣老者，在船頭負手而立，那老者年紀在六旬開外，身材高大魁梧，寬臉闊頤，神情不怒而威」，旁邊「是位身材瘦削的中年美婦，披著一襲深紅色羽紗面的大氅，依著舷邊塗朱的畫欄，身形嬌娜柔弱」，她是祝夫人，兩人之間「是一個穿著淺紫色衣裳的少女。這女孩兒膚色白皙，五官秀麗，身形修長動人，神色十分稚氣，她攀著父母的肩頭，不時咭咭呱呱地說笑」，她是祝英台。祝公遠的祖父是晉宮四大侍衛之一，當年匈奴人攻破都城洛陽，又攻破了長安，晉懷帝、晉湣帝都被俘虜。祝公遠祖父在民招集義士，四次攻入匈奴行營，祖父在第三役中亡故，祝公遠父親祝涼鬱鬱而終，臨死囑咐祝公遠終身不得出仕，也不得將自晉懷帝手中遺下的《峻陽聚珍圖》交給東晉朝廷。結果為了這張圖祝家三代，在鄉下隱居五十多年。

這時各路人馬覬覦這張藏寶圖，於是王猛、祖逖、苻堅、桓溫、郗超、謝安、司馬奕等歷史人物也都登場演出，這郗超是桓溫手下著名謀士，他的小姑母是祝公遠的第二任太太，生下女兒祝英台喚作九兒，他是九兒的表哥，與九兒感情很好。郗超曾在祝府讀書學劍，祝公遠視他如子。之前第一任夫人生了八個孩兒，都因這張藏寶圖而死於大盜。

這祝英台也會武功，從小好學敏求，曾扮個小子到上虞縣的書院讀書，因為頂撞先生被撵回來，郗超向祝公遠建議她到杭州城鳳凰山的崇綺書院（即今萬松書院）大儒袁宏那兒讀書。於是英台扮男裝，帶著比她大兩歲的隨身使婢銀心一同到杭州，在西湖聽到梁山伯今北方前涼國主張駿的〈薤露行〉詩，馬文才吹洞簫，是古調〈悲憤行〉，英台也長聲吟起三國曹植的〈送應氏〉，三人互問姓氏身世，馬文才，祖籍洛陽，是桓溫手下的屯騎校尉。梁山伯是會稽郡鄉下的布衣少年，蒙崇綺書院的山長袁宏照顧，也來杭州報考。從此展開梁、祝、馬在史實背景下的一段虛構情事。

馬文才是桓溫忠心耿耿的擁護者，山伯因袁宏的引見，成為謝安的正式門生，兩人不止爭愛英台也有不同的政治立場，山伯因是平民子弟，「士庶不通婚」，英台要山伯向父親提親，為山伯拒絕，邵都的父親邵愔建議馬文才向祝英台求婚，祝公遠也有心應允這戰功彪炳相貌堂堂、身居高位的青年才俊，於是將英台婚事許了馬文才。在鄞縣當縣令的山伯，寄了二十六封信給英台，都被祝公遠入火盆燒了，終致山伯相思病死，英台祭墳自題碑文「會稽梁山伯、祝英台夫婦，合葬於寧康二年八月十六日」，撞碑

而死。馬文才到靈隱寺出家。此故事屬 885B 類型,無殉情化蝶的神奇情節,但在小說中藉著葛洪的口及雲南郡大理蒼山的一個傳說,阿鳳公主與情人阿龍婚姻受阻跳入無底潭殉情,化為一對大蝴蝶,是「蝴蝶泉的由來」的情節單元,另外也有「孝子(邵郜)死前故意留下不利己的資料予其父(邵愔),使其父不致因喪子而痛苦」的奇特情節。此故事仍是文人歷史通俗小說的寫法。

樊存常、李桂蘭合撰《聖地梁山伯祝英台故事》(小說 15),故事發生在漢代孔孟故里鄒縣,也是 885B 婚姻受阻殉情而死類型,較為特殊的情節單元是「女子扮男裝娛父母,為父母窺知」、「女扮男裝逛集市」、「新娘成親當日突然雙目滴血而死殉情」、「殉情男女死後合葬」,也有不同的細節,如:(1)師娘發現英台是女兒家,怕出亂子,便做了兩件衣衫,梁、祝一人一件,得每晚穿了睡,不許私自換下,原來這衣衫嚴密異常,一時半刻解它不開。(2)英台回家前自寫「婚姻紙」放在辭學表章裏,文中有「泰山為証,黃河為媒」的誓辭。(3)梁、祝殉情後,馬文才憐憫祝員外、夫人無依無靠,倒來經常走動。員外才將英台外出求學的事說出來。鄉黨士大夫感慨二人真情,將二人合葬在馬坡山伯葬地,以為萬世表俗。此小說大抵以二〇〇三年十月二十七日山東微山縣馬坡鄉出土明正得十一(1516)年趙廷麟所撰《梁山伯祝英台墓記》為創作原型的文本。

《情史》載〔梁山伯與祝英台〕(小說 3),說「吳中有花蝴蝶,橘蟲所化,婦孺呼黃色者為梁山伯,黑色者為祝英台。俗傳祝死後,其家就梁塚焚衣,衣火中化成二蝶,雖馮夢龍認為「蓋好事

者為之也」，但此好事者「焚衣化蝶」之創意為前之故事所無，而前者之「橘蠹化蝴蝶」，亦是少見的奇想。此故事雖然不提梁祝基本結構，而只說俗傳祝死後，「焚衣化蝶」或吳中人稱橘蠹所作蝴蝶為梁山伯、祝英台，但仍是在梁祝 749A 化蝶類型的基礎上發展的敘述。

　　另外，還有與梁祝故事類型無關的梁祝小說，作家李馮所寫的《梁祝‧李馮小說集》(小說 12)，宣說他的小說有一類是改寫歷史或神話題材，評論家稱為反諷，或稱為戲仿，或稱為後現代顛覆。他喜歡懷疑那些神聖、經典的事物或解釋，打個比方說，這種改寫很像繪畫中的習作[10]。這本小說集雖以梁祝為名，但集中十四短篇小說，僅第六篇〈梁〉、第七篇〈祝〉兩篇是梁祝故事主題，第八篇〈蝴蝶〉是一個會變蝴蝶魔術女孩進入影視圈與一個撰寫電視劇劇本男人的故事，小說中提及莊周夢蝶、梁山伯追求祝英台未遂，痛苦至極，想到的出路也是羽化成蝶。李商隱寫出「莊生曉夢迷蝴蝶，望帝春心託杜鵑」，後來教坊中有〈蝶戀花〉的曲牌，阿詩瑪與情人幽會也選擇在蝴蝶泉，蝴蝶泉邊長滿了蝴蝶樹的聯想。與梁祝故事無關，僅有的關連只是第七篇〈祝〉小說最後女主角說了「後來，我就失去了他的消息。你知道，我們的關係是悲劇。他可能去變蝴蝶了。眾所周知，這就是故事的結局。」

　　第六篇〈梁〉、第七篇〈祝〉分別以梁山伯、祝英台角度出發，敘述兩人之間的情事。兩篇開頭都以「梁山伯與祝英台：民間傳

---

[10] 李馮撰：《梁祝‧李馮小說集》(臺北：情報文化科技股份有限公司，2003年 3 月 20 日)，頁 377-378 (在後記)。

說，戲曲劇目。祝英台女扮男裝與梁山伯共讀三年，感情深厚。祝回家前，向梁托言為妹做媒而許婚。後祝父將英台另許，英台抗婚不從。兩人在封建禮教的壓迫下，先後殉情而死。死後化為一對蝴蝶」，中間前者播放著男女聲對唱歌曲：「（男）蟾宮客，赴帝闕，相送臨郊野。恰俺與英台，鴛幃暫相守，被功名使人離缺。好緣業！空悒怏，頻嗟嘆，不忍輕離別。早是淒淒涼涼，受煩惱，那堪值暮春時節！（女）雨兒乍歇，向晚風如凜冽，那聞得衰柳蟬鳴淒切！未知今日別後，何時重見也。衫袖上盈盈，淚不絕。幽恨眉峰暗結。好難割捨，縱有千萬風情，何處說？（合）莫道男兒心如鐵，君不見滿川紅葉，盡是離人眼中淚。兒女情濃似花釀，美滿無他想，黑甜共一鄉。」後面播放「（男）寶釵分，桃葉渡，煙柳暗南浦。怕上層樓，十日九風雨。斷腸片片飛紅，都無人管，更誰勸，啼鶯聲住。（女）鬢邊覷，試把花卜歸期，才簪又重數。羅帳燈昏，哽咽夢中語：是他春帶愁來，春歸何處，卻不解，帶將愁去。」是辛棄疾的詞〈祝英臺近·晚春〉。

　　第六篇〈梁〉談及「愛情的實質」，認為「決定了愛情的並不是時間。有誰認為，只要有三年時間，你就肯定能對一個人產生感情？」「你自以為愛上了她，可其實喜歡的只不過是女孩身上的男式制服。」又列出愛情可能遇到的障礙：「性功能、封建禮數、蝴蝶、女扮男裝、小妹妹」。這是梁山伯、祝英台與愛情的故事，祝英台說根本就沒有小妹妹！鑒於我們的社會已經變得越來越男性化，鑒於包括她本人在內的女性也開始男性化，所以，我就必須接受她。根本就沒有什麼小妹妹，因為她本人就是那個小妹妹，她為我點一首歌：「愛有幾分能說清楚 / 愛的本質就是稀里糊塗 /

你知道我喜歡，穿著男制服／每一對現代戀人，都有點兒像梁祝
／喔，這就是愛／它有規定的程式／喔，這就是愛／它不由你做
主」。她威脅說，如果我不愛她變出的小妹妹，她就要去變蝴蝶。
這就是「愛的程式」。「愛的程式：離別在即，雨幾乍歇，以便她
有時間回去變小妹妹。但是，她會不會變不成小妹妹，卻成了一
隻蝴蝶呢？」

　　山伯隨意打開了一頁時刻表。底下出現了與故事情節無關的
「539次，北京、豐台」的交通時刻表。

| 539次 | 北京 | 豐台 | 廊坊 | 天津西 | 滄州 | 泊頭 |
|---|---|---|---|---|---|---|
| | 15:55 | 16:12 | 16:51 | 17:47 | 19:12 | 19:45 |
| | 東光 | 德州 | 平原 | 晏城 | 濟南 | 明水 |
| | 20:17 | 21:12 | 1:37 | 22:15 | 22:58 | 23:59 |
| | 淄博 | 臨淄 | 青州市 | 昌樂 | 濰坊 | |
| | 0:53 | 1:24 | 1:45 | | | |

又是後設拼貼遊戲的插入。接著山伯想到世界已經定格，開始像
打滑的唱機一樣在永遠重複了。他等了二十天，小妹妹還沒出現。
最後他說「你知道，我們的關係是悲劇，而且，在我漫遊等待的
過程中，她一直都沒能變成小妹妹。後來，她可能就想到了逃避，
以及蝴蝶。眾所周知，那就是故事的結局。」

　　第七篇〈祝〉，開始是梁山伯在電話中為祝英台朗誦了一首加
拿大詩人邁克爾‧布洛克（1918年出生－－卒年不詳）的詩：「那
春天最初的蝴蝶／橘黃而紫紅／輕快地飛過我的路／一朵飛翔的
花／改變著我的日子的顏色，以及／你的。」電唱機裡唱的是辛

棄疾的〈祝英臺近·晚春〉，英台想著，這首曲牌是以我命名的，我倆作為一對馳名品牌，在今天我似乎比他更受到歡迎。他也許感到嫉妒了。她穿上一套男制服去酒吧見梁山伯，她問了山伯三個問題，答案一是梁山伯悶悶不樂，是因為他需要得到小妹妹；他向我承認，他害怕受到受到打擊，有很長時間，大約三年以來，他的審美就一直處在了分裂狀態。他不能夠確定對我的感情，因為他那麼迷戀我穿著男制服。他懷疑自己出了某種問題。問題二：你認為，你對我的感是(A)中性的(B)同性的(C)異性的，答案二是 A。問題三：請談談你對女扮男裝的態度(A)喜歡(B)不喜歡(C)不得不喜歡。答案是 C。「愛的程式：寶欽分，桃葉渡，梁山伯憂鬱地告訴我，如果我沒有小妹妹，那他就要逃避，去變成一隻蝴蝶了。」原來山伯迷戀英台的是男制服，顯然作者李馮有意暗示讀者，山伯是同性戀，或制服迷戀癖好者。而英台也為她所接觸的男人們都像山伯一般喜愛制服，而山伯且是他們當中最好的，因為山伯軟弱的大腦中，至少還有關於小妹妹或蝴蝶的幻想。李馮對於梁祝故事的想法，明確地透過〈梁〉、〈祝〉兩篇小說中的梁祝二人表達出來。這是二十一世紀初出版的一九六八年生於廣西南寧，中國當代先鋒派文學作家的梁祝思維。

　　英台說在她的生活中，實際上並不止梁山伯一個男人，最近幾年，由於穿制服的緣故，我實際上置於男人們之中，我經常和他們接觸。相比起來，梁山伯算是他們當中最好的。他雖然和他們一樣，認為我已經不可能變自己穿男制服的形象，但至少在他軟弱的大腦中，還有著關於小妹妹或蝴蝶的幻想。不錯，他是乏味、自私、不成熟與娘娘腔的，我周圍充斥著這類不可依賴的男

人，正是我必須穿上制服並獨立生活的原因，不過他多少還有一點溫柔。在酒吧分別之際，他為我點唱一首歌：「愛有幾分能說清楚／兩性關係也是稀里又糊塗／你看我們兩個，穿著同樣的制服／這就說明，我們為什麼叫梁祝／喔，這就是愛／它不需要你痛苦／喔，這就是愛／它不由你做主。」後來，我就失去了他的消息。你知道，我們的關係是悲劇。他可能去變了蝴蝶了。眾所周知，這就是故事的結局。是的，這就是李馮〈梁〉、〈祝〉小說，依傍著「後現代顛覆」、「戲仿」、「反諷」寫作策略。

若不以故事情節的角度而言，李馮〈梁〉、〈祝〉二短篇小說反而是梁祝文學中最具原創性的，不以梁祝故事的情節為主體，而是依梁祝故事的背景，另行創作現代男女情思的文本。而〈蝴蝶〉一篇便類聚歷代異地異族的蝴蝶聯想，仍是他所創造梁祝故事的互文。而此短篇小說集，又以《梁祝·李馮小說集》為名，則連作家李馮都與梁祝、蝴蝶互為正文了。〈梁〉、〈祝〉二篇小說中也不斷操作互涉正文的後現代拼貼圖式，又在文本中不斷地追問山伯愛英台，是否僅是愛上「女扮男裝」的男式制服的特異情結。不僅是現代社會心理學的範圍，可能有男性對女孩身上男式制服依戀癖好暗示，又提到性功能、封建禮數、蝴蝶、小妹妹、實質肉體功能、社會功能與象徵義涵，甚至是對「何謂及「現代戀人」戀人」的愛情本質，甚至是「愛的程序」提出質疑。故事結構以〈梁〉、〈祝〉二篇短篇小說各自從梁山伯、祝英台的立場發言、對話，採開放性的後設文本形式撰寫，文中虛美交映、時空互涉、加拿大邁克爾·布洛克與辛棄疾中外師人齊聚一堂。布洛克說那春天最初的蝴蝶，橘黃而紫紅，輕快地飛過我的路；一朵飛翔的花，改變著我的日子的顏色，以及，你的。而辛棄疾的

〈祝英臺‧晚春〉，便直接以祝英臺為名的曲牌創作，李馮借小說中的英台想著「我倆作為一對馳名品牌，在今天我似乎比他（山伯）更受到歡迎」，真是現代男女愛情競馳分合的遊戲，既期待又怕受傷害。

二〇〇五年吳淑姿撰寫的《梁山伯沒死……之後》(小說16)，故事是祝英台十六歲時女扮男裝赴書院求學，鍾情梁山伯，返家前託師母作媒，山伯聽了師母說的緣由，高高興興到祝家求親，但祝父已將英台許配給馬文才，山伯大病一場，倖而未死。英台依父命上花轎，嫁往馬家，十四年後，是這本小說的主題，小說也提及梁祝愛情故事過程，除了殉情之後，大抵與梁祝故事類型相同，但這十四年後山伯在楊城的南城臨城東街市裏遇見女扮男裝的英台，她是學館裏的教書先生，偶爾替人看病，改姓宋，名英喬，原來她與馬文才爭吵，失手刺了馬文才幾刀，而後逃亡至此。山伯是楊城的功曹，已娶妻，有兒女三人，英台有一男一女。後來英台嫁作山伯二夫人，生小孩時失血過多，加上心情鬱結太深，氣絕而亡。英台與馬文才生的兒子馬之先當了滎陽縣縣令，與山伯相遇，認山伯為義父，後來馬之先與山伯的女兒相戀。山伯一因門戶不對，加上馬文才是否答應，而對二人是否能結婚，只能看造化了。此小說著重用現代觀點，看梁、祝二人關係的發展，特別突出女子自立更生，是否必得嫁人的女性自覺。也提及外遇中第三者與夫婦之間的緊張關係，此刻英台成為山伯婚姻的介入者，雖然結成婚配，仍因鬱結太深，又因難產失血而卒。梁、祝十四年失去連絡，而相遇五年，仍成一死一生的殘局，令人惋惜。此故事不屬梁祝類型。

今所見十四種小說除了馮夢龍及較早〔梁山伯與祝英台〕(〈李秀卿義結黃貞女〉入話)(小說 1)、馮夢龍《情史》引《寧波志》故事、吳中說法、俗傳故事(小說 2)不屬梁祝類型的三種之外,《梁山伯祝英台》(小說 5)、《七世夫妻‧二世夫妻梁山伯祝英台》(小說 9)是從《梁山伯與祝英台全史》(鼓詞 6)改編而來,故事結構不變,屬 749A.1 殉情花裙變花蝴蝶、閻王斷案、人化鶴、死而復生類型,這是通俗曲藝文學的故事,不知撰者,或改編者,故事中不避閻王斷案、死而復生及金童玉女犯罪貶凡等神鬼情節,而標有作家姓名的現代小說大抵以寫實為基調,以作家自我觀點來詮釋梁祝殉情的故事,通常都著重於人性、世情的描寫與舖張,最多採用人化蝶或裙化蝶、衣袖化蝶的情節,至於金童玉女下凡、閻王斷案、死而復生的神鬼情節,極少採用。

今見電影九種,其中八種屬 749A 化蝶類型,最早的是一九二六年上海天一影片公司的無聲電影《梁祝痛史》(電影 1),是董血血據民間傳說編劇,邵醉翁導演。由蝴蝶飾祝英台,金玉如飾梁山伯。影片用近代時裝演出,祝英台女扮男裝,穿長袍馬掛,女裝穿短衫裙子。影片較前故事不同處有:(1)影片增加動父滕康節其人,並由他介紹祝英台赴杭至譜兄弟張迂樵處求學;(2)祝英台改名為祝九紅;馬文才不僅為馬百萬之子,而且為一惡霸。增加打獵歸來,騎馬過橋,撞倒祝英台,梁山伯打抱不平受傷以及馬文才污辱陳小娥致死,眾鄉親報仇等情節。[11]一九二六年駱錦卿、李公健所編寫的閩劇《裙邊蝶》(上、下卷)(閩劇 1)粵曲研究所印

---

[11] 周靜書主編:《梁祝文化大觀‧戲劇影視卷》(北京:中華書局,1999 年 12 月),頁 693。

行的《裙邊蝶》二卷(粵劇 5)之前半部英台投墳殉情相同，而後兩者另有後半部是閻王斷案、死而復生多 749A.1 類型，與此影片 749A婚姻受阻投墳殉情（禱祝顯應）類型。

一九四〇年岳楓導演，張翠紅、曹娥、顧也魯主演，由中國聯美影片公司發行的《梁山伯與祝英台》(電影 2)，今未見該影片，不知內容為何。一九五三年由桑弧、黃沙導演，袁雪芬、范瑞娟主演的越劇彩色影片《梁山伯與祝英台》(電影 3)，故事屬 749A 殉情化蝶類型。還有歌仔戲電影三種，分別是：一九五八年國光劇團演出的《梁山伯與祝英台》[12]、一九五八年蔡秋林導演《英台拜墓》[13]及一九六三年李泉溪導演的《三伯英臺》(電影 5)，後者是彩色台語片，據出資拍片者蔡秋林口述此片為《英台拜墓》之彩色版[14]，《三伯英台》影片中英台暴露自己女子身份時，敞開袍服，露出胸前圍兜[15]，是「女扮男裝者獻乳示愛」的情節的大膽演出。此三者均是「舞臺化的電影」。

一九六二年邵氏兄弟有限公司出品李翰祥導演黃梅調電影《梁山伯祝英台》(電影 4)，由凌波、樂蒂主演。故事屬 749A 人化蝶類型，與越劇無甚相異。一九九四年嘉禾娛樂事業有限公司出品，徐克導演許莎朗編劇的《梁祝》(電影 6)，由吳奇隆、楊采妮主演，故事最後是新娘指血于墓碑自題姓名，哭祭突狂風暴雨而

---

[12] 廖金鳳撰：《消逝的影像--台語片的電影再現與文化認同》（臺北：遠流出版公司，2001 年 6 月 15 日初版），頁 90。

[13] 呂訴上撰：《臺灣電影史》，收於《臺灣電影戲劇史》（臺北：中國民俗協會複印，1987 年），頁 88。

[14] 施如芳撰：《歌仔戲電影研究》，（臺北：藝術學院傳統藝術研究所碩士論文，1997 年 12 月），頁 79 註 32。

[15] 同註 12，頁 78。

碑倒土陷人進墓墓合，紙蝴蝶往外放，化蝶飛上天。屬 749A 類型。影片以反諷為基調，一來諷刺西元三世紀東晉婚姻制度講求門當戶對，所謂仕族親系表，一般人喜攀龍附鳳；二來譏諷當時男子也流行化妝，粉飾門面，以祝父敷用「鮮卑人活血回春膏」面膜，連年輕學子們也塗粉抹黛，譏笑只注重面子的表象工夫。

電影中的英台調皮搗蛋，不愛讀書，胸無點墨，小抄寫在腳底板作弊，祝母年輕時也曾女扮男裝至杭州崇綺書院讀書，便送英台女扮男裝前往求學，於是英台與丫環小靈子扮男裝外出求學。同學梁山伯是沒落貴族窮書生，得半工半讀，夜裏在書房偷看書。師母看出英台是女子，特別讓她睡書房，兩人相遇吵吵鬧鬧，成為莫逆之交，兩人共在書房中床置碗水，分界共眠。有次考試學生集體作弊，祝家僕人長貴幫英台作弊被捉，山伯求情，老師罰英台重考，若不及格罰山伯開除，夜裏英台懸髮讀書，總算過了關。同學中有亭望春對山伯有同性情意，山伯自己對英台產生情愫，害怕自己是否有了同樣的毛病，英台睡夢時說胸綁太緊，山伯起疑，又曾拾取英台掉下的胸圍，山伯已知端倪。

後來祝父攀得馬太守親事要英台回家，而山伯得下山科考，仍相約在十八裏亭等候，後來兩人在山洞中燕好，英台要山伯來上虞祝家莊提親。山伯成為新任縣令後，上門求親，知英台已許馬家，相約私奔，後來山伯在雨中被打，英台被關，梁回家大病，英台以死拒婚，祝母至梁家跪求山伯寫信勸英台，祝母問山伯能為英台做什麼？山伯含淚寫信，力竭心瘁，死在大師（祝母年輕求學時的男友）懷中。葬鄮城路口，英台出嫁日要求拜墳，祝父要花轎繞道而行，不想途中狂風土石擋路不能前行，英台見山伯

墓，咬指血書祝英台名於墓碑，墳陷英台進墓墓合。影片借祝母之口說梁祝不能成婚是因為生錯地方，生錯時代，人人都虛偽、迂腐勢力，英台、山伯年少無知，想法太多，以為可以改變時代、改變身邊的人，最後只能悲劇收場，這是導演徐克詮釋故事慣用的借古諷今手法。徐克電影以古諷今的手法，在《梁祝》也到處可見今日時空的社會、人性、政治樣相，只是此次附會於東晉梁祝故事，其實是藉著影片來夫子自道一番想法。

　　同年南海影業公司出品，劉國權導演，劉國權、郎文耀編劇的《梁山伯與祝英台新傳》(電影 7)，由胡慧中、濮存昕主演，此片根據中國傳統戲曲改編，與前之故事不同處有英台男裝去寒山寺燒香，邂逅山伯，兩人一見如故，互生愛慕，原來梁山伯是她夢裏仙姑給的藏頭詩中預示的人。英台知山伯要到東林書院讀書，相約同往，並義結金蘭。馬文才也在東林書院念書，整日尋歡作樂，尋花問柳，又對英台心懷不軌，最後被山伯識破而跑回家，向馬太守催問祝家提親的事。英台因父病回家，臨行以護身之物蝴蝶風箏為聘托師娘作媒。山伯十八相送，英台托言允婚九妹，山伯應允，以玉笛為訂情物。待師母說明原委，山伯往祝家提親為時已晚。祝父已將英台許馬家。兩人繡樓相會，馬家官兵來抓山伯。英台逼馬文才放了山伯，並送還玉笛。山伯痛苦不堪，回家染病不起。馬家迎親當日，四九潛入洞房救出英台，告知山伯相思病死，英台到山伯墓前，悲痛欲絕，最後仙姑相助，山伯復活，騎白馬走來迎接，兩人結為美滿幸福的夫妻。[16]此片不屬梁祝殉情類型。

---

[16]　《中國影視資料館‧梁山伯與祝英台新傳(1994)》，http://www.cnmdb.com

　　一九九九年陳勳奇導演的《辣椒教室》穿插一段學生校際音樂才華比賽以搖滾形式演出〔梁山伯與祝英台〕(電影8)的音樂劇，仍是 885B 類型投墳殉情。

　　二〇〇三年臺灣中影公司、上海美術電影製片廠聯合發行的動畫電影《蝴蝶夢－－梁山伯與祝英台》(電影9)，由蔡明欽編導，二〇〇三，年十二月也同步由北京童趣出版有限公司編，人民郵電出版社出版動畫電影小說《梁山伯與祝英台》(電影小說1)，又二〇〇三年十二月二十二日由臺北時報文化出版企業股份有限公司出版卡通動畫版《蝴蝶夢－－梁山伯與祝英台》(漫畫2)，此梁祝故事雖仍是 749A 殉情化蝶類型，但因是卡通動畫，而有誇張的劇情、鮮豔的色彩、鮮明的人物，是以年輕人的思維模式表現搞笑、逗趣、浪漫、淒美的愛情故事。與前之故事不同者有戲中戲，「河伯娶親」，扮男裝的英台再扮女裝演獻祭河神的新娘，與演她未婚夫的梁山伯親吻。後來祝母來信要英台回家，英台一人在河邊自言自語，「梁兄，……如果我是女兒身，你會娶我嗎？」被在旁偷窺的惡霸同學聽見，造成日後逼婚悲劇。後來山伯來了，英台自表身份，兩人親吻定情，山伯答應學業完成必到英台家迎娶。但天不從人願，馬太守前來威脅祝家得應允婚事，三天內進馬家門，否則對山伯不利。此時，師母鼓勵山伯立即去祝家求親，山伯帶四九立刻去祝家提親，奈何挨了馬文才家丁一頓毒打，回家便死了。英台出嫁日祭墳，山伯陰魂迎接她進墓而卒，不久墓上長出

/title/3173/（2006 年 10 月 20 日）及《中國影視資料館‧梁山伯與祝英台新傳(2005 年 6 月 12 日)》http://www.cnmdb.com/ent/141372（2006 年 10 月 20 日）

連理枝，開花，花又變雙蝶飛上天，又劇中有「八哥」與「九妹」一對「小鳥能解人事」、「作人語」。劇中加強馬文才的喜感，配合舞蹈唱起現代流行的 rap 繞舌歌曲。

另外，又有三種漫畫：1.《梁山伯與祝英台－－蝴蝶夢》（漫畫1），二○○三年，高永、冠良漫畫，哈卡編劇，祝英台是山東富商之女，小個子，大眼睛，男孩氣的女生。婢女銀心與英台情同姊妹。梁山伯，十九歲，個子高瘦的帥哥，有點壞壞的男生。說話很毒，頭腦很好。家中窮困唸書之外還兼差養家。喜歡欺負祝英台，苦惱自己喜歡上了男生。四九是山伯大嘴巴愛講八卦的四九。馬文才，十九歲，個子瘦弱，長相如美女般纖細，與英台是青梅竹馬。喜歡英台，知道山東巡撫的父親要對英台不利，所以到書院保護她。後與山伯成為好友，喜歡製造發明一些精巧的器具。

首頁引了東漢樂府「孔雀東南飛」：「東西植松柏，左右種梧桐，枝枝相覆蓋，葉葉相交通，中有雙鳥鳴，自名為鴛鴦，仰頭相向鳴，夜夜達五更。」故事從英台逃婚到書院唸書開始，馬父派人到書院加害英台翻舟溺水，山伯救她上岸，差點打開英台衣服，馬文才偷偷告訴他真相，且鼓勵兩人成婚配。三年祝父來信催英台回家，馬文才也寫信回家請父親取消婚約。後來山伯訪英台，知道馬祝聯姻已成定局，決定終生不娶親而離去。英台出嫁時，到梁山伯墓前哭祭，墓裂，山伯走出墓外迎接英台進墓，墓合，蝴蝶從墓上飛出，原來一切都是馬文才巧安排，墓穴及蝴蝶都是馬文才所做的機關。最後梁祝二人在馬文才的祝福中遠離他

方。此漫畫是美少女、少男風格的現代浪漫故事，顛覆傳統殉情的悲劇故事。

　　2.《蝴蝶夢－－梁山伯與祝英台》(漫畫 2)，3.《梁祝》(漫畫 3)，連環畫稿是一九四九年前作品，如筆花所繪；畫面以外所附的文字說明是解放丁雲生添加的。故事屬 749A 化蝶類型，較為特殊的是因皇帝下召州縣綵選宮娥彩女，祝公遠才應允英台外出杭州求學。

　　今見電視連續劇八種，除了李萌所撰《梁山伯與祝英台》(電視連續劇 1)與何文傑所著電視文學劇本《梁祝戀》(電視連續劇 8)是喜劇收場，不屬梁祝類型故事之外，全是 749A 殉情化蝶類型故事。《梁山伯與祝英台》(電視連續劇 1)，是 1994 年 6 月李萌創作的八集電視連續劇劇本，前五集是(1)求學結拜、(2)同窗三載、(3)相送情深、(4)馬家奪愛、(5)樓台悲歌的情節基本與越劇相同，後三集(6)奮爭自由、(7)反抗隱居、(8)殉職鄞縣，則取材於鄞縣、上虞的傳說，以為梁祝並非投墳而死，而是私奔隱居於白馬湖羊山島，終成眷屬。(8)「殉職鄞縣」是根據寧波地方誌記載，山伯學成歸來，晉簡文帝舉孝廉，梁山伯被舉薦任鄞縣（今寧波鄞縣）令。勤政為民，積勞成疾，殉職鄞縣，安葬於高橋鎮九龍墟（今鄞縣高橋鎮梁祝文化公園）。於此故事可清楚見到各式媒體文本互涉的創作現象。

　　何文傑所撰《梁祝戀》(電視連續劇 8)也是梁祝捲款私奔，帶著四九、銀心在山陰道上幸福前行的喜劇。此劇除梁祝殉情 749A 類型的基本情節外，又大量引用之前故事的情節單元，如：「左右腳

跪下行禮分辨男女」、「墊荷葉睡覺以翠綠或焦黃偵側男女」、「女扮男裝者將荷葉晾在窗口使翠綠以防他人識己為紅妝」、「兩人同做一夢（進入桃花源）」、「對文招親」。又有「玉水潭的由來」、「玉水娘娘管天庭瓊漿玉液」、「玉水娘娘下凡教人釀酒洩露天機，觸犯天條，雷打玉水娘娘成潭」、「女兒紅（酒）的由來」等附屬的情節單元，也是一個各式媒介文本互涉的創作文本。

《梁山伯與祝英台》（電視連續劇3），導演林嶺東，故事是山伯相思成疾，鬱鬱而終，英台撞墳殉情，化蝶成雙飛翔。

《七世夫妻之梁山伯與祝英台》（電視連續劇4），導演馮凱，共四十六集，故事是天庭中觀音跟前金童玉女日久生情，遭嚴厲善妒的玉帝貶謫紅塵，七世夫妻輪迴，至修行圓滿才得返回本位。與前故事不同者有「文鬥比賽求婚」、「情人父（祝父）是殺父（梁父）共犯」、山伯「抗旨逃婚」情節。角色也添了喜愛山伯的郡王爺女兒月鳳小姐，及喜愛馬文才的玉雲，本想用墮胎藥讓懷有山伯孩子的英台流產，不想馬太守學生金師爺偷換成砒霜，結果毒死嘴饞的英台大嫂，致英台冤枉入獄等細節。電視連續劇因為播演是長期又連續的方式，所以常在主要情節上不斷添加次要或其歧出的情節單元，人、時、地、物等細節，當然也相對擴大編製，致使故事結構與節奏常有破碎、冗長的狀況。

《少年梁祝》（電視連續劇5），故事多了俠士路秉章與梁祝二人結為知己，老師丁程雍女兒丁香，愛上女扮男裝的英台，還差點上吊自殺，後來與英台成為姊妹。至於造成悲劇的關鍵人物是英台哥哥祝威，不止酒醉後無意間向宜興府太守馬俊升之子馬文才

說及英台秀麗脫俗，扮男裝到書院讀書之事，才使文才轉到尼山書院藉機親近。後來還擄回英台將其玷污，發現英台非完璧之身，盛怒之下痛打英台，並丟回祝家門口，致英台神智錯亂，六親不認，只對山伯有好感。一日，山伯為英台試穿梁母所做的新衣，英台突然恢復神智。祝威又密告文才，文才捉走祝父母，山伯英台逃難而去，丁香扮新娘出嫁。馬文才攔下正欲逃走的梁祝，毒打山伯致死，英台也含冤殉情化蝶。故事中梁山伯父親是趙慶平，為馬俊升、祝公遠聯手殺害，造成「情人父母是殺父共犯」的複雜糾纏情況，致使英台懸樑自盡，幸得及時獲救，山伯雖然中舉，欲辦二十多年前的殺父血案，卻被馬文才棋高一著，以貪瀆罪嫌入獄，英台為救山伯，應允馬文才婚事。山伯攜母出走，馬文才暗派殺手追殺，梁母與山伯互相保護爭死，殺手感念山伯孝心而放他們生路。途中巧遇英台，兩人躲到荒廢的尼山書院成婚。後來得知丁香為人所害淪落風塵，決定設法贖身，英台喬裝回祝家拿錢，卻被文才跟蹤，致使梁祝二人往悲劇路上走。此故事仍是四十二集長篇的連續劇，故歧出人物、情節增益比附也相當多，但與主要結構都無太大關係，故事仍是殉情化蝶的 749A 類型。

　　電視綜藝節目《絕代雙椒》（綜藝連續劇 1），其中一個單元以「梁山伯祝英台」749A 投墳殉情化蝶類型故事為主題，連續採用搞笑、脫口秀形式演出，如：飛鴿傳書，變成賭鴿，又如：英台、銀心打電話給馬文才，詢問快遞公司的電話號碼，又如：山伯向英台、銀心、祝母敬酒，原是每人敬一小杯酒，後又變成 500c.c.啤酒，再變一大罐啤酒，又變成高粱酒，終致「喝酒脹死」的好笑情節。此又見不同媒材故互為正文的創作現象。

綜藝單元劇《住左邊住右邊》(綜藝單元劇1)，於二〇〇六年三月九日節目以《住左邊住右邊之幸福小套房－－幸福黃梅調》為主題，在現代生活劇中穿插喜愛黃梅調的影迷，競唱黃梅調，且請來主演黃梅調電影《梁山伯與祝英台》的主角凌波現身說法。這也是不同媒材文本互涉的創作點子。

總結而言，方志、碑誌、文人筆記所載故事大抵是作者聽聞民間故事轉載而已，創作成份不多，恐亦不可以創作者視之。而民間故事、民間歌謠大量不知名作者的隨機創作，除了最早的原創者之外，大多數的創作者時常也是重複講述傳唱的接受者，又是參與創作的發送者。至於地方曲藝的最早創作者也許是得之於民間故事、歌謠的點子而鋪張成曲藝形式，則其文本常是大量參與說唱的接受者所參與的創作，此再創作者成為既是發送者也是接受者的身份。大抵只要是民間流行的媒介，如：民間故事、民間歌謠、民間曲藝，甚至是民間小戲的創作均是如此，均非一人一時一地的創作，而是流傳久遠的集體創作，雖在某個時空做成書面的記載和底本，但都只是故事流傳的一個點，是一個流動非封閉性的點，永遠不是一個終結的定點。也因此梁祝故事網絡中民間文學、通俗文學、文人文學、戲劇、地方曲藝、影視圖像等，各種體裁是互相交涉，互為一體，也全都是異時異地集體創作群之一，全都是吸吮梁祝故事母體而長大成其自己的文本，並不單獨存在一個的創作個體。

再者，梁祝故事網絡的創作者不管是口說即成、隨口詠唱的尋常百姓，或說說唱唱的曲藝藝人，或書面書寫的小說家，或圖

像書寫的漫畫家，影像、影視書寫的導演，或代言表演的舞臺戲劇創作者，也不管創作的是梁祝類型或歧出故事，更不管創作的媒介為何，基本上都是以故事為主，接受者是一般觀眾、聽眾，極少是以特定的族群為受眾，也極少以情境描寫或非故事書寫的方式展現，甚或以舞蹈、音樂、郵票、流行歌曲、剪紙、皮雕、年畫、雕塑、刺繡等工藝品形式的創作，雖然文本形式並不明顯鋪排故事，但主要仍以梁祝故事為基調，進一步地表現或抒發，表演、演奏、演唱、剪裁製作者的情感與心緒，而絕少是創作者的個人祕密書寫。此種現象當是以梁祝故事本是來自民間龐大的創作群，表達民間群眾對人生悲苦喜樂的情感，及對情愛、生命自由的願望與追求，而非單獨一人，或某一類族群的特殊情感與表現模式有絕大的關係。

　　因此梁祝故事來自民間、來自群眾，自然也流通於民間、流通於普羅大眾之間，也因是如此而形成一個永續創作的網絡現象，只要有群眾，只要有對愛情、自由意志追求的行動與願望，便永遠有為愛殉情，便永遠有梁祝故事的發送者與接受者，透過不同文本媒介，不斷地參與梁祝故事的延異創作，留下繽紛多彩的軌跡與印痕。廣義地來說，便如我這般的梁祝論文撰寫者，恐怕也是梁祝故事網絡中眾多痕跡之一，而此刻正在閱讀我的梁祝論文的你們，也仍是梁祝故事網絡中的受眾，及極可能成為另一個參與再創作的創作者之一。

# 第十章　梁祝故事消費現象（一）

　　一般而言，一個故事的存在，除了極少的狀況，通常都是由一個創作者以各種方式發送給一個聽眾或觀眾的接受者，才算真正的完成。一個口傳故事、一首口傳歌謠、一齣代言小戲或戲劇，或音樂劇或故事劇、一段鼓詞、彈詞、歌仔等地方曲藝的宣說與演唱、唸歌、一部電影、一齣電視連續劇、一集電視綜藝節目或單元劇、一部漫畫、一部卡通動畫、一本小說、一首協奏曲、胡琴曲、一次舞展，甚至方志、碑銘、文人筆記，再再都是發送者與接受者的雙向交流，有時接受者又因為故事的傳播，又成為一個參與創作的創作者，於是廣義的消費行為於焉產生，一個文化產業的消費現象也因此形成。相對於今日狹義的消費行為是以商業方式完成而言，民間故事、民間歌謠，恐怕不屬此種定義的消費行為。但若放在創作者、發送者發送作品或文本接受者的文化消費角度而言，應該也是可以成立的。

　　再說今日的消費物品有一大類是文化產品的消費行為，即所謂的文化產業，則梁祝故事文化網絡的消費觀念應該也是可以成立的。當然，若今日將故事製成有聲光碟，或將民間歌謠製成錄音帶、CD、VCD、DVD 發行而言，則必屬商品消費行為無疑。但究竟今存大宗梁祝民間故事、民間歌謠，其所產生的背景與今日真正的消費文化商品或產業，是有著本質上的不同；純粹口傳民間故事、歌謠通常都是在自然的狀況下產生，並非商業的操作，它可能是創作者針對有興趣的事件，或者是創作者就有限資訊，

如：「義婦與人同冢」的觸動，而引發的連翩想像而成者，在較早的年代，民間、社會的資訊不流通，人民識字的比例不高、空間交通不易，不若今日媒體世界大量複製、統一傾銷的商業社會型態，因此口傳敘述或歌詠便是一個較易改變、變形、重新創作不確定的一種文本，當然，戲劇與民間小戲、說唱曲藝或通俗小說，若沒有較為穩定的底本流通或印成書籍買賣，恐怕也不是一種穩定的文本，但相較於民間故事與歌謠純然是口傳的講述或歌詠形式而言，已算是較為穩定的文本了，所以今日所見的梁祝故事在各式各樣媒介文本，確實也存在相對穩定或不穩定文本差異的現象。

然而不管是相對穩定或不穩定的文本，總是透過發送者發送給接受者的模式進行。就消費形態而言，來自民間，又流通於民間的民間故事消費形態，也許可以權稱為形而上消費形態。只要有人愛聽，就有人會說，只要有人喜歡幻想，喜愛穿鑿比附，就會有令人驚奇的故事產生，這是不同於商業行為的消費，是一個受眾與發送者都愉悅的娛樂、精神消費，至於民歌的宣唱，也當屬於這種消費形態。

民間故事、歌謠接受者以爽朗的笑聲、慷慨的掌聲，熱情殷切地聽講來付費，用以回報發送者、加油添醬，極盡可能誇誕的編撰工作，直到接受者成為另一個發送者，傳述講說故事時，才又是另一次光怪陸離的精神饗宴。也因如是，所以梁祝從一個單純「義婦與人同冢」的小點，發展成梁祝故事群，編成 749A、749A.1、749A.1.1、885B 梁祝類型譜系，加上大量的歧出故事，甚至兜攬其他類型故事，綴合成為豐富又有趣的異想文本，由各路

人馬不斷地伸展它的版圖，運用各種媒材，成為各種文化產業，參與各類消費市場，深入各地各族群，造成當地化、風俗化的梁祝故事，深深地影響人民的生活與生命基調。

　　記錄故事的方志撰寫或筆記搜奇、碑銘的製作、及文人詩、詞的創作，當然也是一種故事發送者與方志、碑銘、詩詞閱讀受眾的文化消費。而元戲文、明末傳奇梁祝文本的創作、搬演與觀賞，則開始了商業消費行為，不管這舞台代言的媒介是屬於上層社會作為宴會上的一種娛樂形式，或是民間流動的職業班社在民間迎神賽會節日廟台、廣場的演出；也不管觀賞的受眾是貴族富豪的上層社會，或是廣大農村的農民及城市平民的下層群眾，都是一種付費享受的娛樂活動。

　　今見明傳奇梁祝訪友、送友劇本常有不忌粗鄙的打諢插科，又據明人呂天成《曲品》所載「朱春霖所著傳奇一本，《牡丹記》，此祝英台事，非舊本也。詞白膚陋，止宜俗眼」[1]，而所言「詞白膚陋，止宜俗眼」，正是庶民觀眾愛看的淺白詞語、粗陋膚淺的通俗戲劇，呂天成且將之列於「下下品」[2]。另據明萬曆二（1574）年《迎神賽社禮節傳簿四十曲宮調》之「亢金龍・第五盞南蒲囑別補空戲訪友」、「星日馬・第四盞戲山伯訪友補空鞭打楚平王」，是明代民間經常在民間社戲中演出的散齣[3]，及白岩〈寧波梁山伯廟墓與風俗調查〉：「在廟會期間，照例演社戲隆重祭祀，明清時

---

[1]　明・呂天成撰：《曲品》，收於《歷代詩史長編二輯》第六冊（臺北：中國學典館復館籌備處出版，鼎文書局經銷，1964年2月初版），頁248。

[2]　同前註。

[3]　林鋒雄撰：〈明代梁祝戲曲散齣發論〉，收於中國古典文學研究會主編：《古典文學》第十五集，（臺北：學生書局，2000年9月），頁409-429。

代，主要上演《十八相送》和《樓台會》等折子戲。」[4]，可知明代民間社戲的演出中，常有折子戲《訪友》、《山伯訪友》、《十八相送》、《樓台會》，此再再都顯示是梁祝戲劇庶民同樂的消費形態。

所見各地梁祝戲劇，有大型成熟的戲劇，也有隨機即興的小戲，不管大型的梁祝戲劇或者是即興的小戲都有百唱不厭的折子戲或唱段（參「不屬於梁祝類型故事」），有時是訓練有素的演員，有時是業餘的票友一再地搬演與演唱，也一再地被群眾所消費。地方曲藝也是如此，有大型長篇的故事，也有觀眾特別愛聽的唱段，也是普遍流通於群眾之間，有時連宗教性質的寶卷也做為宣唱的題材，有著宗教與娛樂的雙重功用。

今日大型戲劇如越劇、京劇、黃梅戲、崑劇等都有賣座極佳的梁祝故事題材文本，其中越劇透過黃梅調詠唱拍成的《梁山伯與祝英臺》等電影挾著行銷全國各地龐大的院線，掀起群眾全面性消費梁祝哀史的熱潮。而現今大型舞台梁祝題材的音樂劇也不斷地被創作被消費。相對於往日或兼具宗教、娛樂的雙重功用而言，則是純粹娛樂的消費行為，當然因創作文本在各類菁英人才的參與創作提昇了文本的藝術性，也多少增益了文化藝術的色彩，成為精彩的文化產品。

隨著感人肺腑梁祝故事的四處流播，各地發展出來的梁祝戲劇與梁祝曲藝不勝枚舉，它們一再地被發送，也一再地被接受，除了即時即地的舞台表演，也慢慢地發展出戲劇與曲藝表演者的

---

[4] 白岩撰：〈寧波梁山伯廟墓與風俗調查〉，收於周靜書主編：《梁祝文化大觀・學術論文集》（北京：中華書局，2000 年 10 月一版），頁 303。

文字底本,最後又不斷地被加以改編,不斷地被出版,成為書面
閱讀的劇本與曲藝底本,以另外一種形式的文本為群眾所消費。
梁祝故事的民間故事的敘述,民歌的唱詠大抵是隨生隨滅,當下
即是消費行為,相對而言,不易論其消費現象,而即興隨機的小
戲,或隨口宣唱的地方曲藝,雖然也常會有藝人就其中的折子戲
或唱段作較為制式的表演,但也仍是較難掌握資訊的消費動作。
至於方志記載、詩、文人筆記、戲劇、地方曲藝、電影、小說、
漫畫、音樂、舞譜等梁祝故事,因留下某時空的文本、劇本,或
可不斷複製成 CD、DVD 光牒等可以隨時隨地重新消費的文本,則
可據留存的資訊如報章、雜誌的統計或記錄觀察各式文本或各個
時空所有的消費現象,因此,以下僅就所能取得的資料詳論閩南、
臺灣梁祝歌仔冊、臺灣梁祝歌仔戲、梁祝電影、梁祝越劇、梁祝
音樂、梁祝曲藝戲劇表演及結集成冊、梁祝故事紙品及其他媒材
的各種大宗消費現象做詳細觀察研究之外,其餘各個時空場域的
梁祝故事消費現象則不能論及。因為資料來源短缺及搜集不易,
故大量採用網路提供的資料。

## 第一節　閩南、臺灣梁祝歌仔冊消費現象

今見資料最多的有清末明初廈門、臺灣一帶閩南社會普遍流
行的歌仔冊,經過法人施博爾、王順隆等人的收集與整理,可以
比較全面地了解歌仔冊的印行與消費狀況。歌仔冊原是口頭說唱
形式的念歌,為了便於記憶與傳誦,而將唱詞用文字記錄下來,
最初是手抄本,可能只是說唱者的底本,後來有了市場需求,才

刊印成小冊出版、流通，通常是七言四句，一般稱為歌仔簿，或歌仔冊。今見的廈門手抄本《三伯英台歌》二十本(歌仔冊1)、〔梁山伯與祝英台〕(歌仔冊 2)即是歌仔冊較早的文本形式，至於清一八七六年以前會文齋出版的木板《圖像英臺歌》(《新刻繡像英臺念歌》(歌仔冊 3))即是販售給大眾的出版品，不止有文字唱詞，而且是全本上圖下文的圖文歌仔冊，是當時最受歡迎的歌謠[5]。羅時芳〈博文齋及其唱本〉文中也提及「早期的『歌仔冊』都是木刻版本，在本地（廈門）刊行，封面有人物繡像[6]。是早期歌仔冊文本的普遍形式。

至於歌仔冊最早刊印的情況，羅時芳〈近百年廈門 "歌仔" 的發展情況〉一文提及：本市（廈門市）最早刻印歌仔冊的是文德堂，繼之有會文堂。光緒年間（一九〇八年）開業的有博文齋，……會文堂和博文齋的歌仔冊起先都是木刻版本，早期的博文齋還向會文堂購取版本來印售。除在本店出售，還批發給閩南各地的書局及小攤販。……由於 "歌仔冊" 的盛行，博文齋的歌仔銷售量日益增加，以致到上海用石印，最後曾用鉛印。[7]可知最早印行歌仔冊的書局，依次有文德堂、會文堂、博文齋，而且是木版印刷，及至上海始用石印及鉛印。

---

[5]　吳樹撰：《古今之「山伯英臺歌」》，收於《臺南文化》新卅八期（1995 年 2 月），頁 185。

[6]　羅時芳撰：〈博文齋及其唱本〉，收於《廈門文史資料》第十輯（廈門：1986），頁 127。參秦毓茹撰《梁祝故事流布之研究--以臺灣地區歌仔冊與歌仔戲的範圍》(花蓮：花蓮師範學院民間文學研究所碩士論文，2004 年 6 月)，頁 54。

[7]　羅時芳撰：〈近百年廈門 "歌仔" 的發展情況〉，收於《閩臺藝術散論》（廈門：鷺江出版社，1991 年），頁 291-304。見王順隆〈談臺閩「歌仔冊」的出版概況〉，《臺灣風物》四十三卷三期（1993 年 9 月），頁 113。

　　另據王順隆〈談臺閩「歌仔冊」的出版概況〉一文指出泉州
的清源齋、見古堂、琦文堂、上海開文、點石齋、文寶書局等書
店也刊行過歌仔冊，但未時引進臺灣的歌仔冊，大抵以閩南地區
發行的歌仔冊為主，主要原因是由於價錢低廉、內容通俗，又是
故鄉的事物。及至日本大正年間，臺北市北門町的「黃塗活版所」
才以鉛字活版大量發行臺灣版的歌仔冊，其後嘉義捷發漢書部、
嘉義玉珍書局、臺中瑞成書局、臺北周協隆書局都發行大量的歌
仔冊。[8]但翻印盜印的情況非常的普遍，如今所見廈門會文堂梁祝
故事有（〔梁三伯與祝英台〕《最新梁三伯祝英台遊學歌》《最新英
台吊紙歌》）(歌仔冊 4)、《增廣梁山伯祝英臺新歌全傳》(歌仔冊 5)、
《最新梁山伯祝英台新歌全集》(歌仔冊 6)、〔梁三伯與祝英台〕(《三
伯寄書》、《繪圖安人哭子馬俊娶親合歌》) (歌仔冊 7)、《最新英台
廿四拜歌》(歌仔冊 8)，其中〔梁三伯與祝英台〕(《最新梁山伯祝
英台遊學歌》、《最新英台吊紙歌》) (歌仔冊 4)，雖在書末載明「板
權所有不准（許）翻印」字樣，然前者仍為臺北黃塗書局翻印，
後者不僅是臺北黃塗書局翻印，上海開文書局、嘉義捷發漢書部
也加入盜印行列，上海開文板且漏了一行文字（147 行）。

　　又如：《最新英台廿四拜歌》(歌仔冊 8)為嘉義玉珍書局原板翻
印，而新竹興新出版社及新竹竹林書局便在文末略作改變印行，
今見新竹竹林書局刊印本子有四本，其中三本內容一樣，唯一九
八九年六月九版的兩本，分別與《三伯顯聖歌》、《寶島新臺灣歌》
（上本）合售。另外一本內容前 81 行與其他三本相同，但多出 82

---

8　王順隆撰：〈談臺閩「歌仔冊」的出版概況〉，收於《臺灣風物》第四十三
　　卷三期（1993 年 9 月），頁 114-117。

行至 158 行的內容與「二十四拜」無關，而是「三伯探英台」的段落（詳參本論文梁祝故事出處表，歌仔冊 8），顯見歌仔冊盜印猖獗，版本混亂的狀況，以致編唱者為了版權權益於歌詞中大大地撻伐，如：一九三二年至一九三五年歌仔冊編輯者宋文和在嘉義捷發漢書部發行的〔梁三伯與祝英台〕(歌仔冊 10)第五本《馬俊定聘歌》文末便說「歌仔不通淋滲番（隨便翻印），代志（事情）即來化年亂（那麼亂），英該（應該）人有出版權，也有着作个權利，各人咱著安知枝，乎人瓊破有代志（讓人識破有糾紛），不通甲人插々如（不可與人吵翻天）」，今見其編唱的《山伯出山糊靈厝歌》，被新竹竹林書局翻印，改去文中「編歌个人宋文和」文字。《三伯顯靈托夢英臺歌》改去文中「姓宋文和是不才」文字，又將文末「嘉義捷發叫我做」改為「竹林書局叫我做」。

　　住在臺北蓬萊町的江湖賣藥藝人戴三奇對於自己的作品被盜印也氣急敗壞，在〔梁三伯與祝英台〕之《三伯回陽結親歌》(歌仔冊 11)文末便說：「這本那是卻去印，就是畜類不是人。」而一九三六、一九三七年編唱五十五本《三伯英臺新歌》(歌仔冊 12)的作者梁松林對於同行翻印侵權的行為，更是指明「烟花捷發扣去印，文句無換免風神（別神氣），各人作詞有記認，烟花松林編輯人，共扣去印呆民望（壞名聲），無通才調（沒有能力）編恰通。」(4本文末)譏諷翻印者沒有才氣又壞名聲，嗆聲說「扣人版權免方（風）神，永遠目地奉看輕」(13 本文末)，只會讓人瞧不起，且抗議著作有版權，不能讓人隨便翻印。「松林歌編界多款，協隆天生下版權，共扣去印省下願，不通復版共偷番。」(27 文本末)，又說：「共扣去印無路用，人着作詞了工情，終人版權扣去用，喜

款不是塊才情，那愛歌仔提來評，勝過玉珍甲瑞成」(5 文本末)，
若真正是歌仔的愛好者，可把各家的歌仔做一公評，自信自己的
作品勝過嘉義玉珍書局、臺中瑞成書局同行的作品。

　　儘管編唱者大聲疾呼著作者的版權，但終究抵不住商業利益
的誘惑，刪去編者姓氏，翻印同業作品的印本仍充斥市面。今見
新竹竹林書局便在一九五三年翻印臺北周協隆書店發行梁松林的
《三伯英臺新歌》五十五冊，分為甲、乙、丙、丁、戊五集，改
名為《三伯英台歌集》(歌仔冊 13)，每本書名稍作修改，刪除或修
改前言、後語，五十五冊分合、行數與梁本稍異。今見竹林書局
所印的《三伯英台歌集》除了一九五三年十一月十二日初版外，
另有一九六〇年十月八日曾再版、一九六〇年一月二十日三版、
一九六〇年四月二十五日三版、一九六一年五月十日三版、一九
八七年二月一版、一九八九年六月第九版、一九九〇年八月九版、
一九九五年四月等數種不同年代的印本，於此可見梁本梁祝故事
受歡迎的程度，不僅當時為人所翻印販售，其後仍不斷地印刷流
通，為大眾所消費。另外，臺南華南書局也於一九五五年翻印梁
松林編唱本，改名為《梁三伯與祝英台》，同樣是刪去梁本文末店
名、編者資料及預告或廣告詞，今僅存下集 37 冊到 53 冊前五行。

　　由於歌仔冊價格低廉，廟口、廣場、市集又常有江湖走唱賣
藥人、擺攤「念歌」推銷歌仔冊的歌仔仙，街頭巷尾更有彈唱「念
歌」的藝人，觀眾一面聽故事唸唱，娛樂消費之外，也間接吸收
「念歌」說唱的技藝，以致人人都能朗誦跟著唸唱；而販售歌仔
冊的書店、攤販又到處可見，隨手買本自己熟悉的閩南方言歌仔
冊，回家看詞唸唸唱唱，也成農業社會單調生活中有趣消閑的娛

樂。更由於這種群眾與說唱藝人間的良性互動，帶動了歌仔冊的風行流通，書局也找來編唱的藝人快速地改編或創作歌仔，又大量的印刷發行，不止自行銷售，也「批發給閩南各地的書局及小攤販」[9]，如：臺北周協隆書局印行的《三伯英臺新歌》(歌仔冊12)「全部配落頂下港（臺灣全省），協隆天生塊發行」(10本文末)，編唱者在文末通常有詳細的發賣廣告，如第五本文末：「天生發行消真大，暫ヒ都有新款歌，玉芳書局亦有賣，臺北稻江太平街」、第八本文末「藏版卜印即恰緊，協隆通知小賣人，天生店號開協隆，古書歌仔卸賣商，新歌出版真多種，……阿罟印刷袂絕字，迅速不敢共延池（遲）。」又俗文學叢刊本第八本文末[10]：「藏版卜用則時有，愛緊甲人即有株，閣給趕緊都下付，配貨比人恰工夫」、第十三本文末：「協成印刷有信用，發賣玉珍甲協隆，天生歌仔上多種，發行配乎小賣商。臺北……」、第十本文末：「嘉義玉珍書店內，發賣這部新英臺」、第十五本文末：「協隆發賣歌仔冊，版權正是天生个（的），伊算小賣無權價，那是欠用即來提」，即說自家書店出版的歌仔冊種類繁多，印刷迅速又精良，當然也不忘對小賣商人喊話，說配貨比他人更工夫。

　　因為龐大市場的需求，書店一本一本地印刷、販售，編唱者一集一集地編撰念唱，一個梁祝殉情故事可以像連續劇一般地拖

---

9　同前註。

10　《三伯英臺新歌》第八冊有三種版本，一是中央研究院歷史語言研究所藏本（新文豐出版公司出版，《俗文學叢刊・326冊》）；二是王順隆「閩南語俗曲唱本『歌仔冊』全文資料庫 662 冊存 44 至 85 行，內容與俗文學叢刊本不同。三是王順隆 225 冊，內容與俗文學叢刊本相同，但中間缺了48 行。

延劇情，既有大量的歧出人物與情節，又有別種類型故事的兜合以加長篇幅，本來預計五十本的梁祝故事，足足編成五十五本的長篇鉅著，因此為了持續吸引觀眾消費、購買意願，得在每一集有一個重要的賣點，先在上一集的最後提供一個勾引受眾的懸念預告，再做一個漂亮的廣告強力宣說自編作品的諸多特色，便成為商品重要的行銷策略。今見宋文和在〔梁三伯與祝英台〕之《三伯出山歌》(歌仔冊 10) 文末：

> 只本念甲者清草（楚），下本靈厝糊五落，能比此斬野恰好（更好），我有按恁免京（驚）無，因為紙少編無透，下集即續甲透流，閣免几日隨時到，三伯出葬尾至頭，靈厝歌仔听看覓，按盍糊法就能知，等候天光明仔再。有榮我編隨時來，小弟若是有時間，卜愛歌仔無為難，近來歌界無濟汗，有數百種在中間。下本連續，三伯出山糊靈厝。

便是下本歌仔冊的預告話語。又如戴三奇〔梁三伯與祝英台〕之《三伯英台看花燈歌》(《英台出世第三集》) (歌仔冊 11) 文末：

> 三即編甲者切斷，四集續落看花園，只暫哥（歌）仔卻去勸，心色（有趣）念塊歸下方，四集也有恰巧神，英臺用計卜獻乳，卜听代家先明品，句豆咱听乎真，サヨナラ大家請，念久實在真無聲，出門專望恁相痛，後期着等到新正。

戴三奇是江湖賣藥的歌手，所以歌仔冊的廣告詞句中仍存與現場觀眾對話的話語，向觀眾道謝，在《三伯回陽結親歌》(歌仔冊 11)

文末且說「勞煩大家塊者豎（站立），卜（要）返大家萬萬（慢慢）行」；也順便說到自己唸唱歌仔時間太久，沒有聲音的情況，都是歌者與受眾的相對互動。

又如：梁松林《三伯英臺新歌》（歌仔冊12）第二本文末：

> 發明這集新英臺，作詞松林省不知，下集續因塊結拜，一整一整照頭排，英臺見着梁三伯，結拜無人即得力，恁若愛唱歌仔曲，買去認真學伊熟，結做兄弟拜夫子，後來做陣去讀書。

梁氏不只為下集做廣告，也對愛唸唱歌仔曲的受眾喊話，可以購買歌仔冊回家認真學習。另外，也對編撰的歌仔做全面預告：「一本一本直直寫，五十外集即到額，全部松林作詞者，一集限定編四蝶，臺北永樂市場內，協隆天生通人知，歌仔逐集袂箱呆（不太壞），那卜讚成恁着來」（3 本文末）、「無嫌恁那買去唱，壹本限定印四張」（9 本文末）、「歌仔那有七字正，秤彩（隨便）來念都好聽」（53 本文前）自許編編撰的歌仔不差，隨便唱唸都好聽，有意者歡迎購買。

戴三奇也自我推銷編的歌仔真罕有，《新編流行三伯和番歌》（歌仔冊11）文前：

> 三奇編歌發行人，即對朋友說恰真，小弟編乎玉珍印，三伯和番成苦憐，這是東晉个故代，就是三伯甲英臺。朋友恁看那是愛，後集征番隨出來。小弟閂編有七本，英臺節

義失青春，三伯和番煞被困，可比恰甲王昭君。姓戴三奇我自己，即共朋友恁通知，這是漢晉个故事，閂好四百二十年，故事出著在東晉，馬俊五鬼來扶身，歌屄閂好到者盡，三國盡尾个原因。

文末：

只暫歌仔真罕有，就是漢朝个因由，文官征蕃即天壽，梁成即來報冤仇。

當然廣告話語中也不忘告知觀眾，編撰者、發行書局的「正字標記」，如：宋文和《三伯出山歌》(歌仔冊 10)文前有：「列位有榮（有空）來參考，听歌心肝恰賣嘈（心不煩），不才含萬（愚笨）人匕好，小名叫做宋文和，帶（住）在基隆个所在，念歌周遊通全臺，平生做人都未呆，識我个人就相知，那有時間來听着，這漸三伯卜出山，內中句豆是按盞，听了好困免相瞞」、《士久別人新歌》(歌仔冊 10)文末：「都是捷發托我罩（做），只本文和閣再抄，小弟个人獨个好，平生做人差不多，因為捷發叫我做，編歌號做宋文和。基隆　宋文和」、《三伯顯聖托夢英臺歌》(歌仔冊 10)文前：「有榮恁來听見覓，這本新歌閣出來，社會風俗未損害，姓宋文和是不才」，除了自報家門，順便宣說自己的人品不差，新歌也無礙社會風俗。

又如：戴三奇《三伯英台看花燈歌》(歌仔冊 11)文前：「朋友兄弟豎在々，閣再皆接祝英台，……編歌个名廣照實，大家聽我來廣起，我即無說不知机；不知小弟省（什）名姓，小弟姓名戴三

奇,小弟店(住)在臺北州,因為賣藥出來留(溜),一來交培正朋友,二來念歌恰清休,小弟住所我有定,店治(住在)臺北蓬萊町,番号門頂也有訂,貳百十五倒手平(左手邊)」、《三伯回陽結親歌》(歌仔冊 11)文前:「卜改這本是回陽,被人拜託孤不終,句豆遂句着仲用,三伯英台回故鄉,只本小弟編甲改,改歌个名報您知,豎著臺北个所在,只歌三奇做出來」、文末:「這本那是却去印,就是畜類不是人,有影無影成費氣,我共朋友恁通知,歌書轉用白話字,一本塊賣二鮮錢,アリガト真刀謝,只斬歌仔悶到者,勞煩大家塊者豎,卜返大家慢慢行」,這是遊走全臺賣藥念唱者的即席廣告,詳細告知受眾編者姓氏、住址及職業。又可知戴三奇雖是個全臺賣藥念唱的歌手,也接受書局委托編改歌仔銷售。

又如:梁松林《三伯英臺新歌》(歌仔冊 12)的廣告詞也詳細言明編者、出資發行書局、發賣書局資料:「臺北協隆塊發行」(8本文末)、「協隆天生資本大,專倩松林塊編歌」(26 本文末)、「這集天生伊出版,發行傳落在世間,玉芳書局也有辦,……松林編歌傳世上」(22 本文末)、「協隆做着永樂町,玉芳店開着太平,……松林作詞恰希罕,卜留名聲在世間」(21 本末)、「松林……龍山寺町我本居」(9 本文末),文中也可見梁氏希望自編的歌仔冊能留傳世上顯名聲的願望。有時為了加強廣告效果,梁氏也做字謎,讓人猜猜編撰者姓名、發行歌仔冊店主人名、店號。甚至連周協隆書店委託印行歌仔冊的臺北星文堂、嘉義協成、大成三個印刷廠地址、配備及工作效率、品質都在廣告的話語中。

今據王順隆〈閩台「歌仔冊」書目‧曲目〉[11]〈「歌仔冊」書目補遺〉[12]二文所錄梁祝故事有 268 種，今列表如下：

| 書號 | 書名 | 出版社 | 日期 | 版本 | 作者 | 備註 |
|---|---|---|---|---|---|---|
| 1309[13] | 三伯英台歌 | | | 抄本 | | |
| 167 | 最新梁山伯祝英台新歌全傳 | 廈門文德堂 | 1905 | | | |
| 85 | 圖像英台歌 | 會文齋 | | 木板 | | 新刻繡英台紀念歌 |
| 294 | 增廣梁三伯祝英台新歌全傳 | 廈門會文堂 | 1914 | 石印 | | |
| II 44[14] | 〃 | 廈門會文堂 | 1914 | 石印 | | |
| 239 | 最新英台山伯歌 | 廈門會文堂 | | | 南安輔國禾火先 | |
| 375 | 祝英台全歌 | 廈門博文齋 | | | | |
| 1108 | 三伯英台歌集甲集 | 新竹竹林 | 1953 | 鉛字 | | 與周協隆之三伯英台歌集同 |
| 1109 | 三伯英台歌集乙集 | 新竹竹林 | | 鉛字 | | 與周協隆之三伯英台歌集同 |
| 1110 | 三伯英台歌集丙集 | 新竹竹林 | 1960 | 鉛字 | | 與周協隆出版之三伯英台歌集二十三至三十三集同 |
| 1111 | 三伯英台歌集丁集 | 新竹竹林 | | 鉛字 | | 與周協隆之三伯英台歌集同 |

11　王順隆撰：〈閩台「歌仔冊」書目‧曲目〉，收於《臺灣文獻》第四十五卷三期（1994 年 9 月），頁 171-271。

12　王順隆撰：〈「歌仔冊」書目補遺〉，收於《臺灣文獻》第四十七卷一期（1996 年 3 月），頁 73-100。

13　「1309」為王順隆〈閩台「歌仔冊」書目‧曲目〉文中歌仔冊書目曲目的編號，以下例同。

14　「II 44」為王順隆〈「歌仔冊」書目補遺〉文中所收「劉峰松氏所藏『歌仔冊書目』」編號，以下例同。

| 1112 | 三伯英台歌集戊集 | 新竹竹林 |  | 鉛字 |  | 與周協隆之三伯英台歌集同 |
|---|---|---|---|---|---|---|
| 1283 | 梁三伯 |  |  | 鉛字 |  |  |
| 1200 | 梁仙伯祝英台歌 | 新竹竹林 | 1987 | 鉛字 |  | （客語） |
| 662 | 英台出世歌 | 嘉義捷發 | 1932 |  |  |  |
| II 96 | 〃 | 嘉義捷發 | 1932 | 鉛字 |  | 柱作英台二集新歌/劉存上本 |
| 1070 | 〃 | 新竹竹林 | 1986 | 鉛字 |  |  |
| II 143 | 最新英台出世歌 | 臺中瑞成 | 1933 | 鉛字 |  |  |
| 584 | 英台出世新歌 | 臺北周協隆 | 1936 |  | 梁松林 | 1 / 55，2 / 55 |
| I 39[15] | 〃 | 臺北周協隆 | 1936 | 鉛字 | 梁松林 | 1 / 55，2 / 55 |
| 291 | 最新梁三伯祝英台遊學歌 | 廈門會文堂 | 1909 | 石印 |  | 下接最新英台吊紙歌 |
| 137 | 英台留學 | 廈門文德堂 |  |  |  | 下接英台吊紙歌 |
| I 26 | 英台留學歌 | 臺北黃塗 | 1925 | 鉛字 |  | 下接英台吊紙歌 |
| 665 | 〃 | 嘉義捷發 | 1933 |  |  |  |
| 1071 | 〃 | 新竹竹林 | 1987 | 鉛字 |  |  |
| II 144 | 最新英台留學歌 | 臺中瑞成 | 1933 | 鉛字 |  |  |
| 586 | 英台留學新歌 | 臺北周協隆 |  |  | 梁松林 | 3 / 55，4 / 55 |
| I 41 | 〃 | 臺北周協隆 |  | 鉛字 | 梁松林 | 3 / 55，4 / 55 |
| 374 | 英台遊學歌 | 廈門博文齋 |  |  |  |  |
| 666 | 英台獻計歌 | 嘉義捷發 | 1935 |  | 許應元 |  |
| 721 | 願罰紙筆乎梁哥歌 | 嘉義捷發 | 1935 |  |  |  |
| 1243 | 英台罰紙筆、看花燈歌 | 新竹竹林 | 1987 | 鉛字 |  |  |
| 636 | 英台三伯元宵夜做燈謎新歌 | 臺北周協隆 |  |  | 梁松林 | 5 / 55 |

---

[15] 「 I 39」為王順隆〈「歌仔冊」書目補遺〉文中所收「亞非語言研究所所藏『歌仔冊書目』」編號，以下例同。

| I 63 | 〃 | 臺北周協隆 | | 鉛字 | 梁松林 | 5 / 55 |
|---|---|---|---|---|---|---|
| 779 | 三伯英台看花燈歌 | 嘉義玉珍 | 1935 | | 戴三奇 | |
| 1383 | 〃 | | | | 戴三奇 | |
| 998 | 元宵夜做燈謎歌 | 大中書局 | | | | 三伯英台歌集 |
| 587 | 馬俊留學新歌 | 臺北周協隆 | | | 梁松林 | 6 / 55 |
| I 42 | 〃 | 臺北周協隆 | | 鉛字 | 梁松林 | 6 / 55 |
| 1036 | 馬俊留學 | 新竹竹林 | | 鉛字 | | |
| 715 | 三伯英台遊西湖歌 | 嘉義捷發 | 1934 | | | |
| I 102 | 〃 | 嘉義捷發 | 1934 | 鉛字 | | |
| II 104 | 〃 | 嘉義捷發 | 1934 | 鉛字 | | |
| 1005 | 三伯遊西湖 | 新竹興新 | | | | |
| 1249 | 三伯英台遊西湖賞百花歌 | 新竹竹林 | 1987 | 鉛字 | | |
| 780 | 三伯英台賞百花歌 | 嘉義玉珍 | 1935 | | 戴三奇 | |
| I 131 | 〃 | 嘉義玉珍 | 1935 | 鉛字 | 戴三奇 | |
| II 118 | 〃 | 嘉義玉珍 | 1935 | 鉛字 | 戴三奇 | |
| 637 | 英台三伯遊西湖賞百花新歌 | 臺北周協隆 | 1936 | 鉛字 | 梁松林 | 7 / 55，8 / 55，9 / 55影得中本第八集 |
| I 64 | 〃 | 臺北周協隆 | 1936 | 鉛字 | 梁松林 | 7 / 55，8 / 55，9 / 55 |
| II 146 | 三伯英台賞花新歌 | 臺中瑞成 | 1933 | 鉛字 | | |
| 1361 | 三伯英台賞花歌 | | | | | 附注音 |
| 592 | 人心別士久新歌 | 臺北周協隆 | | | 梁松林 | 10 / 55 |
| I 43 | 〃 | 臺北周協隆 | | 鉛字 | 梁松林 | 10 / 55 |
| 996 | 人心別士久歌 | 大中書局 | | | | 三伯英台歌集 |
| 1011 | 人心送士久歌 | 新竹興新 | | | | |
| 594 | 三伯觀密書新歌 | 臺北周協隆 | | | 梁松林 | 11 / 55 |

| 596 | 馬家央媒人新歌 | 臺北周協隆 | | | 梁松林 | 12 / 55 |
|---|---|---|---|---|---|---|
| 997 | 馬家央媒人歌 | 大中書局 | | | | 三伯英台歌集 |
| 621 | 馬家央媒人求親新歌 | 臺北周協隆 | | | 梁松林 | 13 / 55，14 / 55 |
| I 58 | 〃 | 臺北周協隆 | | 鉛字 | 梁松林 | 13 / 55，14 / 55 |
| II 87 | 〃 | 臺北周協隆 | | 鉛字 | 梁松林 | 13 / 55，14 / 55 |
| 628 | 大頭禮仔杭州尋英台歌 | 臺北周協隆 | | | 梁松林 | 15 / 55 |
| I 60 | 〃 | 臺北周協隆 | | 鉛字 | 梁松林 | 15 / 55 |
| II 89 | 〃 | 臺北周協隆 | | 鉛字 | 梁松林 | 15 / 55 |
| 1000 | 禮仔杭州尋英台歌 | 大中書局 | | | | 三伯英台歌集 |
| 781 | 三伯英台離別新歌 | 嘉義玉珍 | 1933 | | 戴三奇 | |
| I 132 | 〃 | 嘉義玉珍 | 1933 | 鉛字 | 戴三奇 | |
| II 147 | 〃 | 臺中瑞成 | 1933 | 鉛字 | | |
| 1362 | 三伯英台離別歌 | | | | 戴三奇 | |
| 999 | 英台掘紅綾作証歌 | 大中書局 | | | | 三伯英台歌集 |
| 619 | 英台掘紅綾作證新歌 | 臺北周協隆 | | | 梁松林 | 16 / 55 |
| I 56 | 〃 | 臺北周協隆 | | 鉛字 | 梁松林 | 16 / 55 |
| II 86 | 〃 | 臺北周協隆 | | 鉛字 | 梁松林 | 16 / 55 |
| 610 | 王氏祝家送定新歌 | 臺北周協隆 | 1936 | | 梁松林 | 17 / 55，18 / 55，19 / 55 |
| I 51 | 〃 | 臺北周協隆 | 1936 | 鉛字 | 梁松林 | 17 / 55，18 / 55，19 / 55 亞非所存中、下本 |
| II 83 | 〃 | 臺北周協隆 | 1936 | 鉛字 | 梁松林 | 17 / 55，18 / 55，19 / 55 |
| 616 | 大舌萬仔倖大餅新歌 | 臺北周協隆 | | | 梁松林 | 20 / 55 |
| I 54 | 〃 | 臺北周協隆 | | 鉛字 | 梁松林 | 20 / 55 |

| II 85 | 〃 | 臺北周協隆 | | 鉛字 | 梁松林 | 20／55 |
|---|---|---|---|---|---|---|
| 809 | 新編流行英台回家想思歌 | 嘉義玉珍 | 1933 | 鉛字 | 陳玉珍 | |
| I 145 | 〃 | 嘉義玉珍 | 1933 | 鉛字 | | |
| 585 | 英台思想新歌 | 臺北周協隆 | | | 梁松林 | 21／55，22／55 |
| I 40 | 〃 | 臺北周協隆 | | 鉛字 | 梁松林 | 21／55，22／55 亞非所存上本 |
| 340 | 英台想思 | 廈門博文齋 | | | | |
| 1073 | 英台想思歌 | 新竹竹林 | 1961 | 鉛字 | | 下接三伯探英台歌 |
| 1186 | 英台回家想思歌 | 新竹竹林 | 1986 | 鉛字 | | |
| 1294 | 英台思想 | | | | | （五更墜） |
| 1187 | 英台想思三伯探 | 新竹竹林 | 1960 | 鉛字 | | |
| II 156 | 馬俊求親英台思想新歌 | 臺中瑞成 | 1933 | 鉛字 | | |
| 723 | 英台自嘆馬俊定聘歌 | 嘉義捷發 | 1935 | | 宋文和 | |
| 627 | 霧先祝家看症頭新歌 | 臺北周協隆 | 1936 | 鉛字 | 梁松林 | 23／55 |
| 608 | 三伯越州訪友新歌 | 臺北周協隆 | 1936 | 鉛字 | 梁松林 | 24／55，25／55 |
| I 49 | 〃 | 臺北周協隆 | 1936 | 鉛字 | 梁松林 | 24／55，25／55 |
| II 81 | 〃 | 臺北周協隆 | 1936 | 鉛字 | 梁松林 | 24／55，25／55 |
| I 142 | 新編流行三伯探英台歌 | 嘉義玉珍 | 1933 | 鉛字 | | |
| II 139 | 三伯探英台新歌 | 臺中瑞成 | 1933 | 鉛字 | | |
| 762 | 三伯探英台歌 | 嘉義玉珍 | 1933 | 鉛字 | 陳玉珍 | |
| 1113 | 〃 | 新竹竹林 | 1987 | 鉛字 | | |
| 1224 | 〃 | 新竹竹林 | 1948 | 鉛字 | | |
| II 180 | 〃 | 新竹竹林 | 1948 | 鉛字 | | |
| 838 | 安童買菜新歌 | 臺中瑞成 | 1932 | | | |

| | | | | | | |
|---|---|---|---|---|---|---|
| Ⅱ129 | 〃 | 臺中瑞成 | 1932 | 鉛字 | | |
| 712 | 新編安童買菜歌 | 嘉義捷發 | 1935 | | | |
| Ⅰ98 | 新編安童買菜歌 | 嘉義捷發 | 1935 | 鉛字 | | |
| 1067 | 安童買菜歌 | 新竹竹林 | 1987 | 鉛字 | | |
| 1319 | 安童哥買菜 | | | | | |
| 629 | 三伯英台對詩達旦新歌 | 臺北周協隆 | 1936 | 鉛字 | 梁松林 | 26 / 55 |
| Ⅱ90 | 〃 | 臺北周協隆 | 1936 | 鉛字 | 梁松林 | 26 / 55 |
| 448 | 二十四送、三十二呵歌、十八摸、十二步送兄合歌 | 廈門博文齋 | | 石印 | | 新刊十二按歌 |
| 299 | 最新二十四送、三十二呵、十八摸、十二步、十二按五套合歌 | 廈門會文堂 | 1914 | 石印 | | 欠十八摸歌 |
| 1274 | 廿四送 | | | | | |
| 1023 | 英台廿四送哥歌 | 新竹興新 | | | | |
| 1184 | 〃 | 新竹竹林 | 1987[16] | 鉛字 | | |
| 185 | 二十四送合歌 | 廈門會文堂 | | | | |
| Ⅰ75 | 英台送哥歌 | 嘉義捷發 | 1934 | 鉛字 | | |
| Ⅱ120 | 最新英台送哥埋喪合歌 | 嘉義玉珍 | 1933 | 鉛字 | | |
| 595 | 士久別人心新歌 | 臺北周協隆 | 1936 | 鉛字 | 梁松林 | 27 / 55 |
| Ⅰ45 | 〃 | 臺北周協隆 | 1936 | 鉛字 | 梁松林 | 27 / 55 |
| Ⅱ79 | 〃 | 臺北周協隆 | 1936 | 鉛字 | 梁松林 | 27 / 55 |
| 1012 | 〃 | 新竹興新 | 1955 | | 梁松林 | |
| 684 | 士久別仁心歌 | 嘉義捷發 | 1934 | | | |
| 1115 | 士久銀心別歌 | 新竹竹林 | | | | |
| Ⅱ176 | 〃 | 新竹竹林 | | 鉛字 | | |

---

[16] 「英台廿四送哥歌，新竹竹林，1987，鉛字」，1987 原作 1887 年，當是誤字，竹林書局並無 1887 年印本。

| 606 | 三伯回家想思新歌 | 臺北周協隆 | 1936 | 鉛字 | 梁松林 | 28 / 55 |
|---|---|---|---|---|---|---|
| II 80 | 〃 | 臺北周協隆 | 1936 | 鉛字 | 梁松林 | 28 / 55 |
| 609 | 三伯夢中求親新歌 | 臺北周協隆 | 1936 | 鉛字 | 梁松林 | 29 / 55 |
| I 50 | 〃 | 臺北周協隆 | 1936 | 鉛字 | 梁松林 | 29 / 55 |
| II 82 | 〃 | 臺北周協隆 | 1936 | 鉛字 | 梁松林 | 29 / 55 |
| 613 | 梁三伯當初嘆新歌 | 臺北周協隆 | 1936 | 鉛字 | 梁松林 | 30 / 55 |
| I 53 | 〃 | 臺北周協隆 | 1936 | 鉛字 | 梁松林 | 30 / 55 |
| II 84 | 〃 | 臺北周協隆 | 1936 | 鉛字 | 梁松林 | 30 / 55 |
| 1199 | 梁三伯當初嘆歌 | 新竹竹林 | | 鉛字 | | |
| 653 | 三伯想思歌 | 嘉義捷發 | 1932 | 鉛字 | 許嘉樂 | |
| I 70 | 〃 | 嘉義捷發 | 1932 | 鉛字 | | |
| 635 | 三伯想思九仔越州送書新歌 | 臺北周協隆 | 1936 | 鉛字 | 梁松林 | 31 / 55 |
| II 91 | 〃 | 臺北周協隆 | 1936 | 鉛字 | 梁松林 | 31 / 55 |
| 178 | 三伯寄書 | 廈門會文堂 | | 石印 | | 下接安人燒庫銀 |
| 1289 | 〃 | | | 石印 | | |
| II 153 | 三伯想思討藥方新歌 | 臺中瑞成 | 1933 | 鉛字 | | |
| 1223 | 三伯想思討藥方歌 | 新竹竹林 | 1986 | 鉛字 | | |
| 1303 | 鸚哥咬批 | | | | | |
| 638 | 三伯想思士久帶書回故鄉新歌 | 臺北周協隆 | 1936 | 鉛字 | 梁松林 | 32 / 55 |
| II 92 | 〃 | 臺北周協隆 | 1936 | 鉛字 | 梁松林 | 32 / 55 |
| 639 | 三伯想思老祖下凡賜金丹新歌 | 臺北周協隆 | 1936 | 鉛字 | 梁松林 | 33 / 55 |
| 1164 | 三伯討藥方歸天 | 新竹竹林 | 1962 | 鉛字 | | |
| 703 | 哀情三伯歸天歌 | 嘉義捷發 | 1932 | 鉛字 | | 附安人哭子 |
| I 93 | 〃 | 嘉義捷發 | 1932 | 鉛字 | | 附安人哭子 |

| | | | | | | |
|---|---|---|---|---|---|---|
| II 102 | 〃 | 嘉義捷發 | 1932 | 鉛字 | | 附安人哭子 |
| 581 | 三伯歸天新歌 | 臺北周協隆 | 1936 | 鉛字 | 梁松林 | 34 / 55 |
| 630 | 三伯歸天設備靈位新歌 | 臺北周協隆 | 1936 | 鉛字 | 梁松林 | 35 / 55 |
| I 62 | 〃 | 臺北周協隆 | 1936 | 鉛字 | 梁松林 | 35 / 55 |
| 909 | 三伯歸天安人哭子新歌 | 臺中瑞成 | 1933 | | | |
| 372 | 安人哭子歌 | 廈門博文齋 | | | | |
| 295 | 繪圖安人哭子馬俊娶親合歌 | 廈門會文堂 | | 石印 | | |
| 731 | 安人哭子、馬俊娶親合歌 | 嘉義捷發 | 1932 | | | |
| 652 | 三伯出山歌 | 嘉義捷發 | 1934 | | 許應元 | |
| I 69 | 〃 | 嘉義捷發 | 1934 | 鉛字 | 宋文和 | 下接三伯出山糊靈厝歌 |
| II 94 | 〃 | 嘉義捷發 | 1934 | 鉛字 | 宋文和 | 下接三伯出山糊靈厝歌 |
| 714 | 三伯出山糊靈厝歌 | 嘉義捷發 | 1934 | | 宋文和 | |
| I 101 | 〃 | 嘉義捷發 | 1934 | 鉛字 | 宋文和 | |
| 986 | 〃 | 臺中文林 | | 鉛字 | | |
| 1222 | 〃 | 新竹竹林 | 1987 | 鉛字 | | |
| 1248 | 三伯出山、顯靈托夢英台歌 | 新竹竹林 | | 鉛字 | | |
| 722 | 三伯顯靈托夢英台歌 | 嘉義捷發 | 1934 | | 宋文和 | |
| I 104 | 三伯顯聖托夢英台歌 | 嘉義捷發 | 1934 | 鉛字 | 宋文和 | 下接英台埋葬歌 |
| 1049 | 三伯顯聖歌 | 新竹竹林 | 1958 | | | |
| 151 | 英台吊紙歌 | 廈門文德堂 | | 鉛字 | | 上承英台留學 |
| I 25 | 〃 | 臺北黃塗 | 1926 | 鉛字 | | 上承英台留學歌 |
| 663 | 〃 | 嘉義捷發 | 1933 | | | |
| I 74 | 〃 | 嘉義捷發 | 1933 | 鉛字 | | 亞非所存上本 |
| II 97 | 〃 | 嘉義捷發 | 1933 | 鉛字 | | 全二冊 |

| 238 | 最新英台吊紙歌 | 廈門會文堂 | | 石印 | | 上承最新梁三伯祝英台遊學歌 |
|---|---|---|---|---|---|---|
| 339 | 英台吊紙 | 廈門博文齋 | | | | |
| Ⅰ7 | 〃 | 上海開文 | | 鉛字 | | 上承英台留學 |
| Ⅱ148 | 英台祭靈獻紙新歌 | 臺中瑞成 | 1933 | 鉛字 | | |
| 1188 | 英台祭靈獻紙歌 | 新竹竹林 | | | | |
| 810 | 新編流行英台祭靈獻紙歌 | 嘉義玉珍 | 1934 | | 陳玉珍 | |
| Ⅰ146 | 〃 | 嘉義玉珍 | 1934 | 鉛字 | | |
| 342 | 馬俊娶親 | 廈門博文齋 | | | | |
| 1295 | 〃 | | | 抄本 | | |
| Ⅱ134 | 馬俊娶親新歌 | 臺中瑞成 | 1933 | 鉛字 | | |
| 1076 | 馬俊娶親歌 | 新竹竹林 | | 鉛字 | | |
| Ⅱ174 | 〃 | 新竹竹林 | | 鉛字 | | |
| 256 | 最新英台二十四拜歌 | 廈門會文堂 | 1932 | 鉛字 | | |
| 841 | 英台二十四拜歌 | 臺中瑞成 | 1932 | | 許深溪 | |
| 765 | 〃 | 嘉義玉珍 | 1933 | | | |
| Ⅰ123 | 〃 | 嘉義玉珍 | 1933 | 鉛字 | | |
| Ⅱ131 | 英台廿四拜歌 | 臺中瑞成 | 1932 | 鉛字 | 許深溪 | |
| 1013 | 〃 | 新竹興新 | 1956 | 鉛字 | | |
| 1251 | 英台廿四拜歌、三伯回陽歌 | 新竹竹林 | 1956 | 鉛字 | | |
| 1185 | 英台廿四拜哥歌 | 新竹竹林 | 1987 | 鉛字 | | |
| 842 | 英台拜墓新歌 | 臺中瑞成 | 1933 | | | |
| Ⅱ132 | 〃 | 臺中瑞成 | 1933 | 鉛字 | | |
| 977 | 英台拜墓歌 | 臺中文林 | | 鉛字 | | |
| 1072 | 〃 | 新竹竹林 | 1956 | | | |
| 816 | 新編英台拜墓十月花胎合歌 | 嘉義玉珍 | 1933 | | | |

| I 151 | 〃 | 嘉義玉珍 | 1933 | 鉛字 | | |
|---|---|---|---|---|---|---|
| II 124 | 〃 | 嘉義玉珍 | 1933 | 鉛字 | | |
| 664 | 英台埋葬歌 | 嘉義捷發 | | | | |
| 611 | 英台武州埋喪新歌 | 臺北周協隆 | 1936 | 鉛字 | 梁松林 | 36 / 55 |
| I 52 | 〃 | 臺北周協隆 | 1936 | 鉛字 | 梁松林 | 36 / 55 |
| 633 | 三伯顯聖渡英台昇天新歌 | 臺北周協隆 | 1936 | 鉛字 | 梁松林 | 37 / 55 |
| 188 | 英台遊地府 | 廈門會文堂 | | | | |
| 373 | 〃 | 廈門博文齋 | | | | |
| 494 | 最新梁山祝英遊地府 | 上海開文 | | | | |
| II 77 | 英台三伯遊地府新歌 | 臺北黃塗 | 1926 | 鉛字 | | |
| 568 | 英台三伯遊地府歌 | 臺北黃塗 | | | | |
| II 98 | 英台遊地府歌 | 嘉義捷發 | 1931 | 鉛字 | | |
| I 103 | 三伯英台遊地府歌 | 嘉義捷發 | 1935 | 鉛字 | | |
| 987 | 三英俊陰司對案歌 | 臺中文林 | | 鉛字 | | |
| 743 | 英台三伯遊地府馬俊娶親合歌 | 嘉義捷發 | | | | |
| 805 | 三伯英台馬俊陰司對案歌 | 嘉義玉珍 | 1933 | | 陳玉珍 | |
| I 143 | 〃 | 嘉義玉珍 | 1933 | 鉛字 | | |
| 854 | 陰司對案新歌 | 臺中瑞成 | 1933 | | | |
| I 157 | 〃 | 臺中瑞成 | 1933 | 鉛字 | | 梁祝故事 |
| II 137 | 〃 | 臺中瑞成 | 1933 | 鉛字 | | 梁祝故事 |
| 593 | 三伯遊天庭新歌 | 臺北周協隆 | 1936 | 鉛字 | 梁松林 | 38 / 55 |
| I 44 | 〃 | 臺北周協隆 | 1936 | 鉛字 | 梁松林 | 38 / 55 |
| II 175 | 三英遊天庭歌 | 新竹竹林 | 1957 | 鉛字 | | |
| 1238 | 三伯英台、遊天庭回陽 | 新竹竹林 | 1960 | 鉛字 | | |
| 905 | 梁祝回陽結為夫妻歌 | 臺中瑞成 | 1933 | | | |
| I 171 | 〃 | 臺中瑞成 | 1933 | 鉛字 | | 亞非所存上 |

| | | | | | | 本 |
|---|---|---|---|---|---|---|
| 767 | 三伯回陽結親歌 | 嘉義玉珍 | 1935 | | | |
| 974 | 三伯回陽歌 | 臺中文林 | 1956 | 鉛字 | | |
| 1397 | 三伯英台死後回陽結親歌 | | | 抄本 | 劉建仁 | |
| 622 | 馬俊歸天當殿配新歌 | 臺北周協隆 | 1936 | 鉛字 | 梁松林 | 39 / 55 |
| 634 | 馬俊回魂瓊花村求親新歌 | 臺北周協隆 | 1936 | 鉛字 | 梁松林 | 40 / 55 |
| 599 | 梁三伯回魂新歌 | 臺北周協隆 | 1937 | 鉛字 | 梁松林 | 41 / 55 |
| 624 | 孫氏母女回故鄉新歌 | 臺北周協隆 | 1936 | 鉛字 | 梁松林 | 42 / 55 |
| 623 | 馬俊瓊花村完婚新歌 | 臺北周協隆 | 1936 | 鉛字 | 梁松林 | 43 / 55 |
| 631 | 馬俊完婚食圓相爭新歌 | 臺北周協隆 | 1937 | 鉛字 | 梁松林 | 44 / 55 |
| 597 | 馬俊娶七娘新歌 | 臺北周協隆 | 1937 | 鉛字 | 梁松林 | 45 / 55 |
| I 46 | 〃 | 臺北周協隆 | 1937 | 鉛字 | 梁松林 | 45 / 55 |
| 607 | 三伯祝家娶親新歌 | 臺北周協隆 | 1937 | 鉛字 | 梁松林 | 46 / 55 |
| 1114 | 三伯娶英台歌 | 新竹竹林 | 1987 | 鉛字 | | 三伯英台洞房歌、士久娶仁心歌 |
| I 61 | 三伯英台洞房夜吟新歌 | 臺北周協隆 | 1937 | 鉛字 | 梁松林 | 47 / 55 |
| 632 | 三伯英台洞房夜吟詩新歌 | 臺北周協隆 | 1937 | 鉛字 | 梁松林 | 47 / 55 |
| 582 | 士久得妻新歌 | 臺北周協隆 | 1937 | 鉛字 | 梁松林 | 48 / 55 |
| I 38 | 〃 | 臺北周協隆 | 1937 | 鉛字 | 梁松林 | 48 / 55 |
| 578 | 三伯別妻新歌 | 臺北周協隆 | 1937 | 鉛字 | 梁松林 | 49 / 55 |
| 580 | 三伯奪魁新歌 | 臺北周協隆 | 1937 | 鉛字 | 梁松林 | 50 / 55 |
| 975 | 三伯征番歌 | 臺中文林 | | 鉛字 | | |
| 1048 | 〃 | 新竹竹林 | 1962 | 鉛字 | | 王書目記為三伯回陽征番歌 |
| II 114 | 三伯回陽和番歌 | 嘉義玉珍 | 1932 | 鉛字 | | |
| 797 | 新編流行三伯和番歌 | 嘉義玉珍 | 1935 | | | |

| I 137 | 〃 | 嘉義玉珍 | 1935 | 鉛字 | | |
| 617 | 三伯掛帥平匈奴新歌 | 臺北周協隆 | 1937 | 鉛字 | 梁松林 | 51／55 |
| 625 | 萬敵刀斬黑里虎新歌 | 臺北周協隆 | 1937 | 鉛字 | 梁松林 | 52／55 |
| I 59 | 〃 | 臺北周協隆 | 1937 | 鉛字 | 梁松林 | 52／55 |
| 1254 | 三伯平蠻萬敵刀斬黑里虎新歌 | 新竹竹林 | | | | |
| 618 | 匈奴王御駕親征新歌 | 臺北周協隆 | 1937 | 鉛字 | 梁松林 | 53／55 |
| I 55 | 〃 | 臺北周協隆 | 1937 | 鉛字 | 梁松林 | 53／55 |
| 620 | 英英宮主選駙馬新歌 | 臺北周協隆 | 1937 | 鉛字 | 梁松林 | 54／55 |
| I 57 | 〃 | 臺北周協隆 | 1937 | 鉛字 | 梁松林 | 54／55 |
| 579 | 三伯奏凱新歌 | 臺北周協隆 | 1937 | 鉛字 | 梁松林 | 55／55 |
| II 110 | 梁成征番歌 | 嘉義玉珍 | 1932 | 鉛字 | | |
| 882 | 最新梁成征番歌 | 臺中瑞成 | 1933 | | | |
| II 145 | 〃 | 臺中瑞成 | 1933 | 鉛字 | | |
| 790 | 最新流行梁成征番歌 | 嘉義玉珍 | 1934 | | | 下冊 |
| I 135 | 〃 | 嘉義玉珍 | 1934 | 鉛字 | 戴三奇 | 三伯英台歌終 |
| 1089 | 梁成平番歌 | 新竹竹林 | | 鉛字 | | |
| 1262 | 三伯英台 | 抄錄 | 1933 | 抄本 | 林廷 | （錦歌）分為二十一段 |
| 1268 | 英台哭五更 | 抄錄 | | 抄本 | | （錦歌） |
| 1270 | 英台十二送哥 | 抄錄 | | 抄本 | | （錦歌） |
| 1266 | 山伯過五更 | 抄錄 | | 抄本 | | （錦歌） |
| 1264 | 英台回批 | 抄錄 | | 抄本 | | （錦歌） |
| 1271 | 英台哭墓化蝶 | 抄錄 | | 抄本 | | （錦歌） |

從此表可見英台出世、留學、罰紙筆、看花燈、馬俊遊學、遊西湖、人心別土久、三伯觀密書、馬俊求親、大頭禮仔杭州尋英台、三伯英台離別、英台掘紅綾、馬家送定、倖大餅、英台相思、看病、三伯訪友、安童買菜、三伯英台對詩達旦、英台送哥、三伯

嘆當初、三伯寄書、士久越州送信（或鸚哥傳書）、士久帶書回鄉、老祖下凡賜金丹、三伯歸天、設靈位、安人哭子、三伯出山、糊靈厝、三伯顯靈托夢、英台吊紙（或祭靈獻紙）、英台埋葬、英台三伯遊地府、陰司對案、三伯英台遊天庭、回陽結親、馬俊歸天當殿配親、馬俊回魂瓊花村求親、完婚、三伯英台洞房夜吟詩、士久得妻、三伯別妻、三伯奪魁征番（或掛帥平匈奴）、萬敵刀斬黑里虎、匈奴王御駕親征、英英宮主選駙馬、和番、奏凱、到梁祝兒子梁成征番、平番等諸多主題，分別有早期抄本到石印、鉛字本，出版書局由會文齋（木刻本）、廈門文德堂、廈門會文堂、廈門博文齋、上海開文書局，到臺北黃塗活版所、嘉義捷漢書部、嘉義玉珍書局、臺中瑞成書局、臺北周協隆書局、臺中文林出版社、大中書局、新竹興新出版社、新竹竹林書局。

　　其中同一內容，不同書局多次翻印的情況，頗為多見，如：新竹竹林書局《三伯英台歌集》甲、乙、丙、丁、戊集即分合臺北周協隆書局《三伯英臺新歌》五十五本，且多次印刷銷售。又如：竹林書局翻印嘉義捷發漢書部《英台出世歌》，又如：臺北黃塗活版所、捷發漢書部、竹林書局翻印廈門文德堂《英台留學》、又如：竹林書局翻印嘉義玉珍書局《三伯探英台歌》，又如：臺中文林出版社、竹林書局翻印捷發漢書部《三伯出山糊靈厝歌》，又如：玉珍書局及新竹興新出版社翻印臺中瑞成書局《英台二十四拜歌》、《英台廿四拜歌》，此二歌仔冊均是許深溪所撰，當是異名同實者，又如：黃塗活版所、捷發漢書部翻印廈門文德堂《英台吊紙歌》；大抵而言被翻印的歌仔冊當是銷售較佳的商品，必有大量的消費市場，才致同一主題，不同書局的多次翻印，而且同行

稍加改動或改題重新出版歌仔冊的狀況,相當普遍,但如梁松林所編《三伯英臺新歌》(歌仔冊12)雖也改編自前人作品,但以為梁三伯、祝英台、馬圳三人是天上玉童、碧女、五鬼轉世,他們的姻緣官司當是由玉帝定奪,而非閻王斷案,因此設計梁、祝不入地獄,而遊天庭,使消費者見識天上封神台的神仙們,還要求受眾購買歌仔冊回家唸唱時,得鄭重其事地在清淨的廳堂才行的情況較為少見。

又從上列書目中可知歌仔冊具名編撰者除南安輔國禾火先、宋文和、戴三奇、梁松林之外,另有捷發漢書部印行 653《三伯想思歌》(1932 年)的許嘉樂及 652《三伯出山歌》(1934 年)、666《英台獻計歌》(1935 年)的許應元、玉珍書局印行 762《三伯探英台歌》(1933 年)、805《三伯英台馬俊陰司對案新歌》(1933 年)、809《新編流行英台回家想思歌》(1933 年)、810《新編流行英台祭靈獻紙歌》(1934 年)陳玉珍、瑞成書局印行 841《英台二十四拜歌》(1932 年)、(Ⅱ)131《英台廿四拜歌》(1932 年)的許深溪、抄本 1397《三伯英台死後回陽結親歌》的劉建仁等五人。

1262《三伯英台》(1933 年,抄本,分二十一段,作者:林廷)、1263《山伯寄書》(山伯討藥)(抄本)、1264《英台回批》(抄本)、1266《山伯過五更》(抄本)、1268《英台哭五更》(抄本)、1270《英台十二送哥》(抄本)、1271《英台哭墓化蝶》(抄本)等六種抄本,其中第一種《三伯英台》是廈門市群眾藝術館調研室主任陳勁之,所藏鄉野採集之錦歌,第二至第六種為廈門音出版社特約編輯林鵬翔所藏錦歌[17]。

---

[17] 同註 11,頁 174、261-262。

　　根據劉春曙〈閩台錦歌漫議—歌仔戲形成三要素〉一文[18]，錦歌是流行於福建省廈門及漳州市龍海、漳浦、雲霄、詔安、東山、平和、南靖、長泰、華安等縣的說唱歌仔，《三伯英台》是錦歌的四大柱之一，劉文所載古抄本《三伯英台》有二十一段，與王順隆所錄編號 1262，林廷所撰《三伯英台》（二十一段），一九三三年抄本，可能是同一內容。據劉春曙的田野調查，林廷（1881-1967）是漳州樂吟亭派的泰斗，在諸多錦歌著名藝人中只有林廷、蔡鷗為代表的樂吟亭派才把錦歌分為四大柱，而劉文所稱所引二十一段《三伯英台》是古老手抄本「四大柱」最完整曲本，則應也是林廷所撰《三伯英台》無誤。此林廷所撰《三伯英台》二十一段內容為：(1)三伯英台、(2)結義入學、(3)遊花園、(4)入丹亭、(5)謝牡丹、(6)英台相思、(7)三伯探英台、(8)三伯回家、(9)鶯歌咬詩、(10)士久報、(11)士久守靈、(12)馬俊娶親、(13)馬俊落陰、(14)馬俊回陽、(15)三伯英台落地獄、(16)酆都城、(17)遊西獄、(18)遊南獄、(19)遊北獄、(20)望鄉台枉死城、(21)孟家莊[19]，與今見廈門手抄本《三伯英台歌》（二十本）(歌仔冊1)全同[20]，惟多了「孟家莊」一篇，今雖未見錦歌「孟家莊」內容，但錦歌與臺灣歌仔梁祝故事應有一定傳承的關係存在，當屬無疑[21]。

---

[18] 劉春曙撰：〈閩台錦歌漫議--歌仔戲形成三要素〉，收於《民俗曲藝》72期（1988 年 3 月），頁 264、266。

[19] 同前註，頁 270-271。

[20] 同註 18。

[21] 也有部份學者持相反的意見，參周純一撰：〈「臺灣歌仔」的說唱形式應用〉，收於《民俗曲藝》71 期（1996 年 5 月），頁 108-142。

## 第二節　臺灣梁祝歌仔戲消費現象

　　與歌仔冊關係頗深的臺灣歌仔戲，由早期農民閒暇時間聚集廟埕空地，以簡單樂器伴奏演唱「歌仔」自娛娛人的坐唱形式，演變成行唱落地掃，在廣場隨地表演歌仔陣[22]，大抵是子弟社團式的文化消費方式。最早是在臺灣東部宜蘭興起，其中《三伯英台》是必演的戲碼，屬小戲形式。據歌仔戲藝人賽月金所說「落地掃」只在熱鬧的時節或祭神謝願時才出現。每到一個演出地點，先要舞獅，演一陣子車鼓弄，然後才唱歌仔調[23]，演出的方式是由兩、三人醜扮生、旦、丑合歌舞代言演唱，所有角色全部由男人飾演，旦角服裝、頭飾模仿戲曲裝扮，男角則穿日常生活的服裝[24]。

　　宜蘭落地掃歌仔陣的表演方式，大約在清朝末年形成。日治時期由商人、工人階級沿水路到淡水河引進臺北，有一些來自宜蘭的歌仔先，也到臺北傳授本地歌仔，[25]最先仍由業餘票友組成弟子社團，白天常在各種迎神廟會隨著陣頭遊行街上，晚上則露天演出，後來有人組成巡迴歌仔戲團[26]，完全以收門票的商業模式經

---

[22] 陳耕、曾學文撰：《百年坎坷歌仔戲》(臺北：幼獅文化事業有限公司，1995年)，頁38。

[23] 陳耕、曾學文、顏梓和撰：《歌仔戲史》(北京：光明日報，1997)，頁71。參秦毓茹撰：《梁祝故事流布之研究--以臺灣地區歌仔冊與歌仔戲的範圍》，(花蓮：花蓮師範學院民間文學研究所碩士論文，2004年6月)，頁100。

[24] 同註22，頁45。

[25] 林良哲撰：〈《由落地掃到歌仔戲》--日治時期歌仔戲發展過程初探〉，收於《宜蘭文獻雜誌》38期 (1999年8月)，頁35。

[26] 呂訴上撰：《臺灣電影史》，收於《臺灣電影戲劇史》(臺北：中國民俗協會複印，1987年)，頁235。

營,在野外搭設戲台,由於演出的棚架是以稻草鋪蓋,被稱為「草台戲」,演員仍是男性的子弟社團成員。到了大正十一(1922)年時才有首批女性演員[27]。

日治時期日人在臺北城設立新式戲院,而雛形草台戲時期的歌仔戲也漸漸發展出戲劇,因此部份戲院的經營者在商業利益的考量下,開始引進歌仔戲到戲院演出,成為「內台歌仔戲」,當時內台歌仔戲班有新舞社、丹桂社、蓬萊社、如意社、清樂園,都是職業內台戲班,已是收費的商業表演,演員們也以此為營生[28]。

由於內台表演,有了商業票房的壓力,原先從歌仔冊唱本取材以第三人稱敘述說唱的表演方式必須改變,從早年在「如意社」學戲的賽月金的敘述中最能窺見端倪,她回憶當年(1918)在戲班學戲時,師傅林三寶、汪思明所教的戲《三伯英台》,是根據手抄本歌仔本(如舊式帳簿)來教唱的[29],但在歌仔戲發展的過程中,為了吸引觀眾,得加強戲劇情節的發展,她口述的歌仔戲《山伯英台》〈英台口批(信)〉一折與歌仔唱本已有了變異,歌仔唱本中說三伯病重,寫信綁在鸚鵡翅膀,傳信飛到英台家裏,歌仔說唱用詞描述:

> 英台刺繡在大廳,聽見外面的叫名;
> 放落針線要看啥物件,蓮步來到門口埕。
> 鸚哥見娘飛落土,英台出手來甲伊摸;

---

[27] 同註 25,頁 11。
[28] 同註 25,頁 13。
[29] 同註 22,頁 13。

摸著鸚哥的翅膀，一張批信看就知。

......

而歌仔戲中的鸚鵡已由人裝扮演出：

鸚哥：鸚哥騰空飛起行，三月飛越州城；

鸚哥歇治丹桂樹，聲聲叫出英台娘。

英台：英台刺繡都勿會好，忽然窗外飛來一隻鸚哥。

鸚哥：官人交代我都飛無錯，果然有影大曆四五落。

（白）英台台，英台！

......

鸚哥：鸚哥見娘飛落土。

英台：英台雙手甲伊掠來摸，

摸著鸚哥的翼股，

鸚哥送批無塗。[30]

全然是戲劇的舞台表演方式。

除了舞台表演方式的轉化，在身段、音樂、排場、服裝、化裝各方面；甚至是布景、聲光效果也得跟著改變，因此吸收其他劇種，如京劇與福州戲、車鼓戲、南管的菁華成為必要的過程。今見一九一八年七月十二日新竹客家歌仔戲「共樂園」戲單的廣告詞：

今般敝團不惜重資，專向中華邀請南管白字教師。教法種

---

[30] 同註 22，頁 43-44。

種雅觀，較諸南部七子班大相懸殊。但所演武戲之時，乃有兩班人員合演。溯前在新竹及桃園兩廳下開演，無不歡迎喝采……且器械及服色專採蘇杭二州，新鮮美麗，奪人耳目……[31]

又在一九三五年（昭和 10 年）臺中市「天外天」戲院「明月園歌劇團」的廣告單中均見歌仔戲在消費市場競賽較勁的情形：

特殊布景、活動機關、種種變景、頭盔服飾、全上海式、以及藝員特選馳名、游藝佳劇、喜樂哀怒、有始有終、敝社與他班大不相同、敢請各位先生及女士，勿失良機，早臨是望。[32]

歌仔戲經過如此的淬練與轉化，又夾著本土語言的優勢，已由隨機演唱在全臺掀起流行旋風，「不只滿街滿巷的大嘴裡不離開苦、傷、悲，就是要向（上）小學的孩子們，也不住的咿囉咿的趁著流行」[33]。

而歌仔戲的聖經《三伯英台》也不斷地在各個戲院演出，秦毓如根據《日治時期臺灣報刊戲曲資料彙編》[34]得知，從一九一八

---

[31] 同註 22，頁 61。

[32] 同註 25，頁 14。

[33] 陳君玉撰：〈臺灣歌謠的展望〉，收於《先發部隊》雜誌（臺灣文藝學會，1934 年 7 月）。參林良哲撰：〈《由落地掃到歌仔戲》--日治日期歌仔戲發展過程初探〉，收於《宜蘭文獻雜誌》38 期（1999 年 8 月），頁 45。

[34] 徐亞湘於 2003 年彙整《日治時期臺灣報刊戲曲資料彙編》光碟，參秦毓茹撰：《梁祝故事流布之研究--以臺灣地區歌仔冊與歌仔戲的範圍》，（花蓮：花蓮師範學院民間文學研究所碩士論文，2004 年 6 月），頁 8、112-114。

年至一九二五年間臺灣內台戲班演出三伯英台故事的記錄有：

(1) 新舞台：共樂園七子班《三伯探‧士久弄》（1918.7.10
夜、1918.11.9 夜）、共樂園七子班《三伯還陽》
（1918.11.13 夜）、北投清樂園白字戲《新套馬俊咬舌續
三伯回陽征番》（1922.4.25 夜）、《三伯英台上本》
（1922.8.1 夜）、苗栗共樂園男女班《三碧英台讀書起
頭本》（1922.9.24 夜）、《三伯英台三伯歸陰中本》
（1922.9.25 夜）、《三伯英台（馬俊娶英台）(三伯回陽)》
（1922.9.26 夜）、《三伯英台》（1922.10.13 夜）。

(2) 艋舺戲園：新竹改銀白字七子班共樂園《山伯讀書及入
冥府》（1920.1.16 夜）、《山伯回陽透中狀元征番全本》
（19201.17 夜）、北投清樂園白字戲《三伯還陽全本》
（1922.3.19 夜）、苗栗共樂園男女班《三伯英台》
（1923.10.20 夜）、《三伯英台連二本》（1923.10.21 夜）。

(3) 永樂座：白字改良男女班《頭本梁山伯祝英台》
（1924.12.22 夜）、《四本梁山伯回陽連探親止》
（1924.12.25 夜）、《三伯英台全本》（1925.3.29 夜）、《後
本三伯英台》（1925.3.31 夜）、《後本三伯英台》
（1925.4.19 日）、《馬俊娶親三伯回陽》（1925.7.24 夜）。

這是《臺灣日日新報》所載新舞台、艋舺戲團、永樂社三個
演出地點的梁祝歌仔戲戲目，共有二十次演出，分別是一九一八
年三次，一九二○年二次，一九二二年七次，一九二三年二次，
一九二四年二次，一九二五年四次。其中共樂園七子班、新竹改

良七子班共樂園、苗栗共樂園男女班實為同一個戲班[35]，則此二十次演出是三個戲班的演出記錄，除有一次是日間演出的午戲之外，全為夜戲，據秦毓茹所言午戲與夜戲的消費群眾有異，午戲較為嚴肅，多半有歷史典故，以老人家的觀眾為主，而女性觀眾喜歡親情倫理、才子佳人的家庭、愛情戲，因此梁祝成為當時女性最為熟悉的題材之一，再加上歌仔戲中的小生多以女性藝人扮演，聲腔柔美婉約、細膩動人，特別為女性觀眾喜愛，因此夜戲的演出劇目便以家庭戲、愛情戲為大宗[36]。

從一九二七年四月二十日《臺灣日日新報》第九六九一號第四版〈永樂座演歌仔戲兒女聚觀夜夜滿座　殆專為女界樂天地　奈深有傷風化何〉一文[37]，可見婦女們對夜戲瘋狂的程度，以致有人以有傷風化為文詳論此種風潮。

至於演出的劇目常有連台戲的方式，如：苗栗共樂園男女班在新舞台便從一九二二年九月二十四日、二十五日、二十六日連續演出《三碧英台讀書起頭本》、《三伯英台三伯歸陰　中本》、《三伯英台（馬俊娶英台）（三伯回陽）》，又苗栗共樂園男女班在艋舺戲園於一九二三年十月二十、二十一日兩日演出《三伯英台》、《三伯英台連二本》。而新竹改良白字七子班共樂園也於一九二○年一月十六、十七兩日連續在艋舺戲園演出《山伯讀書及入冥府》、《山伯回陽透中狀元征番全本》的連劇劇目。大抵是商業利益考量，

---

[35] 同前註，頁 115。
[36] 同註 34。
[37] 楊馥菱撰：《臺灣歌仔戲史》（臺北：晨星出版有限公司，2002 年），頁 74-75。

採取連戲劇方式演出，在配合戲園的檔期，巡迴臺灣各大戲院。根據臺灣籍旅漳歌仔戲人李少樓的口述，在一九二四年間，臺北永樂座上演許成家、溫紅塗主演的〈三伯英台〉頗為轟動，常由原本的「十二拜」唱到「二十四拜」，觀眾還欲罷不能，需重演二、三回至下半夜方止[38]，則可見受眾入戲之深，因此《三伯英台》連續演出五天的連臺本戲[39]，便成為演出劇團的商業策略，在編寫劇本時，加油添醋以增長演出時間，就是編劇的基本功夫了。

大約在此時，歌仔戲已成為全臺最受歡迎的劇種，根據一九二八年臺灣總督府的調查報告，全臺有十四個職業歌仔戲班，臺北州1、新竹州2、臺南州5、高雄州2、澎湖廳3。[40]

歌仔戲不止風行全臺，二○至三○年代，臺灣許多歌仔戲班紛紛開拓海外市場，其足跡不僅到福建的廈門、泉州、漳等閩南語戲地區演出，甚至遠至東南亞如新加坡、馬來西亞、菲律賓、印尼、越南等華僑聚居地。除了戲班的登台演出，所到之處也帶動當地業餘戲班的成立，如：一九二七年廈門同安縣錦安村組織子弟班，演出《山伯英台》[41]，其後又漸漸走上職業演出，開設歌仔館，教授學徒，《山伯英台》也是教授的劇目之一[42]。至於《山伯英台》也是必演的戲目之一。如：一九二九年初廈門龍山戲院聘請臺灣霓生社到廈門公演，受觀眾熱烈歡迎，一直演到次年。

---

[38] 同註 25，頁 47-48。

[39] 同註 25，頁 35。

[40] 邱坤良撰：《日治時期臺灣戲劇之研究》（臺北：臺灣自立晚報社文化出版部，1992 年），頁 186。

[41] 同註 22，頁 88。

[42] 同註 22，頁 89。

廈門《思明日報》一九三〇年五月至十月的廣告版不斷刊登該社在龍山戲院演出的廣告，其中也有「梁祝同學結為生死夫妻《山伯英台》」劇目，當時演出的票價，日場特等小洋六角，頭等小洋四角，普通小洋三角；夜場特等小洋八角，頭等小洋五角，普通小洋三角[43]。又如：一九二九年廈門新世界娛樂場（今廈門感光廠），也有臺灣明月園歌仔戲團演出《山伯英台》等劇目[44]。甚至當地的梨園戲班雙珠鳳也聘請臺灣藝人傳授歌仔戲，改為歌仔戲班，於一九二五年演出《山伯英台》，在廈門鼓浪嶼戲園，引起轟動[45]，也在一九二七至一九三〇年代在泉州演出《安童哥》[46]。還在一九二八年前往新加坡演出[47]。

　　臺灣歌仔戲班至廈門演出，有些隨戲班來的藝人，長期留在廈門，如賽月金、味如珍、諸都美、錦上花被廈門觀眾舉為「歌仔戲四大柱」，其中「味如珍在《山伯英台》中的〈十二碗菜〉的精采表演，曾是觀眾百看不厭的段子。她扮演仁心，與士久雙人的表演，在形式上類似於車鼓弄，一旦、一丑重在身段動作。且歌且舞，形式活潑詼諧，膾炙人口。據藝人們說，每日上戲，都要演這個段子，觀眾對這種表演極為喜歡」[48]廈門當地歌仔戲藝人在臺灣藝人的調教下，也在歌仔館教戲，如十八歲的邵江海曾

43　同註 22，頁 78-79。
44　同註 22，頁 80。
45　同註 22，頁 126、137-138。
46　同註 22，頁 137。
47　同註 22，頁 94-95。
48　同註 22，頁 93。

在海澄後保「寶德春」教戲，也曾排演《孟姜女》、《山伯英台》造成轟動。[49]

　　歌仔戲的興盛，除了身段、音樂、化裝、布景排場、聲光效果等舞台表演的條件具足之外，唱片工業的興起，大量地出版歌仔戲唱片，也是推波助瀾的元素之一。今據(1)呂訴上〈臺灣流行歌的發祥地〉[50]、(2)林良哲〈《由落地掃到歌仔戲》－－日治時期歌仔戲發展過程初探〉[51]、(3)〈日治時期歌仔戲的商業活動－－以唱片發展過程為例〉[52]、(4)〈古倫美亞唱片總目錄〉[53]、(5)徐麗紗〈找尋那年代音樂的刻痕－－日治時期歌仔戲老唱片的整理與研究〉[54]、(6)〔宜蘭文化局戲曲留聲機唱片數位化資料查詢系統〕[55]、(7)秦毓如《梁祝故事流布之研究－－以臺灣地區歌仔冊與歌仔戲團為範圍》[56]等資料，知有 78 轉，三十三又三分之一轉梁祝主題歌仔戲唱片共有五十種，列表如下：

　　　　(1)日本蓄音器商會[57]：三伯英台（1914）(2)(3)(7)、英台
　　　　　相思（1925）(1)、安童買菜（1925）(1)

[49] 同註 22，頁 107。

[50] 呂訴上撰：〈臺灣流行歌的發祥地〉，收於《臺北風物》第 2 卷 4 期（1954 年 11 月），頁 93-97。

[51] 同註 25，頁 19-27。

[52] 秦毓茹撰：《梁祝故事流布之研究--以臺灣地區歌仔冊與歌仔戲的範圍》，（花蓮：花蓮師範學院民間文學研究所碩士論文，2004 年 6 月），頁 118。

[53] 同前註，頁 119。

[54] 徐麗紗撰：〈找尋那年代音樂的刻痕--日治時期歌仔戲老唱片的整理與研究〉，收於《傳統藝術》21 期（2002 年 8 月），頁 43-45。

[55] 同註 52，頁 122。

[56] 同註 52，頁 118-125。

[57] 同註 25，頁 22，作「日本蓄音機商會」。

(2)特許（金鳥印）唱片：安童歌買菜(1)、(2)安童買菜（1925）、三伯見英台(5)（一片）8轉、(6)、(7)、三伯士久見瑞園(3)、（一片）78轉(6)、雙蝴蝶攢墓(3)、（二片）78(6)。

(3)東洋蓄音器株式會社：馬俊娶親(3)、（四片）78轉(6)、三伯探讀書記(3)、英台相思（二片）(6)、(7)、三伯探(2)、安童買菜(2)、英台拜墓(7)。

(4)古倫美亞唱片公司（Columbia）：英台賞花自嘆（一片）(4)、祝母思英台（一片）(4)、英台分別（一片）(4)、英台埋喪（二片）(4)、英台送歌（三片）(4)。

(5)勝利唱片公司（victor）：三伯英台（三片）(7)、三伯探（三片）(7)、（六片）78轉(6)、(5)、三伯相思（三片）(7)、三伯想思（四片）78轉(6)、鸚哥咬批（三片）(7)、鸚哥討藥（三片）(7)、（六片）78轉(6)、仁心送書（三片）(7)（四片）78轉(6)、三伯歸天（三片）(7)、（二片）78轉(6)、英台覓喪（三片）(7)、英台拜墓（四片）(7)。

(6)泰平唱片：母親答（山伯相思）（1931）(1)、三伯送英台（二片）78轉(6)、英臺拜靈78轉(6)、三伯想思（四片）$33\frac{1}{3}$轉(6)。

(7)元聲唱片：三伯遊西湖（1932）(1)。

(8)思明唱片：三伯遊花園（1935）(1)。

(9)東亞唱片：馬俊娶親（1938）(1)。

(10)三榮唱片：英臺埋喪（六片）78轉(6)。

(11)日東唱片：英臺拜墓（二片）78 轉(6)、三伯英臺回陽（十二片）78 轉(6)、三伯英臺回陽續篇（六片）78 轉(6)。

(12)利家唱片：英臺拜靈（二片）78 轉(6)、馬俊娶七娘（四片）78 轉(6)。

(13)帝緒唱片（或帝蓋）：三伯遊西湖（四月）78 轉(6)、(2)、(7)。

(14)惠美唱片：梁山伯與祝英台（四片）$33\frac{1}{3}$ 轉(6)。

(15)新時代唱片：梁山伯祝英台（十三片）$33\frac{1}{3}$ 轉(6)。

(16)鈴鈴唱片：梁山伯祝英台七世夫妻第一世（二十四片）$33\frac{1}{3}$ 轉(6)、梁山伯祝英台七世夫妻第二世（二十四片）$33\frac{1}{3}$ 轉(6)。

(17)奧稽（OKEK）唱片：三伯探英台二本（五）(5)。

(18)SYMPHONY RECORD 唱片：三伯英台(5)。

(19)？：英臺遊花園 78 轉(二片)(6)。

其中(5)勝利唱片發行〈三伯英台〉至〈英台拜墓〉九種唱片共二十八片，演唱時間約三個半小時，是整齣《三伯英台》[58]，消費大眾可以完整聆聽。(13)帝蓄唱片的〈三伯遊西湖〉是以洋樂為後場伴奏的歌仔戲；稱為「新歌劇」或「文化劇」，可知消費口味隨著時代而變異。

根據林良哲〈《由落地掃到歌仔戲》－－日治時期歌仔戲發展過程初探〉一文知一九一〇年代，錄音壓片技術還不發達，每一

---

[58] 同註 52，頁 119。

塊唱片能錄正反兩面，每面最多只能錄到 3 分鐘左右的聲音，而使用每分鐘轉 78 轉的留聲機放送，稱 78 轉唱片，故今知最早一九一四年所錄製，日本帝蓄音機商會出版的《三伯英台》，只存 4076 及 4077 編號二片，推測可能錄製了 38 片以上的唱片。[59]一九五六年以後才有三十三又三分之一轉唱片每面聲長容量可達二十分鐘，可知上表所列唱片公司七十八轉的唱片有日本蓄音器商會、特許（金鳥印）、東洋、古倫美亞、勝利、三榮、日東、利家、帝蓄、泰平、文聲、思明、東亞唱片；三十三又三分之一轉的唱片公司有泰平、惠美、新時代、鈴鈴唱片。

今所見錄製梁祝歌仔戲的唱片公司中，日本蓄音機、特許（金鳥印）、東洋、太平（後改名為泰平）、勝利都是日資公司，古倫美亞唱片、利家是美資公司。一九三〇年代以古倫美亞唱片及勝利唱片兩家公司，在規模、品質、出片量上最為出色。一九三三年，古倫美亞唱片，推出附品牌「利家（REGAL）」唱片，有紅標、黑標兩種規格。價格方面，古倫美亞標誌的唱片一張 1 元 65 錢，「紅利家」為每張 1 元 20 錢，「黑利家」則定價 90 錢，是為三種不同需求消費者所做的市場區隔。勝利唱片也於一九三五年採取低於古倫美亞 1 元 65 錢的價格銷售，歌仔戲唱片，每張 1 元 10 錢，但品質絲毫不差，因此很快便構成威脅。[60]除了美、日出資的唱片之外，又有大量臺資唱片如：文聲、奧稽（OKEK）、思明、三榮、東亞也發行梁祝歌仔戲，而且以歌仔戲的出片量獨霸市場。

---

59 同註 25，頁 19-20。
60 同註 25，頁 26。

[61]如：古倫美亞唱片，在一九三一（昭和 6）年出版的〈古倫美亞臺灣總目錄〉中，列舉了該公司所錄製的 360 片唱片，其中歌仔戲有 115 片，佔總數的 32%；其次是台語流行歌，計有 88 片，佔總數的 25% 左右。則可窺見當時歌仔戲風靡臺灣助力之盛。

當時歌仔戲暢銷唱片曾賣到三萬片，除了銷售臺灣島內，也外銷到南洋及中國。目前廈門廣播電台裡還保存了一九二○年至一九三八年間外銷到廈門的一百多片臺灣歌仔戲唱片。[62]

歌仔戲成為臺灣人的主要娛樂之一，商人也以歌仔戲或「七字仔」的廣告方式，為其商品推銷，如龜甲萬醬油，於一九三五年就以歌仔戲的歌詞作為廣告內容，另外如菜商、保險業也曾以類似手法進行廣告，搭起歌仔戲熱潮的順風車。[63]

歌仔戲風行全臺顯然已成為通俗受眾的主要娛樂，但文化界及知識份子卻有不同的憂心，要求日本政府加以禁止，如一九二七年一月九日《臺灣民報》第一三九號有〈歌仔戲要怎麼禁〉一文，說及要禁演歌仔戲的四個原因。[64]又如一九二七年（昭和二年七月十日）臺灣日報第一百六五號有「歌仔戲的流弊」一文：

> 歌仔戲……其壞處：在乎音藥（樂）之調屬於鄭聲（淫聲）。而其歌詞鄙陋，因之而表現出來的作態、也很難看。這種的娛樂機關，容易把青春期男女的性慾挑發。……[65]

---

[61] 同註 25，頁 32。
[62] 同註 25，頁 30。
[63] 同註 25，頁 39-40。
[64] 同註 37，頁 95。
[65] 同註 25，頁 31。

均是對於歌仔戲的淫詞及猥褻動作，而引發社會不良風氣現象的不滿。甚至在一九四三年有臺灣人陳薰村將歌仔戲《三伯英台》以日文改寫成《杭州記》出版，希望藉此能健全六百萬島民的娛樂[66]，端正社會風氣。

一九三七年中日戰爭爆發後，日本在臺灣實行"皇民化運動"，歌仔戲被禁絕。一九四一年，全臺灣兩百多個歌仔戲團，被日人解散剩下三十餘團。[67]一九四五年臺灣光復後，歌仔戲才又重整旗鼓，進入蓬勃發展的黃金時期，只短短一年，便冒出上百個歌仔戲職業劇團，到了一九四九年，已發展至三百多個歌仔劇團，而到五十年代中期，則達到五百團以上。[68]

歌仔戲除了內臺戲的演出唱片的錄製之外，也進入廣播；臺灣的廣播事業從一九二八（昭和3）年開始，到了一九四二年，臺灣的收音機有九萬六千多台，約每25戶就有一臺收音機，當時採取收費制度，用戶須每月繳納1元，後來又漲為每月1元50錢。撥放內容有：常用品報價、兒童時間、文藝講座、文藝時間、氣象報告、新聞，文藝時間除播放日語音樂之外，臺灣本土戲劇及台語流行歌。歌仔戲藝人廖瓊枝說他十歲左右時（約1930年代末期），從收音機聽到歌仔戲，從中學習唱腔及曲調，屬老一輩演員的唱腔及曲調，與現在不同。[69]後來廖瓊枝、楊麗花、王金櫻、翠娥等都是唱電台廣播歌仔戲起家的藝人。在正聲、中華、嘉義公

---

66　同註25，頁40-41。
67　同註22，頁101。
68　同註22，頁114-116。
69　同註25，頁28-29。案：楊馥菱撰：《臺灣歌仔戲史》，頁118，提及歌仔戲走入廣播界是1954-1955年間，與廖瓊枝口述時間有異。

益臺、臺中農民廣播電臺錄製歌仔戲。其中《山伯英台》是出名的廣播戲碼之一。[70]由於廣播歌仔戲看不到演員的身段做表，只能透過優美唱腔及感性口白來吸引聽眾，加上電台是現場錄音，因此演員的唱唸實力是很現實的考驗，藝人的唱腔也因而奠下雄厚的基礎，成為往後電視及舞台歌仔戲的重要演員。

今可見廣播據歌仔戲劇本是日東唱機唱片股份有限公司發行的《三伯應台回陽》，由張新瑞作詞，陳利霖作曲。收錄於曾永義主持《歌仔戲劇整理計畫報告書》第四冊〈廣播歌仔戲〉。[71]

隨著科技的日新月益，各種娛樂媒材的發明，不斷地改變大眾的消費習慣，歌仔戲也有了電影影片的拍攝及錄音卡帶的錄製。一九五九年國光劇團演出首部歌仔戲電影《梁山伯與祝英台》，據呂訴上《臺灣電影史》所載：導演郭榮教，編劇呂木生、臺榮公司出品，男主角王美霞，女主角龍美玉[72]，是舞台化的電影，其中台詞，唱歌走路都與舞台歌仔戲一模一樣。演出時在各地方受歡迎，原因是地方的觀眾，大部分是歌仔戲迷，喜歡自己所愛慕的花旦或苦旦（青衣）在銀幕中對唱「哀怨切切」的歌仔調，至於鏡頭前暴露的弱點如女扮男裝演員走路女態，甚或比女主角矮小的戀愛鏡頭都不予計較。[73]

同年三月十六日又有梁祝歌仔戲電影《英台拜墓》上映，導演蔡秋林，編劇蔡新助，男主角杜惠玉、女主角莊玉盞，是美都

---

[70] 同註 37，頁 119-120。

[71] 曾永義撰：《歌仔戲劇整理計畫報告書》第四冊《廣播歌仔戲》（臺北：行政院文化建設委員會，1995 年 12 月），頁 2523-2527。

[72] 同註 26，頁 88。

[73] 同註 26，頁 97-98。

歌劇團演出的黑白版電影歌仔戲，賣座不錯。蔡秋林認為該片受觀眾歡迎的主要原因是音色優美，劇情幽怨感人[74]，又於一九六三年聘請李泉溪當導演，拍攝彩色版電影《三伯英台》，仍由蔡秋林編劇，演員由美都歌劇團杜慧玉、鄭鶯雪演出，此片基本上是《英台拜墓》的彩色版[75]，屬 749A 類型梁祝殉情化蝶故事。

然而《三伯英台》的賣座卻不如理想，它與邵氏黃梅調電影《梁山伯與祝英台》同時在一九六三年四月二十四日首映，後者在臺北首輪連映六十二天，賣出七十二萬多張票，而《三伯英台》則在七天後黯然下檔，從此無人聞問。[76]究其原因，恐怕與劇本的舊瓶新裝，及長期以來歌仔戲電影的低成本策略，致使影片拍攝潦草，場景及服裝一再重複出現，根本無法與香港大資本大片廠製作的電影競爭。[77]

一九六二年臺灣電視公司成立，電視歌仔戲同時登場，每週二晚間九點十分至九點四十分，推出連臺本戲《雷峰塔》。[78]至同年十二月四日起，每週二晚上九點十五分到九點四十分，推出《三伯英台》連本戲碼，由筱寶猜、雅鳳真主演，此齣歌仔戲題材大概出自「歌仔冊」，有英台出生、扮男裝與祝仁心外出求學、途中

[74] 蔡秀女撰：〈光復後的歌仔戲電影〉，收於《民俗曲藝》46 期（1987 年 3 月），頁 32。
[75] 施如芳撰：《歌仔戲電影研究》（臺北：國立藝術學院傳統藝術研究所碩士論文，1997 年 12 月），頁 69 註 32。
[76] 同前註，頁 69-70 及同註 52，頁 131-132。
[77] 同註 75，頁 68-70。
[78] 同註 37，頁 128。

遇梁山伯攜梁士九要往杭州讀書，兩人結拜同行；到河邊時山伯
脫衣渡河等情節。[79]

　　一九六八年九月一日明明、聯通電視歌劇團於中華電視公司
演出《山伯英臺》，主要內容是山伯送友。演員是徐正芳（梁山伯）、
郭美珠（祝英台）。戲劇指導；曹仁、劇情指導；奇男。共分七場，
分別是野外、池塘、鳳凰山、河流、古廟、村莊、草橋鎮，[80]有借
事物暗喻己為紅妝表露情愫、托言為妹定親實則以身相許的情節。

　　一九七〇年九月十四日中午十二點於中華電視公司演出七世
夫妻之第二世《梁山伯與祝英台》，施富雄製作，王明惠編劇，由
巫明霞率領的華視歌劇團演出國語版歌仔戲，演員是巫明霞（梁
山伯）、康明惠（祝英台）。[81]

　　其後一九七二年、一九八二年，中國電視公司及中華電視公
司也分別推出《梁祝完婚》及《梁山伯與祝英台》電視歌仔戲。
而一九八四年臺灣電視公司再度推出《梁山伯與祝英台》，由楊麗
花歌仔戲團演出，此齣戲前半部以英台扮男裝及山伯憨厚個性發
生的趣事為主，後半部是山伯十八相送至山伯相思病死，英台哭
墳墓開人進墓，馬文才扯住半邊花裙化成一對蝴蝶，飛往天上為
上。[82]一九九六年十月二十五日中華電視公司演出歌仔戲一集《梁
山伯與祝英台》，由葉青、朱婉清主演。

---

[79] 同註 52，頁 133-134。

[80] 同註 71，頁 2767-2775。

[81] 〈中華電視公司演出七世夫妻之第二世《梁山伯與祝英台》〉，《中央日報》
九版〈影藝新聞〉，1982 年 9 月 14 日。

[82] 同前註。

　　電視歌仔戲為適應電視媒體的製作手法與傳統野臺、內臺式歌仔戲表演有很大的差異，首先是從象徵劇場走向寫實劇場，如騎馬、坐車、船都出外景，而高山、天庭、城牆、橋樑等則搭設布景拍攝；其次，傳統歌仔戲表演幾乎沒有劇本，大抵是說戲先生做提綱挈領式的講解後，即分配角色上場，由演員們即興表演。而電視歌仔戲為掌握劇情進度，並顧及演出結構嚴謹，得按照劇本演出。唱腔則採錄音對嘴方式。再加上電視歌仔戲每集的演出時間長度通常為三十分鐘，扣除片頭、片尾、廣告，每天播映時間只剩二十二分鐘，由於時間短暫，唱腔不能太多，尤其節奏緩慢的哭調全部刪除，而演員上樓、穿針刺繡、甩髮、亮相、踮腳、蝙蝠跳、跪步等優美身段也得加以簡化，因此原為開放是通俗、自由劇場的野臺歌仔戲手法，完全改變為唱辭優美、文雅、情節緊湊、結構封閉的電視連續劇。[83]

　　一九六三年，北美飛利浦（Norelco）公司發明攜帶型錄音機，一九六九年市面出現「匣式錄音帶」，一九七一年「卡式錄音帶」在台上市。[84]歌仔戲又多了一種媒材的選擇。今知梁祝歌仔戲的卡盒式錄音帶，共有六種：

　　　　(1)新時代唱片：梁山伯與祝英台，5 捲卡帶（各 90 分）（1
　　　　　 977 年 5 月再版）。[85]

---

[83] 林茂賢撰：〈臺灣的電視歌仔戲〉，收於《靜宜人文學報》第八期（1996年），頁 39。

[84] 葉龍彥撰：〈戰後臺灣唱片事業發展史〉，收於《臺北文獻》132 期（2000年 6 月），頁 85。

[85] 案：(1)、(2)、(3)、(4)、(5)之梁祝歌仔戲卡盒式錄音帶為臺灣戲劇館所藏，參秦毓茹撰：《梁祝故事流布之研究--以臺灣地區歌仔冊與歌仔戲

(2)月球唱片：梁山伯與祝英台(一)～(八)，8 捲卡式帶 (1976 年以前)[86] 楊麗花主唱。

(3)藝聲唱片：梁山伯與祝英台(上)(下)，2 捲卡式帶，何亞祿、黃微微、葉肖玲等演唱。

(4)皇冠唱片：山伯英台(一)～(六)，6 捲卡式帶(各 60 分)。

(5)新黎明唱片：梁山伯與祝英台，4 捲錄音帶，柳青、王金櫻主唱。[87]

(6)金宏影視錄音有限公司(財團法人中華民俗藝術基金會出版)：(廖瓊枝的歌仔戲) 梁山伯與祝英台，2 捲卡式帶。[88]

這是歌仔戲受眾除了在野臺或戲院內場、電影院觀看及購買唱片聆聽之外，可以選擇的另一種經濟方便的消費形式。

　　一九八一年歌仔戲進入現代劇場的型態，歌仔戲結合現代舞台劇場的技術與設備，不管劇本、導演、演員、樂隊等各藝術部門都採專業分工，成為精緻化舞台劇場的歌仔戲，除了職業劇團

---

團為範圍》，頁 126。

[86] 秦毓茹撰：《梁祝故事流布之研究--以臺灣地區歌仔冊與歌仔戲團為範圍》，頁 126，提及月球唱片行表示，此唱片是 1976 年前出版的唱片，應是廣播歌仔戲時流傳的版本。案：此錄音帶今日市面上仍可購得。

[87] 同前註，所列臺灣戲劇館館藏第三種「梁山伯與祝英台(1-4) 4 捲卡式帶，柳青主唱」，不知出版公司，可能即是此新黎明唱片出版的柳青、王金櫻主唱《梁山伯與祝英台》，案：此四捲錄音帶為林美清於 1982 年 6 月以前於坊間購得(參林美清撰：《梁祝故事及其文學研究》(臺北：臺灣大學中國文學研究所碩士論文，1982 年 6 月)，頁 103-104。)劇情由結拜金蘭至化蝶止。

[88] 此錄音帶今日市面上仍可購得。

的舞台表演之外，業餘社團如社教館延平分館從一九八八年開設「歌仔戲訓練班」吸引年輕學子與上班族參加，結業時先後演出《山伯英台》，又如一九九四年由鄉城建設之鄉城文教基金會成立的「鄉城歌仔戲研習營」多次於社區演出《山伯英臺》，至二〇〇二年十二月更名為「鄉城歌仔戲團」，曾於二〇〇三年七月二十八日於「臺南七夕國際藝術節」，與臺南市管絃樂團合作演出《山伯英臺》[89]。同時各院校也紛紛成立歌仔戲社團，國立復興劇藝學校且於一九九四年成立歌仔戲科。一九九七年國立藝術學院戲劇系畢業製作，在展演藝術中心戲劇廳自製自演《梁祝》劇場歌仔戲[90]。

　　至於專業的劇場歌仔戲表演：1. 宜蘭漢陽歌劇團於一九八九年十月三日晚上七點在國家戲劇院演出老歌仔戲《山伯英臺》，演出人員王春美（飾山伯）、李阿質（飾英台）、吳來春（飾銀心）、林鳳勝（飾安童哥）、羅麗珠（飾王婆）。主要演出內容為「訪英台」至「山伯返家」。為了忠實呈現早期「本地歌仔戲」的演出型態，演員前半場以往昔農閑時日常起居打掃，後半場換上舞台戲服。[91]

　　2. 廖瓊枝創辦的薪傳歌仔戲團分別於一九九一年三月、一九九二年三月、一九九二年十月十二日、一九九三年十一月二十九日在臺北社教館延平分館、臺北國立藝術教育館、高雄中正文化

89　《鄉城歌仔戲劇團》，http://myweb.hinet.net/home6/shiang-cheng/index.html（2007 年 1 月 20 日）。
90　蔡欣欣撰：〈臺灣劇場歌仔戲邁向現代化的發展--以一九八〇到一九九七年臺北市劇場歌仔戲演出為例〉，收於《當代》131 期，頁 14、18-19。
91　同註 52，頁 137-138。

中心、臺北市保安宮前演出《梁山伯與祝英台》，又於二○○四年在宜蘭文化局廣場演出《山伯英臺・樓臺會》。[92]今見廖瓊枝《梁山伯與祝英台》劇本有兩種：(1)曾永義主持《歌仔戲戲整理計畫報告書》本[93]、(2)薪傳歌仔戲劇團整理本[94]，二者唱詞及情節相同，口白及場次分合稍異。前者婚姻介入者名馬俊，後者名馬文才。故事屬 749 殉情化蝶類型，內容有十：草橋（或柴橋）結拜、學堂、遊西湖、英臺抗婚、訪英臺、安童哥買菜、樓台會、討藥、歸天、哭墓。

　　3. 劉南芳舞台歌仔戲，據曾永義主持《歌仔戲戲劇本整理計畫報告書》[95]劇本，知山伯氣結而終，英台拜墓，山伯魂魄前引，英台恍惚中尾隨而行。其後山伯魂魄消失，英台突然清醒，回頭朝墳墓方向；哭拜梁歌，唱道「青石墓牌隔雙人，多情多愛不甘放，總歸天涯回頭望，你咱黃泉結成雙」。英台緩緩站起……此劇本雖無明確殉情情節，但英台唱「你咱黃泉結成雙」，應也是 885B 殉情類型無疑。

　　4. 黃香蓮歌仔戲團於一九九七年九月十三、十四日在臺北社教館演出《前世今生蝴蝶夢》(歌仔戲 13)，由黃香蓮（梁山伯）、小咪（祝英台）主演，共七場，第一場是「前世驚夢」－－終場「蝴蝶夢影」，均由二人彩衣蝶舞於夢中邂逅及夢中重逢。

---

[92] 《薪傳歌仔戲劇團・關於薪傳・歷年演出》，http://hsinchuan.mywebhinet.net/top01_about/about_04.htm（2006 年 10 月 26 日）。

[93] 同註 71，第二冊《舞台歌仔戲》，頁 1009-1020。

[94] 薪傳歌仔戲劇團提供。

[95] 同註 71，第二冊《舞台歌仔戲》，頁 1009-1020。

　　5. 楊麗花歌仔戲團於二〇〇〇年十月二十六日和三十一日晚
上七點半，在國家戲劇院演出《梁山伯與祝英台》，由楊麗花（梁
山伯）、許秀年（祝英台）主演，故事仍屬老戲碼的 749A 投墳化
蝶殉情類型[96]，但網羅藝術總監黃以功、舞台設計聶光炎、服裝設
計蔡桂霖、舞蹈設計董成瑩等人組成龐大的製作群[97]重新創作，強
調唱詞與黃梅調《梁祝》不同，不僅要呈現臺灣傳統歌仔戲的特
色，也要結合現代劇場的舞台技藝，展現現代梁祝歌仔戲的劇場
魅力。

　　除了梁祝歌仔戲的消費形態之外，其他類型的戲劇也常演出
梁祝戲，如臺灣日治時期，從明治二十八至昭和十二（1895-1937）
年中日戰爭爆發為止。當時商業劇場興盛，共有超過六十個中國
戲班來臺灣演出[98]，根據《日治時期臺灣報刊戲曲資料彙編》可知
當時來台演出梁祝的劇目有：

> （1）上海如意女班：《全本梁山伯祝英台》（臺灣日日新報
> 　　　1921.5.16 夜、1921.7.14 夜、1921.7.15 夜）、《後部梁山
> 　　　伯祝英台》（臺灣日日新報 1921.5.17 夜、1921.6.15 夜）、
> 　　　《前本梁山伯祝英台》（臺灣日日新報 1921.5.28 夜、
> 　　　1921.6.14 夜、1921.6.19 日）、《後本梁山伯祝英台》（臺
> 　　　灣日日新報 1921.5.29 夜、1921.6.5 日、1921.6.21 日）、《梁
> 　　　山伯祝英台》（臺灣日日新報 1921.6.4 夜）、《三四本三

---

伯英台》(臺灣日日新報 1921.7.23 夜、1921.8.3 夜)、《頭
二本三伯英台》(臺灣日日新報 1921.8.3 日)、《前本三
伯英台》(臺灣日日新報 1921.8.23 夜)、《後本三伯英台》
(臺灣日日新報 1921.8.24 夜)。

(2) 醒鐘安京班:《三伯英台全本》(臺南新報 1922.8.5 夜)、
《三伯英台》(臺南新報 1922.8.9 夜)、《前本三伯英台》
(臺南新報 1922.8.13 日、1922.8.20 日、1922.11.27 夜)、
《後本三伯英台》(臺南新報 1922.8.20 夜、1922.11.28
日)、《前部梁三碧・後部梁山碧》(臺南新報 1922.9.7
夜)、《新排前本山伯英台》(臺灣日日新報 1922.11.18
夜)、《新排後本三伯英台》(臺灣日日新報 1922.11.19
夜)、《三伯英台》(臺灣日日新報 1922.12.18 日)、《全
本三伯英台》(臺灣日日新報 1922.12.23 夜)。

(3) 閩班新賽樂:《全本梁三伯祝英台》(臺灣日日新報
1924.1.7 夜)、《梁三伯全部》(臺灣日日新報 1924.1.17
夜)、《梁三伯》(臺南新報 1924.2.11 夜)。

(4) 潮州老源正興班:《三伯英台全本》(臺南新報 1925.3.3
日)、《馬俊娶親連三伯回陽》(臺南新報 1925.3.5 日)。

上海京班如意女班、醒鐘安京班、福州戲班新賽樂、潮州戲班老
員正興班,分別是上海、福建、廣東三地的戲班,來台在臺北新
舞台、艋舺戲園、基隆戲園、臺南大武台演出三十二場次的梁祝
戲。[99] 時至今日國家戲劇院、臺北新舞台仍不斷有梁祝劇目的演

---

[99] 同註 52,頁 107-112。

出，如：海軍陸戰隊飛馬豫劇隊（豫劇）、再興青年越劇團（越劇）、大鵬國劇隊（黃梅調）等劇團，都曾於國家戲劇院演出梁祝戲[100]，又其中空軍大鵬國樂團、平劇隊和話劇隊聯合演出的《梁山伯與祝英台》黃梅調歌舞劇，大抵是將邵氏公司出品的黃梅調電影《梁山伯祝英台》搬上舞台，極力保持電影原作的風格，由邵佩瑜（祝英台）、楊玉芝（梁山伯）主演。在一九六三年九月四日於臺北新生社介壽堂公演，因賣座逾十萬元，續演五日，至十四日結束。[101]

　　一九六三年梁寒操改編「梁祝」國劇本，定名為《梁祝恨史》，由中廣平劇社在光戲院演出，此業餘票友分 ABC 三組。全劇計分：別家、結拜、書館國、相送、思兄、訪友、樓台、求方、逼嫁、哭墳十折。預計演出四天。[102]一九八一年雅音小集演出國劇《梁山伯與祝英台》，由孟瑤編寫六場：(1)離家遊學、(2)風雨訂交、(3)同窗共硯、(4)柳蔭送別、(5)逼婚別嫁、(6)淒惻殉情[103]，當是 749A 殉情類型故事。郭小莊飾演祝英台，曹復永飾演梁山伯。英台手中團扇或摺扇都是國畫家張大千作品，山伯摺扇則是高逸鴻的畫作。[104]

---

[100] 同註 52，頁 137 註 94。

[101] 富翁撰：〈大鵬的「梁祝」〉及〈「梁祝」賣座破十萬大關〉，《中央日報》7版〈影藝新聞〉，1963 年 9 月 8 日，又聞賓撰：〈「梁祝」舞台劇觀後〉，《中央日報》7 版〈影藝新聞〉，1963 年 9 月 16 日。

[102] 青霞撰：〈國劇「梁祝」即將演出〉，《中央日報》7 版〈影藝新聞〉，1963 年 5 月 20 日。

[103] 孟瑤撰：〈《梁山伯與祝英台》的編寫〉，《中央日報》12 版〈中央副刊〉，1981 年 5 月 9 日。

[104] 〈高逸鴻描繪摺扇昨贈予曹復永增加了「梁山伯」的聲勢〉，《中央日報》九版〈影藝新聞〉，1981 年 5 月 9 日。

## 第三節　梁祝電影消費現象

　　以梁祝故事為題材的電影，除了前所提及的歌仔戲電影之外，一九二六年上海天一電影公司出品無聲黑白電影《梁祝痛史》(電影 1)邵醉翁導演，胡蝶、金玉如分飾男女主角，演員採用現代裝扮[105]，當時引起轟動，在商業上大獲成功。一九四〇年中國聯美影片公司出品《梁山伯與祝英台》(電影 2)，岳楓導演，張翠紅、曹娥主演。[106]一九五四年上海電影製片廠出品彩色越劇電影《梁山伯與祝英台》(電影 3)也相當成功，更在日內瓦國際會議上放映，而有了「中國的羅密歐與茱麗葉」的稱號。[107]

　　與一九六三年歌仔戲電影《三伯英台》(電影 5)同年出品的梁祝電影，有邵氏兄弟（香港）有限公司《梁山伯與祝英台》(電影 4)，李翰祥導演，凌波（梁山伯）與樂蒂（祝英台）主演，此部黃梅調電影《梁山伯與祝英台》與歌仔戲電影《三伯英台》同時於四月二十四日上映，前者於遠東、中國、國都三個國語片院線戲院首輪連映六十二天，後者於台語片院線大光明、大觀、寶宮、明星、三興、金山戲院放映七天，黯然下台，從此無人聞問。[108]

---

[105] 周靜書撰：〈百年梁祝文化發展與研究〉，收於周靜書主編：《梁祝文化大觀・學術論文卷》（北京：中華書局，2000 年 10 月），頁 737。

[106] 周靜書撰：〈絢麗多彩的梁祝文化〉，http://www.chinapostnews-com-cn/506/jyyj03-htm（2006 年 9 月 30 日）及《中國影視資料網》，http://www.cnmdb.com/title/6488（2006 年 9 月 30 日）。

[107] 斯邁、張如安撰：〈梁祝文化發展的全息圖像〉，收於《古今藝文》第 28 卷第 4 期（2002 年 8 月），頁 38。

[108] 同註 52，頁 131-132。

　　邵氏兄弟公司《梁山伯與祝英台》開拍的原因，主要是商業對手國泰集團的國際電影懋業有限公司為搶搭黃梅調列車，嚴俊自組的金龍公司獲國泰資助，集合天王巨星李麗華、亞洲影后尤敏攝製「梁祝哀史」新片《梁山伯與祝英台》[109]，邵氏公司馬上出動，古裝片的常勝軍李翰祥盡力搶拍，李雋青改編越劇、川劇等地方戲劇唱詞，周藍萍編曲，李翰祥統領編劇小組編劇，雖無真正的劇本定稿[110]，但群策群力，以集體創作方式，於三個月之內趕工完成，黃梅調電影《梁山伯與祝英台》，一九六三年四月便先後在港、臺及東南亞各地上映[111]，且獲得同年舉辦的亞洲影展最佳彩色攝影，最佳音樂、最佳錄音、最佳美術指導四項技術獎項。[112]及第七屆美國舊金山電影國際電影展（1963 年 10 月 30 日-11 月 12日）「優異影片」獎[113]，第二屆金馬獎（1963 年 10 月 31 日）最佳劇情片、最佳導演、最佳女主角、最佳演員特別獎、最佳剪輯、最佳音樂等六項獎項。[114]

　　嚴俊拍攝的《梁山伯與祝英台》從設計、拍攝手法、表演風格、音樂情調均採「地方戲曲」格局，其中演員李麗華的京劇背

---

[109] 〈邵氏與電懋又唱對台戲搶拍「梁祝哀史」〉，見《中央日報》7 版〈影藝新聞〉，1962 年 11 月 10 日。

[110] 陳煒智撰：《港台黃梅調電影初探研究》第十回〈電影神話--梁山伯與祝英台〉，http://movie.cca.gov.tw/COLUMN/column_article.asp?rowid302（2006 年 8 月 23 日）。

[111] 同前註。

[112] 〈梁山伯與祝英台榮獲四項金禾獎〉，《南國電影》1963 年 5 月號，http://www.ledi-web.com/doc/eterne/eterne4.asp（2006 年 7 月 24 日）。

[113] 〈舊金山影展「優異影片」獎〉，《南國電影》1964 年 2 月號，http://www.ledi-web.com/doc/eterne/eterne7.asp（2006 年 7 月 24 日）。

[114] 《凌波‧1963/10/#68》，http://www.amychan.info/ying/lingboh/info/shaw/shaw01.htm（2007 年 1 月 20 日）。

景、尤敏的粵劇背景，加上作曲者姚敏對上海越劇情有獨鍾，致
使電影在視覺聽覺上，都展現「戲曲電影」的風格，與李翰祥所
拍攝的改良黃梅調歌劇不斷地改變戲曲片格局劇情，以適應電影
美學的古典夢幻格局有異。兩者的故事編排也有不同，如：國泰
版的故事是英台得知山伯死訊後，私下帶侍婢到墳前哭祭；化蝶
部份由梁、祝二人身穿大紅大綠的蝴蝶衣裳，頭戴寶冠，在乾冰
堆、水泥台上飛舞，而邵氏版是英台成婚當日花轎抬往南山路旁，
以日本特效小組營造出的「末日質感」渲染悲劇情懷，再以雙蝶
自由飛舞作結。

　　邵氏版《梁山伯與祝英台》在電影美學及音樂風格結合了傳
統古典、當代流行元素塑造起風格化電影表演，成功抓住戲曲電
影現象與普通電影現象，加上典雅的古典情懷吸引文化菁英，在
報章為文贊揚，街坊姑婆阿嫂的耳語傳播，又挾著得獎的實力展
現，形成高級知識份子與普通市井觀眾的巨大消費勢力。一九六
三年四月二十四日首映在臺北市中國、遠東、國都三家戲院上映，
連續爆滿一百八十六天，放映九百三十場，觀眾七十二萬一九二
九人次，票房八百四十餘萬，打破歷來所有電影票房。當年臺北
是省轄市，人口不滿八十萬，《梁祝》售票數佔人口的九成，這個
紀錄也是四十年來沒有任何電影能企及的。當年十月凌波由香港
來臺，媒體以「強烈颱風凌波」形容，所到之處萬人空巷。[115]臺北

---

[115] 王祖壽撰：〈梁祝--不滅的圖騰〉，《民生報》C2〈銀色發燒網〉，2002 年
　　9 月 12 日、〈梁祝勝過 E.T 張菲恭迎凌波〉，《民生報》C2〈影劇最前線〉，
　　2002 年 12 月 4 日。

且被譏為狂人城[116]，便可知消費觀眾瘋狂逐星之沸騰狀態，連香港駐臺記者都忍不住詳細地摘記凌波停留臺北兩日中所發生的事件：(1)凌波的淚、(2)乘坐警車、(3)與小偷同車、(4)接受的禮物、(5)凌波的乾媽、(6)凌波照照片、(7)凌波的遊行、(8)特別廣播節目、(9)凌波招牌、(10)腳不著地的旅行。

　　其中(5)凌波的乾媽共有闊太太四十八人，(6)凌波的照片，統計全臺灣各報章雜誌從十月廿九日至十一月十一日，共刊出照片七千六百四十八張，而十月三十日、三十一日兩天臺北各報，共刊載有關凌波文字達二十三萬餘字。(7)凌波的遊行共歷一小時又五十分，經過街道二十餘條，觀眾達十八萬餘人，動員警員五百人，憲兵三百人，警車六輛維持秩序。(8)特別廣播節目：在凌波未到臺北之前，華聲電台特製「凌波園地」每天上午九點至九點三十分專播凌波的言行、歌、訪問。(9)凌波招牌：臺北市用「凌波」兩字作招牌的計有「凌波咖啡屋」在中華路、「凌波餐廳」在徐州街、「凌波寄賣行」在昆明街，「凌波飯館」在羅斯福路……共有十二家之多[117]，如此瘋狂的全民運動，確是難得一見的消費風暴。影片上演後，百代唱片公司以副標「高亭」（Odeon）出品《梁山伯與祝英台》的雙碟電影原聲帶。[118]致使滿街商店住家，以及唱

---

[116] 蔡國榮撰：〈東方荷里活再現風華／樂蒂、林黛令人懷念〉，《中國時報》D4〈星辣話題〉，2004年9月28日。

[117] 林文卓撰：〈狂人城臺北--人山人海〉，http://www.amychan.info/ying/lingboh/drama/eterne/eterne13.htm（2007年1月20日）。

[118] 同註110。時至今日基隆市民間美術號館長賈裕祖仍藏有凌波《梁祝》唱片，朱蘭香撰：〈狂戀老唱片，收藏上萬張〉，《中國時報》，2005年10月8日。

片行都不停地播唱《梁祝》的歌曲[119]，影迷歌迷也街頭巷尾吟唱「十味藥」[120]、「十八相送」、「樓台會」[121]，時至今日 KTV 的點唱歌曲仍可見黃梅調的「十八相送」、「樓台會」曲目。

　　《梁祝》電影在六月二十四日下片，代理《梁祝》發行的明華電影公司與攝影新聞畫報社，聯合於六月二十五日在臺北博愛路美而廉四樓畫廊舉行「凌波照片展」，會場中發售凌波個人的四吋照片，每組三份，售價新台幣十元，共售出上萬份。展覽會原計二十八日結束，由於觀眾如潮湧至，延至七月五日為止。展覽會期中有位六十五歲的老太太影迷每天來看凌波的倩影，她說及自己連看《梁祝》電影六十五次[122]，此種連續消費不止一人，另有一位小姐說曾看了十七次《梁祝》[123]，也有不少影迷宣稱看了上百遍，影評家蔡國榮敘述當年也跟著不同長輩前後看了三遍：「記得到後來『遠山含笑，春水綠波映小橋』一起腔，全劇院跟著吟唱，而還沒演到〈樓台會〉，已是全院哭聲一片，當唱出『梁兄句句痴心話，英台點點淚雙垂』，婆婆媽媽們比劇中人更為傷心欲絕。」消費群眾之所以有這樣激動，是因為入戲太深的觀眾對劇情太熟悉，早已預知梁祝兩人的死亡記事，所以搶先一步展現喜怒哀樂。[124]於此也可見《梁祝》風暴之一端。

---

[119] 玉珍撰：〈不甘示弱〉，《中央日報》7 版，1963 年 6 月 21 日。

[120] 同註 116。

[121] 同註 116。

[122] 〈《梁祝》參加舊金山影展--凌波照片展覽盛況空前〉，http://www.amychan. info/ying/lingboh/drama/eter ne/eterne09.htm。

[123] 〈梁祝佳話‧影壇奇蹟〉，《南國電影》1963 年 7 月號，http://www.ledi-web. com/doc/eterne/eterne5.asp（2006 年 7 月 24 日）。

[124] 蔡國榮撰：〈當眼淚模糊了銀幕〉，《中國時報》B6〈浮世繪〉，2006 年 4

　　一九六三年梁祝效應持續發燒，六月時臺北市私立銘傳商業專科學校在歡送應屆畢業生的晚會上，表演了一齣《梁祝恨史》[125]，七月份中廣公司平劇社也演出改良平劇《梁祝恨史》[126]，不止掀起梁祝戲曲演出的風潮，正聲廣播公司於六月十五日舉辦〈從各種角度看《梁山伯與祝英台》〉的座談會，邀請影評家、編劇家、導演、文學家等六位參加，其中有站在片商立場分析賣座原因者。[127]梁祝效應不僅於此，當時也引動廣告效應，紛紛以梁祝作為廣告的材料，如：與日本三菱電機合作的東亞日光燈公司，在報紙刊登梁祝片中樂蒂與凌波的大幅劇照，寫著「電影是梁山伯與祝英台；日光燈是東亞牌日光燈」，又如：生生皮鞋公司廣告詞標題為「梁山伯的遺憾」；內容說：「《梁山伯與祝英台》一片中，女扮男裝，飾演梁山伯的凌波，眾口讚美演出最精采的一段是『回十八訪英台』，那種聽得英台竟是女兒身，匆匆忙忙離了書房下山崗，沿途笑憶自己是個大笨牛的傻書生勁兒，確描摹得夠入木三分。可惜他腳下著的那雙厚底生花靴，不夠輕快，耽誤了行程，使他在到達英台的粧樓時，英台已被馬文才捷足先得。梁山伯追訪祝英台，當時無法買到生生皮鞋著用，相信梁山伯如果知曉，一定會引為是終身憾事。」[128]也算是古為今用的妙點子。

---

　　月 30 日。

[125] 同註 119。

[126] 石玉撰：〈平劇佈景談往〉，《中央日報》7 版，1963 年 7 月 13 日。

[127] 〈《梁祝》面面觀--正聲公司昨舉行座談會〉，《中央日報》7 版〈影藝新聞〉，1963 年 6 月 16 日。

[128] 劉晴撰：〈《梁祝》究竟好在那裡？〉，《南國電影》1963 年 8 月號，http://www.le di-web.com/doc/eterne/eterne6.asp（2006 年 7 月 24 日）。

　　當時的報紙電臺對梁祝片的介紹宣傳，真是欲罷不能。臺灣新生報自六月十五日起，在該報副刊連載南宮搏先生執筆的歷史小說《梁山伯與祝英台》（小說 8），其後結集成冊出版。連載的前一日，隨報附送樂蒂與凌波的巨幅劇照海報一張，正面寫有：「本報新猷之一——梁山伯與祝英台流傳千餘年悲戀故事首次寫成小說。已經看過這張影片的，應該再讀一遍小說；沒有看過這張影片的，更應該讀一遍小說！這張影片創下了本省空前的賣座紀錄，據說在十年之內，這一紀錄也不容易被打破。梁山伯與祝英台活躍在千萬觀眾的心目中，凌波與樂蒂也活躍在萬千觀眾的心目中！現在，梁山伯與祝英台的故事，活躍在南宮搏先生的筆下，也必將活躍在萬千讀者的心目中——。」的廣告詞[129]，顯見梁祝風暴強勁的消費能量，是不容小覷的。

　　《梁祝》掀起黃梅調熱潮不只在臺灣發燒，連在一九六四年亞洲影展各國演員表演節目也以凌波所唱「遠山含笑」壓軸。還只唱出第一聲，觀眾就大聲叫好。[130]至於拖延多時的國泰版《梁山伯與祝英台》，遲至一九六四年十二月二十五日才上映[131]，早已不敵邵氏《梁祝》電影的強力風暴。

　　黃梅調《梁山伯與祝英台》電影至今仍然餘波盪漾，在臺灣至少重映四次：(1)一九八八年婦女節，邵氏公司號稱「全新拷貝，空運來台」，於臺灣全省八十餘家戲院再度連映。[132]同時發售正版

---

[129] 同前註。

[130] 〈遠山含笑〉，《中央日報》4 版，1964 年 6 月 17 日。

[131] 《中國影視資料館‧梁山伯與祝英台(1964)》，http://www.cnmdb.com/title/45434/(2007 年 1 月 20 日)。

[132] 王溢嘉撰：〈從梁祝與七世夫妻談浪漫愛及其他〉，收於《臺北評論》5 期

錄影資料，由臺灣年代公司獲得授權，全新製作以山伯為主，英
台居次的海報及影帶封面。[133](2)二○○二年十二月十三日臺北微
風國賓影城放映一周「邵氏電影節」，其中《梁山伯與祝英台》反
應最為熱烈[134]，觀眾欲罷不能，以致加映場次[135]。梁兄哥凌波也於
十二月初應邀參加中國電視公司《綜藝大哥大》（12 月 3 日）及臺
灣電視公司《綜藝旗艦》節目，談及一九六三年《梁祝》電影風
靡全臺，凌波從香港來臺，臺北掀起「迎波潮」被香港媒體形容
為「狂人城」的盛況。[136](3)《梁山伯與祝英台》電影經由香港天
映娛樂有限公司重新以 Digital 數位化技術修復，於二○○四年一
月一日至十五日再次在臺北微風國賓影城上映，同步發行 DVD。
每日映演兩場，臺北累計票房新台幣四萬五千五百二十元[137]，放映
期間回饋影迷，凡購票觀眾，隨票附《梁山伯與祝英台限量凌波
簽名紀念版》，《黃梅調三合一鐵盒版》一百元折價卷乙張，憑卷
購買者可享優惠價格[138]。其後臺南國賓影城也於一月十七日起一連
十天推出新數位化修復拷貝的《梁祝》。[139]

---

（1988 年 5 月），頁 189。

[133] 同註 110。

[134] 王祖壽撰：〈梁祝勝過 E. T. 張菲恭迎凌波〉，《民生報》C2 版〈影劇最前
　　　線〉，2002 年 2 月 4 日。

[135] 〈《梁山伯與祝英台》全新數位化修復拷貝，元旦開春重線大銀幕〉，
　　　http://www.cmcmovie.com/aboutus/News2.asp?no=1617( 2006 年 9 月 23 日 )。

[136] 同註 134。

[137] 「《梁山伯與祝英台》臺北單日票房排行榜」，http://appatmovies.com.tw/ mo
　　　vie/movie.cfm?action=BoxOffice&film_id=flhk70130056&o_code=taipeiday
　　　s&more=Y（2007 年 1 月 20 日）。

[138] 同註 135。

[139] 《kingNet 影音臺‧影城好康快訊》，http://movie.kingnet.com.tw/media_new
　　　s/index.html?act=movie_news&r=1074241347（2007 年 1 月 20 日）。

　　除了電影院重映《梁祝》之外，有線電視緯來電影台的《緯來邵氏電影節》活動，也於二○○五年三月二十六日首度在電視螢光幕播出，收視率 1.58，在有線電視排名第三，該公司估算二十六日收看的觀眾有一百多萬，應眾多觀眾要求於四月二日再度播出。[140]而且找來影、歌星張善為為《梁山伯與祝英台》代言，演出搞笑版「梁祝」續篇，往生後的梁山伯與祝英台雙宿雙飛，還有了愛的結晶「小殭屍」。[141]電視首播以後，佳評如潮，影迷甚且上電影台網站留言，抓錯字、找雜音，[142]顯見觀眾入戲之深，此種現象仍可感受當年《梁祝》風暴的餘震。

　　黃梅調《梁祝》電影的效應，也持續於電視螢光幕發燒，常常經一段時間，便來一齣新編梁祝故事的表演，如：一九八○年中華電視公司大型單元黃梅調歌劇《開心九十》，節目首集由凌波、范丹鳳主演《新梁山伯與祝英台》；於八月二十一日晚九點三十分播出[143]。又如：一九八四年華視黃梅調劇場節目《金玉劇坊》，劇集的最後一個單元播出《梁山伯與祝英台》（分上下集播出），夏玲玲反串梁山伯，李陸齡飾演祝英台，常楓演祝父，李麗鳳演師母，王玉玲飾演銀心，余繼孔飾演四九，邵氏《梁祝》電影中飾演馬文才的蔣光超，此番扮演老師，全劇完全以邵氏版《梁祝》

[140] 萬瑞成撰：〈電影還是老的好？上週百萬人次看《梁祝》〉，《大紀元》2005年 3 月 29 日，http://www.epochtimes.com/b5/5/3/29/n870677.htm（2007 年 1 月 20 日）。

[141] 黃文正撰：〈梁祝有續篇生下小殭屍〉，《中國時報》D2〈娛樂焦點〉，2005年 4 月 1 日。

[142] 同註 140。

[143] 〈華視單元歌唱劇集《開心九十》今推出，首集播《新梁山伯與祝英台》〉，《聯合報》〈影視綜藝〉，1980 年 8 月 21 日。

為底本，台詞、劇情結構、人物互動等大抵神似，歌曲部分則完全沿用。[144]又如一九八九年中華電視公司「連環泡」節目〈中國電視史〉單元，現代篇題材以調侃當代電視史的各種怪現象為主題，卻引起被影射人物的抗議干涉，而改以古代篇黃梅調《梁山伯與祝英台》電影引發的悲劇為題材「息事寧人」。[145]又如：一九九○年臺灣電視公司《就在今夜》節目邀請凌波技術指導，節目主持人巴戈、方芳芳演出新版「梁山伯與祝英台」[146]。

又如：二○○五年三月七日開播的中華電視公司週一至週四帶狀綜藝節目《絕代雙椒》(綜藝連續劇 1)有〈梁山伯與祝英台〉單元，以殉情化蝶類型故事為主題，是搞笑、脫口秀表演形式。又如：二○○六年三月九日臺北三立都會臺《住左邊住右邊》(綜藝單元劇 1)以《住左邊住右邊之幸福小套房－－幸福黃梅調》為主題，是現代生活劇中穿插喜愛黃梅調影迷，競唱黃梅調且請凌波現身說法的單元劇，這都是不同媒材運用黃梅調《梁祝》素材的消費現象。

黃梅調《梁祝》電影的魅力，連享譽國際的「浪漫鋼琴王子」在一九九三年三月三十、三十一日於國父紀念館、四月一日於高雄文化中心、四月二日於臺中市中山堂的表演，都以鋼琴演奏改編自黃梅調曲子的「梁山伯」。[147]

[144] 陳煒智撰：《港台黃梅調電影初探研究》第六回〈香江舊跡漸模糊　寶島一片黃梅聲〉，http://movie.cca.gov.tw/column/column_article.asp?rowid=49（2006 年 8 月 23 日）。

[145] 王祖壽撰：〈你看看中國電視史多難作啊，開心嚦！梁山伯與祝英台今上陣化解題材衝突〉，《民生報》12 版〈電視資訊〉，1989 年 3 月 21 日。

[146] 鄭炎撰：〈巴戈假扮梁山伯乍看活像馬文才〉，《民生報》13 版〈娛樂新聞〉，1990 年 5 月 1 日。

[147] 〈理查帶著柔情四度來華，要以鋼琴演奏《梁山伯》〉，《中央日報》24 版

　　另外，近年舞台劇也加入梁祝故事的消費市場，延續黃梅調《梁祝》電影的影響，二〇〇二年大大國際藝術事業有限公司邀集當年電影演員凌波（梁山伯）、任潔（銀心）、李昆（四九）及胡錦飾演祝英台，分別於十二月十三、十四日在臺北國父紀念館，十二月十五日在臺中中山堂、十二月二十一、二十二日在高雄文化中心至德堂，演出《梁祝四十古裝大型音樂劇》，其後也發行現場演出珍藏 DVD。由於演出成功，現場爆滿；又於二〇〇三年一月九、十、十一日趁勝追擊，在臺北國家戲劇院再度演出。二〇〇三年十月二十四、二十五、二十六日在臺北國父紀念館、十月三十一日、十一月一日在高雄文化中心至德堂、十一月七、八日在臺中中山堂、十一月九日在臺南市立藝術中心三度巡迴演出。二〇〇五年七月二十二、二十三日四度於臺北國家戲劇院演出，四九角色改由郭子乾、銀心改由楊麗音飾演，於二〇〇五年八月六日在臺南市立文化中心演藝廳、八月二十日在臺中市立中山堂演出。

　　二〇〇二年臺北藝術節也趕搭黃梅戲《梁祝》熱，由臺北市政府主辦，臺北市立國樂團執行，於十一月三十、十二月一日在臺北中山堂廣場演出《梁山伯與祝英台》的野台戲版本黃梅調音樂劇，電影導演陳耀圻擔任藝術總監，音樂重新編曲，由有京劇底子的上海姑娘夏禕飾演祝英台，唱腔有別於電影版祝英台，郎祖筠飾演梁山伯，另由臺北市文化局長龍應臺扮演打瞌睡的馬文才，在群眾間插入，唱出「下一句……」引來群眾一陣轟然。此

〈娛樂〉，1993 年 3 月 5 日。

劇以倒敘方式由結成夫妻的四九與銀心追憶往日情事。該劇於二
○○三年二月十六日、三月二十二日在公共電視臺播出，也發行
DVD 販售。二○○三年馬祖縣政府與雲林縣政府也邀請該舞台劇
團至馬祖南竿體育場（9 月 5 日）、雲林縣斗市市體育公園（9 月
11、12 日）盛大公演[148]。再再顯見地方政府也深知結合梁祝文化
創意產業為其施政文化品質的重要性。

　　至於二○○三年九月十一至十四日由大風音樂劇場、國立中
正文化中心主辦，演出的《梁祝》音樂劇，則是融合西方歌劇、
歌舞劇、傳統戲曲元素而成的現代梁祝音樂話語，結合金曲獎製
作人楊忠衡擔任藝術總監、編劇，作曲大獎得主鍾耀光、鬼才導
演李小平、金馬獎美術指導黃文英等跨領域精英合作，由歌星辛
曉琪飾演祝英台、影星王伯森飾演梁山伯、相聲演員黃士偉飾演
馬文才。故事也是由馬文才回憶往日江南情事開始。演出後獲得
極大迴響，網路上討論不斷[149]。二○○五年再由國立臺灣藝術大學
與大風音樂劇場合作，於十月一、二日在臺中中山堂、七、八日
在臺南市立文化中心、十一月三、四、五、六日在臺北國父紀念
館、二十六日在中壢藝術館演出音樂劇《梁祝》，做為臺灣藝術大
學建校五十週年慶的重要活動。女主角改由二年前首演時飾演銀
心的洪瑞襄擔任。該活動且於五月份開放全國徵選「銀心與祝英
台之父兩角色」，又由校長黃光男帶領師生全面投入製作與宣傳，

---

[148]　〈黃梅調音樂劇《梁山伯祝英台》〉，http://www.tco.gov.tw/news/920826.htm
　　（2007 月 1 月 20 日）。
[149]　林采韻撰：〈首齣建教合作音樂劇梁祝大復活〉，《中國時報》D8〈文化藝
　　術〉，2005 年 4 月 23 日。

再於九月份有為期兩天的研討會助陣。[150]儼然成為校園結合社會資源，推廣文化創意產業的範例。

香港一九九八年十二月十九日至一月十三日香港演藝學院歌劇院推出「春天舞台」製作、杜國威編劇、司徒慧焯導演、謝君豪及蓋鳴暉主演的舞台劇《梁祝》。舞台劇推出同時也發售各種精品、劇本集。該劇也發行 DVD。此齣舞台劇從徐克電影《梁祝》引發出的新青春感、大反舊體制，且玩出同性異性之謎[151]，更大膽地把梁山伯刻劃為同性戀者，雖在劇情上比徐克傳統，多數時間保持舊梁祝戲曲的故事情趣，[152]但卻展現富娛樂性、雅俗共賞有趣的喜劇感，在角色扮演上採取了顛覆手法，英台的是由粵劇小生蓋鳴暉反串，舊劇中仁心女扮書僮，此劇則由男演員盧俊豪飾演，仁心本是祝英台兄長的書僮，由於兄長早逝，為實現兄長的理想，英台代兄到私塾讀書，兄長的書僮仁心，只好反串為侍婢了。而梁山伯僕人仕九，原是女兒身，因梁山伯家貧，養不起僕人，仕九是母親的隨嫁婢，為了服侍少爺，只好喬裝書僮[153]。這是原來梁祝故事性別顛覆的再顛覆，編劇杜國威說「梁山伯愛的是男兒身

---

[150] 同前註。

[151] 徐克接受訪問時說：「大概梁山伯是男同志，聽到英台是女扮男裝後，才傷心難過吐血而死」。參張小虹撰：〈蝴蝶夢裡的真實〉，收於《聯合文學》1 月號（2004 年），頁 27。

[152] 石琪撰：〈佻皮新版《梁祝》充滿爭議性亦有通俗性〉，《明報》，1999 年 1 月 8 日，http://www.geocities.com/dramanatic/drama/lc1.html（2007 年 1 月 20 日）。

[153] 吳耀華撰：〈假鳳虛凰同性相親新版《梁祝》反叛浪漫〉，《廣東羊城晚報》，1998 年 12 月 1 日，http://www.geocities.com/dramanatic/drama/lc4.html（2007 年 1 月 20 日）。

的祝英台，而非憧憬祝英台學生的妹妹」[154]，所以樓臺一會，竟發現祝英台是女的，大受刺激。而病倒荒亭。山伯死後，英台投墳殉情，英台終場時台上是一個男裝，及樓臺會中山伯、文才激辯同性戀主題[155]，梁山伯與老師辯論屈原死因，認為屈原失寵於楚懷王，是因楚懷王不再貪戀男色而愛妃嬪，以致屈原失戀而自殺[156]等情節都見此新版《梁祝》實是一齣顛覆性別的同性戀劇，梁山伯是同性性向的男主角，死於無法承受所愛的「男性同學」祝英台，竟然是個女的，大受刺激而崩潰病倒。

　　香港東亞娛樂、何韻詩與 W 創作社合作推出《梁祝下世傳奇》搖滾劇場，由何韻詩，周國賢擔綱演出，司徒慧焯及黃智龍合導[157]於二〇〇五年九月十六至十九日在演藝歌劇院演出四日，後因反應非常熱烈，在九月十七至十九日每天下午加場。舞台劇先後推出影集「奇傳更你共世下」、原聲大碟，漫畫、VCD 及 DVD 等，DVD 更加送由導演麥婉欣所拍攝的製作特輯。此齣舞台劇主題環繞同性戀、友情及愛情。[158]故事從祝英台哭崩梁山伯的山墳，墓中乍見一雙蝴蝶比翼而飛之後開始，梁祝輪迴再世，跨越兩個時空，今世梁山伯在大學重逢祝英台。而英台下世化身成男兒身，他身邊多了一個女孩，如此兩世梁祝能否再次穿過時空間，跨過性別

---

[154] 同前註。

[155] 依達撰：《梁祝》，《香港成報》，1998 年 12 月 28 日，http://www.geocities.com/dramanatic/drama/lc3.html（2007 年 1 月 20 日）。

[156] 同註 153。

[157] 〈何韻詩《梁祝下世傳奇》周國賢攜手音樂舞台劇〉，http://music.ent.tom.com/1030/1092/200599-59550.html（2006 年 9 月 23 日）。

[158] 《舞音動影‧舞台劇‧梁祝下世傳奇》，http://www.wretch.cc/blog/paulinemu&article_id=7128241（2006 年 9 月 23 日）。

界限，在人海之中再一次找祝英台愛下去？[159]此齣戲也仍是混同性
別議題，甚且是混同時空，拼貼風格的後現代舞台劇。

　　黃梅調《梁山伯與祝英台》電影旋風不止引起消費大眾的瘋
狂參與，連其他劇種的創作者也受其影響而編寫《梁祝》劇目，
如：黃梅調《梁祝》電影歌曲部分，泰半以黃梅戲的旋律組合變
化而成[160]，然而源於湖北省黃梅縣紫雲山和龔坪一帶產茶地區的黃
梅採茶戲，其中一支東傳至安徽省懷寧縣為中心的安慶地區，與
當地民間藝術相結合，而發展為今日黃梅戲的前身（稱「懷腔」
或「懷調」），及其後由小戲群的「串戲」，進而為「本戲」，由農
村草台走上城市舞台，成為的黃梅戲，均無梁祝全本劇目[161]，僅有
《英台自嘆》、《山伯訪友》等齣目，但內容單調，曲詞俚俗，並
不引人注目[162]。直到一九六三年六月安徽黃梅戲劇院委由金芝編寫
《英台別友》、《山伯訪友》兩折子戲在港澳演出。[163]一九九四年四
月二十四日（晚場）在臺北國父紀念館，四月二十九日、五月二
日、三日在臺北中山堂（晚上七點半）演出的《梁山伯與祝英台》
八齣全本戲(黃梅戲3)，則是參考李翰祥《梁祝》劇本結構的新作[164]。

[159] 《香港演藝學院‧演出詳細資料‧梁祝下世傳奇》，http://www.hkapa.edu.a
sp/general/general_performance_details.asp?lang=tch&performanceid=1932
（2006 年 9 月 23 日）。

[160] 曾永義撰：〈黃梅戲裏話梁祝〉，《中國時報》33 版〈藝文生活〉，1994 年
4 月 19 日。

[161] 同前註。

[162] 李國俊撰：〈黃梅調電影梁山伯與祝英台〉，《中央日報》17 版，1988 年 6
月 3 日。

[163] 同註 160。

[164] 貢敏撰：〈金獎編導演再續紅樓夢〉，《中國時報》33 版〈藝文生活〉，1994
年 4 月 19 日。

於此可見梁祝故事的文化產業反向互為正文的交涉現象。該劇不
只到港、澳、臺演出，深圳、江蘇、安徽、新加坡也盛大公演，
受到廣泛歡迎[165]，臺灣公共電視台也曾播出，並且販售 DVD。

　　又如：被聯合國教科文組織列為「人類口述和非物質遺產代
表作」的崑曲，僅存文本《柳蔭記》，據聞二十世紀三十年代周傳
英曾經演過其中〈訪台〉一折[166]，如今此劇已失傳。國光劇團特邀
兩廳院、國立傳統藝術中心及臺灣戲曲專科學校、臺灣崑劇團共
襄盛舉，由曾永義執筆新編《梁山伯與祝英台》。曾永義及其弟子
劉慧芬、蔡欣欣、沈惠如、張育華依南雜劇體制規律建構成崑劇
《梁山伯與祝英台》，按崑劇曲牌的格劇，把全劇定為(1)〈草橋
結拜〉、(2)〈學堂風光〉、(3)〈十八相送〉、(4)〈訪祝欣奔〉、(5)
〈花園相會〉、(6)〈逼婚殉情〉、(7)〈哭墓化蝶尾聲〉等七場戲，
既是完整的一台戲，又是可以單獨演出的七個折子戲[167]。該劇由上
海崑劇團沈斌執導，崑曲名家周秦編腔譜曲，周雪華編曲配器，
結集臺灣京崑界名角首演主演梁山伯：曹復永、孫麗虹、趙揚強、
楊汗如主演，祝英台：魏海敏、陳美蘭、郭勝芳；巡演主演梁山
伯：孫麗虹、汪勝光、林美惠，主演祝英台：魏海敏、陳美蘭，
採「六梁三祝」演出，首演由國立國光劇團與國立中正文化中心

[165] 周靜書主編：《梁祝文化大觀・戲劇影視卷》（北京：中華書局，1999 年
　　12 月），頁 372。
[166] 沈斌撰：〈崑曲《梁山伯與祝英台》導演設想〉，收於《大雅藝文雜誌》第
　　三十五期（2004 年 10 月），頁 55。
[167] 曾永義撰：〈化玉雙蝶飛向九霄--我編寫首部崑劇《梁山伯與祝英台》及
　　其他〉，收於國立國光劇團《新編崑劇《梁山伯與祝英台》演出手冊》（2004
　　年 12 月）。及同註 165。

主辦，於二〇〇四年十二月二十四、二十五、二十六日在臺北國家戲劇院演出；巡演由國立傳統藝術中心、高雄市政府文化局、桃園縣文化局、臺中縣立港區藝術中心合辦，於九四年一月二日在桃園縣文化局中壢館音樂廳、一月八日在臺中縣立港區藝術中心演藝廳、一月十五日在高雄市中正文化中心至德堂演出。這也是學者、戲曲導演、編腔、編曲、表演者回應梁祝故事文化的一次集體創作產業。

二〇〇五年國光劇團、臺灣戲專國劇隊、臺灣崑劇團合組「臺灣聯合崑劇團」帶著崑劇《梁山伯與祝英台》首度登陸，參與上海藝術節演出，於十一月五日在上海逸夫舞台演出，票房亮眼，由蔡正仁、魏海敏、趙揚強、陳美蘭雙聲雙旦組合表演。十一月八日隨即轉往杭州劇院、十二日到廣州佛山南海影劇院演出。[168]此劇不止排出京崑名角九人分別飾演梁祝的陣容，又結集戲劇學者、編劇、崑劇團名導、崑曲名家編曲、配器，且於公演前後，由學者、導演、編曲者分別為文催票，如：洪淑苓〈扮裝、試探與相之相惜－－漫談梁祝故事與曾永義編著崑劇《梁山伯與祝英台》〉[169]、沈斌〈崑曲《梁山伯與祝英台》導演設想〉[170]、周秦〈手法與翻新《梁祝》崑唱的追記和思考〉[171]、曾永義〈化玉雙蝶向九

---

[168] 陳盈珊撰：〈臺灣崑曲首度登陸票房亮眼〉，《中國時報》D8〈文化藝術〉，2005 年 11 月 5 日。

[169] 洪淑苓撰：〈扮裝、試探與相之相惜--漫談梁祝故事與曾永義編著崑劇《梁山伯與祝英台》〉，收於《印刻文學生活誌》一卷四期（2004 年 12 月），頁 135-140。

[170] 同註 166，頁 55-59。

[171] 周秦撰：〈手法與翻新《梁祝》崑唱的追記和思考〉，收於《傳統藝術》（2004

宵－－我編寫首部崑劇《梁山伯與祝英台》及其他〉[172]，另有應平書〈崑腔達摩東來－－周秦教授來台為崑劇《梁山伯與祝英台》打譜拍曲紀實〉[173]一文側寫這群創作者、演出者在國光劇團排練場的教唱、學習，包括原是京劇名角的魏海敏、曹復永學唱崑曲，或孫麗虹為擔綱演出而自製減肥飲料，以求扮相優美等情況，既是文化藝術創作、交流的美事，也拉近觀眾與戲劇創作過程的距離，更是促進消費，絕佳的產業廣告行銷策略。

　　一九九四年有兩部梁祝電影，一是香港嘉禾娛樂事業有限公司出品的《梁祝》（電影6），徐克導演，徐克、許莎朗、吳錦超編劇，吳奇隆、楊采妮主演，主題表現愛情、情欲、同性戀及東晉門閥禁忌，具體描寫晉人敷粉、蹴鞠情況。是頗有校園喜劇與青春偶像劇的商業電影[174]。曾被一份香港電影刊物，選為二十世紀一百部香港最佳的電影，排名七十多[175]。該片也由香港寰宇鐳射錄影公司發行VCD，又經常於有線電視電影台播放。另外一部是中國南海影業公司出品的《梁山伯與祝英臺新傳》（又名《梁祝恨》）（電

---

年11月），頁54-56。

[172] 曾永義撰：〈化玉雙蝶飛向九宵--我編寫首部崑劇《梁山伯與祝英台》及其他〉，收於國立國光劇團《新編崑劇《梁山伯與祝英台》演出手冊》（2004年12月）。

[173] 應平書撰：〈崑腔達摩東來--周秦教授來台為崑劇《梁山伯與祝英台》打譜拍曲紀實〉，收於《大雅藝文雜誌》（2003年10月）。

[174] 《國際線上綜合‧梁祝（1994）》，http://big5.chinabroadcast.cn/gate/big5/gb.chinabroadcast.cn/6851/2005/07/22/1325@632679.htm（2006年9月23日）。

[175] 余少華、張秉權撰：〈男與女、叛逆與傳統--從音樂與文學角度欣賞《梁祝》〉，「梁祝美樂賀千禧導賞會」，香港中文大學，2000年（傅碧玉、黃念欣整理稿），http://bowen.chi.cuhk.edu.hk/speech/CY_scrp.htm（2006年9月30日）。

影 7)，劉國權導演，劉國權、郎文耀編劇，胡慧中、濮存昕主演，根據中國傳統戲曲改編，山伯相思病死，後為仙姑救活，梁祝兩人成婚，並無殉情情節。此片也發行 VCD、DVD，在馬來西亞發售片名為《梁祝恨》[176]，二〇〇五年六月十二日曾在 45CCTV－－6 中國中央電視台播出[177]。

一九九九年嘉禾娛樂事業有限公司出品陳勳奇導演《辣椒教室》(電影 8)電影中有一段校際音樂才華比賽，男女主角表演搖滾版的《梁山伯與祝英台》音樂舞台劇。二〇〇二年香港導演陽帆曾拍攝《梁山伯與祝英台》電影，由莊雪娟（梁山伯）、石零（祝英台）主演，目前網上可購得 DVD。[178]

二〇〇三年臺灣中影公司出品的數位動畫電影《蝴蝶夢－－梁山伯與祝英台》(電影 9)，蔡明欽導演，鄧亞宴、蔡明欽編劇，祝英台／劉若英配音，梁山伯／蕭亞軒配音，馬文才／吳宗憲配音，陳鋼配樂。二〇〇三年十二月三十一日上映，至二〇〇四年一月二十七日，臺北累計票房一百七十五萬。[179]同時也同步發行由北京童趣出版有限公司編，人民郵電出版社出版的動畫電影小說《梁山伯與祝英台》(電影小說 1)，又於十二月二十二日先由臺北時報文

---

[176] 《純粹亞洲娛樂‧梁祝恨》，http://sensasian.com/view/product.cgi/DE/V39 29/love_story（2006 年 9 月 23 日）。

[177] 《中國影視資料館‧梁山伯與祝英台新傳》，http://www.cnmdb.com/ent/14 1372（2006 年 9 月 30 日）。

[178] 《中文電影資料庫‧梁山伯與祝英臺(2002)》，http://www.dianying.com/ft/ title/lsb19632（2006 年 9 月 30 日）。

[179] 〈《蝴蝶夢--梁山伯與祝英台》臺北單日票房排行榜〉，http://appatmovies. com.tw/movie/movie.cfm?action=BoxOffice&film_id=fbtw90311202&bo_co de=taipeidays&more=Y（2006 年 9 月 23 日）。

化出版企業股份有限公司出版卡通動畫版《蝴蝶夢－－梁山伯與
祝英台》(漫畫2)。此部動畫卡通是典型的文化創意產業操作產品，
結合創作投資製作行銷的產業策略，由臺灣中影公司投資，臺灣
新資訊科技事業股份有限公司策略，蘇州上海兩地的專業動畫公
司參與製作，並與上海美術電影製片廠聯合發行。該動畫的製作
費約新台幣四千萬元，其中獲得新聞局國產動畫電影輔導金新台
幣一千二百萬元的輔助支援。影片海外宣傳費約新台幣一千萬
元，大陸地區直接宣傳費約三十萬人民幣（新台幣約一百二十
萬），間接媒體廣告交換與公關費用較難計算，不統計在內。又因
為商業放映考慮，在影院，長度九十分鐘內的影片將比長度一百
分鐘以上的影片每天多放映一場，而將原來一百零五分鐘《梁祝》
內容剪輯為九十五分鐘，以利影片發行及播出。[180]

　　此影片在大陸由製作合作發行方上海美術電影製片廠負責播
映，圖文出版等方面的授權發行；印製一百一十五部電影拷貝供
內地電影院輪流放映，映期達六個月，院線播映結束後的電視播
映權交給中央電視台電影頻道；漫畫圖書出版發行授權北京童趣
出版社。音像 DVD、VCD 出版發行則由廣東弘毅音像出版公司負
責，國際發行與臺灣地區發行由臺灣中影事業公司全權負責。[181]於
此可見該部影片的投資、製作、宣傳、行銷的商業策略，據其內
部的會報：《梁祝》目前[182]在海外已發行二十幾個國家地區。電影

---

[180] 〈《梁祝》製作發行經驗分享〉，http://www.daso.com.tw/epaper/public-paper/
　　2005-04/news03.htm（2005 年 7 月 11 日）。
[181] 同前註。
[182] 案：據其下文提及「影片獲得第十屆中國電影：華表獎--優秀美術片獎之

版權與電視版權含 DVD 音像版權和漫畫平面出版的總收入,扣除廣告費用、製作成本,已回收總投資額的 90%,預估二○○五年底成本可以全部回收並獲利。惟週邊商品授權尚未達預期。該片投資、製作單位強調將來週邊商品授權開發極具發展價值:每年的西洋情人節、中國情人節,都是經典愛情題材《梁祝》的商品售賣點。並設定週邊產品形象的授權方式:可由製作方負責稿件設計,投資方與製作方合作授權於各衍生產品專案的推廣公司;或者由製作方負責授權業務開發,並獲得 25% 左右收入毛利作為分紅[183]。預期該片影片可在全球華人市場發行並衍生週邊產業商機。

　　另一個有文化創意產業的梁祝商品是二○○四年六月[184]創作的三分鐘《梁祝笑傳》卡通動畫,由南京鴻鷹動漫娛樂有限公司出品,是該公司《飲茶′S》十五集短片系列之一。分別於雜誌報刊、電視台(大陸、港台)、展會(大陸、東京)、新媒體(QQ 騰訊動漫頻道、貪婪大陸動漫網、新浪動漫世紀、漫友官方網店等飲茶′S 專區／短片系列網路投播)展出或播放。[185]該卡通動畫沒有對白,僅有配音,人物造型可愛,故事從梁山伯與祝英台橋上相遇、馬文才出現從中攔劫開始,其後山伯、英台兩地相思,最後是山伯帶著四九到英台家,以撐竿跳、彈跳要進入祝家宅第不

---

　　後,得到更多的觀眾支援」,及「預估 2005 年底成本可以全部回收並獲利」,可知「目前」的時間在 2004 年 8 月至 2005 年底之間。

[183] 同註 180。

[184] 〈獨家視頻:《飲茶′S》15 集短片精采片段欣賞〉,http://ent.sina.com.cn/v/2004-11-22/2055575668.html(2006 年 9 月 30 日)。

[185] 《鴻鷹動畫·梁祝笑傳·相關鏈接》,http://www.yamuchas.com.cn/links.htm(2006 年 9 月 30 日)。

成，再以風箏繫身飛起，被馬文才家僕用衝天炮炸死，英台祭墳，雷霹墓開，山伯化蝶飛出，英台也隨後被雷霹死化蝶，藍色、粉紅雙蝶比翼而飛，[186]是搞笑版的梁祝故事，頗有些童趣及創意。

　　二〇〇五年廣州市博藝影視製作有限公司製作二維動畫《梁祝笑傳》影片[187]，是梁祝故事的搞笑版，片長一個小時九分十八秒。人物造型與二〇〇三年臺灣中影公司出品的數位動畫電影《蝴蝶夢——梁山伯與祝英台》(電影 9)相近，但又進一步顛覆梁祝故事為今古愛情雜繪時空交錯的男歡女愛。故事從現代人梁山伯、小毛參加蝴蝶林梁山伯、祝英台殉情處景點的旅遊開始，現代梁山伯自稱是貌似宋玉，氣質不凡、風度翩翩、風流倜儻的帥哥，藝名奧特曼，說是混澳門街流氓，實際是糕點師傅之子，學生身份。他與小毛在梁山伯祝英台墓前胡址瞎掰，其後小寐，夢見古代祝英台，心生愛慕。卻被小毛叫醒，嬉鬧之餘，被雷劈中，錯入古代梁山伯時空，正是山伯被馬文才家奴打死時刻，靈魂進入古代山伯身體，展開「化蝶計策」，演出梁山伯墓前，英台殉情化蝶的戲碼，為梁祝爭取幸福，果真有情人終成眷屬，與四九、銀心四人避居他地共同生活。影片採用後現代的畫面風格，但仍以傳統梁祝故事為主軸，而夾雜當代生活、文化情境，採用搞笑、鬧場的創意。如：英台原是相親十次都未成其婚事的女子，她患有多毛症，是雄性激素過盛，臉上長了八字鬍；第十一次相親，正逢

---

[186] 《鴻鷹動態‧梁祝笑傳》，http://www.greedland.net/subject/hy/video/lzxz.html（2006 年 9 月 30 日）。

[187] 《天藝音像‧博藝影視》，http://www.jbav.com.cn/main/main.asp?type_id=40（2006 年 9 月 30 日）。

非典肺炎時期，載上口罩，遮住鬍子，不巧一陣風吹，現出原形，連馬文才都嫌她影響市容，所幸求學期間，山伯用祖傳祕方治好她的多毛症。後來才有馬太守之子馬文才逼婚的情事。

香港地區發行粵語梁祝電影多種：(1)一九三五年《梁山伯祝英台前集》、《梁山伯祝英台後集》（黑白片），邵醉翁導演，由羅品超（梁山伯）、譚玉蘭（祝英台）主演，[188]屬 885B 婚姻受阻殉情而死類型故事。(2)一九四八年，天南影業公司出品《梁山伯、祝英台（上、下集）》（黑白片），馮志剛導演，由紅線女（祝英台）、張活游（梁山伯）主演，[189]屬 749A 殉情化蝶類型故事。(3)一九五一年，金鳳影片公司出品《新梁山伯與祝英台》（黑白片），陳皮導演，由任劍輝（祝英台）、黃超武（梁山伯）主演，[190]屬 749A 殉情化蝶類型故事，此故事由一對步入教堂的新郎敘述。(4)一九五二年，金鳳影片公司出品《梁山伯再會祝英臺》（黑白片），陳皮導演，由鄧碧雲（祝英台）、新馬師曾（梁山伯）主演[191]，屬 885B 觸墳殉情類型，故事情節添加山伯假死造墳，英台得知夜夜相會一段，[192]最後仍是婚姻受阻殉情而死。(5)一九五五年三洋有限公

---

[188] 《中國影視資料館‧梁山伯祝英台后集(1935)》，http://www.cnmdb.com/title/46605/（2006 年 9 月 23 日）。

[189] 《中國影視資料館‧梁山伯，祝英台》，http://www.cnmdb.com/title/42746/（2006 年 9 月 23 日）。又：《中文電影資料庫‧梁山伯、祝英台(上下集)》，http://www.dianying.com/ft/title.php?titleid=10712 及 10713（2006 年 9 月 23 日）。

[190] 《中國影視資料館‧新梁山伯祝英台(1951)》，http://www.cnmdbcom/.title/43428/（2006 年 9 月 23 日）。又：《中文電影資料庫‧新梁山伯祝英台(1951)》，http://www.dianying.com/ft/title/xls1951（2006 年 9 月 23 日）。

[191] 《中文電影資料庫‧梁山伯再會祝英臺(1952)》，http://www.dianying.com/ft/title/lsb1952（2006 年 9 月 23 日）。

[192] 《中國影視資料館‧梁山伯再會祝英台(1952)》，http://www.cnmdb.com/

司出品《梁山伯與祝英臺》（彩色片），王天林導演，由梁無相（梁山伯），鄭碧影（祝英臺）主演，[193]屬 885B 跳墳殉情類型故事。(6) 一九五八年，植利影業公司出品《梁祝恨史》（彩色片）李鐵導演，由芳豔芬（祝英台），任劍輝（梁山伯）主演[194]，屬 749A 跳墳殉情化蝶登仙[195]類型故事。以上六種粵語梁祝電影及(1)之外，其餘五種近日均有 DVD 販售。

　　色情產業也曾以梁祝故事做為題材，拍攝《梁祝艷譚》，二〇〇〇年八月一日香港出品，共二十集 VCD 二十片[196]或十集 DVD 八片，共八百九十六分鐘[197]，由勝琦國際多媒體有限公司、新生代、寶信資訊出發行。另有《梁山伯與祝英台艷史》影片，全套二十集 VCD 共八百九十七分鐘，由億廣影視公司發行[198]，疑是同一影片改名由不同公司發售。

---

title/43141/（2006 年 9 月 23 日）。

[193]《中文電影資料庫・梁山伯與祝英臺(1955)》，http://www.dianying.com/ft/title.php?titleid=lsb1955(2006 年 9 月 23 日)。又，《中國影視資料館・梁山伯與祝英台(1955)》，htpp://www.cnmdb.com/title/44195/(2006 年 9 月 23 日)。

[194]《中文電影資料庫・梁祝恨史(1958)》，http://www.dianying.com/ft/title/lzh1958（2006 年 9 月 23 日）。又：《現代音像・梁祝恨史〔DVD〕》，http://www.mAlmusic.com/detail.asp?Product_id=WDV3027N&lang=C（2006 年 9 月 23 日）。

[195]《中國影視資料館・梁祝恨史(1958)》，http://www.cnmdb.com/title/8562/（2006 年 9 月 23 日）。又：《任劍輝・梁祝恨史》，http://yamkimfai.net/film/fan16.htm（2006 年 9 月 23 日）。

[196]《香港倫理片・梁祝艷譚》，http://51k.cn/POParticle/25/1743.html(2006 年 10 月 3 日)。

[197]《奇摩拍賣・梁祝艷譚》，http://tw.f5.page.bid.yahoo.com/tw/ auction/el5735097(2006 年 10 月 3 日)。

[198]《奇摩拍賣・梁山伯與祝英台艷史》，http://tw.page.bid.yahoo.com/tw/auction/1144691589(2006 年 9 月 30 日)。

# 第十一章 梁祝故事消費現象（二）

## 第一節 越劇梁祝故事消費現象

越劇《梁祝》從最早浙江嵊縣"落地唱書"時，已有《十八相送》、《樓台會》等小曲，在地方到處演唱，普遍受到大眾的歡迎，尤其是《十八相送》最為人們喜聞樂見。一九〇六年後"落地唱書"發展成戲劇"小歌班"，相小泉、黃雲仙、劉金玉等男班演員率先演出《十八相送》、《樓台會》小戲，此二齣小戲在浙江城鄉上演，達十年之久。[1]據丁一、孫世基〈越劇《梁祝》的由來與發展〉[2]一文所說「1917 年小歌班進入上海後，藝人們為適應大城市觀眾需要，擴大上演劇目，向傳書、唱本、寶卷要戲。當時在滬的男班名生王永春和名旦白玉梅找來了寶卷本《梁山伯祝英台》和唱本《梁山伯祝英台夫婦攻書還魂團圓記》，在小戲《十八相送》、《樓台會》基礎上，各自考慮自飾角色戲路，安排場次，商定全劇情節，形成了上中下三本的《梁山伯祝英台》（當時無"與"字）于一九一九年三月十五日在上海第一戲院上演。」

而吳祖德〈梁祝故事在上海的傳播及其特點〉一文則說：「1912年，南派"的篤班"白玉梅、王永春兩位率先在上海演出《梁山伯與祝英台》。其本子據白玉梅先生的女兒小白玉梅回憶，是從坊

---

[1] 參丁一、孫世基撰：〈越劇《梁祝》的由來與發展〉，收於周靜書主編：《梁祝文化大觀・學術論文卷》（北京：中華書局，2000 年 10 月一版），頁 726–727。

[2] 同前註，頁 727。

里買來的梁祝傳說故事，然後加以改編的。改變的主要之處便在
于上海的梁祝戲曲，為了迎合觀眾的欣賞口味，已是以祝英台為
主要腳色了（白玉梅先生便是以男旦演祝英台的。）[3]又：「1912
年，白玉梅、王永春兩先生首演《梁山伯與祝英台》時是四本，
而至抗戰前後，為了滿足都市有閑階層的口味需要，有的梁祝腳
本已唱到二三十本，其中添加的情節有馬文才地府告狀、梁祝陰
游閻羅殿、梁祝還魂、梁山伯中狀元、梁祝奉旨完婚、梁山伯帶
兵出征、祝英台赴京趕考、梁祝金殿大團圓等等」[4]。

　　兩者說法互有異同；相異之處：首先是，丁、孫一文說《梁
山伯祝英台》在一九一九年三月十五日首演，而吳文則說一九一
二年，首演《梁山伯與祝英台》，另有蔡豐明〈上海梁祝文化走向
現代的橋梁〉一文則稱：「1920年，嵊縣“小歌班”藝人王永春、
白玉梅等在上海升平舞台第一次上演了由《十八相送》《樓台會》
為基礎改編的《梁山伯》（連臺本戲），得到了很好的社會反響。」
[5]則此三者之時間及劇目均異：一是一九一九年《梁山伯祝英台》，
二是一九一二年《梁山伯與祝英台》，三是一九二〇年《梁山伯》。
其次是，首演的劇目丁、孫一文說有「上中下三本」，而吳文則說
是「四本」。其三是，首演之戲院，丁、孫一文說是「上海第一戲
院」，而蔡文說是「上海升平舞台」。至於丁、孫一文說梁祝當時

---

[3]　吳祖德撰：〈梁祝故事在上海的傳播及其特點〉，收於周靜書主編：《梁祝
　　文化大觀・學術論文卷》，（北京：中華書局，2000年10月），頁504。
[4]　同註3，頁507。
[5]　蔡豐明撰：〈上海：梁祝文化走向現代的橋梁〉，收於宜興市政學習和文史
　　委員會、宜興市華夏梁祝文化研究會編：《宜興梁祝文化--論文集》（北京：
　　方志出版社，2004年11月一版），頁111。

演出的四十場場目，因為演出獲得意想不到的成功，後來有人想獲得更好的票房，也編了續集，大抵如吳文所說的是馬、梁、祝三人地府告狀、還魂，梁山伯中狀元、帶兵出征、祝英台助梁而大團圓的情節。但續集中得呂純陽、梨山老母相助，又山伯另與路鳳鳴私定終身等情節，似為吳文所說抗戰前後唱至二、三十本的梁祝劇本所無。再者，時間點亦不同，丁、孫文是指一九一九年演出當時，而吳文則指戰後前後，已到一九三七年前後了。

　　另外，丁、孫一文提及一九一九年當時所演的四十場場目，「各戲班演出有增有刪，有演上中下三本，也有演上下兩本的，也有的演"回憶十八"至"送兄盟誓"僅五場就演一夜。儘管各不相同但大體是一致的」[6]，可知當時越劇梁祝演出的混亂狀態，但無論如何越劇梁祝已深受群眾歡迎，是無庸置疑的。據丁、孫一文知，一九一九年首演，已轟動了浦江兩岸，牢固地佔領了上海戲曲舞台。[7]當時男班的名小生還有張雲標、支維永，名旦陶素蓮、月月紅等，也擅演《梁山伯與祝英台》。

　　越劇由"男班"發展至"女班"以後，女子越劇早期名旦施銀花、趙瑞花、王杏花、姚水娟、筱丹桂、支蘭芳、名小生展杏花、李艷芳、竺素娥、馬樟花等對祝英台、梁山伯的唱腔與表演均有不同的創新，如：李艷芳演唱的《山伯回書》、支蘭芳演唱的《英臺哭靈》文字句式、唱腔曲調均有創新。以馬樟花為首的四季春班演出的《梁祝痛史》，不僅刪掉傳統老戲中的〈遊十殿〉情節，又對劇本進行加工修改，使《梁祝》廣受歡迎，票房越來越

6　同註1，頁727。
7　同註1，頁730。

出色[8]，其中越劇皇后姚水娟從一九三六年六月二十六日至一九三八年一月三十一日的五百一十二天中，據四百五十三天報紙統計，《梁祝》演出七十六場，佔上演傳統戲之首。在此期間，筱丹桂演《梁祝》四十一場。[9]然而越劇《梁祝》在城市迅速傳播的同時，有時為迎合大眾口味，也產生一些黃色污穢不堪入目的唱詞和動作，在山伯偵測、探究同窗祝英台是男是女的情節上大加鋪張，以致在一九三六年七月間當局在輿論的壓力下曾將梁祝與其他一些劇本列入禁演的曲目之中，主要原因是「黃色而無益於民眾」。[10]

　　隨著媒體科技的發明，越劇的媒介也漸漸多元化。如一九二二年十二月，上海首家廣播電台開始播音。一九二八年，據吳文說四明文戲也上電台播放梁祝故事。周靜書〈百年梁祝文化發展與研究〉一文則言「1928 年上海廣播台在全國率先開始播送梁祝故事」。[11]一九三四年二月起，在"中西廣播臺"每天的九到十點四十五分固定連續播出梁山伯故事的南方戲曲。後來越劇上電台一句"梁哥哥啊，我想你……"的唱腔，隨著電波，傳送到千萬尋常百姓家，一時間在上海出現"家家樓台會，人人梁山伯"的盛況。[12]蔡文也提及：二十世紀三〇年代，上海的一些電台為廣播商品做廣告時，經常會邀請一些越劇演員來演唱，例如一九三八

---

[8]　同註 1，頁 729。

[9]　同註 1，頁 731。

[10]　同註 3，頁 508。

[11]　周靜書撰：〈百年梁祝文化發展與研究〉，收於周靜書主編：《梁祝文化大觀‧學術論文卷》，頁 738。

[12]　同註 3，頁 504-505。

年四月中西電台播送了在大來劇場演出袁雪芬領銜的"四季春班"及竺素娥領銜的"素風舞台"的特別節目。一九三九年七月馬樟花先後與傅全香搭檔,應三友實業社之聘在華東電台播唱越劇,時間為每天下午六點至七點十分,一直持續了數年。一九四四年范瑞娟用吸收了京劇"反二黃"的旋律,又把原來的六字調正調提高一個調門所創作的"弦下調"在電台演唱《山伯臨終》,感染力十足,渲染了山伯臨終時悲憤交加的感情,引起很大的迴響。[13]

　　丁、孫文也說「1939 年袁雪芬與馬樟花也在大來劇場合演《梁祝哀史》。……1944 年以後,女子越劇進入"尺調"時期以後,以袁雪芬、范瑞娟為首的雪聲劇團,以尹桂芳、竺水招為首的芳華劇團,以范瑞娟、傅全香為首的東山越藝社,以徐玉蘭、王文娟為首的玉蘭劇團都曾請編導重新修改和整理,使劇本結構漸趨完整,尤以雪聲劇團由南薇、呂仲編導的《梁祝哀史》,影響更大。范瑞娟演唱的《山伯臨終》這段"弦下調"唱腔,曲調悲傷哀怨、纏綿動人,曾膾炙人口,風靡一時。尹桂芳演唱的尹派《山伯臨終》、袁雪芬演唱的袁派《英台哭靈》、傅全香演唱的傅派《英台哭靈》、范瑞娟演唱的范派《山伯回憶》、徐玉蘭演唱的徐派《回十八》各具一格,韻味迷人,使越劇《梁祝》更具有"看家戲"的藝術魅力」[14],此各派各家繽紛的看家戲吸引無數的城市消費人口參與了越劇《梁祝》的發展過程。

---

[13]　同註 5,頁 109-110。
[14]　同註 1,頁 731。

　　除了舞台、廣播的媒材，二十世紀三〇年代時期，上海城市出現十多家著名唱片公司，又進一步地將越劇梁祝故事推廣至上海文化市場，如：一九三六年高亭唱片公司出版的支維永、陶素蓮演唱的《十八相送》、《下山訪友》；一九三七年勝利唱片公司出版的姚水娟、李艷芳演唱的《十八相送》，支蘭芳演唱的《英台哭靈》；一九三七年、一九三八年麗歌唱片公司出版的施銀花、屠杏花、趙瑞花、李艷芳演唱的《樓臺相會》、《梁山伯回書》；一九四七年、一九四八年，大中華、百代唱片公司出版的范瑞娟、袁雪芬、胡少鵬演唱《山伯臨終》、《英台哭靈》、《樓台會》、《訪祝》和徐玉蘭的（四工調）《回十八》等唱片，[15]又為越劇《梁祝》再闢消費戰場，彌補舞台、廣播稍縱即逝的缺憾，可以一而再地重複聆聽。

　　一九四五年，袁雪芬、范瑞娟編創《新梁祝哀史》對越劇進行改革，創造了具現代戲劇藝術特點的"新越劇"形式，唱腔更趨細膩、委婉、優雅、柔和，且又建立系統的規格，有了多種多樣的板式變化，同時又保持著易聽、易懂、易記、易傳唱的特點，很快地在越劇界和觀眾當中流行起來。[16]一九五〇年東山越藝社曾在北京演出《梁祝哀史》，當時也有觀眾在《新民報》回應此劇，指斥"化蝶"說的收場。[17]一九五一年華東戲曲研究院編審室根據越劇原來的舞台本，參考了南薇改編及其他資料，劇本初稿寫成

[15] 同註5，頁110。
[16] 同註5，頁112。
[17] 莫高撰：〈《梁祝》研究大觀〉，收於周靜書主編：《梁祝文化大觀‧學術論文卷》（北京：中華書局，2000年10月），頁525。

於一九五一年八月，作為華東戲曲研究院越劇實驗劇團赴北京參加二屆國慶晚會演出的節目。劇本初稿刊載於《人民文學》一九五一年五卷二期。修改後，刊載於《戲曲報》五卷六期。一九五二年，劇本又做了若干修改。同年十月，參加第一屆全國戲曲觀摩演出大會獲得劇本獎，收入人民文學出版社出版的《第一屆全國戲曲觀摩演出大會戲曲劇本選集》，並由作家出版社出版單行本。一九五三年，劇本被改編拍攝製成彩色藝術紀錄片。最後一九五四年的修訂本，由新文藝出版社出版，劇本由徐進、宋之由、陳羽、成容、弘英執筆。[18]

　　浙江省《農民大眾報》（1950.5-1954.12）在一九五二年初的第二一二期至二一八期，轉載了華東戲曲研究所創作工場集體改編的越劇《梁山伯與祝英台》劇本。其後在浙江部分鄉鎮引起軒然大波，主要是對梁祝故事固有的主要情節有所議論，很多農村中的幹部和教師，自發地向報社投書，對越劇本所複述的梁祝傳說，紛紛提出懷疑和責難。在劇本轉載後的一個月內收到讀者對《梁祝》一劇提出批評的來信七十二件。第二個月續收到來信八件。批評的重點，集中在梁祝故事的主題意義及傳說的源流，梁祝的性格、藝術想像手法及故事的結局問題，當時的編輯曾為此發表署名文章，針對讀者提出的主要問題作了簡短的解說[19]，於此也可見受眾對越劇《梁祝》的參與程度。

---

[18] 華東戲曲研究院編審是改編，徐進、宋之由、陳羽、成容、弘英執筆：《梁山伯與祝英台》，《華東地方戲曲叢刊》第一集（上海：新文藝出版社，1954年10月），前記頁3。

[19] 于彤撰：〈梁祝三議〉，收於周靜書主編：《梁祝文化大觀・學術論文卷》，（北京：中華書局，2000年10月），頁381。

　　但此種文化產業的消費現象僅存於浙江、上海地區,越劇《梁祝》引起全國性的廣泛注意與消費,得至一九五三年越劇《梁山伯與祝英台》電影版的廣泛傳播開始,該劇由上海電影製片廠攝製成第一部中國彩色戲曲藝術片,徐進、桑弧編劇,桑弧、黃沙導演,袁雪芬和范瑞娟主演。翌年獲得第八屆國際電影節音樂片獎;一九五五年范瑞娟榮獲文化部頒發的金質獎[20]。杭州觀眾直呼范瑞娟為梁山伯,戲曲觀眾喜歡以直呼角色的名字來讚美把人物演活的演員,在越劇界,范瑞娟便為觀眾稱道「活梁山伯」。[21]而袁雪芬扮演祝英台演唱的《英台哭靈》也不遑多讓,[22]致使該片在國內放映創了賣座紀錄,此片於一九五四年八月二十五日起,在大光明、大上海等二十二家首輪電影院公映一千餘場,觀眾近一百五十五萬人次(尚不包括二輪、三輪影院的場次和人數)。該片且發行到加拿大、香港等十四個國家和地區,僅在香港一地,共放映了一百八十七天,觀眾達六十五萬人次以上,打破了有史以來香港影片放映的最高紀錄[23];此片不止在香港票房大賣,也在澳門和東南亞地區造成轟動[24];難怪有人要說,沒有《梁祝》,也許越劇沒有今天這樣大的影響。[25]

---

[20] 方海如撰:〈她把梁山伯演活了--由范瑞娟演梁山伯所引起的思考〉,收於周靜書主編:《梁祝文化大觀・學術論文卷》(北京:中華書局,2000 年10 月),頁 613-620。

[21] 同前註,頁 613-614。

[22] 章力揮、高義龍撰:〈袁雪芬在電影《梁祝》中的表演藝術〉,收於周靜書主編:《梁祝文化大觀・學術論文卷》(北京:中華書局,2000 年10 月),頁 268-279。

[23] 同註 5,頁 115。

[24] 熊華源撰:〈中國的羅密歐、朱麗葉--電影《梁祝》在日內瓦會議上〉,收於周靜書主編:《梁祝文化大觀・學術論文卷》(北京:中華書局,2000

　　該片不只賣座奇佳，一九五四年且曾於日內瓦會議期間，五月十三日晚上在聖彼得廣場劇院及五月二十晚上在湖濱旅館大廳舉行電影招待會，當時請柬上寫著「中國的《羅密歐與朱麗葉》」，果然引起國際媒體的讚賞與注目[26]。同年七月捷克斯洛伐克第八屆卡羅維發利國際電影節榮獲音樂片獎[27]；其後，又獲第九屆愛丁堡國際電影節映出獎，一九五七年，獲文化部頒發 "1949-1955 優秀影片獎"。

　　除了影片大賣又屢獲獎項之外，該劇也不斷於各地演出。如：一九五四年，該劇於中國國慶五周年觀禮劇目進京演出。[28]同年六月至七月，上海越劇院攜該劇赴德國、蘇聯訪問演出，在柏林共計十五場，觀眾達一萬四千五百人。在蘇聯的演出共計二十二場，觀眾達二萬八千一百人。節目演出受到兩國觀眾的熱烈歡迎，每次演出都謝幕頻頻。尤其在柏林的一次演出時，劇終謝幕達二十八次。一九五六年，上海越劇院率團赴朝鮮慰問演出，該劇演出六十場，觀眾達九萬三千六百二十人。[29]

　　《梁山伯與祝英台》電影的效應也在臺灣引起風暴，新華影業公司主持人張善琨也曾擬將越劇《梁祝哀史》重加整理，攝製彩色電影，由陳若夢進行改編，後因臺北方面的新聞界大肆抨擊，

　　年 10 月），頁 683。

[25] 同註 1，頁 732。

[26] 同註 1，頁 677-679。

[27] 同註 1，頁 683。

[28] 〈優秀劇目《梁山伯與祝英台》〉，http://yueju.news365.com.cn/page/index35.htm（2006 年 9 月 30 日）。

[29] 同註 5，頁 115-116。

以為只是翻版袁雪芬、范瑞娟主演的電影,最後整理改編計畫胎
死腹中[30]。

　　二十世紀八〇年代以後,上海在組織劇團對外演出與推動梁
祝文化對外傳播方面,更是達到鼎盛的程度。自一九八〇年十一
月起,上海越劇院曾經先後五次赴香港,演出《樓臺會》、《回十
八》、《山伯臨終》、《梁祝》全本等越劇梁祝劇目,在香港觀眾中
取得很大的反響。除此之外,上海越劇院在二十世紀八〇年代至
九〇年代期間到泰國、美國與臺灣等國家,上演了數十場越劇梁
祝戲。[31]如:一九八九年,上海越劇院攜該劇赴美國紐約、舊金山
作商業性演出[32]。即便在二十一世紀越劇《梁祝》仍不斷對外演出,
如:二〇〇三年十一月十五日上海越劇院紅樓劇團便到臺北新舞
台演出《梁祝·十八相送》及《梁祝·樓台會》的折子戲,分別
由王柔桑、王哲及章瑞紅、陳穎主演。又如:二〇〇五年四月十
六日浙江小百花越劇團也在臺北國家戲劇院演出《梁祝·十八相
送》折子戲,由魏春芳、朱丹萍主演。

　　此越劇《梁山伯與祝英台》舞台演出本先後被收入《戲曲選》、
《中國地方戲曲集成·上海卷》、《華東地方戲曲叢刊》第一集、《越
劇叢刊》第一集和香港萬里書店出版的《越劇經華》第一集。作
家出版社於一九五四年八月、中國戲劇出版社於一九五九年八
月、上海文藝出版社於一九七八年十二月,分別出版該劇的單行

---

[30] 陳若夢撰:〈梁山伯祝英台史劇考證〉,收於《藝文誌》143期(1977年8
　　月),頁48。
[31] 同註5,頁116。
[32] 同註28。

本。[33]該劇的主要唱段多次被中國唱片社及音像出版單位，製成唱片和錄音帶、CD、VCD、DVD 光碟，今在市面上仍可見者有：(1)《梁山伯與祝英台》（錄音帶 2 卷）（范瑞娟、傅全香等演唱）（中國唱片上海公司出版發行，1984 年）、(2)《梁山伯與祝英台》（3VCD）（章瑞虹、陳穎、吳鳳花、陳飛主演），上海越劇院等演出（上海電影音像出版社出版）、(3)〈梁山伯與祝英台〉（VCD）（選場）（傅全香、范瑞娟、戚雅仙、張雲霞、沈于蘭等主演），上海越劇院、靜安越劇院、盧灣越劇院、上海電視台聯合主演（揚子江音像出版社出版）、(4)《越劇旦角經典唱段卡拉OK(二)‧梁山伯與祝英台》（CD）（戚雅仙唱）（上海音像出版社出版）。又：《戚雅仙與戚派唱腔－－梁山伯與祝英臺‧英臺哭靈》（VCD）（上海音像出版社出版）。又：《戚雅仙與戚派藝術唱腔－－梁山伯與祝英臺‧英臺哭靈》（VCD）（中國唱片上海公司出版發行）、(5)《越劇名段卡拉 OK2－－十八相送、記得草橋兩結拜、英台托媒》（VCD）（上海電影音像出版社出版發行）、(6)《華派經典唱段(二)－－梁山伯與祝英台‧十八相送》（戲曲藝術片）（VCD）（楊童華、傅幸文主唱）（上海錄像公司出版）、(7)《越劇精粹優秀劇目片段(三)－－梁山伯與祝英台‧回十八》（VCD）（范瑞娟唱）（上海錄像公司出版發行）、(8)《東方弘韻 越劇精英大匯演(下)－－梁山伯與祝英台‧回十八》（選場）（2VCD）（章瑞虹、吉玉英主唱），上海越劇院紅樓劇團（上海錄像公司出版發行）、(9)《范瑞娟藝術集錦－－梁山伯與祝英台‧回十八》（VCD）（中國唱片上海公

---

[33] 同註 28。

司出版發行）、(10)《張桂鳳藝術集錦(一)－－勸婚訪祝》（VCD）（上海：中國唱片上海公司出版發行）、(11)《越劇流派紛呈(一)－－梁祝·十八相送》（VCD）（范瑞娟、傅全香主唱）（中國唱片上海公司出版發行）、(12)《范瑞娟傅全香藝術傳人大匯演－－梁山伯與祝英台》（3VCD）（陳琦、胡佩娣唱）（上海電影音像出版社出版）、(13)《中國越劇　呂瑞英和她的藝術－－梁祝》（選段）（VCD）（浙江文藝音像出版社出版發行）、(14)《越劇小百花(一)－－我家有小九妹、英台說出心頭話、十八相送》（VCD）（梁永璋導演）（武漢音像出版社出版發行）、(15)《越劇名段薈萃－－梁祝·十八相送》（VCD）（顏佳、江瑤主唱）（中國唱片上海公司出版發行）。

　　一九五八年八月至年底該劇攝製成五集電視連續劇，許諾導演，分老演員及青年演員兩套拍攝。主要角色梁山伯、祝英台、祝公遠分別由老演員范瑞娟、傅全香、張桂鳳和青年演員章瑞紅、陳穎、金宏飾演，前一組演員所演《梁山伯與祝英台》(電視連續劇7)，由中國唱片上海公司出版發行四片 DVD 光碟。

　　另有韓婷婷、方亞芬主演的越劇《蝴蝶的傳說》（3VCD）(越劇9)，由上海錄像公司出版發行及中華文藝聯合音像出版社發行。陳藝、陳小雲主演的《放飛·傅派傳人陳藝越劇專場－－梁祝"禱墓化蝶"》（2VCD）第三段(越劇24)，由浙江文藝音像出版社出版發行。前者與徐進編劇本無關，是新編的越劇，後者是折子戲，與電影版本亦不同，也是新編越劇唱段。

　　據今可見書面資料，有一九三七年支蘭芳唱的《祝英台哭靈·我看你一隻眼兒閉》（勝利唱片）(越劇2)、一九四七年袁雪芬唱的

《梁祝哀史‧哭靈‧惟大明辛慶之歲》（百代唱片）(越劇 3)、一九五七年趙瑞花唱的《祝英台遊園‧主婢相伴進園中》(越劇 4)、一九六〇年陸錦花唱的《梁山伯與祝英台‧我山伯到祝家莊站定觀看》(越劇 5)、一九六一年范瑞娟唱的《梁山伯與祝英台‧英台說出的心頭話》(越劇 6)，及李豔芳唱的《梁山伯‧回十八‧他說道先生門前一枝梅》(越劇 28)、姚水娟、李豔芳唱的《梁山伯‧十八相送‧先生門前一枝梅》(越劇 29)、支蘭芳唱的《祝英台‧哭靈‧我看你一隻眼兒閉》(越劇 30)、李豔芳唱的《梁山伯‧樓台相會‧想馬家要抬是官抬》(越劇 31)、竺枝山唱的《梁祝‧十八相送‧先生門前一枝槐》(越劇 32)、張雲棟唱的《梁祝‧樓台會‧與你分別是重相會》(越劇 33)、傅全香唱的《梁山伯與祝英台‧草橋‧我家有個小九妹》(越劇 34)、傅全香唱的《梁山伯與祝英台‧樓台會‧記得草橋兩結拜》（中國唱片）(越劇 35)、范瑞娟的《梁山伯與祝英台‧回十八‧祝家莊上訪英台》（中國唱片）(越劇 36)、范瑞娟唱的《梁山伯與祝英台‧樓台會‧你在長亭自做媒》（中國唱片）(越劇 37)、張桂鳳唱的《梁山伯與祝英台‧勸婚‧怪不得我好言相勸不醒》（中國唱片）(越劇 38)、范瑞娟唱的《梁山伯與祝英台‧山伯臨終‧兒死後也要與她同墳台》（中國唱片）(越劇 39)，以上均是根據原唱記譜的唱段，約略可以窺見當時越劇《梁祝》的風靡程度。

　　另據丁、孫文所言，在上海越劇院改編本風行全國的同時，上海徐玉蘭、王文娟主演的玉蘭越劇團，尹桂芳、許金彩主演的芳華越劇團，戚雅仙、畢春芳主演的合作越劇團，金采鳳、丁賽君主演的上海越劇院，以及由竺水招、筱水招主演的南京越劇團，

張茵、金寶花主演的浙江越劇一團，裘愛花、筱少卿主演的天津市越劇團，金雅樓、玉牡丹主演的武漢市越劇團，高劍琳、曹玉珍主演的西安市越劇團，尹樹春、李慧琴主演的蘭州市越劇團，毛佩卿、汪秀貞主演的寧波市越劇團等全國二百多個越劇團體，幾乎都把越劇《梁祝》作為每個劇團的保留劇目，許多著名越劇演員對梁山伯、祝英台的形象從唱腔到表演都有不同的創造。及至二十一世紀又出現杭州越劇院演出內容新穎的《梁祝情夢》，而上海章瑞虹、陳穎及寧波的白銀飛、趙海英等越劇新秀，也都努力創演《梁祝》戲的新局面[34]。

上海越劇院參加第七屆上海國際藝術節，在十一月十六、十七日晚逸夫舞臺演出二○○五年版大型越劇《梁山伯與祝英台》[35]。二○○六年由茅威濤領軍的小百花越劇團將於十一月四、五日在北京首都劇場演出《梁山伯與祝英台》[36]。

二○○六年一月四、五日晚在上海大劇院演出范派傳人韓婷婷和袁派傳人陶琪領銜主演的交響經典越劇《梁山伯與祝英台》，作為中國越劇百年華誕，上海的首部獻禮作品。該劇首次用交響樂演繹，加入“梁祝”小提琴協奏曲的精華。製作人韓婷婷，特邀原創者，上海音樂院作曲家何占豪教授擔任該劇音樂指導，上海越劇院陳鈞擔綱設計唱腔，張東平執筆改寫。[37]二○○六年十月

---

[34]　同註 1，頁 733。

[35]　〈第七屆中國上海國際藝術節演出表〉（2005 年 9 月 24 日），http://www.artsbird.com/newweb/artsnews.php?thisid=22313（2006 年 10 月 10 日）。

[36]　《中國票務在線‧小百花越劇團‧梁山伯與祝英台》，http://www.piao.com.cn/ticket_1868.html.aspx（2006 年 10 月 22 日）。

[37]　端木復撰：〈交響經典越劇《梁祝》新年上海大劇院上演〉，《解放日報》2005 年 12 月 14 日，http://big5.gov.cn/gate/big5/www.gov.cn/fwxx/wy/2005

十六、十七日晚該多媒體交響越劇《梁山伯與祝英台》將在上海：
美琪大戲院再次演出[38]。另外，二〇〇六年十二月八至十一日晚小
百花越劇團也將於上海美琪戲院演出《梁祝》[39]。

　　一九五二年中央文化部主辦的第一屆全國戲曲觀摩會演中，
有三種劇種演出梁山伯與祝英台的戲，除了徐進等人改編的越劇
《梁山伯與祝英台》十三折之外，川劇《柳蔭記》劇有九折，是
西南觀摩演出代表團根據川劇舊本改編的新作，該劇獲得劇本
獎，陳書舫獲得演員一等獎，袁玉昆、劉成基獲得演員二等獎[40]。
其風格純樸、調子鮮明、人物性格突出，較諸越劇《梁祝》，文字
比較潑辣，有時出現一些對話和順口溜形式的道白，俚俗可愛，
惟省略舊劇原有的〈英台罵媒〉一場，[41]殊為可惜。但其演出仍獲
大眾的迴響，引起專家為文討論，如：阿英〈關於川劇《柳蔭記》〉
[42]、艾青〈歌劇梁山伯與祝英台－－談越劇《梁山伯與祝英台》、
川劇《柳蔭記》〉[43]。同時也深深吸引京劇大師程硯秋，萌發了將
它搬上京劇舞台的決心，而於一九五三年編成《英台抗婚》一劇[44]。

---

-12/14/content_126301.htm(2006 年 9 月 30 日)。

[38]　《中國票務中心·多媒體交響越劇·梁山伯與祝英台》，http://www.51piao.
c om/Ticket/Tic ketDetail.aspx?Id=1079(2006 年 10 月 10 日)。

[39]　《上海票務熱線·小百花越劇團·梁祝》，http://www.sh-tickets.com/purcha
se.php?perform_id=2337(2006 年 10 月 10 日)。

[40]　艾青撰：〈歌劇梁山伯與祝英台--談越劇《梁山伯與祝英台》、川劇《柳蔭
記》〉，收於周靜書主編：《梁祝文化大觀·學術論文卷》(北京：中華書局，
2000 年 10 月)，頁 53、61、66。

[41]　梧桐新語撰：〈細數梁祝之戲緣〉，收於錢南揚等撰、陶瑋選編：《名家談
梁山伯與祝英台》(北京：文化藝術出版社，2006 年 1 月一版)，頁 247。

[42]　阿英撰：〈關於川劇《柳蔭記》〉，收於周靜書主編：《梁祝文化大觀·學術
論文卷》(北京：中華書局，2000 年 10 月)，頁 155-157。

[43]　同註 40，頁 53-74。

[44]　程培仲、胡世均撰：〈程派絕響--《英台抗婚》〉，收於周靜書主編：《梁祝

京劇在不同時期也有不同版本的推出，早期有瀋陽京劇院秦友梅等主演的《梁山伯與祝英台》[45]；又有林顰青演出的《雙蝴蝶》，該劇後來失傳[46]。據周貽白《中國戲劇發展史》之皮黃中之《雙蝴蝶》源於梆子腔[47]。又有程硯秋新編《英台抗婚》；於一九五四年在京、津、寧、滬、蘇州、杭州、南昌等地演出。此劇在上海連演二十六場，有程迷一同濟大學的鄭大同教授連看二十六場。在此同時，另有一九五三年馬彥祥也根據川劇《柳蔭記》改編，王瑤卿創腔，杜近芳、葉盛蘭主演的《柳蔭記》與《英台抗婚》前後登上舞台打擂台[48]，在當時形成了京劇"梁祝熱"。程、馬二劇梁祝流傳最廣，影響也最大，前者於建國十周年獻禮演出時，由李世濟上演此劇[49]。一九六三年五月有梁寒操改編《梁祝恨史》，由業餘票友 ABC 組在臺北國光劇院公演四天[50]。後者據林美清所見坊間有唱片，杜派青衣演唱，第一片是樓台會，第二片是思兄、求方哭墳，鳴鳳唱片公司發行[51]；坊間另有高華演唱的《祝英台》錄音帶（與全部《荒山淚》及《梅妃》合併）女王唱片公司發行。

文化大觀·學術論文卷》（北京：中華書局，2000 年 10 月），頁 673。

[45] 同註 41，頁 246。

[46] 〈梁山伯與祝英台〉，中國戲劇研究所主編：《京劇劇目初探》（北京：中國戲劇出版社，1980 年 12 月），頁 117。

[47] 周貽白撰：《中國戲劇發展史》，（臺北：僶勉出版社，1975 年 9 月），頁 773。

[48] 同註 44，頁 676。

[49] 同註 46，頁 247-248。

[50] 青霞撰：〈國劇《梁祝》即將演出〉，《中央日報》7 版〈影藝新聞〉，1963 年 5 月 20 日。

[51] 林美清撰：《梁祝故事及其文學研究》（臺北：國立臺灣大學中國文學研究所碩士論文，1982 年），頁 461。

一九八一年五月孟瑤新編《梁山伯與祝英台》，以皮黃形式演出，也兼收地方戲曲的唱腔與身段，共十二場：(1)遊春撲蝶、(2)山伯辭文、(3)風雪結識、(4)人心遞簡、(5)共讀困情、(6)長亭送別、(7)英台拒婚、(8)山伯來訪、(9)樓台相會、(10)死別逼嫁、(11)事九報訊、(12)哭焚化蝶。[52]程派傳人張火丁二〇〇五年新創京劇《梁祝》，曾在北京演出兩場，受到廣泛的關注。[53]二〇〇六年中國京劇院和中山公園音樂堂共同舉辦的中國京劇院二〇〇六"全秋演出記"，由梅程兩大流派分別演繹"梁祝"愛情故事。一齣是梅派優秀劇目《柳蔭記》，於十月二日晚在民族文化宮大劇院由梅派演員李勝素和江其虎主演，這是該劇復排後在北京首次公演，此齣繫於六月至八月曾赴臺灣演出。一齣是程派新版京劇《梁祝》，於十月六日晚由張火丁導演，由張火丁、宋小川主演[54]。形成兩劇競賽的局面，據北京娛樂信報唐雪薇九月十七日的報導，兩劇的票房走勢都非常好，二者的出票率不相上下，預售票以低價票和高價票最為搶手，兩齣戲的高價位貴賓票都賣得非常好，基本預售告罄[55]。二〇〇六年為慶祝中國共產黨八十五周年，河南省京劇院邀請中國京劇院張火丁戲劇工作是於六月二十九日

---

[52] (1)遊春撲蝶(2)山伯辭文(3)風雪結識(4)人心遞簡(5)共讀困情(6)長亭送別(7)英台拒婚(8)山伯來訪(9)樓台相會(10)死別逼嫁(11)事九報訊(12)哭焚化蝶，同前註，頁 162-163。

[53] 張體義撰：〈京劇名旦張火丁即將來豫演出〉，http://www.hawh.cn:82/gate/big 5/www.hawh. cn/html/20060623/ 836194.html(2006年9月30日)。

[54] 唐雪薇撰：〈李勝素張火丁國慶 PK "梁祝" 目前出票率還不相上下〉，《北京娛樂信報》2006 年 9 月 17 日，http://www.stardaily.com.cn/view.asp?id=218635(2006 年 9 月 30 日)。

[55] 同前註。

在省人民會堂演出《梁祝》，此劇由鄭州世紀鴻圖豐田汽車銷售公司協辦[56]，也是商業演出的形式，仍是梁祝文化產業的文本。

## 第二節　梁祝音樂舞蹈消費現象

梁祝故事文化創新產業的消費行為，在小提琴"梁祝"協奏曲誕生後，達到最高的頂點，使此一中國經典愛情故事為全世界所認識，成為中國音樂的一大品牌。此小提琴《梁祝》協奏曲是一九五八年由上海學院學生陳剛與何占豪創作，吸取當時甚為流行的同名越劇曲調，將故事中的"草橋結拜"、"十八相送"、"英台抗婚"、"樓台會"、"墳前化蝶"等重要情節編入樂曲之中。該樂曲採用西方協奏曲的編制和中國音樂的語法（如越劇的唱腔），而有中西合璧的效果，是一首單樂章的標題協奏曲[57]。但在曲式上，專家卻有不同的看法，如：王震亞認為此部協奏曲採用奏鳴曲式，作曲家將越劇《梁山伯與祝英台》的主要情節概括地編入奏鳴曲式的各個部份；另一派說法，如：陳國權則認為該曲基本採用的是中國戲曲音樂中板式變速的曲式結構[58]。景雅菁《《梁山伯與祝英台》小提琴協奏曲之音樂研究》以為《梁祝》小提琴協奏曲是一首民族風格的後期浪漫樂派作品，若以西方十九

---

[56] 張體義、陳煒撰：〈京劇《梁祝》：火丁如燈耀舞台梁祝化蝶翩翩飛〉，《河南日報》2006 年 6 月 30 日，http://big5.xinhuanet.com/gate/big5/news.xinhuanet.com/audio/2006-06/30/content_4769459.htm（2006 年 9 月 30 日）。

[57] 楊喻文撰：《標題協奏曲研究--從九首取樣作品檢視協奏曲與標題音樂的結合》（桃園：國立中央大學藝術學研究所碩士論文，2004 年 6 月），頁60。

[58] 同前註。

世紀的協奏曲來衡量，梁祝本身的音樂在配器、和聲及結構上，並不具備西洋大型協奏曲的特性，反而比較像一首採用單樂章奏鳴曲式的交響詩。單就曲式而言，《梁祝》一曲的結構基本上就是呈示部、發展部、再現部的一個單樂章曲體[59]。

　　至於《梁祝》樂曲與劇情的關係，根據景雅菁對何占豪的訪談記錄：

> 4. 虛實：此曲是根據"梁祝"故事為基礎，但絕不是在"講故事"，是為了觀眾了解方便，才有各個主題名稱。此曲是一氣呵成的單樂章結構，相愛、抗婚、化蝶是音樂情緒的三部份，而不是敘述故事。「音樂」本身的特點是「虛」、「寫意」的，而不是講故事（實）[60]。

然而經過改編的小提琴協奏曲《梁祝》，因許多樂段與故事情節發展不謀而合，所以很多原先並未按劇情創作的段落，便被聽眾賦予聯想，如：

> 開始的引子被解讀為春光明媚的景象，呈示部第二主題被聯想成同窗共讀，呈示部的結束部分被定義成十八相送，展開部的插入樂段解釋成樓台會[61]。

因此此樂曲似乎具體地將原為人所熟悉的戲曲故事，如：江南春色、草橋結拜、同窗共讀、互相愛慕、十八相送、英台抗婚、樓

---

[59]　景雅菁撰：《《梁山伯與祝英台》小提琴協奏曲之音樂研究》（臺北：臺灣師範大學音樂研究所指揮組碩士論文，2000 年 6 月），頁 490。

[60]　同前註，頁 142。

[61]　同註 57，頁 61。

台相會、山伯臨終、英台投墳、墳前化蝶的情節及氛圍一幕幕地展現出現[62]，不僅是聽眾們樂帶接受，連許多指揮和獨奏家也常根據此解釋來詮釋樂曲[63]。

《梁祝》小提琴協奏曲自一九五八年十二月開始創作後，在一九五九年四月大功告成，同年五月二十七日在上海首演由俞麗拿擔任小提琴協奏，樊承武擔任指揮，在當時造成前所未有的轟動，受到熱烈的歡迎與迴響。根據何占豪的回憶：「當晚這首樂曲演出完畢，聽眾首先是鴉雀無聲，一陣凝結的空氣籠罩著音樂廳，一分鐘後底下突然鼓聲雷動，觀眾投以最熱烈的掌聲回報這美麗動人的音樂，謝幕數次後仍不罷休，結果又重奏了一段」[64]。一九五九年六月八日文匯報有谷雨發表樂評，提及《梁祝》為何在結構上如此成功地打動人心。同年錄製了第一張唱片，由樊承武指揮，俞麗拿獨奏，上海音樂學院管絃樂隊伴奏。唱片的發行不僅使受眾可以重複地欣賞，也使此曲有更多的聽眾有機會聆聽[65]。其後《梁祝》在世界各地廣泛地被演奏，可說是在中國作曲創作品的作品中最受大眾喜愛，影響社會最大的一部作品[66]，是一首二十世紀最後中國人喜愛的作品，甚至可說是演出的票房保證，凡有演出此曲的音樂會，票房均有較佳的表現[67]。

其後《梁祝》小提琴協奏曲的演奏者、演奏的次數及 CD 發行

---

[62]　同註 5，頁 113。
[63]　同註 57，頁 60。
[64]　同註 59，頁 20。
[65]　同註 59。
[66]　同註 57，頁 58。
[67]　同註 59，頁 1。

的版本不計其數，全然已成文化創意最佳的產品代表。今據所見資料：(1)俞麗拿小提琴獨奏：《小提琴協奏曲：梁山伯與祝英台及中國小品》〔CD〕[68]、(2)呂思清：《梁祝小提琴協奏曲》〔CD〕[69] 及可知的資料：(1)景雅菁：《《梁山伯與祝英台》小提琴協奏曲之音樂研究》[70]、(2)彭元岐：《梁祝協奏曲版本比較》[71]、(3)《至愛梁祝》〔SXCD〕[72]、(4)《梁祝黃河》〔DVD〕[73]、(5)《梁祝・呂思清》〔XRCD〕[74]、(6)《盛中國－－梁祝小提琴協奏曲(20Bit・K2)》〔CD〕[75]、(7)《薛偉・梁祝・門德爾松》〔CD〕[76]、(8)《黃河・梁祝》(原版)〔CD〕[77]、(9)《梁祝・黃河》〔CD〕[78]、(10)《梁祝・

---

[68] 俞麗拿小提琴獨奏：《小提琴協奏曲：梁山伯與祝英台及中國小品》〔全新數碼版CD〕(上海：中國唱片公司出版發行，2006年)。

[69] 呂思清演奏：《梁祝小提琴協奏曲》〔CD〕(臺北：諦聽文化事業有限公司，2000年)。

[70] 同註59，頁128-130。

[71] 彭元岐撰：《梁祝協奏曲版本比較》，http://staff.whsh.tc.edu.tw/-huanyin/music/l/liang.php(2006年8月4日)。

[72] 西崎崇子演奏：《至愛梁祝》，《現代音像》，http://www.malmusic.com/detail.asp?Product_id=6220504&txtParam=&txtCat=梁祝&prev=&lang=C(2006年9月23日)。

[73] 《梁祝黃河》，《現代音像》，http://www.malmusic.com/detail.asp?Product_id=FADVD7002&txtParam=&txtCat=&prev=&lang=C(2006年9月23日)。

[74] 呂思清演奏：《梁祝》，《現代音像》，http://www.malmusic.com/detail.asp?Product_id=8225940XRCD&txtParam=&txtCat=&prev=&lang=C(2006年9月23日)。

[75] 盛中國演奏：《梁祝小提琴協奏曲》，《現代音像》，http://www.malmusic.com/detail.asp?Product_id=K2037&txtParam=&txtCat=&prev=&lang=C(2006年9月23日)。

[76] 薛偉演奏：《梁祝・門德爾松》，《現代音像》，http://www.malmusic.com/detail.asp?Product_id=HRP7171A&txtParam=&txtCat=&prev=&lang=C(2006年9月23日)。

[77] 《黃河・梁祝(原版)》，《現代音像》，http://www.malmusic.com/detail.asp?Product_id=HRP9032&txtParam=&txtCat=&prev=&lang=C(2006年9月23

黃河》〔CD〕[79]、(11)《中國皇牌協奏曲－－梁祝＋黃河》〔CD〕[80]、
(12)《玫瑰大眾音樂網》[81]、(13)《梁祝‧黃河》(BEST 2CD)[82]、
(14)《中國音樂》[83]等列表如下：

| 編號 | 主奏 | 主奏者 | 出生 | 錄音時間 | 年齡 | 指揮 | 樂團 | 專輯名稱 | 出版公司 | 備註 |
|---|---|---|---|---|---|---|---|---|---|---|
| 1 | 小提琴 | 沈榕 | 1939 | 196?[84] | 29 | 麥家樂 | 中國中央交響樂團 | 原版名曲黃河梁祝 | 雨果 | 首演者之一 |
| 2 | 小提琴 | 沈榕 | | | | | | 梁祝小提琴協奏曲 | 藝聲 | |
| 3 | 小提琴 | 沈榕 | | | | | | 梁祝小提琴協奏曲 | Everest | |
| 4 | 小提琴 | 西崎崇子 | | 1978 | | 林克昌 | 名古屋愛樂樂團 | 梁祝黃河 | RCA | 幾可視為標準版 |

日）。

[78] 《梁祝‧黃河（聲谷）》,《現代音像》, http://www.malmusic.com/detail.asp?
PRODUCT_ID=4893524910995&txtPArAm=&txtCAt=&prev=&lAng=C(2006 年 9 月 23 日）。

[79] 《梁祝‧黃河（雨果）》,《現代音像》, http://www.malmusic.com/detail.asp?
Product_id=HRP7752&txtParam=&txtCat=&prev=&lang=C(2006 年 9 月 23 日）。

[80] 《中國皇牌協奏曲--梁祝+黃河》,《現代音像》, http://www.malmusic.com/detail.asp?Product_id=8240158&txtParam=&txtCat=&prev=&lang=C(2006 年 9 月 23 日）。

[81] 《玫瑰大眾音樂網》（各是媒材 CD）, http://shopping.g-music.com.tw/GMusicSearchAlbum.aspx?ProductID=2000000100548(2006 年 10 月 21 日）。

[82] 《梁祝‧黃河》,《向綠唱片》, http://www.greenmusic.com.tw/agency_3.htm(2006 年 10 月 21 日）。

[83] 《中國音樂》, http://www.vinylparadise.com/2chnmusi/9/chinmus9.htm(2006 年 10 月 22 日）。

[84] 案：彭元岐撰:《梁祝協奏曲版本比較》原作「196」,不知其確切時間。

| 5 | 小提琴 | 西崎崇子 | | 1982 | 石信之 | 群馬交響樂團 | 梁祝八記 | BMG | |
| 6 | 小提琴 | 西崎崇子 | | 1982 | | | 梁祝小提琴協奏曲 | 香港唱片[85] | 有兩版一版為彩蝶版 |
| 7 | 小提琴 | 西崎崇子 | | | | | 梁祝小提琴協奏曲 | 香港唱片 | |
| 8 | 小提琴 | 西崎崇子 | | 1992[86] | 樊承武 | 上海音樂學院交響樂團 | 梁祝黃河 | 馬可孛羅 | |
| 9 | 小提琴 | 西崎崇子 | | 199?[87] | 甄健豪 | 捷克電台交響樂團 | 梁祝 | 馬可孛羅 | |
| 10 | 小提琴 | 西崎崇子 | | 2001 | | | 梁祝&四季 | 滾石 | |
| 11 | 小提琴 | 俞麗拿&西崎崇子 | | 2001 | | | 梁祝 | 新力博德曼 | |
| 12 | 小提琴 | 西崎崇子 | | 2003 | | | 至愛梁祝 | 馬可孛羅 | |
| 13 | 小提琴 | 西崎崇子&奧曼第 | | 2003 | | | 梁祝&黃河協奏曲 | 天碟 | |
| 14 | 小提琴 | 西崎崇子 | | 2005 | | | 梁祝小提琴協奏曲 | 滾石 | |
| 15 | 小提琴 | 西崎崇子 | | | | | 梁祝小提琴黃河鋼琴 | 滾石 | |

[85] 西崎崇子演奏:《梁祝小提琴協奏曲》,香港唱片出版兩次,一為1982年,編號為6.240103;另一片未載明出版年月,編號1003。

[86] 案:錄音時間景雅菁:《《梁山伯與祝英台》小提琴協奏曲之音樂研究》作「1992年」,彭元岐作「1994」,不知何者為是。

[87] 案:彭元岐原作「199」,不知其確切時間。

| 16 | 小提琴 | 寶君怡 | 1962 | 1985 | 24 | 韓中傑 | 中央樂團交響樂隊 | 何占豪管絃樂作品精選集 | 寶麗金 | |
|---|---|---|---|---|---|---|---|---|---|---|
| 17 | 小提琴 | 寶君怡 | | 1997 | | | | (ph)梁祝--小提琴 | 環球國際 | |
| 18 | 小提琴 | 寶君怡 | | 2005 | | | | 梁祝小提琴協奏曲黃河 | 天碟 | |
| 19 | 小提琴 | 徐惟聆 | | 1993 | | 曹鵬 | 上海樂團管絃樂隊 | 徐惟聆小提琴 | 馬可孛羅 | |
| 20 | 小提琴 | 孔朝暉 | | 1991[88] | | 胡炳旭 | 中央交響樂團 | 梁祝黃河 | 雨果 | 分七段解說精詳 |
| 21 | 小提琴 | 崔曉峰 | 1968 | 1994 | 35 | 沙傑史克裏卡 | 莫斯科新愛樂交響樂團 | 龍的傳說 | 卓安 | 李泰祥臺灣百年歌樂精典6[89] |
| 22 | 小提琴 | 俞麗拿 | | 1987 | | | | | 中國唱片 | |
| 23 | 小提琴 | 俞麗拿 | | 1995 | | 陳燮陽 | 上海交響樂團 | 小提琴協奏曲：梁山伯與祝英台及中國小品 | 中國唱片 | |
| 24 | 小提琴 | 俞麗拿 | 1941 | 1996 | 55 | 李堅 | 英國廣播音樂會管弦樂團 | 俞麗拿梁祝小提琴協奏曲 | BMG | 倉促成軍默契甚差 |

---

[88] 案：錄音時間景雅菁作「1991」年，彭元岐作「1993」年，不知何者為是。
[89] 案：「臺灣百年歌樂精典6」，http://my.so-net.net.tw/sfbooks/tw/twsoun.htm （2006年10月28日），彭元岐誤作「臺灣百年歌樂經華6」。

| 25 | 小提琴 | 俞麗拿 | 1941 | 1997 | 56[90] | 陳燮陽 | 上海交響樂團 | 梁祝小提琴協奏曲 | 福茂 | 福茂 |
|---|---|---|---|---|---|---|---|---|---|---|
| 26 | 小提琴 | 俞麗拿/殷承宗 | | 2006 | | | | 梁祝·黃河 | 瑋秦(日美) | 合輯 |
| 27 | 小提琴 | 俞麗拿 | | | | | | 梁祝 | 天碟 | |
| 28 | 小提琴 | 呂思清 | | 1994 | | 鄭小瑛 | 中央交響樂團 | 《梁祝》小提琴協奏曲 | | |
| 29 | 小提琴 | 呂思清 | | 1997 | | 陳燮陽 | 上海交響樂團 | 梁祝 | 滾石 | |
| 30 | 小提琴 | 呂思清 | | 1997 | | 陳燮陽 | 上海交響樂團 | 梁祝·呂思清 | 馬可孛羅 | |
| 31 | 小提琴 | 呂思清 | | 2000 | | | | 梁祝小提琴協奏曲 | 諦聽 | |
| 32 | 小提琴 | 呂思清 | | 2005 | | | | 梁祝 | 金革科技 | |
| 33 | 小提琴 | 呂思清 | | | | 譚利華 | 中央樂團 | 梁祝黃河 | 聲谷 | |
| 34 | 小提琴 | 陳美 | | 1997 | | | 倫敦愛樂管絃樂團 | 中國少女 | EMI | 提示時間解說感性 |
| 35 | 小提琴 | 薛偉 | | 1994 | | 湯沐海 | 柏林廣播交響樂團 | 梁祝·黃河 | 巨石 | |
| 36 | 小提琴 | 薛偉 | | 1997 | | 黃胤靈 | 俄羅斯愛樂管絃樂團 | 梁祝孟德爾頌小提琴協奏曲 | 雨果 | |
| 37 | 小提琴 | 薛偉 | | 1997 | | | | 梁祝小 | 滾石 | |

90　案：據《永遠的祝英台——記實俞麗拿》(上海：上海音樂出版社，2005年4月一版)一書知俞麗拿於1940年出生(頁7)。彭元岐第7筆資料，也知俞氏在1996年是55歲，而彭元岐的第6筆資料則作「199?，49」，今據《玫瑰大眾音樂網》http://shopping.g-music.com.tw/GMusicSearchAlbum.aspx?ProductID=2000000046686得知，「199?」年的確切時間為「1997」年，則「49」當是「56」之誤。

| | | | | | | | | 提琴協奏曲 | | |
|---|---|---|---|---|---|---|---|---|---|---|
| 38 | 小提琴 | 薛偉 | | 2002 | | | | 梁祝&(孟德爾頌) | 喜瑪拉雅 | |
| 39 | 小提琴 | 湯寶娣 | | 1999 | | 袁方 | 中央樂團交響樂隊 | 梁山伯與祝英台 | 中國唱片 | |
| 40 | 小提琴 | 溫寶娣 | | 2004[91] | | 何占豪、陳光 | 中國中央交響樂團 | 黃河梁祝 | 向綠 | |
| 41 | 小提琴 | 陳立新 | 1959 | 1999 | 41 | 錢致文 | 鋼琴伴奏 | 幻想曲 | 尚名 | 沒任何解析 |
| 42 | 小提琴 | 盛中國 | | 2005 | | | | 梁祝 | 瑋秦(日美) | |
| 43 | 小提琴 | 盛中國 | | | | | | 盛中國--梁祝小提琴協奏曲 | ABC Records | |
| 44 | 小提琴 | 陳軍 | | 2005 | | | | 黃河梁祝 | 滾石 | |
| 45 | 小提琴 | 唐韻 | | | | | | 梁祝小提琴協奏曲 | 藝聲 | |
| 46 | 小提琴 | 劉元生 | | | | | | 梁祝小提琴協奏曲 | 風行 | |
| 47 | 小提琴 | 林克漢 | | | | 漢斯·勒特·蒙瑪 | 香港管絃樂團 | 協奏曲 | 上尚 | |
| 48 | 小提琴 | | | 2003 | | | | 梁祝黃河小提琴協奏曲 | 喜瑪拉雅 | |
| 49 | 小提琴 | | | | | | | 小提琴協奏 | 中國唱片 | |

---

[91] 案：溫寶娣主奏：《梁祝小提琴協奏曲》，向綠唱片音樂有限公司出版，據《向綠公司網站》，http://www.greenmusic.com.tw/agency_3.htm 資料不載出版年；而另據《玫瑰大眾音樂網》，http://shopping.g-music.com.tw/GMusicProduct.aspx?ProductID=4716306071182（2006 年 10 月 21 日），可知出版年為 2004 年。

| | | | | | | 曲：梁山伯與祝英台及中國小品 | |
|---|---|---|---|---|---|---|---|
| | | | | | | | |

今據上表，可知《梁祝》小提琴協奏曲主奏者錄成 CD 者，至少有沈榕、西崎崇子、俞麗拿，寶君怡、徐惟聆、孔朝暉、崔曉峰、呂思清、陳美、薛偉、湯寶娣、陳立新、盛中國、陳軍、唐韻、劉元生、林克漢等中外音樂家十五人，其中以日人西崎崇子主奏的十二種版本最多，其次俞麗拿六種、呂思清六種、薛偉四種、沈榕三種、寶君怡三種、盛中國兩種、溫寶娣兩種、其他則為一種。

　　《梁祝》小提琴協奏曲創作之前，何占豪於一九五八年曾編寫〈梁祝弦樂四重奏〉，又叫〈越曲〉，一般俗稱為《小梁祝》，為日後《梁祝》小提琴協奏曲種下了根苗[92]。何氏又在一九八八年將小提琴協奏曲改編為高胡協奏曲，在臺灣首演時，造成前所未有的轟動。[93]據統計中國高雅意屬唱片中梁祝是最暢銷的，它不僅多次獲得中國唱片總公司、香港唱片公司、BMG 唱片公司頒發的金唱片、白金唱片獎[94]，也獲得中國文化部頒發的「二十世紀華人經典音樂」殊榮[95]。一九九〇年何氏又有古箏協奏曲《梁祝》（弦樂版）作品，一九九三年又改編為二胡協奏曲《梁祝》、一九九七年則編成古箏協奏曲《梁山伯與祝英台》（民樂版）[96]。

---

[92] 同註 59，頁 15。
[93] 同註 59，頁 133。
[94] 同註 59，頁 137。
[95] 同註 59，頁 133。
[96] 同註 59，頁 135、136。

　　另外，除了何占豪將小提琴協奏曲改編成二胡協奏曲、古箏協奏曲之外，另有各種樂器、甚至是人－聲的改編作品，今就所見資料：《十記梁祝絲竹紅樓》〔中外樂器經典演奏 3CD〕[97]及可知資料：(1)彭元岐：《梁祝協奏曲版本比較》[98]、(2)《梁祝（中國名曲）》〔CD〕[99]、(3)《十記梁祝》〔HDCD〕[100]、(4)《梁祝》〔HDCD〕[101]、(5)《梁祝協奏曲》〔CD〕[102]、(6)《玫瑰大眾音樂網》[103]、(7)《中國音樂》[104]等列表如下：

| 編號 | 主奏 | 主奏者 | 出生 | 錄音時間 | 年齡 | 指揮 | 樂團 | 專輯名稱 | 出版公司 | 備註 |
|---|---|---|---|---|---|---|---|---|---|---|
| 1 | 琵琶 | 何樹英 | | 1984 | | | 上海民族樂團 | 梁祝八記 | BMG | 選段 |
| 2 | 琵琶 | 潘娥青 | 1952 | 1992 | 41 | 黃曉飛 | 中國電影樂團 | 梁祝 | 中國龍 | |
| 3 | 琵琶 | 潘娥青 | | 2000 | | | | 梁祝 | 任詩傑 | |

---

[97] 《十記梁祝絲竹紅樓》〔中外樂器經典演奏 3CD〕（北京：九洲音像出版公司）。

[98] 同註 71。

[99] 《梁祝（中國名曲）》，《現代音像》，http://www.malmusic.com/detail.asp?Product_id=HRP71162&txtParam=&txtCat=&prev=&lang=C（2006 年 9 月 23 日）。

[100] 《十記梁祝》〔HDCD〕，《現代音像》，http://www.malmusic.com/detail.asp?Product_id=DCD789&txtParam=&txtCat=&prev=&lang=C（2006 年 9 月 23 日）。

[101] 《梁祝》〔HDCD〕，《現代音像》，http://www.malmusic.com/detail.asp?Product_id=SWH1052&txtParam=&txtCat=&prev=&lang=C（2006 年 9 月 23 日）。

[102] 《梁祝協奏曲》〔CD〕，《現代音像》，http://www.malmusic.com/detail.asp?Product_id=MCD8270&txtParam=&txtCat=&prev=&lang=C（2006 年 9 月 23 日）。

[103] 同註 81。

[104] 同註 83。

| | 樂器 | 演奏者 | 生年 | 錄音年 | 年齡 | 指揮 | 樂團 | 專輯 | 出版 | 備註 |
|---|---|---|---|---|---|---|---|---|---|---|
| 4 | 琵琶 | 何樹英 | | 2000 | | | 上海民族樂團 | 梁祝琵琶協奏曲 | 新力博德曼 | |
| 5 | 口琴 | 游宏任 | | 1985 | | | | 梁祝八記 | BMG | 選段 |
| 6 | 高胡 | 黃安源 | 1945 | 1985 | 41 | 關聖佑 | 鋼琴伴奏 | 胡琴大師黃安源專輯2 | 福茂 | |
| 7 | 高胡 | 黃安源 | 1945 | 1988[105] | 44 | 福村芳一[106] | 上海交響樂團 | 胡琴大師黃安源專輯5 | 福茂 | |
| 8 | 高胡 | ？ | | | | | 揚琴伴奏 | 梁祝協奏曲 | 保佳音 | |
| 9 | 高胡 | ？ | | | | ？ | | 拉絃樂器 | 保佳音 | |
| 10 | 人聲 | | | 1986 | | 陳燮陽 | 北京中央交響樂團 | 梁祝八記 | BMG | |
| 11 | 鋼琴 | | | 1989 | | 施明漢 | 香港管絃樂團 | 梁祝八記 | BMG | |
| 12 | 鋼琴 | 許斐平 | | | | 施明漢 | 香港管絃樂團 | 梁祝鋼琴協奏曲 | 展盈 | |
| 13 | 鋼琴 | | | 2000 | | | | 黃河梁祝鋼琴協奏曲 | 喜瑪拉雅 | |
| 14 | 鋼琴 | | | | | | | 梁祝鋼琴協奏曲 | 香港唱片 | |
| 15 | 鋸琴 | 王彭年 | | 1991 | | | | 梁祝八記 | BMG | |
| 16 | 古箏 | 黃好吟 | | 1993 | | 何占豪 | 上海交響樂團 | 梁祝古箏協奏曲 | 上揚 | |
| 17 | 古箏 | 吳曉虹 | | 1997 | | 何占豪 | 上海交響樂團 | 合輯/珍藏雙CD系 | 新力博德曼 | |

---

[105] 案：錄音時間景雅菁：《《梁山伯與祝英台》小提琴協奏曲之音樂研究》作「1989」年，而彭元岐《梁祝協奏曲版本比較》作「1988」年，不知何者為是。

[106] 案：「福村芳一」，彭元岐誤作「福村芳」。

| | | | | | | | 列參--梁祝/孟姜女古箏協奏曲 | | |
|---|---|---|---|---|---|---|---|---|---|
| 18 | 古箏 | | | 1997 | | | 梁祝古箏協奏曲 | 上揚 | |
| 19 | 古箏 | 蘇振波 | | 199?[107] | 何占豪 | 上海交響樂團 | 梁祝八記 | BMG | |
| 20 | 古箏 | 項斯華 | | 199?[108] | | | 項斯華中國古箏名曲集 | | 獨奏 |
| 21 | 古箏 | ? | | | | 國樂團 | 梁祝 | 華特 | |
| 22 | 二胡 | 邵琳 | | 1995 | 何占豪 | 上海管絃樂團 | 梁祝·離騷 | | |
| 23 | 二胡 | 許可 | | 1992 | 麥家樂 | 中國中央交響樂團 | 黃河·梁祝 | | |
| 24 | 二胡 | 許可 | | 1997 | 麥家樂 | 中國中央交響樂團 | 梁祝八記 | BMG | 選段 |
| 25 | 笛子 | 陳鴻雁(燕)[109] | | 1997 | | | 梁祝笛子協奏曲 | 搖籃 | |
| 26 | 笛子 | 陳鴻雁(燕) | 1948 | 1999 | 52 | 中國民族交響樂團 | | 搖籃 | |
| 27 | 木琴 | | | | | | 梁祝木琴協奏曲 | RONDO | |
| 28 | 鋼琴、小號、豎琴、 | | | | | | 十記梁祝 | 天籟 | |

---

[107] 案：彭元岐原作「199」，不知其確切時間。

[108] 同前註。

[109] 案：「陳鴻雁」或作「陳鴻燕」。《梁祝網·中國音樂·梁祝(竹笛)》，http://www.liangzhu.org/html/zudi.asp(2006 年 10 月 22 日)。

| | 黑管、古箏、長笛、口琴、揚琴、笛子、低音黑管十種樂器演奏梁祝 | | | | | | | |
|---|---|---|---|---|---|---|---|---|
| 29 | | 眾藝人 | 1997 | | | | (Bmg-HK)梁祝 | 新力博德曼 | |
| 30 | | | 1998 | | | | 梁祝 | 蔡豬 | |
| 31 | | | 2000 | | | | 天籟中國 3--梁祝 | 華特國際 | |
| 32 | | | 2002 | | | | 情定梁祝 | 芮河 | |
| 33 | | | 2003 | | | | 梁祝 | 喜瑪拉雅 | |
| 34 | | VA | 2005 | | | | 梁祝大全 | 惟肯 | |
| 35 | | | 2006 | | | | 中國 12 樂坊--梁祝 | 芮河 | |
| 36 | | | | | | 俄羅斯三角琴合奏團 | 梁祝 | 雨果 | |
| 37 | | | | | | | 梁祝協奏曲 | 現代音像 | |
| 38 | | | | | | | 梁祝 | GuAng Zhou Xin Shi DAi Yin XiAng | |
| 39 | 小提琴、鋼琴、揚琴、二胡、吉他、電子琴、古琴、排笛、手風琴、人聲合唱十種樂器演奏梁祝 | | | | | | 十記梁祝絲竹紅樓 | 九洲音像 | |

今據上表，可知改編的有琵琶、口琴、高胡、鋼琴、鋸琴、古箏、二胡、笛子、木琴、小號、豎琴、黑管、長笛、揚琴、低音黑管、吉他、電子琴、古琴、排笛、手風琴等中外樂器二十種樂器及人聲合唱。

除了出版的演奏品之外，《梁祝》小提琴協奏曲演出不勝計數，今僅就所見及可知的資料：(1)《《梁祝》與"紅色小提琴"－－著名作曲家陳鋼小提琴作品音樂會》[110]、(2)《鋼琴三重奏音樂會》[111]、(3)《天韻國際室內音樂家協會隆重舉辦馬年音樂會，各家雲集中西合璧精彩紛呈之音樂盛會》（大紀元 2006 年 5 月 8日）[112]，(4)《小提琴手聚佳節"梁祝"一曲度元宵，中福會小提琴藝術團的新奉獻》（大紀元 2006 年 3 月 31 日）[113]、(5)康延芳：《歌舞團五一大匯演》（重慶晚報 2005 年 4 月 28 日）[114]、(6)周秋含、康延芳、何佳：《賀重慶晚報創刊 20 周年－－23 日，文化宮上演三台好戲》（重慶晚報 2005 年 4 月 22 日）[115]、(7)《國立實驗

---

[110] 《《梁祝》與"紅色小提琴"－－著名作曲家陳鋼小提琴作品音樂會》，http://www.pku-hall.com/new/play11111111/2006/0611/11.02/061102.htm（2006 年 10 月 22 日）。

[111] 《鋼琴三重奏音樂會》，ttp://arts.nthu.edu.tw/NewWww/PerformingArts/su_12_26_90/（2006 年 10 月 22 日）。

[112] 《天韻國際室內音樂家協會隆重舉辦馬年音樂會，各家雲集中西合璧精彩紛呈之音樂盛會》，《大紀元》2006 年 5 月 8 日，http://www.epochtimes.com/b5/2/5/8/n188516.htm（2006 年 9 月 24 日）。

[113] 《小提琴手聚佳節"梁祝"一曲度元宵，中福會小提琴藝術團的新奉獻》，《大紀元》2006 年 3 月 31 日，http://www.epochtimes.com/b5/3/3/31/n293971.htm（2006 年 10 月 22 日）。

[114] 康延芳撰：《歌舞團五一大匯演》，《重慶晚報》2005 年 4 月 28 日），http://www.cqwb.com.cn/webnews/h tm/2005/4/28/137725.shtml（2006 年 10 月 10 日）。

[115] 周秋含、康延芳、何佳撰：《賀重慶晚報創刊 20 周年--23 日，文化宮上

國樂團和謝楠李堅合演黃河梁祝》(大紀元 2006 年 10 月 16 日)[116]、(8)《情思情緣 家國情牽梁祝情迷「梁祝情緣」音樂會》[117]、(9)唐崢:《小提琴家 VS 指揮家 杜梅餘隆[118]攜手演繹《梁祝》》(北京娛樂信報 2006 年 10 月 20 日)[119],列表如下:

| 序號 | 主奏 | 主奏者 | 指揮家 | 節目名稱 | 樂團 | 時間 | 演出地點 | 備註 |
|---|---|---|---|---|---|---|---|---|
| 1 | 小提琴 | 俞麗拿 | | | | 1959 年 5 月 27 日 | 上海蘭心大戲院 | 首次公演 |
| 2 | 小提琴 | 蘇顯達 | | | | 1989 年 | 臺灣 | |
| 3 | 小提琴 | 蘇顯達 | | | | 1990 年 | 美國洛杉磯 | |
| 4 | 小提琴 | 呂思清 | | "為中國喝彩"音樂會 | | 1997 年 | 美國好萊塢劇場 | |
| 5 | | | | 馬年音樂會 | 天韻國際室內音協會 | 2002 年 6 月 1 日 | 美國東密西根大學 Pease 音樂大廳 | |
| 6 | 小提琴 | 謝楠 | | | 國立實驗國樂團 | 2002 年 10 月 19 日 | 臺北國家音樂廳 | |

---

演三台好戲》,《重慶晚報》2005 年 4 月 22 日,http://www.cqwb.com.cn/web news/htm/2005/4/22/136724.shtml(2006 年 10 月 10 日)。

[116] 《國立實驗國樂團和謝楠李堅合演黃河梁祝》,《大紀元》2002 年 10 月 16 日,http://www.epochtimes.com/b5/2/ 10/16/n236130.htm(2006 年 9 月 24 日)。

[117] 《情思情緣 家國情牽梁祝情迷「梁祝情緣」音樂會》,http://www.hkco.org/big5/archive_pe_29th_28_tc.a sp(2006 年 10 月 22 日)。

[118] 「餘隆」當是「余隆」之誤,http://zh.wikipedia.org/wiki/%E4%BD%99%E9%9A%86(2006 年 10 月 29 日)。

[119] 唐崢撰:《小提琴家 VS 指揮家杜梅余隆攜手演繹《梁祝》》,《北京娛樂信報》2006 年 10 月 20 日,http://zh.wikipedia.org/wiki/%E4%BD%99%E9%9A%86 (2006 年 10 月 28 日)。

| 7 | 小提琴 | Cindy | | 新年元宵文藝晚會 | 中福會小提琴藝術團 | 2003年2月17日 | 澳州Ashfield市政廳 | 演奏者11歲 |
|---|---|---|---|---|---|---|---|---|
| 8 | 小提琴 | 孔朝暉 | 林天吉 | 2004年長榮交響樂團公演--懷念的旋律 | 長榮交響樂團 | 2004年10月13日 | | 《梁祝》小提琴協奏曲 |
| 9 | 小提琴 | 彭廣林 | 瞿春泉 | 經典名曲協奏之夜 | | 2004年10月23日 | 臺北國家音樂廳 | 經典名曲協奏之夜將同時以兩首協奏曲--黃河梁祝一饗愛樂觀眾 |
| 10 | 小提琴 | 王逸超 | 高正賢 | 永和青管弦，禮讚十週年 | 永和青年管樂團暨管弦樂團 | 2004年10月26日 | 臺北國家音樂廳 | 陳鋼、何占豪:《梁祝》小提琴協奏曲 |
| 11 | 小提琴 | | | 重慶晚報創刊20周年慶典 | 重慶市歌舞團 | 2005年4月23日 | 重慶市勞動人民文化宮 | |
| 12 | 小提琴 | | | | 重慶市歌舞團 | 2005年5月1-4日 | 重慶江北區觀音橋步行街 | |
| 13 | 小提琴 | 俞麗拿 | 陳燮陽 | 第三屆中國梁祝愛情節--"寧波紅"梁祝之夜大型交響音樂會 | 上海交響樂團 | 2005年10月1日 | 寧波市鄞州區文化藝術中心 | |
| 14 | 小提琴 | 呂思清 | | 當代2005呂思清名琴音樂 | 當代樂賞樂團 | 2005年10月21日 | 臺北國家音樂廳 | |
| 15 | 小提琴 | 杜沁雲 | | 梁祝情緣--杜沁雲與新樂國樂團 | 新樂國樂團 | 2005年12月25日 | 臺北中山堂中正廳 | |
| 16 | 小提琴 | 謝楠 | 邵恩 | 「梁祝情緣」音樂會 | 香港中樂團 | 2006年1月6、7日 | 香港文化中心音樂廳 | |
| 17 | 小提琴 | 廖嘉弘 | | 琴聲蝴蝶夢 | 高雄市教師管 | 2006年2月5 | | 陳剛、何占豪『梁祝小 |

| | | | | | 絃樂團 | 日 | | 提琴協奏曲』 |
|---|---|---|---|---|---|---|---|---|
| 18 | 小提琴 | 杜梅 | 余隆 | 第九屆北京國際音樂節 | | 2006年10月22日 | 北京中山音樂堂 | |
| 19 | 小提琴 | 潘寅林 | | 「梁祝與"紅色小提琴"」--著名作曲家陳鋼小提琴作品音樂會 | | 2006年11月2日 | 北京北大百年講堂 | |

又有其他樂器演奏及粵劇演唱資料，亦僅就所見及可知：(1)陳蓉：《薩克斯風演奏梁祝新創意》(大紀元 2006 年 10 月 7 日)[120]、(2)《「梁祝美樂為民康」慈善籌款音樂會》[121]、(3)林采韻：《鋼琴版梁祝　陳冠宇閏七夕獻給有情人》(中國時報 2006 年 8 月 30 日)[122]，列表如下：

| 序號 | 主奏 | 主奏者 | 指揮家 | 節目名稱 | 樂團 | 時間 | 演出地點 | 備註 |
|---|---|---|---|---|---|---|---|---|
| 1 | 古箏／鋼琴 | 江雅齡／陳巧玲 | | 江雅齡古箏獨奏會 | | 2004年8月22日 | 臺北國家演奏廳 | 《梁祝》《Guzheng Concerto "Butterfly lovers"》 |
| 2 | 胡琴 | 王明華 | | 王明華胡琴獨奏會 | 國立實驗國樂團 | 2004年12月25日 | 臺北國家演奏廳 | 何占豪、陳鋼：《梁祝》高胡與鋼琴（重訂版臺灣首演） |

[120] 陳蓉撰：《薩克斯風演奏梁祝新創意》，《大紀元》2006 年 10 月 7 日，http://tw.ep ochtimes.com/bt/5/10/7/n1078547.htm(2006 年 10 月 22 日)。

[121] 《「梁祝美樂為民康」慈善籌款音樂會》，http://www.hkedcity.net/iworld/feature/view.phtml?iworld_id=95(2006 年 10 月 22 日)。

[122] 林采韻撰：〈鋼琴版梁祝／陳冠宇閏七夕獻給有情人〉，《中國時報》D6〈影藝新聞〉，2006 年 8 月 30 日。

| | | | | | | | |
|---|---|---|---|---|---|---|---|
| 3 | 高胡／二胡 | | | 臺北市立國樂團第160次定期音樂會--市國「新力」軍 | | 2005年3月14日 | | 雙胡協奏曲「梁祝」 |
| 4 | 低音大提琴／鋼琴 | 魏詠蕎／周兆儀 | | 旅美低音提琴名家魏詠蕎2005年巡迴音樂會 | 古典管絃樂團 | 2005年7月16日 | | 陳鋼、何占豪--魏詠蕎：梁祝小提琴協奏曲 |
| 5 | 薩克斯風 | 法國沃斯ChristiAn WIRTH | | 「NCO管管交鋒--薩克斯風V.S.梁祝」音樂會 | 國立實驗國樂團 | 2005年10月9日 | 臺北國家音樂廳 | |
| 6 | 高胡／二胡 | 王銘裕／張舒然 | | 臺北市立國樂團成立26年團慶音樂會 | | 2005年10月29日 | | 梁祝：高胡二胡協奏曲 |
| 7 | 長笛 | 金塔 | | 「音樂愛情故事－當梁祝遇上卡門」金塔.黃雲暄V.S.高雄市交響管樂團 | 高雄市交響管樂團 | 2005年12月20日 | | 何占豪、陳鋼／梁祝長笛協奏曲(李哲藝改編、世界首演) |
| 8 | 二胡／粵劇 | 宋飛／蓋鳴暉 | 何占豪 | 「梁祝美樂為民康」慈善籌款音樂會 | | 2006年1月22日 | 香港文化中心音樂廳 | 粵劇名伶蓋鳴暉演唱《梁祝--化碟》 |
| 9 | | 陳怡君許德崇蕭道賢 | 徐珍娟 | 「山海頌歌化蝶情」采苑九週年社會關懷音樂會 | 采苑混聲合唱團／采苑婦女合唱團／臺灣合唱團 | 2006年6月2日 | 臺北市社教館財團法人采苑藝術文教基金會 | |
| 10 | 古箏 | 邱君慧／游秀玲 | | 君涵箏情 | 君涵樂坊箏樂團／草 | 2006年6月2日 | 臺北國家演奏廳 | |

| | | | | 山樂坊 | | | | |
|---|---|---|---|---|---|---|---|---|
| 11 | 琵琶 | 蘇筠涵 | 青年演奏家系列--蘇筠涵琵琶獨奏會 | 小巨人絲竹樂團 | 2006年7月11日 | 臺北國家演奏廳 | | 陳鋼、何占豪：《梁祝》第一樂章 |
| 12 | 胡琴／琵琶 | 葉維仁／梁家寧 | 青年演奏家系列--葉維仁、梁家寧聯合音樂會 | 小巨人絲竹樂團 | 2006年7月31日 | | | 陳鋼、何占豪：《梁祝》主題聯奏 |
| 13 | 口哨／鋼琴 | 李貞吉／李育倫／魏士文／李育屏 | 李宗球 | 李貞吉、李育倫雙口哨音樂會 | 草山樂坊／C大調樂團 | 2006年10月16日 | | 中樂:何占豪--胡增榮：《梁祝》 |

　　梁祝音樂不僅出版消費盛行，甚至連殯儀館的告別曲也以《梁祝》音樂做為哀樂，如廣州殯儀館提供消費者選擇的 150 首告別曲中，以《梁祝》最受歡迎[123]。

　　作為文化創意產業的梁祝故事，不止以音樂形式表現，也編成芭蕾，於舞臺表演。一九八二年遼寧舞團創作演出大型芭蕾舞劇《梁山伯與祝英台》，由張護立、阿力、初培林創作編導，李延忠、隋立本、陳國剛作曲改編，王明旭、張忠力、鞠毅舞美設計；由尹訓燕、曲滋嬌（飾祝英臺 A、B），晉雲江、王明（飾梁山 A、B）演出。此劇根據梁祝民間傳說故事和同名小提琴協奏曲創作，分為序幕、第一場乞父求學、第二場草橋結拜、第三場同窗共讀、第四場樓臺抗婚、第五場殉情化蝶。一九八二年獲遼寧省舞蹈比賽創作獎、優秀作品獎。次年重新結構，仍以梁祝主題

[123] 〈廣州殯儀館 150 首告別曲可選《梁祝》最熱〉，《大紀元》2006 年 4 月 8 日，http://www.epochtimes.com/b5/2/4/8/n182159.htm（2006 年 10 月 29 日）。

為基調，發展為三幕四場大型舞劇[124]。一九八五年在北京演出[125]。一九八六年獲遼寧省政府優秀作品年獎[126]。一九九二年參加克拉斯諾雅爾克－－亞洲太平洋地區國際藝術節演出。一九九四年為香港神州藝術節開幕演出[127]。

　　廣州芭蕾舞團也有小提琴協奏曲芭蕾《梁山伯與祝英台》的演出。該團舞蹈演員朝樂蒙曾於一九九九年七月赴加拿大作客席明星，主演《梁山伯與祝英台》，二〇〇〇年也主演此舞劇之交響樂芭蕾版[128]。另外，蘇鴻於一九九五年、佟樹聲一九九七年、傅姝二〇〇二，年也都演出該舞劇[129]。

　　一九九六年作曲家劉敦南、李曉筠伉儷接受上海文化局委託，創作《梁祝》舞劇，於一九九八年十月在上海演出芭蕾舞劇《梁山伯與祝英台》觀眾反響強烈，專家也予高度的評價，劉敦南精心設計梁祝音樂"有調性的十二音聚集"體系，因而旋律是徹頭徹尾的民族化，以致令人以為是直接引用江南民歌的音樂主題，其實都是作曲家的全新創作，但配置的伴奏與副聲部，卻又具鮮明的多調性與不協和感，形成看似對立的矛盾體，實則是橫向旋律有調性與縱向和聲十二音無調性的有機結合。而編舞設計

---

[124] 《梁山伯與祝英臺》，http://www.chinaculture.org:81/gb/cn_zgwh/2004-06/28/content_50197.htm#（2006 年 10 月 10 日）。

[125] 周靜書主編：《梁祝文化大觀‧戲劇影視卷》（北京：中華書局，1999 年 12 月）目錄前照片。

[126] 〈遼寧芭蕾舞團〉，http://www.chinaculture.org:81/gb/cn_jgyt/2004-06/28/content_47945.htm（2006 年 10 月 10 日）。

[127] 同註 123。

[128] 〈《廣州芭蕾舞團》詳細信息〉，http://www.gdw.com.cn/modules/perform/Agency_reg.php?Agency_Id =8&Type=1（2006 年 10 月 10 日）。

[129] 同前註。

則脫離原來梁祝故事的格局，轉向寫意的、抒情的、幻想的和超現實意念的方向著力[130]。

臺灣高雄城市芭蕾舞團與高雄市國樂團聯合演出《梁祝》芭蕾舞劇，藝術總監張秀如，編導張護立、晉雲江，以小提琴協奏曲《梁祝》為主體，由陳武康、董鼎雯、鄭松筠主演，該劇分：(1)草橋結拜、(2)同窗共讀、(3)英台抗婚、(4)山伯之死&尾聲 哭魂化蝶五場[131]。於二○○一年八月十一、十二日在高雄市中正文化中心至德堂、八月十七日在臺南市文化中心、八月十九日在嘉義市文化中心、八月二十四日在屏東市藝術館、八月三十一日在臺中縣立文化中心演奏廳、九月二十九日在高雄市社教館首演。二○○二年二月十八日又於高雄市中正文化中心、十一月二十三日在高雄市三民家商、十一月二十八日在高雄市新上國小、十一月三十日在高雄舊城國小、十二月六日在中正預校演出[132]。顯見此舞劇是商業與文化產業策略同時並進。

上海芭蕾舞團於二○○一年十二月一日，在上海大劇院由季萍萍、范曉楓、孫慎逸、陳真榮分組擔綱主演四幕芭蕾舞劇《梁山伯與祝英台》，作為第三屆上海國際藝術節的壓軸大戲，於閉幕式上首演。該舞劇由辛麗麗導演，羅懷臻編劇，徐監強作曲，

---

[130] 楊燕迪撰：〈經典故事重新詮釋——劉敦南舞《梁祝》觀後〉，收於周靜書主編：《梁祝文化大觀·學術論文卷》（北京：中華書局，2000 年 10 月），頁 719-724。

[131] 〈芭蕾舞劇《梁祝 Lianzhu》與《仙女 La Sylphide》〉，http://www.kcb.org.tw/actions.asp?PageTo=4(2002 年 12 月 21 日)。

[132] 〈梁祝演出簡述〉，http://board6.tacocity.com.tw/USER/dancer/=dancer&group=USER&topic=1947844343-1049450320&subject=%A1i%B1%E7%A1@%AF%AC%A1j(2006 年 10 月 10 日)。

以小提琴協奏曲《梁祝》主題音調貫穿全劇，所擅長巧妙採用越劇音樂及江南民間小調為基本旋律框架[133]，將戲曲所擅長的敘事性轉為芭蕾所擅長的抒情性，使整部作品既能貼切地描繪人物性格，酣暢地表達梁祝“生為同室親，死為同穴塵”深情及深沈凝重的悲劇震撼，又富於濃鬱的江南風韻[134]。共有“共讀”、“相送”、“抗婚”、“化蝶”四幕戲，三十六個布景，八十種蝶衣造型，二百多套服裝，呈現給觀眾極大的舞臺視覺衝擊，是經典與創新的融合，走一條提純芭蕾形式，通過音舞本體深化內涵的創作之路；同時也借助一定的舞美手段豐富表現效果，演員的服裝造型也體現中西合璧的色彩[135]，此舞劇中運用的民族舞，比如“十八相送”時出現的扇舞、手帕舞，讓“洋派”的芭蕾舞凸現出民族風情[136]。另外，該劇舞者穿着中國衣裳跳舞，也與西方芭蕾不同。[137]參與主演的演員陳真榮（飾演梁山伯）表示在服裝上，芭蕾以展現人體美而著稱，而中國古代的衣著習慣長衣長袖，如何

---

[133] 崔煜芳撰：〈《梁祝》故事經久不衰芭蕾舞劇呼之欲出〉，《中國新聞網》2001年11月24日，http://news.tom.com/Archive/2001/11/24-53346.html（2006年10月10日）及《梁祝》打造國產芭蕾頂尖排場，《東方網》2001年11月28日消息，http://www.shlottery.gov.cn/epublish/big5/paper18/1/class001800009/hwz495722.htm（2006年10月10日）。

[134] 〈演出：上海芭蕾舞團〉，http://www.culture.sh.cn/product.asp?id=495（2006年10月10日）。

[135] 同註132。

[136] 《梁祝》：打造一個中國經典〉，《東方網》2001年11月14日消息，http://www.shlottery.gov.cn/epublish/big5/paper191/20010628/class019100005/hwz477933.htm（2006年10月10日）。

[137] 張體義撰：〈上海芭蕾舞團藝術總監辛麗麗解說芭蕾舞劇《梁祝》--中國的“羅密歐與茱麗葉”〉，《大河網大河報》2006年7月25日，http://www.ddzw.net/news/pic/2006-07-25/1153794655d79978.html（2006年10月13日）。

在不影響芭蕾的美又顧及《梁祝》所處的時代背景是個需要克服的難題[138]，而飾演祝英台的季萍萍則表示如何表達那個時代女性含蓄、內斂，又具反叛意識的祝英台性格，是她考慮最多的事[139]，此舞劇出票情況十分良好，於十一月十五日已全部售完[140]。

　　四幕芭蕾舞劇《梁山伯與祝英臺》再於二○○三年十一月三日在四川成都藝術中心上演，是編導辛麗麗的第三稿，以梁山伯、祝英臺、馬文才三個中心人物的感情變化，演繹出一段人間悲劇，陳真榮、季萍萍、范曉楓的精彩表演，博得經久不息的掌聲。辛麗麗表示：「我們不用昂貴的舞美、大量道具、震聲的音樂敘事，而用親切、精緻的舞段，豐富的肢體語匯體現人物和故事」[141]。二○○四年八月二十七日，該舞劇又在上海美琪大戲院演出[142]。二○○六年七月三十一日晚由大河報社和鄭州歐凱傢俱廣場有限公司主辦，鄭州森海工貿有限公司協辦，河南大河傳媒資訊策劃有限公司承辦的“七夕情人節”系列活動的重頭戲是“大河·歐凱

---

[138] 〈走近“梁山伯”訪陳真榮〉，《東方網》2001 年 11 月 15 日報導，http://www.shlottery.gov.cn/epublish/big5/paper18/1/class001800008/hwz479930.htm（2006 年 10 月 10 日）。

[139] 〈走近“祝英臺”訪季萍萍〉，《東方網》2001 年 11 月 15 日報導，http://www.shlottery.gov.cn/epublish/big5/paper18/1/class001800008/hwz479932.htm（2006 年 10 月 10 日）。又：〈從《天鵝湖》到《梁祝》--訪上芭青年舞蹈演員季萍萍〉，《東方網》2001 年 11 月 15 日報導，http://www.shlottery.gov.cn/epublish/big5/paper18/1/class001800008/hwz478812.htm（2006 年 10 月 10 日）。

[140] 同前註。

[141] 李妹撰：〈肢體語匯盡現淒美芭蕾《梁祝》迷醉蓉城〉，《華西都市報》2003 年 11 月 4 日，http://202.98.123.203:82/nsichuan/scyl/20031104/200311452219.htm（2006 年 10 月 10 日）。

[142] 〈原創芭蕾舞劇《梁祝》（2004.8.27）〉，http://local.sh.sina.com.cn/action/20040727/150036139.shtml（2006 年 10 月 10 日）。

龍之夜專場演出"——上海芭蕾舞團在河南人民會堂演出四幕芭蕾舞劇《梁山伯與祝英台》，全然是文化創業產業的活動，由報社、企業、傳媒三方，以梁祝舞蹈為七夕情人節消費商品合作案子[143]。舞團藝術總監接受專訪時提及此劇從首演至今已經四年，已經在南方不少城市公演，觀眾也相當喜歡。有一年春節，在上海還連續演出六場，此次到北方演出，鄭州是第一站[144]。可見此上海芭蕾舞團表演四幕芭蕾舞劇《梁山伯與祝英台》受歡迎的程度，是目前所有芭蕾舞劇《梁祝》中公演最多的舞團，其後勢看漲的情況，也是指日可期的。

## 第三節　梁祝曲藝戲劇表演及結集成冊消費現象

除了歌仔冊是說唱歌仔結集成冊銷售的曲藝之外，其他地方曲藝及戲劇也常見梁祝故事結集成冊銷售推廣。地方曲藝方面，如：寶卷在清末民國初期，已是單純的娛樂說唱，性質與彈詞沒有差別，在城市裏有一批專為寶卷加工的文人，上海文益書局有江西謝少卿，惜陰書局有吳江陳潤身等人將寶卷抄本加工出版[145]，如：(1)上海文益書局《梁山伯寶卷》(寶卷 5)、(2)上海惜陰書局《三美圖寶卷》，又名《後梁山伯還魂團圓記》(寶卷9)[146]。又一九

---

[143] 同註 136。

[144] 同註 136。

[145] 宣彬撰：〈梁祝故事的三本"寶卷"〉，收於周靜書主編：《梁祝文化大觀·學術論文卷》(北京：中華書局，1999 年 12 月)，頁 113。

[146] 案：鄭振鐸撰：《中國俗文學史》(臺北：粹文堂，1975 年)，頁 345-346 也有此二寶卷。

三七年以前上海新文化書局出版"一折八扣"本《繡像繪圖通俗小說梁祝姻緣》，此本的開篇從「山外青山樓外樓」開始，戴不凡以為此本是《新刻梁山伯祝英台夫婦攻書還魂團圓寶卷全集》(寶卷4)略加改頭換面改編的[147]，可見通俗文本改編流通的例子。

又如：清末至五十年代木魚書的出版品有：(1)清末廣州芹香閣刻本《全本梁山伯即係牡丹記南音》(木魚書1)、(2)廣州成文堂木刻本〈英台回鄉〉(木魚書2)、(3)廣州五桂堂機器版本〈山伯訪友〉(木魚書3)、(4)廣州以文堂機器版本龍舟歌〈改良英台回鄉〉、〈十送英台〉、〈士久問路〉、〈英台辨酒〉、〈英台拜月〉、〈英台祭奠〉(上下卷)(木魚書4)、(5)民國四年以文堂機器版《正字梁山伯祝英台全本》上下卷，封面左下題「粵東省城第七甫以文堂版」，目次後題「新刻正字牡丹記南音目錄終　此書校訂與別本不同」，上卷卷端題「重訂梁山伯牡丹記南音卷之上　狀元坊內太平新街以文堂重訂」(木魚書5)、(6)雷陽印書館印本《全本姻緣記歌》(木魚書6)、(7)省港五桂堂《正字梁山伯牡丹記全本》二本（其一題「廣州市第七甫、香港文武廟）及《正字梁山伯祝英台下卷》、《英台回鄉》（香港荷里活道五桂堂）[148]、(8)廣州醉經書局《正字梁山伯祝英台》[149]。其中第(5)目次後題「此書校訂與別本不同」、上卷卷端是「狀元坊內太平新街以文堂重訂」，可知此類通俗唱本常常一再翻刻、一再改編，以利重新廣告銷售的狀況。

又如：福州平話：(1)福州市洋頭口大街，益聞書局總批發《梧

---

[147] 戴不凡撰：《小說見聞錄》(臺北：木鐸出版社，1983年4月)，頁47。
[148] 《木魚書藏書錄》，http://tim.portland.co.uk/covers/ (2006年10月10日)。
[149] 同前註。

桐判・祝梁緣合訂》(版心題「益聞書局石印」)(福州平話 1)、(2)
益新書局、上海石印書局（下集作「益新出版」）《雙蝴蝶》上下
集(福州平話 2)。

又如：彈詞，清乾隆三十四（1796）年寫定，道光三（1823）
年文會堂補刊本《新編東調大雙蝴蝶》(彈詞 2)，此刊本與福州平
話《雙蝴蝶》上下集(福州平話2)內容相同，又見通俗文本間互相抄
襲、流通的情況。據陳若夢所言彈詞《新編金蝴蝶傳》(彈詞 1)、《新
編東調大雙蝴蝶》(彈詞 2)兩種流傳本子，一直無人說唱。彈詞家
錢雁秋曾自編《梁山伯與祝英台》唱本在書壇上演出，因錢氏半
身不遂，久病癱瘓，編成唱本之後重上書壇，僱用隨從，每到一
家書場，即由其人負之登臺，此一形象頗能激發聽眾同情心，因
之每一登場即掌聲如雷，比任何評彈藝人都受歡迎。錢氏也曾另
寫一則《梁祝》開篇，陳若夢參與修訂。錢氏每晚趕三個場子，
其中一個是麗都花園內的書場（1950-1951 年）。後來創為「琴調」
的女彈詞家朱雪琴，也說同一個故事的書，則是從電臺廣播竊聽
錢氏說唱而得其薪傳。當時的文藝創作並無版權制度，錢氏也只
能任其竊用[150]。而此乾隆年間杏橋主人所撰《新編東調大雙蝴蝶》
刊本流傳，但未見搬演記載。

一九五一年蘇州評彈作家：潘伯英等據戲曲劇本改編，同年
由朱霞飛等人開始演出，得到聽眾的讚賞，並為尤惠秋、朱雪吟、
王月香、徐碧英、朱雪飛、薛小飛、湯乃安、華雪飛等彈詞演唱
傳唱。尤惠秋演唱的《十八相送》、《送兄》等成為其成名之作，

---

[150] 同註 30，頁 52。

對"尤調"的形成有直接影響；王月香、徐碧英因唱此書目而走紅。王月香用"王月香調"唱的《英台哭靈》膾炙人口；此外，侯莉君用"侯調"唱的選曲《哭靈》，亦有盛名[151]，也可見蘇州彈詞梁祝故事的名角演出與觀眾消費狀況。

又如：鼓詞(1)明末刻本《梁山伯祝英臺結義兄弟攻書詞》(鼓詞1)、(2)據清末(約1870年左右)四川桂馨堂刻本編印《柳蔭記》(鼓詞2)、(3)根據河南清末刻本(1900年)編排，並用上海清末石印本校勘《新刻梁山伯祝英台夫婦攻書還魂團圓記》(鼓詞3)、(4)上海美術書局《繪圖梁山伯祝英台還魂團圓記後傳》(鼓詞4)、(5)根據清代福州聚新堂藏刻印本《新刻同窗梁山伯還魂重整姻緣傳》(鼓詞5)、(6)清代上海槐蔭火房書莊刻本《梁山伯與祝英台全史》(鼓詞6)。書末且有「到底路遙知馬力(或到底路道寬宏大(鼓詞4)，四九自然見人心。因此纂成書一本，留在世間勸化人(或因此再成書一本，留與世上眾人聽。知音君子買一本，此書獲益不非輕(鼓詞4))」的推銷廣告詞。

其中(6)周靜書主編：《梁祝文化大觀·故事歌謠卷》所錄根據清代上海槐蔭火房書莊刻本，參照《梁祝故事說唱集》中《新刻梁山伯祝英台夫婦攻書還魂團圓記》校勘的《梁山伯與祝英台全史》(鼓詞6)，與上海椿蔭書莊石印本《最新繪圖梁山伯祝英台夫婦攻書還魂團欒(圓)記》上下卷(鼓詞6)、上海閘北協成書局石印本《繡像梁山伯祝英台夫婦攻書還魂團圓記全本》(鼓詞6)、梁祝姻緣(繡像仿宋本)《梁山伯祝英台全傳》(鼓詞6)的故事情節單

---

[151] 中國曲藝志全國編輯委員會編：《中國曲藝志·江蘇卷》(北京：中國ISBN中心，1996年12月)，頁222。

元完全相同，僅文字略作改編，可見通俗文本改頭換面重印流通的狀況。另外湖南地區說唱藝人演唱梁祝故事，有取材於清末上海槐蔭火房石印無名氏作《梁山伯還魂團圓記》說唱本（約 1680 行）而編成的《梁山伯與祝英台》（又名《梁祝姻緣》、《柳蔭記》），也有將「返魂團圓」改為「化蝶飛去」等情節的說唱表演。一九五八年湖南人民出版社出版了《梁祝姻緣》、《送友訪友》兩個可供絲弦、說鼓等演唱的單行本，也是梁祝故事通俗文本消費、印行流通的例子。

又如大鼓書：(1)光緒三（1877）年許昌成文堂本《祝英台辭學梁山伯送友》(大鼓書1)、(2)木刻本《祝英台上學》(大鼓書2)、(3)木刻本《梁山伯送友》(大鼓書3)。

戲劇方面，如：元傳奇，明鈕少雅《彙纂元譜南曲九宮正始》冊三〈仙呂〉徵引輯錄元傳奇〈祝英台〉(元戲文 1)，則明代已有元傳奇〈祝英台〉刻本流通。又如明傳奇除明嘉靖癸丑（1553）年福建建陽書林詹氏進賢堂重刊本《新刊全家錦囊祝英台記》(明傳奇1)之外，有合刊本，如：(1)萬曆年文會堂刻本，明胡文煥編：《群音類選》所收《訪友記・山伯送別、又賽槐陰分別、山伯訪祝》(明傳奇2、4、7)、(2)明萬曆間福建書林燕石屋主人刻本，明熊稔寰編：《徽池雅調》所收《同窗記・英伯相別回家、山伯賽槐陰分別》(明傳奇3、5)、(3)明萬曆間福建書林熊稔寰刻本，明殷啟聖編：《堯天樂》所收《同窗記・河梁分袂》(明傳奇6)、(4)明萬曆甲辰（1604）年瀚海書林李碧峰、陳我含刊本《新刻增補戲隊錦曲大全滿天春》所收《英臺別・山伯訪英臺》(明傳奇8)、(5)明萬曆

三十九（1611）年書林敦睦堂張三懷刻本，明龔正我編：《摘錦奇音》所收《同窗記・山伯千里期約》(明傳奇 9)、(6)明崇禎三（1630）年，明沖和居士輯：《新鐫出像點板纏頭百練・二集》所收《同窗記・訪友》(明傳奇 10)(7)明末書林四知館刻本，明黃儒卿選：《時調青崑》所收《同窗記・山伯訪友、英臺自嘆》(明傳奇 11、13)(8)明《精刻彙編新聲雅雜樂府大明天下春》所收《山伯訪友》(明傳奇 12)。

　　從以上明傳奇梁祝故事散見各個傳奇選集，可知明末梁祝故事戲曲的消費形式必然為群眾所樂見，且形成風尚，致使光看舞臺戲曲一時一地的表演，已不能滿足群眾的需求，還得購得文字刊本案頭欣賞。其中《新刊全家錦囊祝英台記》(明傳奇 1)與(1)之《群音類選・訪友記・山伯送別》及(2)之《徽池雅調・同窗記・英伯相別回家》二齣，林鋒雄以為內容及曲文相近，應是前者傳至杭州時，被改以梁山伯為劇中主要角色，全數刪去祝英臺唱段，而且《群音類選》本改題為《訪友記・山伯送別》，至於《徽池雅調・英伯相別回家》則仍以祝英臺為主要人物，但三齣戲屬同一系統[152]。

　　另外，(1)《群音類選・訪友記・又賽槐陰分別》的內容與曲文，含括了(2)《徽池雅調・山伯賽槐陰分別》及(3)《堯天樂・河梁分袂》；又明代山伯訪英台戲劇現存六種散齣，以(1)《群音類選・訪友記・山伯訪祝》為最早，林鋒雄以為該齣與(4)《新刻增補戲

---

[152] 林鋒雄撰：〈明代梁祝戲曲散齣發論〉，收於中國古典文學研究會主編：《古典文學》第十五集，(臺北：學生書局，2000 年 9 月)，頁 417-418。

隊錦曲大全滿天春‧英臺別‧山伯訪英臺》、(5)《摘錦奇音‧同窗記‧山伯千里期約》、(6)《新鐫出像點板纏頭百練二集‧同窗記‧訪友》、(7)《時調青崑‧同窗記‧山伯訪友》、(8)《精刻彙編新聲雅雜樂府大明天下春‧山伯訪友》五齣散曲，經過實際的比對，在情節的進展，以及唱辭、賓白，有很多相似性，似乎有一個共同的祖本[153]，則顯見明代梁祝傳奇戲曲受觀眾歡迎的程度，致使戲曲選集不斷地改編、重寫，不斷地印行銷售。

又如：棠邑腔有明翻刻本《同窗記》(棠邑腔 1)，小型本，薄冊分五卷。每卷卷前附圖，卷一題「新刻梁山伯攻書雌雄同窗記」，卷三題「新刻梁山伯訪友雌雄同窗記」，卷四題「新刻梁山伯花園相會同窗記」，卷五題「新刻馬家娶親雌雄同窗記」，此本題「新刻」，則必有「原刻」或「舊刻」本，戴不凡以為此本是明刻的翻刻本。則明代不僅傳奇劇種已有刻本，今已失傳的古腔調棠邑腔在當時亦有梁祝故事的消費大眾，既是舞臺戲曲的即席表演觀賞，又是書面文本的重複閱讀。

又如：洪洞戲有山西洪洞同義堂刻本《梁山盃全本》(洪洞戲 1)、《梁山盃探朋》(洪洞戲 2)年代為丙子，錢南揚以為「當是一八七六年，或者更早一些，為一八一六年，亦未可知」[154]。又如：定縣秧歌劇有一九三三年李景漢、張世文編《定縣秧歌選》、《金磚記》(定縣秧歌劇 1)，又如：高腔有清車王府藏曲本《山泊訪友》(高腔 1)。又如：寧波戲有清末浙江寧波鳳英齋（1860-1910）刻本《梁

---

[153] 同前註。

[154] 錢南揚輯錄：《梁祝戲劇輯存》(上海：古典文學出版社，1956 年 7 月)，頁 34。

山伯祝英台回文送友》(寧波戲 1)。又如：灘簧有上海仁和翔莊
（1920-1930）刻本范少山、沈媛媛新編《梁山伯與祝英台》三集(灘
簧1)，第一集版心下題「上海仁和書莊批發」，第二集版心下題「上
海仁和書莊印」，每集前皆附劇情圖畫一頁。第一集圖中寫上標明
「上海閘北中公益仁和翔書莊」。又有上海仁和翔書莊石印本《新
編梁山伯祝英台灘簧》[155]。

　　又如：越劇的前身，紹興文戲，又名的篤班，發源於紹興一
帶[156]，有紹興文戲協進主編，編輯者：越娥《新十八相送》一冊(紹
興文戲 1)，上海通俗書局一九三八年五月初版發行。底頁聲稱：本
書參考：廣東唱本《英台回鄉》，民歌傳說《梁山伯》，街頭唱詞
《梁山伯與祝英台》，寶卷《祝英台》，連環圖畫小說《梁山伯出
世》，支維永、小白玉梅唱詞《十八相送》，筱丹桂、張湘卿唱詞
《十八相送》，姚水娟、李豔芳唱詞《十八相送》，竺素娥、袁雪
芬唱詞《十八相送》，王明珠、邢月芳唱詞《十八相送》，周昌順
監抄《十八相送》抄本[157]，真可謂多種文類交互相涉的創作文本，
是一種廣東唱本、民間傳說、街頭唱詞、寶卷、連環圖畫小說、
及各家越劇唱詞跨文類文本激盪流通的絕佳例子。

　　另有上海民益書局排印本《的篤班新編紹興文戲梁山伯・梁
山伯藕池》(紹興文戲 2)，原書共三本，三十四齣，頭、二本各十齣，

---

[155] 路工編，杏橋主人等撰：《梁祝故事說唱合編》（臺北：古亭書屋，1975
年），編輯大意，頁 6。
[156] 周靜書主編：《梁祝文化大觀・戲劇影視卷》（北京：中華書局，1999 年
12 月），頁 693。
[157] 同前註，頁 93。

三本十四齣，此為第三本第五齣[158]。在《越劇袖珍戲考》，此齣稱
為《送兄》，曲文較簡捷，丑小旦不登場；在袁雪芬、范瑞娟主演
的越劇電影《梁山伯與祝英台》刪除此齣，內容併入〈樓台會〉[159]。
又有《後梁山伯》，專演還魂團圓事，共十九齣。大約是一九二〇
年左右流行的戲，與一九五六年的越劇已經大不相同，又有上海
鉛印本《梁山伯祝英台》[160]，也可見戲曲分合、演化變異的消費狀
況。

　　又如：江淮劇有上海大達書局出版的《新型淮劇梁山伯》，原
書不分齣，就內容而言，只有送別、訪友、弔孝、入墓的情節，
此書是一九四九年以後出版的，雖然稱為「新型」，實際仍是舊戲，
如「和尚日後還了俗，留下辮子娶婆娘」云云，仍是清朝人的口
氣，是最明顯的例子[161]。顯見此戲曲印本為了吸引消費大眾的青
睞，改了舊戲的名目，當成新戲來販售。

　　又如：川劇舊本，常演的有〈結拜〉、〈相送〉、〈訪友〉、〈罵
媒〉、〈思兄〉等單折劇目[162]，並無完整演出來，而且精華、糟粕並
存。一九五二年五月，由重慶市文化局和市戲曲曲藝改進會主持，
新川劇院編導小組，以周慕蓮提供的手抄本和藝人的口述為基
礎，參考京劇、越劇梁祝故事劇目以及四川曲藝花鼓詞刻本《英
台歌》進行整理改編。該劇演出後，又由劉成基、胡裕華、陳書

---

[158] 同註 154，頁 93。
[159] 同註 154，頁 93-94。
[160] 同註 155。
[161] 同註 154，頁 104。。
[162] 同註 42，頁 155；及中國戲曲志編輯委員會編：《中國戲曲志‧四川卷》
　　（北京：中國 ISBN 中心，1997 年 12 月），頁 140。

舫等人整理劇本，劉成基、胡裕華、宋逸塵、趙循伯執筆，結合編、導、演的力量，進行加工。同年八月，在重慶新川劇院演出此加工本《柳蔭記》，導演是胡裕華，主要演員有陳書舫（祝英台）、謝文新（梁山伯）。

　　一九五二年十月，西南戲曲觀摩演出代表團在北京參加第一屆全國戲曲觀摩演出大會中演出「又新編導小組修改」的修改本，由文藝界、戲曲界的專家陽翰笙、梅蘭芳、艾青、王朝聞、馬少波、吳雪等人集體討論，加強人物性格與心理活動的刻畫，劇本與演出獲得了成功且獲得劇本獎。劇本由徐文躍執筆，導演劉成基、夏陽。陳書舫飾演祝英台，獲演員一等獎。其餘演員也分別獲得二、三等獎。另外袁玉堃、許倩雲演出單折《訪友》，也獲演員二等獎。此西南代表團的演員本也於一九五二年由西南區戲曲觀摩演出團首次印發[163]，一九五四年又由北京作家出版社出版[164]，一九六〇年選入四川人民出版社的《四川地方戲曲選》第一集。一九六一年選入重慶人民出版社出版的《川劇選集》第一集[165]。其中一九五四年北京出版社出版的《柳蔭記》與一九六〇年四川人民出版社出版的版本，有些差異[166]，均是劇本不斷修改，以期成為更完善的劇本及獲得消費群眾青睞的用力工夫。如：艾青在一九

[163] 中國戲曲志編輯委員會編：《中國戲曲志・四川卷》（北京：中國 ISBN 中心，1995 年 10 月），頁 140。
[164] 川劇《柳蔭記》，收於周靜書主編：《梁祝文化大觀・戲劇影視卷》（北京：中華書局，1999 年 12 月一版），頁 182。
[165] 同註 160，頁 140-141。
[166] 同註 161。

五三年所見的劇本有(1)英台別家、(2)柳蔭結拜、(3)書館談心、(4)山伯送行、(5)說媒許親、(6)英台思兄、(7)祝莊訪友、(8)四九求方、(9)馬家逼婚、(10)祭墳化鳥等十場戲[167]，而阿英在一九五二年十二月十七日以前所見的劇本則分九折[168]，少了其中(8)「四九求方」一折。而一九五四年西南川劇院整理，一九五四年北京作家出版社出版的《柳蔭記》(川劇 3)，則增為十一折，多出「山伯殉情」一折。[169]

　　一九四四年重慶大同書局出版的《川劇大觀第一冊・英台罵媒》(川劇 2)、及《川劇大觀第四冊・祝莊訪友》(川劇 9)，此齣辭句，有許多地方和明末刻本《纏頭百練・同窗記・訪友》[170]相同，很明顯兩者關係是非常密切的；不知何時，《纏頭百練・同窗記》輾轉傳入四川，遂為川劇所吸收[171]，又喜樂堂木刻本《山伯送行》(川劇 10)，內題《改良戲曲山伯送行》，顯見也是據舊本「改良」的戲曲本子。

　　中央研究院歷史語言研究所與新文豐出版股份有限公司合作出版的臥龍橋文明書社木刻本《柳陰記全本》(川劇 11)，有上、下兩冊，今查此齣柳蔭記的版式及內容實非同一劇本，而是由各種各式的梁祝故事雜湊而成，如：最先封面中題「柳陰記全本」，右上題「改良新本上冊」，左下題「批發處臥龍橋文明書社」，內文

---

[167] 同註 40，頁 53。
[168] 同註 42，頁 155。
[169] 同註 161，頁 136-182。
[170] 同註 154，頁 17。
[171] 同註 152，頁 71。

(1)第一頁首題「柳陰結拜」，版心題「柳陰記一冊」、(2)首題「英台辭館」，版心題「柳陰記二冊」末頁書「下接送行」、(4)首題「英台歸家」，版心題「柳陰記四冊」、(7)首題及前面內容殘，版心題「柳陰記七冊」、(9)首題「英台下山」，版心題「柳陰記九冊」、(10)首題「百花樓」，版心題「柳陰記十冊」、「百花樓十冊」、(11)首題「英台打樓十一冊」，版心題「打樓」、(12)首題「封官團圓」，版心題「柳陰記十二冊」，書末有「完全了」三字，此(1)、(2)、(4)、(7)、(9)、(10)、(11)、(12)冊，從內容、版式而言，當屬同一刻本；是臥龍橋文書書社出版「改良新本」《柳陰記全本》。新文豐出版股份有限公司出版本前有方鄒怡的備註：

此目收錄：

Ch04-031(上冊，臥龍橋文明書社木刻本)劇目：柳陰結拜、英台辭館、山伯送行、英台歸家、罵媒、山伯訪友、求藥方。

Ch04-032(下冊，臥龍橋文明書社木刻本)劇目：英台下山、百花樓、英台打樓、封官團圓。《中國俗曲總目稿》P. 199：柳蔭記。

則此臥龍橋文明書社木刻本上冊劇目有(1)「柳陰結拜」、(2)「英台辭館」、(3)「山伯送行」、(4)「英台歸家」、(5)「罵媒」、(6)「山伯訪友」、(8)「求藥方」，下冊劇目有(9)「英台下山」、(10)「百花樓」、(11)「英台打樓」、(12)「封官團圓」，然據其文本，知此備註未列第七冊殘文。而此文之(3)首題，版心均題為「山伯送行」，書本有「完了」二字，(5)首題、版心均題「罵媒」，書末有「完了」

二字，(6)首題「改良山伯訪友」，版心題「山伯訪友」，書末有「完」
二字及「批發處成都街第六號　大書局」廣告。(8)首，題、版心
均題「求藥方」，書末有「完了」二字；此(3)、(5)、(6)、(8)冊
均是機器版，與(1)、(2)、(4)、(7)、(9)、(10)、(11)、(12)冊是刻
本有異，其中(5)「罵媒」、(8)「求藥方」每頁均七行；(3)「山伯
送行」每頁八行，(6)「改良山伯訪友」每頁九行，從字體、版式
知此四本，不是同一版本。

　　綜上言之，可知此版十二冊的文本為五種版本的內容所組
合，其中八冊是木刻本同一版本的，另外四冊是機器版，分別有
四種版本。今未見原文，不知編者何以組合為一本，分上下冊而
備註為「臥龍橋文明書社木刻本」；然可知川劇《柳陰記》劇目必
為消費者所歡迎，因此才有木刻本、機器版多次出版販售的情形。
另外路工《梁祝故事說唱合編》一書又載有川劇刻本四種：(1)四
川成都刻本《新刻柳蔭記》、(2)四川成都刻本《柳陰記》、(3)四川
成都刻本《高腔訪友記》、(4)周敦文著四川成都刻本《新罵媒》[172]，
也可見川劇梁祝確是受歡迎的劇目，才會不斷有刻本的印行及新
的創作文本產生。

　　又如：豫劇有李翎、嚴吾整理本，一九五三年河南人民出版
社出版《梁山伯與祝英台》[173]，及文燦、李斌編輯、藝生執筆《梁
山伯下山》(豫劇 1)，錄於一九八六年鄭州黃河出版社出版《豫劇
傳統劇目匯釋》。贛劇有清宣統三年夏月上海書局石印本《繪圖梁

---

[172] 同註 155，頁 5。
[173] 中國戲曲編輯委員會、中國戲曲志河南卷編輯委員會編：《中國戲曲志‧
　　河南卷》(北京：中國 ISBN 中心，1992 年 12 月)，頁 164。

三伯會友》(贛劇 1)；淮劇有上海大通書社印行《新刊淮戲大王路
鳳鳴觀花梁山伯五集》(淮劇 2)；又如：秦腔有一九五二年謝邁千
改編，一九五三年十一月長安書店《梁山伯與祝英台》(秦腔 1)；
又如：楚劇有一九三〇年左右漢口恆道堂書局出版《袖珍楚劇叢
新》第八冊收錄《東樓會》(原注謂又名《姑嫂打賭》)(楚劇 1)、《梁
山伯訪友》(楚劇 2)，第九冊有《梁山伯送友》、《祝英台上墳》、《祝
英台哭靈》三齣，錢南揚所見原書殘存二頁，除《東樓會》外，
其餘各齣均未見原文。錢氏據《益世報・戲劇與電影週刊》所載
瑰卿《楚劇初錄》所錄梁祝故事的戲目僅有六齣，除上所說五齣
外，只多了一齣《祝英台開藥方》，而推論可能屬於花鼓戲劇種的
楚劇，並無全本梁祝劇目，僅有這幾齣折子戲[174]，則知楚劇至少有
六齣梁祝劇目的流通消費。又如：滬劇有《藍橋十送》(滬劇 1)一
齣折子戲，收錄於沈陛雲編《娛樂大觀・申曲號》，一九三六年上
海曼麗書局再版本，不知初版年代。本齣原注出《梁祝史》[175]。

　　又如：滇戲有光緒甲辰（30）年榮煥堂木刻本《新送友》(滇
戲 1)，封面題「新送友」，右題「光緒甲辰年　榮煥堂」，左題「公
堂本子　二十五冊」，內頁卷端題「公堂本子新送友」，版心題「送
友」，中題「送友吟詩」、「柳陰分別」、「英台歸家」、「英台堂前訴
（訴）情」、「觀看紅綾」、「自嘆當年」、「英台罵媒」；其中「英台
堂前訴情」段落文末書「廿六年新刻」，又書末有「完了」二字及
「請看中本新訪友」廣告詞，則知此齣〈新送友〉的內容至少有
光緒三十年（甲辰）年及光緒二十六年刻本；又可推知榮煥堂刊

---

[174] 同註 154，頁 50。
[175] 同註 154，頁 91。

刻出售的〈送友〉至少有兩種以上的刻本，蓋其版心題「送友」，又劇目名〈新送友〉，則必有原〈送友〉本子，又題「廿六年新刻」，也必有廿六年以前的舊刻本。另外，榮煥堂又有同是光緒甲辰（30）年刊刻的《山伯訪友》（滇戲 2），封面中題「山伯訪友」，右題「光緒甲辰年　榮煥堂」，左題「公堂本子　二十四冊」，卷端題「山伯訪友」，中題「英台會兄」、「書房敘情」、「辭弟出莊」、「山伯得病」、「四九求方」，書末有「完了」二字及「光緒十五年　榮煥堂新刻」，則知此齣榮煥堂刊刻出售的《山伯訪友》，當亦有兩種以上的刻本。

　　又如：粵劇有一九二〇年以前某書局排印本《粵劇大全·祝英台別友》（粵劇 1），錢南揚說原書於抗戰時為日軍所毀[176]。又有廣州市粵曲研究社印行《裙邊蝶》（粵劇 5），共上、下兩卷，上卷封面中題「裙邊蝶上卷」，右題「人壽年著名出頭之一」，左題「粵曲研究社印行」，卷端題「人壽年班著名猛劇裙邊蝶上卷」，卷下大抵相同，惟於封面右下多題「以文堂、□□堂、□□□總發行」，從卷上版權頁：「編輯者、發行者：粵曲研究社，總代理：以文堂印務書局、醉經堂書局、五桂堂書局，分銷處：中外各埠均有代售」，又印上「版權所有，翻印必究」，可知此齣劇目刊印、發行狀況，其刊刻本流通中、外各埠，也見消費群眾的地域廣大，不止中國各地，也流通銷售外國。又有《千里駒》收錄的〈裙邊蝶上卷之規勸〉（粵劇 8）、〈裙邊蝶之表白〉（粵劇 9）、〈裙邊蝶之分別〉（粵劇 10）、〈裙邊蝶下卷之幽怨〉（粵劇 11）、〈裙邊蝶下卷祭梁山伯〉

---

[176] 同註 154，頁 83。

(粵劇 12)、〈裙邊蝶下卷之祭墳〉(粵劇 13)，其中〈裙邊蝶上卷之分別〉題「千里駒、靚少鳳同唱」。又有《明星曲集》收錄梁俠白、白牡丹合唱，何盧生著曲的〈英台祭奠〉(又名〈梁山伯〉)(粵劇 14)。又有《名曲大全》收錄的〈祝英台之訴情敬酒〉(粵劇 15)。從上可知粵劇印行銷售梁祝曲目的情況，也可知跨中外的消費群眾必非少數。

又如：南管有乾隆四十七（1782）年鑴會文齋藏版《梁三伯·同窗琴書記·時調演義》(南管 1)、張再興編輯《南管名曲選集·〔梁山伯與祝英台·錦板五空管、中滾四空管〕》二闋(南管 2)。

另外路工編劇《梁祝故事說唱合編》一書載有一九一五年渝城張金山刻本湖南四川一帶花鼓戲《梁山伯祝英台新歌》及地方戲劇目：(1)清浙江紹興沈位三刻本《山伯訪友》、(2)安徽安慶坤記書局木刻本《山伯訪友》、(3)河南韻文堂石印本《祝英台攻書》、(4)河南濟玉堂石印本《梁山伯訪友》、(5)河南憲德堂石印本《梁山伯祝英台》等五種地方戲[177]，路氏未說明何種劇目，但也可見各地方梁祝故事戲劇印成紙品流通販賣的情況。

綜上所言，可見各地方曲藝、小戲、戲劇結集成冊販售推廣的商業消費現象，也可知各類本的互涉、抄襲、改編是常見及必然的狀況。另外，各地方曲藝常有地方名角的錄音製成唱片或在廣播電台播放，甚至作品也收入書面出版品發行。如：山東琴書〈梁山伯與祝英台·下山〉(山東琴書 8)有中央廣播說唱團李金山、高金鳳於一九五四年曾整理傳統曲目並演唱，在中央人民廣播電

---

[177] 同註 155，頁 5-6。

台錄音播放[178]。又如：傳統中篇書目《梁祝姻緣記》（又名《雙蝴蝶》、《梁山伯與祝英台》）(山東琴書 9)，韻散相間體，唱詞為江洋轍，十七回，約可演三四場，取材於《祝英台死嫁梁山伯》雜劇及民間傳說。此書系山東琴書藝人盛演曲目，在山東各地普遍流傳。山東琴書藝人鄧九如與張鳳玲於一九三四年前後曾灌唱片《梁山伯下山》，又商業興、關雲霞，楊芳鴻、劉玉霞等也常在濟南、青島等地電台演播[179]；又如：短篇傳統曲目《梁山伯下山》（又名《梁祝下山》）(山東琴書 10)。韻散相間體，唱詞為江洋轍，一百六十行，可演十六分鐘。取材於雜劇《祝英台死嫁梁山伯》，及民間傳說。此段是山東琴書《梁祝姻緣記》中精彩章回，為山東琴書北路鄧九如的代表性唱段，也曾灌製唱片[180]。又如：傳統短篇曲目《梁祝下山》(山東琴書 11)，唱詞為花轍，一百四十句。一九五三年鄒環生參考越劇《十八相送》改編唱段，鄒環生、韓鳳蘭演唱。故事源於民間傳說。此曲目曾參加一九五三年東北戲劇、音樂、舞蹈觀摩演出大會。一九五四年中國唱片社灌製唱片，作品收入春風文藝出版社一九六二年出版的《遼寧傳統曲藝選》，在山東及全國有較大的影響[181]。

又如：湖北小曲有短篇曲目《英台抗婚》(湖北小曲 2)，由徐國華作詞，喻義和配曲，何忠華、周雙雲演唱，一九八二年中國唱

---

[178] 中國曲藝志全國編輯委員會編：《中國曲藝志‧北京卷》（北京：中國 ISBN 中心，1999 年 9 月），頁 151。

[179] 中國曲藝志全國編輯委員會編：《中國曲藝志‧山東卷》（北京：中國 ISBN 中心，1999 年 9 月），頁 206-207。

[180] 同前註，頁 207。

[181] 中國曲藝志全國編輯委員會編：《中國曲藝志‧遼寧卷》（北京：中國 ISBN 中心，2000 年 9 月），頁 131。

片社錄製唱片發行[182]。又如：喪鼓曲中篇曲目《梁祝歌》（又名《山伯歌》、《梁山伯與祝英台》），在長陽縣土家族聚居的地區流傳，故事情節在傳唱中不斷改變。唱詞富有土家族方言特點，長陽縣黃柏山鄉布灣村土家族歌師團祥雙藏有祖傳手抄曲本，他彈唱的曲詞達一千一百多句。另有一種同名唱本，長達三千多行，由長陽博物館收藏[183]。

又如：鑼鼓書，有中篇傳統書目《梁山伯與祝英台》（又名《梁山伯祝英台夫婦還魂團圓記》）(鑼鼓書 1)，散韻相間體，以唱為主，約可演唱兩場。自清末以來，此書是鑼鼓書藝人久演不衰的保留劇目之一。陝縣張茅鄉的馬小磨，大營鄉的李狗旺均擅演。其中《英台下山》一折的錄音，由陝縣廣播站、文化館保存[184]。又如：東北二人轉有傳統曲目《十八里相送》（又名《拉君》）(東北二人轉 9)，花轍，唱詞二百九十句，故事源於民間傳說。梁山伯原是丑扮，後改為俊扮，而雅俗共賞，尤受知識份子歡迎，民國年間鐵嶺縣杜國珍擅演。瀋陽曲藝團紀元整理的曲本載入春風文藝社一九八三年出版的《二人轉傳統作品選》[185]。據老藝人回憶，知東北二人轉開始唱梁祝的段子比較簡單，能唱全本的藝人很少。初期流轉《十八里相送》、《樓台會》兩個段子，後來又發展了《草橋結拜》、

---

[182] 中國曲藝志全國編輯委員會編：《中國曲藝志‧湖北卷》（北京：中國 ISBN 中心，2000 年 8 月），頁 154。

[183] 同前註，頁 162-163。

[184] 中國曲藝志全國編輯委員會編：《中國曲藝志‧河南卷》（北京：中國 ISBN 中心，1995 年 12 月），頁 191。

[185] 中國曲藝志全國編輯委員會編：《中國曲藝志‧遼寧卷》（北京：中國 ISBN 中心，2000 年 9 月），頁 83-84。

《書館友情》、《祝父托媒》、《山伯有病》、《九紅哭嫁》、《哭墳》等段。一九六二年以後，二人轉文藝工作者改編傳統段子，重新演出梁祝戲，並錄音、灌製唱片銷售[186]。

地方戲劇也常有改編劇本由名角演出，盛況空前，又將劇本印行發售的情況，如：晉劇有部漢城據梁祝愛情故事改編的《蝶雙飛》(晉劇 3)，一九五三年由原察哈爾省實驗晉劇團演出，導演翟翼，音樂設計江書。一九七九年重排時童光范重新設計。王桂蘭飾梁山伯，劉玉嬋飾祝英台。連演三百多場不衰，轟動全省。劇本一九五三年由寶文堂出版，重刊達十七次，發行全國各地[187]。

又如：贛劇有一九五三年初凌鶴、聿人根據贛劇《兩世緣》和川劇《柳蔭記》改編的《梁祝姻緣》，劇中《書館相會》和《花園談心》兩場為該本所獨有。一九五三年五月江西省贛劇團用浙調、上江調、文南詞、二凡和老撥子等多種聲腔譜，在南昌上演。導演高履平，潘鳳霞飾祝英台，童慶礽飾梁山伯，以內容出新，唱腔優美，表演精摯而轟動一時。《書館夜讀》中一曲南詞"耳聽得更鼓來山外"，傳遍南昌大街小巷，開創了贛劇首次入省城演出的新局面，成為江西省贛劇團第一代表劇目。一九五四年十月，參加江西首屆戲曲觀摩匯演，獲劇本、導演、音樂、表演四項大獎。劇本收入一九五八年中國戲劇出版社《中國地方戲曲集成·江西卷》和一九五九年江西人民出版社《江西十年劇本選》(整理

---

[186] 張徐、(滿族)金寶忱撰：〈東北二人轉中的梁祝戲〉，收於周靜書主編：《梁祝文化大觀·學術論文卷》(北京：中華書局，2000 年 10 月一版)，頁 545。

[187] 中國戲曲志編輯會編：《中國曲藝志·河北卷》(北京：中國 ISBN 中心，1993 年 1 月)，頁 174-175。

集)[188]。又如：秦腔有一九五二年謝邁千改編的傳統劇目《梁山伯與祝英台》(秦腔 1)，一九五三年十一月由長安書店出版，曾參加全國戲曲觀摩會演，獲劇本一等獎[189]。

又如：布依戲傳統劇目《況山伯與娘英台》(布依戲 1)，源於《梁山伯寶卷》，是清光緒三（1877）年，保和班布依族第三代戲師黃公茂改編，該劇於清光緒三年由冊亨縣板壩保和班首演，用【起落調】演唱。清光緒二十一（1895）年，路雄班也演過此劇。一九五六年，安龍龍廣小場壩班用該劇參加安龍縣首屆民間會演，受到觀眾歡迎。劇本存於保和班[190]。又如：青海平弦戲有《英台抗婚》（又名《逼婚·合婚》）(青海平弦戲 1)，此劇一九五三年由青海省民族歌舞劇團石化玉改編，王繩忠導演，周娟姑、劉德霞、王繩忠等在西安參加會演，博得好評。一九五九年，西寧市戲劇學校平弦班將該劇搬上舞臺，導演權維民，王淑蘭飾祝英台，王子洪飾祝公遠[191]。又如：海城喇叭戲有早期劇目《拉君》（又名《梁祝下山》）(海城喇叭戲 1)，寫梁山伯與祝英台十八里相送，最後二人在河邊相拉，勝者為夫。此劇清代開始傳演。海城喇叭戲藝人高德震以擅演梁山伯著稱。一九八二年九月，方萌記錄此劇唱段《梁祝下山》刊載於上海文藝出版社的《中國民歌》第三卷[192]。又

[188] 中國曲藝志江西卷編輯委員會編：《中國曲藝志·江西卷》（北京：中國 IS BN 中心，1998 年 10 月），頁 258-259。

[189] 周靜書主編：《梁祝文化大觀·戲劇影視卷》（北京：中華書局，1999 年 12 月一版），頁 456。

[190] 中國戲曲志編輯委員會、中國戲曲志·貴州卷編輯委員會編：《中國戲曲志·貴州卷》（北京：中國 ISBN 中心，1999 年 9 月），頁 100。

[191] 中國戲曲志編輯委員會、中國戲曲志·青海卷編輯委員會編：《中國戲曲志·青海卷》（北京：中國 ISBN 中心，1998 年 7 月），頁 92。

[192] 中國曲藝志編輯委員會編：《中國曲藝志·青海卷》（北京：中國 ISBN 中

如：武安落子梁祝戲有《上學》、《下山》、《訪友》、《勸嫁》四大
齣。王昌言整理《勸嫁》劇本，初名《九紅出嫁》，刪去馬士龍招
親等情節，易名《勸九紅》(武安落子1)，整理本由邯鄲地區平調落
子劇團首演。李秀奇飾九紅，魏鴻昌飾祝母。劇本收入《河北地
方戲叢刊》第二集，上海文化出版社出版，有單行本[193]。又如：河
南五調腔有《梁山伯與祝九紅》，含折子戲有《上學》、《討硯水》、
《下學》、《大隔帘》、《西樓會》、《討藥引》、《寶二毛添箱》、《馬
文才娶妻》，是丑、小旦、小生應工戲。河南省戲曲工作室存有張
成文口述本《梁山伯下山》[194]。

　　又如：安徽盧劇有傳統盧劇劇目《梁祝姻緣》，全本早已不演，
其中〈闖帘〉(盧劇2)，一折常單獨演出，一九五九年，由張智整
理。整理本在「帘」字上作文章，通過隔帘、搬帘、闖帘、毀帘
等細節，將戲劇衝突逐步推向高潮，梁祝二人思想感情也得以淋
漓盡致的抒發。首由蕪湖市盧劇團演出。導演李和銀，胡正紅飾
英台，賀大福飾梁山伯，劇本收入《中國地方戲曲集成・安徽省
卷》，安徽人民出版社編輯的《盧劇傳統劇目選集》亦收有此劇[195]。
又有著名東路盧劇藝人王四（王宗五）和小五呆子合演的拿手戲
《柳蔭記・闖帘》(盧劇1)，二人一扮祝英台，一扮梁山伯，表演
配合默契，刻畫人物細緻入微，分隔帘、挑帘、闖帘、跪帘四個

---

心，1994 年 4 月），頁 87-88。

[193] 中國戲曲志編輯委員會編：《中國曲藝志・河北卷》（北京：中國 ISBN 中
心，1993 年 11 月），頁 134。

[194] 同註 173，頁 164。

[195] 中國戲曲志編輯委員會編：《中國戲曲志・安徽卷》（北京：中國 ISBN 中
心，1993 年 11 月），頁 154、155。

層次，以喜劇手法處理場面，富有強烈的民間藝術特色[196]。

又如：福建薌劇《山伯英台》(薌劇1)，邵江海編劇，源出“錦歌”唱本。一九七八年，陳德根根據邵江海本、臺灣歌仔戲和越劇演出綜合整理了《梁山伯與祝英台》，由漳州市薌劇團演出，曾在一劇場連續上演三百場。一九七九年，錢天真、洪彩蓮分別扮演祝英台、梁山伯，獲得福建省優秀青年演員的稱號。福建省戲曲研究所藏有手抄本[197]。

又如：長沙花鼓戲有《同窗記》(又名《梁祝姻緣》)(長沙花鼓戲1)，一九五二年參加全國觀摩演出後，吸收越劇處理手法，將梁、祝、馬三人化成三鳥，是湖南民間傳說三隻同行的喜鵲，二長尾鵲比翼齊飛於前者為梁山伯、祝英台，一短尾鵲隨於後者即馬文才，改為化蝶，此劇為長沙花鼓的大本戲，其中《送友》、《訪友》二折，湖南各地花鼓戲都有。全劇唱詞、道白具有濃郁的民間色彩。丑飾之四九與小旦飾之銀心的戲，佔了極大篇幅。一九五七年長沙花鼓戲有胡華松、張漢卿等改編本，收入《湖南地方戲曲叢刊》第十四集[198]。又有《梁祝姻緣·訪友》(長沙花鼓戲2)一折，長期在城鄉盛演不衰，五十年代到六十年代初，多次整理加工。此劇梁山伯的“三頓腳”、“三拉三逼”、“三上馬”和“咬手”及事久許多喜劇襯托的表演，均體現農民愛情樸實真誠、頑強執著的特色和演出風格。一九五六年，在中國文化部舉辦的第二屆

---

[196] 同前註，頁405。

[197] 《同窗記》，收於中國戲曲志全國編輯委員會編：《中國戲曲志·湖南卷》（北京：文化藝術出版社，1990年5月），頁140-141。

[198] 同前註。

戲曲演員講習會曾演出此劇[199]，可知長沙花鼓戲與其他劇種互涉流通，進而將地方性的情節單元素長、短尾喜鵲改為蝴蝶的情況。

又如：湖北省花鼓戲劇種均有的《梁山伯與祝英台》中的兩個單折〈送友·訪友〉(湖北花鼓戲1)，可兩折連演，亦可單折演出，是花鼓戲有名的唱工戲，也是小生行必授劇目。〈訪友〉一折，唱、做尤見工底，故有「男怕訪友，女怕醉酒」，「藍橋醉酒，辭店訪友，過得四關，路不難走」之說。此兩折能長期保留下來，主要是各個劇種均有擅演此劇目的演員，如楚劇李百川、章炳炎、李雅樵，荊州花鼓戲陳雲鵬等。一九四九年後不少劇種對此劇目不斷改編整理，使其成為受眾歡迎的保留劇目[200]，可見地方小戲梁祝故事彼此相互影響、交涉進步的情況。

至於小說、漫畫，原是紙品印刷的消費形態，受眾除了購買紙品書本閱讀之外，各處也有小說及漫畫出租店，更有 DVD、VCD 光碟組合的出租店，因此消費的形態更為多元化。出租店中的紙本小說、漫畫經過大量租用者的閱讀，容易折損毀壞，必得不斷地更新添購，而為迎合讀者喜新厭舊的消費行為，更有重編、改寫，藉以吸引讀者的行銷策略。如：筆者的學生前（2005）年曾在街坊漫畫出租店見一本梁祝漫畫，其後再至租書店詢問該漫畫，租書店老板告知此書因折損嚴重汰舊換新，已送環保回收紙類。可見此中紙品消費形式，常有 "隨生隨掃" 的文本出現，若

---

[199] 同註 197，頁 350-352。

[200] 《梁山伯與祝英台·送友·訪友》，收於中國戲曲志編輯委員會、中國戲曲志湖北卷編輯委員會編：《中國戲曲志·湖北卷》(北京：文化藝術出版社，1993 年 1 月)，頁 170。

無意保存，則常如"過眼雲煙"，消聲匿跡，而後人也無從明確
得知其曾經存在的資訊，更是無從得知曾經有過的消費狀況。

　　電視連續劇作為一種長期連續觀看的劇種，必然稀釋原來緊
湊的銜接情節，而大量製造歧出的情節、歧出的人物參與故事的
表演，得每集各個單元製造一個吸引消費大眾的懸念高潮，梁祝
電視連續劇也不例外，今見梁祝電視連續劇共有八種，除了何文
傑所撰的《梁祝戀》(電視連續劇8)是劇本之外，一九八五年范瑞娟、
傅全香、張桂鳳主演的《梁山伯與祝英台》(電視連續劇7)及一九九
〇年一月一日陳穎、湯松華、全宏、張瑋虹、謝潔主演《梁山伯
祝英台》（4VCD）(電視連續劇2)的都是5集越劇電視連續劇；王依
麗、盧葉東、張弓主演《梁祝》（8VCD）(電視連續劇6)是8集越劇
連續劇。一九七七年李琳琳、劉松仁、陳復生、羅浩楷主演的《梁
山伯與祝英台》(電視連續劇3)是香港TVB無線劇集。一九九九年
賈靜雯、趙擎主演、馮凱導演的《七世夫妻之梁山伯與祝英台》
是臺灣民視電視台八點檔連續劇，二〇〇四年曾重播。二〇〇〇年
三月二日上映梁小冰、羅志祥主演《少年梁祝》是臺灣中國電視
台八點檔連續劇，共四十二集。

　　另有新版《梁山伯與祝英臺》古裝電視連續劇，於二〇〇六
年八月在浙江新昌開拍，預計十月份完成拍攝，預計年底與電視
觀眾見面，由何潤東、董潔、陳冠霖主演，該劇邀請小提琴《梁
祝》協奏曲原創作者何占豪擔任音樂顧問。[201]於此可見梁祝故事作

---

[201] 宗珊撰：〈新《梁祝》熱拍董潔踩"商蹺"為配何潤東（圖）〉，http://big5.xi
　　nhuanet.com/gate/big5/news.xinhuanet.com/ent/2006-09/04/content_5044225.

為文化產業的消費魅力，電視連續劇播放的形式與電影、舞台短時間在一個空間觀看的消費方式有異，它是長時間、持續性在自家空間，可以自由出入，中間還有廣告插入的休息時間的消費行為。

## 第四節　梁祝故事紙品及其他媒材消費現象

梁祝故事印成紙品的消費文本有：梁祝小說、梁祝漫畫，及梁祝故事文化的周邊效益產業，如梁祝年畫、剪紙、撲克牌、郵票。其中最早的梁祝小說是馮夢龍《古今小說》中〈李秀卿義結黃貞女〉入話的〔梁山伯與祝英台〕(小說 1)，其後馮氏又在《情史》中引《寧波志》所載梁祝故事，也記載吳中梁祝化蝶、焚衣化蝶、吳中稱黃蝴蝶為梁山伯，黑蝴蝶為祝英台的傳說(小說 2、3)。此三則故事，前者僅是〈李秀卿義結黃貞女〉小說前的一段入話，並非主題，而後兩者是馮氏引志書及傳說的梁祝故事，雖列入筆記小說《情史》中，亦非主軸，只是馮氏編纂歷代男女情事短篇小說集中的兩則梁祝故事。與後代專以梁祝為題材的長篇梁祝小說不可同日而語。

今見清末以來所撰的梁祝主題長、短篇小說有十三本，其中浙江省寧波市鎮海區居民於二○○六年發現清末上海文益書局印行的《繪圖梁山伯》(小說 4)，是迄今所見最早的梁祝長篇章回小說。該書末署作者姓名，又名《愛情小說梁山伯全集》，共十四回，

htm(2006 年 9 月 30 日)。

三十二開本，共四十二頁，石印線裝本，書前附有插圖四幅，人物形象生動，線條流暢，且文辭精美[202]。又有上海振寰小說社印行的章回小說《梁山伯祝英台》，又名《哀情小說梁山伯》、《祝英台吊孝》(小說 5)，封面下方有出版社地址「上海小東門內老縣基路廿七號」，卷端題「愛情小說梁山伯」，也不著作者姓名，共十四回，十五頁，石印本，書前附有插圖四幅，此梁祝小說故事大抵是從鼓詞《梁山伯與祝英台全史》(鼓詞 6)改編而來，可見通俗文學異質文本互涉改編的消費現象。另外一九九四年，臺南文國書局編輯的小說《七世夫妻・二世夫妻梁山伯與祝英台》(小說 9)，故事情節與此亦同，也是稍作改編，重新發售的例子。

　　至於作家撰寫或改寫的梁祝小說出版品有七種：(1)張恨水《梁山伯與祝英台》(小說 6)（北京：寶文堂書店，1954 年初版）[203]、(2)趙清閣《梁山伯與祝英台》(小說 7)（上海：上海文化出版，1956 年）[204]、(3)吳育珊改寫《梁山伯與祝英台》(小說 10)（臺中：三久出版社，1996 年 2 月 29 日）、(4)顧志坤《梁山伯與祝英臺》(小說 11)（杭州：華寶街書社，2002 年 10 月）、(5)陳峻菁《梁山伯祝英台》(小說 13)（臺北：實學社出版公司，2003 年 10 月 15 日）、(6)林江雲(小說 14)《魂縈蝴蝶情》（北京：光明日報出版社，2005 年

---

[202] 鄭建軍撰：〈鎮海發現清末長篇小說《繪圖梁山伯》〉，《寧波日報》2002 年 4 月 30 日，《寧波文化網》，http://www.nb7000.net/homepage/page012-01-01.php?id=1040455832&theme=282。

[203] 《孔夫子舊書網》，http//www.kongfz.com/photo/user_photo.php?id=933881（2006 年 11 月 25 日）。

[204] 李楊楊撰：〈二十世紀中國著名女作家傳--趙清閣〉，http://www.52wg.org/Article/shuibi/200510/24657.html（2006 年 11 月 25 日）。

8 月）、(7)樊存常、李桂菊《聖地梁山伯祝英台故事》(小說 15)（北京：文物出版社，2005 年 8 月）。其中(1)張恨水《梁山伯與祝英台》曾改名為「章玉華」，由臺南東海出版社出版，當是出版商刻意篡改作家名字，另行發售的例子。還有，李馮《梁祝》（李馮小說集）(小說 12)（臺北：情報文化科技公司，2003 年 3 月 20 日）僅借梁祝形象而另行書寫，及吳淑姿《梁山伯沒死……之後》(小說 16)（臺北：秀威資訊科技股份有限公司，2005 年 11 月 BOD 一版），故事從梁山伯沒死之後開鑼，雖是非梁祝故事類型的寫作，也是梁祝文化產業的另類產品。另據《民國時期總書目》可知梁祝小說尚有周維立校閱，廣益書局出版的《梁山伯與祝英台》及尚古山房出版的《梁山伯祝英臺全像》（又名《梁祝姻緣》）[205]。

　　今見梁祝漫畫有三種出版品：(1)高永、冠良漫畫，哈卡編劇《梁山伯與祝英台－－蝴蝶夢》(漫畫 1)（臺北：時報文化出版公司，2003 年 12 月 15 日初版）、(2)蔡明欽動漫、鄧亞宴編劇《蝴蝶夢－－梁山伯與祝英台》(漫畫 2)（卡通動畫版）（臺北：時報文化出版社公司，2003 年 12 月 22 日初版）、(3)如筆花繪，丁雲生配文《梁祝》(漫畫 3)（北京：新世界出版社，2005 年 5 月一版），其中(3)《梁祝》原是一九四九年如筆花所繪，漫畫的下端丁雲生配文，則是一九四九年以後附加的說明文字，該漫畫前有一九五二年高蘭於上海的序言，則知此漫畫雖在二〇〇五年五月再由北京新世界出版社出版，然此漫畫是舊本再版，重新刊行發售。另外(2)《蝴蝶夢－－梁山伯與祝英台》與數位動畫電影、動畫電影

---

[205] 同註 202。

小說同步推出，是典型的梁祝文化創意操作產品，採取結合電影、小說、漫畫不同形式媒材同步行銷的策略，藉由各類直接、間接媒體大量密集地廣告宣傳，在海內外強力發行二十幾個國家地區。該漫畫於二〇〇三年十二月二十二日由時報文化出版公司出版發行，而高永、冠良所畫與此同名的漫畫也在稍早十二月十五日由時報文化出版公司出版發行，這又是書商藉著梁祝動畫電影廣告效應的另一種行銷策略，希望受眾誤以為是同一種產品而購買，抑或希望受眾同時購買兩種產品進行比較閱讀，或僅只是搭梁祝動畫電影的廣告順風車，增加銷售數量。

梁祝故事年畫，今可見最早的是清代河北武強的民間木板年畫四幅，內容是「馬文才迎親」、「祝英台吊孝」、「英台哭祭」、「梁祝化蝶」[206]，及兩幅清代山東濰坊楊家埠年畫，內容是「山伯英台同校讀書」、「梁祝化蝶」[207]。另有梁祝年畫八幅：(1)「為投師英台改男裝」、(2)「因游學山伯辭雙親」、(3)「梁山伯初會祝英台」、(4)「慶投師梁祝結金蘭」、(5)「梁山伯得詩哭英台」、(6)「祝英台改裝吊山伯」、(7)「梁祝死化雙蝴蝶」、(8)「馬十二郎游地獄」[208]及《新繪梁山伯相送祝英台前本》、《新繪梁山伯相送祝英台後本》；《前本》所繪四幅與前文所列(1)至(4)相同，《後本》所繪內容為(5)至(6)[209]。

---

[206] 周靜書主編：《梁祝文化大觀‧曲藝小說卷》（北京：中華書局，1999 年 12 月一版），書前插圖。

[207] 周靜書主編：《梁祝文化大觀‧學術論文卷》（2000 年 10 月一版），書前插圖。

[208] 錢南揚等撰、陶瑋選編：《名家談梁山伯與祝英台》（北京：文化藝術出版社，2006 年 1 月一版），頁 43、47、53、57、61、66、70、78。

[209] 同前註，頁 175、245。

　　年畫是中國特有的民間美術形式，原為人們歲末張貼於室
內，用來祝願新年吉慶、驅凶迎祥，甚至是裝飾美化環境的節日
風俗活動，其題材除了具有喜慶色彩的風俗生活之外，新聞軼事、
傳統戲曲小說、民間故事也都納入創作的素材，故今見的清山東
濰坊楊家埠有「山伯英台同校讀書」、「梁祝化蝶」題材的年畫；
清代河北武強也有「馬文才迎親」、「祝英台吊孝」、「英台哭祭」、
「梁祝化蝶」的題材年畫，因為年畫創作者已將梁祝的愛情悲劇，
昇華成為追求真愛，不計生死的永恆象徵，所以不忌諱哭祭、吊
孝、死而化蝶的情節，與年節更換舊歲、迎祥驅凶有違，照樣成
為年節裝飾室內的藝術作品，而購買此類年畫的受眾想必亦作如
是觀，願意花錢購買、張貼於室內作為裝飾，這也是梁祝故事已
成為文化產業素材的明證。

　　而另外兩種「梁山伯相送祝英台（前本、後本）」的年畫，從
英台改男裝投師，山伯辭親遊學，二人初會，投師結金蘭，至山
伯得詩哭英台、英台改裝吊孝、二人死化雙蝴蝶，馬十二郎遊地
獄的全套梁祝情節，更將故事由死後昇華化蝶成為美麗愛情的永
恆象徵之外，又推至馬文才死後地獄告狀的陰間情節；其中一種
稱「新繪」，顯然是承舊作而來，可見民間自清至今對四大傳說之
一的梁祝故事已不作吉凶禍福的表面思考，而是深化成為愛情悲
劇感人肺腑的文化象徵，因此創作者樂於取用此文化題材為產業
的操作產品，而受眾亦樂於消費此種文化產業的美術裝飾品。

　　另有著名畫家董天野和宗靜草、尚君礪、宋文治也彩繪梁祝
年畫連環畫；董氏的於二十世紀五〇年代創作的年畫連環畫《梁

祝》，造型誇張，裝飾性強，有傳統民間年畫樸拙、圓厚的風格，但又不失精緻，頗富獨創性。而宗、尚、宋三人在二十世紀六〇年代所繪十二幅連續畫幅的年畫連環畫《梁祝》，少了民間年畫的拙樸，多了文人畫的優雅，布局精緻，詩意盎然。此兩部連環畫出版時間久遠，當初以年畫形式面世，使用消耗大，如今市場難覓蹤影。二〇〇五年十一月和二〇〇六年五月，中國年畫收藏聯誼會將他們雙雙編入《新中國年畫連環畫精品叢書》印行[210]，這又可見梁祝故事雅俗互涉的創作與消費例子。

　　梁祝故事郵票，最早於一九八六年八月十二日在臺灣中華郵政股份有限公司發行，是"中國民間故事"系列郵票的最後一套，《梁山伯與祝英台》郵票全套五枚，小本票1本，圖案內容，依梁祝故事發展分別為:「離家就讀」、「同窗受課」、「良朋偕遊」、「驚豔恨深」、「化蝶成眷」，郵票設計手法誇張、有趣，展現虛擬形象。[211]二〇〇三年澳門郵政局也於二月十五日發行《傳說與神話（六）－－梁山伯與祝英台》郵票四枚和小型張1枚，圖案主題為「同窗共讀」、「十八相送」、「樓台相會」、「馬家送聘」。小型張的圖案是「雙雙化蝶」，化蝶的梁祝，人首蝶身，攜手上下飛舞，題示了有情人終成眷屬的美好願望[212]。

---

[210] 曾學遠撰：〈多姿多彩的《梁祝》連環圖（圖）〉，http://www.red-soil.com/.asp?ArticleID=18341（2006 年 11 月 30 日）。

[211] 陳勤建主編：《東方的羅密歐與朱麗葉--梁祝口頭遺產文化空間》（哈爾濱：黑龍江人民出版社，2005 年 9 月一版），頁 9；及方耀成：〈梁祝化蝶戀郵花〉，http://www.cnjy.com.cn/20021204/ca199799.htm（2006 年 11 月 25 日）。

[212] 同註 208，頁 193；及福建宋曉文撰：〈《梁山伯與祝英台》郵票的象徵手

　　二〇〇三年十月十八日中國國家郵政局發行中國民間傳說系列郵票之三：《民間傳說－－梁山伯與祝英台》一套五枚特種郵票，圖案內容是「草橋結拜」、「三載同窗」、「十八相送」、「樓台傷別」、「化蝶雙飛」，採取年畫勾線平塗的技法，人物形象吸取明代木刻插圖和越劇造型藝術，民族風味濃郁，貼近傳統和民間文化，頗具親和力[213]。此套郵票發行之前，全國有十處強調該地是梁祝傳說的起源地，爭取"梁祝郵票"的首發權；最後由浙江省寧波、杭州、上虞、江蘇省宜興、河南省駐馬店、山東省濟寧，四省六市同時舉行了《民間傳說－－梁山伯與祝英台》特種郵票首發儀式[214]，可知梁祝郵票雖然只是梁祝故事文化的周邊產業作品，卻具一定的象徵意涵，致使各地爭相競取首發權，以為梁祝故事發源地的立足點，這也是梁祝文化消費效應的明顯例子。

　　另外，此套郵票與梁祝小本票[215]同時發售，其中小本票發行五百萬本，出售期限六個月[216]，顯見此種梁祝文化產業周邊商品的強勢銷售魅力；為配合此郵票的發售，各地郵政局紛紛刻啟《民間

---

法〉，《上海集郵》第 10 期（2003 年），頁 3、方耀成：〈梁祝化蝶戀郵花〉，http://www.cnjy.com.cn/20021204/ca199799.htm（2006 年 11 月 25 日）。

[213] 方耀成撰：〈梁祝化蝶戀郵花〉，http://www.cnjy.com.cn/20021204/ca199799.htm（2006 年 11 月 25 日）。

[214] 陳漢辭、趙磊撰：〈梁祝故里之爭－－梁祝起源地確定有難　浙蘇魯各圓其說〉，收於錢南揚等撰、陶瑋選編：《名家談梁山伯與祝英台》（北京：文化藝術出版社，2006 年 1 月一版），頁 106、107。

[215] 小本票，又稱郵票小冊，為便於用戶攜帶使用，將一種或幾種常用面值的數枚郵票連印在一起，裝訂成小本冊。《中國亞洲國際郵票展覽·小本票》，http://www.mianyang.net.cn/zhuanti/youzhan/jyzs/028.htm（2006 年 11 月 28 日）。

[216] 〈《民間傳說－－梁山伯與祝英台》特種郵票〉，http://www.cpi.com.cn/newstamp/yubao/20031018.asp（2006 年 11 月 28 日）。

傳說－－梁山伯與祝英台》紀念郵戳，為民眾及集郵愛好者蓋用服務，如：北京中國集郵總公司、廈門郵政刻啟的紀念郵戳，以「蝴蝶」裝飾戳圖；而北京集郵分公司以「蝴蝶配以人眼」、合肥郵政以「雙蝶飛舞」、江門郵政以第二屆中國梁祝婚俗節節徽「梁祝化蝶圖」、上海郵政以「草橋結拜」[217]、浙江郵票公司以「蝴蝶雙飛」[218]為主圖。這也是炒熱梁祝郵票行銷的商業策略，而浙江郵票公司版票銷浙江寧波高橋首日戳、江蘇宜興市郵政版，票銷江蘇、宜興。祝陵 1 號首日戳、山東省集郵公司版，票銷山東鄒城，峰山 3 號首日戳[219]，是各個梁祝遺址城市所提供不同版別的梁祝郵票及首日戳，不僅是各地梁祝的競賽活動表現，也為喜愛梁祝郵票的消費者，提供了更多選擇或多樣化商品的收集機會。至於此套梁祝郵票獲得二○○四年五月在波蘭舉行的第十屆政府郵票印製大會的最佳創新獎，則必又掀起發燒熱賣的消費效應。

　　除梁祝郵票的發燒熱賣之外，梁祝故事剪紙工藝的消費現象也不遑多讓，今見以梁祝故事為題材的作品有：(1)廣東潮州民間剪紙〈梁山伯與祝英台〉、〈辭親赴杭〉、〈草橋結拜〉、〈十八相送之一〉、〈托媒〉、〈許婚〉、〈訪祝〉、〈祭墓〉、〈化蝶〉[220]、(2)浙江

---

[217] 蔡秉旋撰：〈各地郵政刻啟 "民間傳說－－梁山伯與祝英台" 紀念郵戳〉，http://www.cpi.com.cn/huicui/zh/20031026.asp（2006 年 11 月 28 日）。

[218] 錢廷林撰：〈民間傳說《梁山伯與祝英台》〉，《中華原圖集郵協會會刊》，2003 年 12 月，頁 42。

[219] 同前註。

[220] 錢南揚等撰、陶瑋選編：《名家談梁山伯與祝英台》（北京：文化藝術出版社，2006 年 1 月一版），頁碼除「許婚」不在此書之外，依次為 33、3、6、9、13、28、17、24、16。其中「祭墓」也見於陳勤建主編：《東方的羅密歐與朱麗葉－－梁祝口頭遺產文化空間》（哈爾濱：黑龍江人民出版社，2005年 9 月一版），頁 9。而「許婚」則見於周靜書主編：《梁祝文化大觀・曲

剪紙〈樓台會〉、〈化蝶〉[221]、(3)江蘇剪紙〈祝英台〉[222]、(4)湖北
孝感剪紙〈化蝶〉[223]、(5)山西剪紙〈梁山伯與祝英台〉[224]、(6)河
北剪紙〈蝶戀花〉[225]、(7)民國剪紙《雙蝴蝶》之〈草橋結拜〉、〈樓
台會〉、〈化蝶〉[226]、(8)民間剪紙〈梁山伯〉、〈祝英台〉[227](9)剪紙
〈梁祝初會〉、〈拜師〉、〈托媒〉、〈十八相送之一〉、〈十八相送之
二(井)〉、〈十八相送之三(雙鴛鴦)〉、〈師母相告〉、〈樓台相會〉、
〈英台祭墓〉、〈梁祝化蝶〉[228]、(10)剪紙〈十八相送〉、〈梁祝化蝶〉、
〈蝶戀花〉、〈雙喜蝶戀花〉[229]。可知各地均有將梁祝故事為主題的
剪紙工藝,及將梁祝剪紙作為室內、傢俱飾物或作為禮物送人的
消費群眾。

　　另有浙江寧波鄞州梁祝文化公園發售的梁祝撲克牌,從 A 到
K 共十三張圖樣,內容有二○○三年梁祝郵票、寧波梁山伯、梁祝
文化公園梁祝雕塑、中國梁祝婚俗節、梁祝芭蕾、梁祝戲曲,Joker
兩張內容均是雙蝶飛舞。而撲克牌背面則為「壹周純生啤酒」的
廣告;這也是梁祝故事文化產業的週邊產品,既有梁祝故事廣告
及商業廣告的雙重效益,又是群眾娛樂遊戲的美麗道具。

　　梁祝故事其他媒材的工藝品或繪畫不少,如:(1)釉陶〈梁山

---

　　藝小說卷》(北京:中華書局,1999 年 12 月一版),書前插圖第五頁。
[221] 同註 208,頁 30、35。
[222] 同註 208,頁 133。
[223] 同註 208,頁 136。
[224] 同註 208,頁 82。
[225] 同註 208,頁 104。
[226] 同註 208,頁 180、182、189。
[227] 同註 208,頁 264、267。
[228] 同註 208,頁碼依次為 254、258、295、272、277、282、287、290、299、
　　　348。案此九幅剪紙圖式相同,情節相續,當是同一系紙梁祝故事剪紙。
[229] 同註 208,頁碼依次為 124、328、330、108、208、306、170。

伯與祝英台〉[230]、彩陶泥塑〈梁山伯與祝英台〉[231]、江蘇無錫惠山泥塑〈梁山伯〉、〈祝英台〉[232]、(2)景觀雕塑，如：寧波梁祝文化公園的梁祝雕塑、(3)梁祝風箏[233]、(4)梁祝葫蘆[234]、(5)梁祝木雕[235]、(6)陝西刺繡〈蝶戀花〉[236]、(7)麥秸雕〈十八相送〉[237]、(8)陝西皮影〈梁山伯與祝英台〉兩種[238]、數碼皮影動畫《梁山伯與祝英台》[239]、(9)湖南木偶戲〈化蝶〉[240]、(10)頤和園長廊畫〈梁山伯與祝英台〉、〈十八相送〉[241]、(11)梁祝連環畫、梁祝大型立體連環畫藝術模型、(12)梁祝水墨繪畫〈訪祝〉、〈十八相送〉、〈聽從父命〉[242]、

---

[230] 斯邁、張如安撰：〈梁祝文化發展的全息圖像〉，《古今文藝》第 28 卷第 4 期（2002 年 8 月），頁 39-40。

[231] 《中國梁祝文化網》，http://www.chinaliangzhu.com/chs/heritage/meishu_1.htm(2006 年 11 月 26 日)。

[232] 同註 208，頁 225、229。

[233] 同註 208，頁 225、229。

[234] 同註 208，頁 225、229。

[235] 同註 208，頁 225、229。

[236] 同註 208，頁 225、229。

[237] 同註 208，頁 129。

[238] 〈皮影《梁山伯與祝英台》〉，http://www.ccncraft.com.cn/tradeleads/detail.asp?Id=170090(2006 年 11 月 28 日)及《《梁山伯與祝英台》關中皮影〉，http://cgi.ebay.com.cn/ws/eBayISAPI.dll?ViewItem&item=8276571221&indexURL(2006 年 11 月 28 日)。

[239] 同註 208，頁 346；及〈數字化的中國皮影藝術〉，http://www.univs.cn/neweb/univs/hfut/2004-07-11/301123.htm l(2006 年 11 月 28 日)、〈皮影動畫《梁祝十八相送》--土豆網--播客個人多媒體〉，http://www.tudou.com/programs/view/FS6beWZQwX M/(2006 年 11 月 28 日)、〈上海科學與藝術展 2003·數字化的皮影藝術〉，(2006 年 11 月 28 日)http://www.science-art.com.cn/2003back/3d2/HTMLGROUP/cate_2/index.htm。

[240] 〈湖南木偶皮影〉，(2006 年 11 月 28 日)http://www.hkpsac.org/puppet/p11.htm。

[241] 同註 208，頁 87、162。

[242] 同註 208，頁 303、308、310。

〈梁祝〉八幅[243]、(13)蝴蝶工藝畫《蝶戀》[244]、(14)紫砂《梁祝》故事明信片[245]。

其中(1)釉陶〈梁山伯與祝英台〉是一九九四年在馬六甲海峽從一八七一年英國商船「戴安娜」號沈船打撈出來的雕像，梁山伯身著金黃色長袍，頭戴雲巾，右手持一折扇，作瀟灑漫步狀。祝英台則身著綠色裙服，頭戴圓領巾，胸前掛金鎖，左手拿折扇，全身微徵側向梁山伯，緊伴梁山伯後側，作緩行交談狀[246]。此件梁祝釉陶是在清穆宗同治十（1871）年以前的作品，由英國商船載經馬六甲海峽沈船，當至中國釉陶商品外銷國外的例子，則此時梁祝文化產業的消費地域，已擴展至海外世界是顯而易見的。

除了靜態的皮影工藝梁祝作品兩種，更有(8)數碼皮影動畫《梁山伯與祝英台》，共有三段內容：〈同窗共讀〉、〈十八相送〉、〈禱墓化蝶〉，均以越劇演唱，唱詞與徐進等改編的越劇《梁山伯與祝英台》(越劇 7)相同，片長二分五十九秒，是復旦大學計算機科學與工程系的作品，在上海國際會議中心展廳播放，這又是現代科技領域與藝術領域的結合，給梁祝消費受眾又多了一種媒介的選擇。另有湖南木偶戲〈化蝶〉，根據小提琴協奏曲《梁祝》的第三部份〈化蝶〉樂曲編劇，舞蹈表現梁祝忠貞愛情的願望與遐想，

---

[243] 《梁祝文化網·文化專題·梁祝·水墨梁祝》，http://www.nb7000.com/homepage/specialty/Liangzhu/page03.php?id=1110956538&theme=516&uptheme=true&navTitle（2006 年 11 月 30 日）。

[244] 周靜書撰：〈梁祝故事傳天下申報遺產莫等閑〉，收於《民間文化》第 139 期（2004 年 9 月），頁 20。

[245] 同註 208，頁 216。

[246] 同註 230，及〈梁祝故事傳天下申報遺產莫等閑〉，《民間文化》139 期（2004 年 9 月），頁 22 圖名為〈民間陶塑《十八相送》〉。

該劇曾獲一九九一年穗、桂、湘、滬木偶藝術展演優秀演出獎。這也是消費受眾對梁祝故事媒介的一次新接觸。

其中(11)梁祝連環畫，二十世紀五〇年代以來，連環畫梁祝題材的作品近十種之多（不計再版和重印本），是連環畫種類最多的題材之一，包括傳統國畫線描、西式素描、彩色年畫、彩色水墨畫各類技法，創作者有國畫大師、美術學者、畫壇新秀，還有新人文畫派代表。其中最著名的是國畫大師王叔暉的線描作品《梁祝》，線條婉轉流暢，人物裊娜清麗，畫面工整細膩。該書於一九五四年三月人民美術出版社首版以來，歷經數次重印、再版，至今依然旺銷，堪稱中國連環畫的經典之作，已成民間收藏珍品，拍賣價在人民幣三千元以上[247]。又有楊逸麟的《梁祝》四十幅連貫圖畫，用西式素描勾勒而成，講求人物造型和光影對比，立體感強，形態生動逼真，該書於一九五六年八月由上海新藝社出版社出版[248]。又有李覺、來玕珊繪製的連環畫《梁祝》，於一九八〇年六月由浙江人民美術出版社出版，畫風瀟脫，人物動感強，線條簡約明快又不失工穩[249]。

另外，寧波美術家陳文蔚於一九五五年創作《梁山伯與祝英台》十二幕大型立體連環畫藝術模型，該模型由陳文蔚設計、製作每幕模型圖紙，再由木匠、雕工、縫紉工、五金工、電工、油漆工等師傅按圖施工，共有十幾個工人耗時三、四千工時。此大型、立體、透視的連環圖畫，將戲曲中一幕幕的人物、場景雕刻

---

[247] 同註 210。
[248] 同註 210。
[249] 同註 210。

在一立方米左右的大箱內，配上燈光、道具、布景等投景出來，看上去就像一齣梁祝小電影[250]。而(14)紫砂《梁祝故事》（五幅）明信片，這又是二〇〇二年宜興發行的郵政明信片，一套五枚，內容為「結拜」、「同窗」、「相送」、「傷別」、「化蝶」，圖案採用陶都的紫砂藝術雕塑而成[251]；又是紙品與紫砂兩種媒材結合的梁祝故事周邊消費品的一例。

整體而言，梁祝故事的消費現象，僅能就可知所見的資料進行分析，雖然只是梁祝文化產業消費網絡的一部份，卻可窺見梁祝消費網絡的龐大與繽紛形態。除了民間故事、民間歌謠是較為純粹的文化消費之外，各地方不可勝計的曲藝表演及小戲、劇種即時即地演出，由於僅在當地流通、消費，又因分散幅員極為廣大，因此除了少數所見的刊刻印本之外，資料索得不易，但仍可想見一種地方曲藝、小戲、劇種的梁祝故事，若非獲得鄉土群眾的喜愛、熱情的捧揚、積極的參與創作及消費，必然走入消亡一途；因而若能流傳至今，各地仍然有必唱、必演的全本梁祝故事，或梁祝折子唱段及折子戲，即已說明該地群眾對此地方曲藝、小戲、劇種梁祝故事的鍾愛與支持。此種梁祝曲藝、小戲、劇種，

---

[250] 王景波、胡龍召撰：〈52 年前獨創的"立體連環畫"絕技將失傳--姜山八旬老畫家苦覓傳人〉，《中國寧波網》2004 年 4 月 20 日，http://60.190.2.15/www_cnnb_com_cn:80/gb/node2/channel/node13890/node14068/node14073/node14114/userobject7ai1018190.html.big5（2006 年 11 月 30 日）及楊清撰：〈寧波"立體連環畫"瀕臨失傳．八旬老人急覓傳人〉，《今日早報》2004年 4 月 26 日，http://big5.southcn.com/gate/big5/www.southcn.com/news/community/shms/200404260651.htm（2006 年 11 月 30 日）。

[251] 《梁祝文化網．文化專題．梁祝．第一套"梁祝"故事明信片》，http://www.nb7000.com/homepage/specialty/Liangzhu/page03.php?id=1110940140&theme=523&uptheme=true（2006 年 11 月 30 日）。

大抵已都成為鄉間少數固定的娛樂休閒活動、或節慶熱鬧表演節目之一，以致能代代相傳，甚至流通到鄰地，產生梁祝故事互相交流，彼此影響、競賽的情況。

　　然而其形態既非如越劇梁祝、歌仔戲梁祝、黃梅戲電影梁祝、音樂劇梁祝、現代舞台劇梁祝、小提琴協奏曲梁祝、芭蕾舞劇梁祝，或是每日、每週進入我們自家電視頻道的連續劇梁祝、綜藝節目梁祝等如此成為全國性大眾消費的文化商品，不只不斷公演，又大量製成唱片、錄音帶、錄影帶及 CD、VCD、DVD 等光碟，暨周邊商品，到處流通、銷售；而是一種局限於地方性的消費形態，它必然是以文化產業傳承為主，而商業消費形式為輔，僅在收支平衡，得以存續的情況。但若能印成書籍文本流通、販售，則更兼具商業經濟效益及文化產業傳播推廣的雙重意義。當然也證明此類文本必是廣受群眾歡迎，才會有從即時、即席的舞台消費形態，進而成為紙品文本，提供案頭欣賞消費形式。

　　如臺灣的「歌仔」一方面在東部宜蘭由落地掃子弟小戲的方式發展成為歌仔戲；先由野台形式巡迴各地即席表演，其後進入內台演出；又夾著唱片、錄音帶新媒材的助力流通臺灣各地，甚至外銷到南洋、中國。另外，也隨電台電波流入各個家庭；最後又拍攝成電影，全面播映；再進入電視頻道，成為歌仔連續劇，大量地進入庶民客廳的電視螢幕；時至今日更製成 DVD 光碟流通、銷售。而做為歌仔戲聖經的《梁三伯與祝英台》，不管是何種形式的媒材，都是必演的劇目，於是透過不同媒材的各式文本，便構成一個龐大的梁祝歌仔戲消費網。

　　另一方面，歌仔又透過江湖走唱賣藥人或擺攤「念歌」推銷

歌仔冊的歌仔仙，或街頭巷尾彈唱「念歌」的藝人到處兜售印成
紙品的歌仔冊，也有書局專門倩請歌仔編者編撰歌仔冊，大量印
刷而行銷臺灣南北各地。因為挾著價格低廉、購買方便及群眾看
著歌仔冊便能隨口可唸唱的優勢，贏得廣大群眾的喜愛，造成廣
大的商機，而梁祝歌仔冊更是群眾大量購買的熱賣商品之一，因
而有梁松林所編《三伯英臺新歌》，一編便編到五十五冊，而且又
被其他書局一再翻印盜版的情況。

　　至於以梁祝故事為創作題材的梁祝電影、卡通動畫、電視連
續劇、電視綜藝節目、舞台劇、音樂劇、音樂、芭蕾舞劇，均是
梁祝文化產業的商品，此類商品透過結合創作、生產與商業內容，
同時這內容的本質，具有文化資產與文化概念的特性，而梁祝故
事商品確然是結合中華文化資產的文化創意產業，更透過各種媒
材或正說或反言，創造出無數的梁祝故事文本，持續展現梁祝愛
情悲劇迷人的魅惑力量，牽動無數消費群眾的情感，大量地、重
複地、持續地消費此類商品，也就不斷地開創梁祝文化產業商機，
當然相對地，也良性帶動梁祝故事文化生命的延續與發展。例如：
越劇與川劇的《梁祝》原是地方小戲，發展為大型戲劇到全國各
地演出，前者更拍攝《梁祝》電影風行全中國，又到世界各地播
放，甚至有電影原班演員巡迴各地演出，受到熱烈歡迎的情況。
其後各地越劇團也常帶著《梁祝》戲碼赴各國、各地表演。另外，
各派名角也紛紛以舊戲或新編梁祝越劇錄製唱片、錄音帶、CD、
VCD、DVD 光碟，發行銷售；也拍攝越劇《梁祝》電視連續劇。

　　其後越劇梁祝故事的主要情節為李翰祥拍攝的黃梅調電影
《梁山伯與祝英台》及徐克導演的《梁祝》所採用，均造成一定

的轟動，產生很大的商業消費效益，尤其前者在臺灣上映時，連續爆滿一百八十六天，放映九百三十場，觀眾七十二萬一千九百二十九人次，引起的梁祝故事風暴，更是盛大空前，連主演梁山伯的演員凌波，也成為受眾心目中的超級偶像，不只臺北被香港記者譏為狂人城，也連帶引起各類商店的商機，紛紛以「凌波」為名，而有了「凌波咖啡屋」、「凌波餐廳」、「凌波寄賣行」、「凌波飯館」的廣告招牌，甚至連東亞日光燈、生生皮鞋等民生用品也以凌波所扮演的梁山伯形象為訴求，打出亮麗的廣告文案。而此黃梅調《梁山伯與祝英台》電影的效應，於其後也透過各類劇種不斷於舞台表演，或於電影院線一再重映，或於電視重播，或於電視各類綜藝節目改編形態，一再演出而持續發燒。

　　甚至當時臺灣民生報也即時刊載南宮搏的歷史小說《梁山伯與祝英台》（小說 8），其後又出版成冊出售，而連載的前一日，隨報附送樂蒂與凌波的巨幅劇照海報一張，正面廣告說「已經看過這張影片的，應該再讀一遍小說；沒有看過這張影片的，更應該讀一遍小說！」這可說是一個典型搭《梁山伯與祝英台》電影順風車的商業策略，而南宮搏的小說也正是採用梁祝故事文化資產的一個創意商品。

　　又如：二〇〇三年數位動畫電影《蝴蝶夢－－梁山伯與祝英台》（電影 9）與電影小說《梁山伯與祝英台》（電影小說 1）、卡通動畫版《蝴蝶夢－－梁山伯與祝英台》（漫畫 2），同一內容三種媒材同步發行的商品，也是典型的文化創意操作產品，該片投資、製作單位也強調周邊商品極具發展價值；每年的西洋情人節、中國情人節，都是經典愛情題材《梁祝》的商品售賣點。另外一個梁祝

文化創意產業的商品是二〇〇四年六月創作的三分鐘《梁祝笑傳》
卡通動畫，利用可愛的人物造型與梁祝故事的橋段，創作出童趣
搞笑版的梁祝商品，分別於雜誌報刊、電視台、展會、網路新媒
體展出或播放。另外，《梁祝笑傳》卡通影片拍攝的顛覆手法，與
此時流行把賣座電影，反仿拍成笑鬧片的風潮有關，該文本也流
通於廣大的網路世界，供人隨時閱讀消費。

　　又如：紙品印行銷售的梁祝小說、漫畫，甚至是梁祝故事文
化的周邊效益產業，如：梁祝年畫、剪紙、撲克牌、郵票、剪紙
工藝及其他媒材：釉陶、泥塑、風箏、葫蘆、木雕、皮影、紫砂
故事明信片等，也都是典型梁祝文化創意產品。

國家圖書館出版品預行編目

梁祝故事研究 / 許端容著. -- 一版. --
臺北市：秀威資訊科技，2007[民 96]
　冊；　公分. --（語言文學類 ；AG0060）
參考書目:面　含索引
ISBN 978-986-6909-47-4(一套：平裝)

857.2　　　　　　　　　　　　96004612

語言文學類　AG0060

# 梁 祝 故 事 研 究（二）

作　　者 / 許端容
發 行 人 / 宋政坤
執行編輯 / 呂祥竹
圖文排版 / 呂祥竹　林靜慧　林蘭育
封面設計 / 許獻心
數位轉譯 / 徐真玉　沈裕閔
圖書銷售 / 林怡君
法律顧問 / 毛國樑　律師
出版印製 / 秀威資訊科技股份有限公司
　　　　　台北市內湖區瑞光路 583 巷 25 號 1 樓
　　　　　電話：02-2657-9211　　　傳真：02-2657-9106
　　　　　E-mail：service@showwe.com.tw
經 銷 商 / 紅螞蟻圖書有限公司
　　　　　台北市內湖區舊宗路二段 121 巷 28、32 號 4 樓
　　　　　電話：02-2795-3656　　　傳真：02-2795-4100
　　　　　http://www.e-redant.com
2007 年 3 月 BOD 一版
2007 年 11 月 BOD 二版
四冊定價：2000 元

# 讀 者 回 函 卡

感謝您購買本書，為提升服務品質，煩請填寫以下問卷，收到您的寶貴意見後，我們會仔細收藏記錄並回贈紀念品，謝謝！

1. 您購買的書名：_____

2. 您從何得知本書的消息？

　　□網路書店　□部落格　□資料庫搜尋　□書訊　□電子報　□書店

　　□平面媒體　□ 朋友推薦　□網站推薦 □其他_____

3. 您對本書的評價：(請填代號　1.非常滿意 2.滿意 3.尚可 4.再改進)

　　封面設計____　版面編排____　內容____　文/譯筆____　價格____

4. 讀完書後您覺得：

　　□很有收獲　□有收獲　□收獲不多　□沒收獲

5. 您會推薦本書給朋友嗎？

　　□會　□不會，為什麼？_____

6. 其他寶貴的意見：_____

_____

_____

_____


## 讀者基本資料

姓名：_____　年齡：_____　性別：□女 □男

聯絡電話：_____　E-mail：_____

地址：_____

學歷：□高中(含)以下　　□高中　□專科學校　□大學

　　　□研究所(含)以上 □其他_____

職業：□製造業 □金融業 □資訊業 □軍警 □傳播業 □自由業

　　　□服務業 □公務員 □教職　□學生 □其他_____

To：114

台北市內湖區瑞光路 583 巷 25 號 1 樓

秀威資訊科技股份有限公司　　　收

寄件人姓名：

寄件人地址：□□□

------------------------------------------------

(請沿線對摺寄回,謝謝!)

**秀威與 BOD**

BOD（Books On Demand）是數位出版的大趨勢，秀威資訊率先運用 POD 數位印刷設備來生產書籍，並提供作者全程數位出版服務，致使書籍產銷零庫存，知識傳承不絕版，目前已開闢以下書系：

一、BOD 學術著作—專業論述的閱讀延伸
二、BOD 個人著作—分享生命的心路歷程
三、BOD 旅遊著作—個人深度旅遊文學創作
四、BOD 大陸學者—大陸專業學者學術出版
五、POD 獨家經銷—數位產製的代發行書籍

BOD 秀威網路書店：www.showwe.com.tw
政府出版品網路書店：www.govbooks.com.tw

永不絕版的故事・自己寫・永不休止的音符・自己唱